ROSES OF HEAVEN

女版古惑仔

上海三联书店

目　录

序　章

　　这原本是一个普通的夜晚，但是一切却因为一个人的到来变得不再平凡。一股狂热的氛围激荡在整个城市的上空，繁星璀璨，不及如此夺目耀眼。

　　"白依！白依！"一大帮少男少女手捧鲜花，拉着横幅，聚集在长春市龙嘉机场的出口处，他们歇斯底里地喊叫着，充分展示了对那个即将走出出口的女子的疯狂喜爱。

　　随着大家激动的情绪燃烧到了顶点，被称作"白依"的女子也终于出现在了众人面前，一时间尖叫声不绝于耳，闪光灯直晃得机场大厅里比白昼还要明亮。

　　女子被几个人保护着从通道走了出来，只见一袭黑色蕾丝边长纱裙礼服将她完美的身材包裹得恰到好处，侧边开到大腿处的裙叉时不时微露出女子白皙的皮肤，乌黑的秀发被一只超大号的魔鬼夜叉发簪服帖地挽起，黑色小礼帽上倾泻下来的黑纱将女子惊为天人的容颜遮挡得更加神秘妖媚。

　　女子媚眼如丝，吐气如兰，她优雅地笑着，挥手跟那些为她疯狂的年轻人们打着招呼。一举一动，一颦一笑，无不显得高贵神秘，一切都是那么恰到好处，让人感到既亲切却又不可

侵犯。

在经纪人保镖还有众多工作人员的护送下,女子终于走出机场坐进了一辆等候已久的林肯加长轿车。然而车子刚发动没多久,女子便立刻收起了刚才亲和的笑容,蹬掉两只高跟鞋,又厌恶地将头上的小礼帽一把扯下,并拔掉那只诡异的魔鬼夜叉发簪,霎时间一头亮丽的长发便铺满了香肩。但是那秀发停在肩上还没有 5 秒钟就被用力地扯了下来,露出了刚毅的短发。

"小依,你怎么又把鞋脱了,怎么还把假发拿下来了?这会还离机场很近呢,搞不好又要被狗仔队偷拍。"经纪人边说边警惕地朝车窗外看去。

"拍就拍吧,我已经受够了高跟鞋和假发!回家了还不能让我放松一下吗?"女子不断地用手梳理着被假发的胶粘成的一缕一缕的头发。

"话不能这么说,你现在是公众人物了,多少也要注意自己的形象,总不能还跟以前一样……"经纪人话未说完,就被一阵急切的手机铃声打断。女子看了看手机便迅速地关上前坐与后坐的隔离窗。

"喂,细毛,我刚下飞机,出什么事了?"女子的声音此刻已经完全失去了刚才的柔和,变得干脆而凌厉,透出一股威严。

"白虎堂要跟我们谈判?那么个小帮派凭什么跟我们谈判,他们有这个面子吗?"女子一脸的不屑,电话那头似乎解释了几句,女子只得微微皱眉,轻叹一声,说道,"好吧,我知道了,我这就赶过去,我们在龙华大酒店见吧,把

他们叫来总部,看他们有没有这个胆量,居然敢跟我天瑰堂叫板!"

女子合上手机,突然又想起了什么,于是把手伸向衣服里面,扭动了几下,猛地一下居然把超厚的海绵胸罩给扯了下来。瞬间她好像感觉舒服了很多,于是忙打开刚才关上的前隔断窗吩咐司机改变行车路线,又叫经纪人把她随身携带的衣物拿了出来,一一换上。

黑色的裤,黑色长风衣,刚毅的短发,精致的妆容都被纸巾擦掉,最后再配一副遮去大半脸颊的墨镜,刚才妖冶柔媚的女子顿时显得英气逼人,帅性无比,而唯一不变的是她那绝美的容颜。

"小依,那过会儿的演唱会记者发布会跟为你接风的晚宴……"经纪人略有顾虑地问道。

"你去就好了! 还有,没有外人的时候不要叫我小依,叫我依哥,明白了吗? 我的名字是你可以随便改着叫的吗? 我不叫白依,我叫安天依。"女子目光坚定,语言霸气十足,散发出令人不可抗拒的气场,经纪人欲言又止,最后只是无声地点了点头。

一面温润如水,一面果敢如钢,一面是拥有众多粉丝的女明星,一面是叱咤风云的黑帮老大,到底哪一面才是真实的自己?

这个问题,恐怕安天依也早已在内心深处诘问了自己成千上万遍,可惜从来没有得到过解答。

窗外更深露重,女子完美的侧脸被忽明忽暗的光线照得

亦真亦幻。她在思考什么呢,亦或者她在思念什么？是那段不堪回首的往事,还是……如果时光可以倒流,所有人是否可以退回到最正确的位置上？可惜,这个世上不存在如果……

第一章

我要做你的山

一个仲夏的夜晚，一盏昏黄的路灯下，站着一个约莫六七岁的瘦弱孩子。

如果不仔细辨认，乍一看会以为这是个小男孩，"他"一头蓬松的短发，穿着很旧的背心短裤，脚上是一双发黄变色的塑料凉鞋。孩子正一脸坚毅地望着对面楼里某扇透出灯光的窗户，不觉间紧紧地攥起了小拳头。

"天依，我们走吧，不要看了，那里再也不是家了。"这时一个十分美丽的女人拎着大包小包的行李从楼梯下来，那扇窗户后的灯光也随之熄灭。

"妈妈，为什么我们要走?"天依扑闪着大眼睛，久久地盯着那扇窗户不愿挪开视线。

"因为明天一早就有人来收房子了，你爸爸已经把这间房子卖了。"女人放下行李，搂着孩子的肩膀，也跟她一起依依不舍地望向那扇熟悉的窗。

"爸爸他为什么要卖我们的房子?"天依扭头看向妈妈。

女人的眼中涌动着泪水，但是她终还是忍住了。女人并没有回答孩子的问题，而是略带哽咽地说道，"天依啊，以后你就只有妈妈了，你怕吗?"

天依纯净的眸子里倒映出妈妈美丽的面庞，她坚定地摇

了摇头，"只要有妈妈在，我什么都不怕！"

女人爱怜地摸了摸孩子的头，然后重新拎起行李，另一手牵起孩子的小手一起朝夜色深处走去。

母女俩在这个仲夏的夜晚，离开了她们共同生活了七年的地方，离开了那个曾经也充满欢声笑语，曾经也见证了幸福的被称作"家"的地方。

天依的妈妈叫做美凤，那是一个外柔内刚的女子，尽管遭受了丈夫的背叛，第三者的挑衅，她仍旧努力而乐观地生活着，因为她并不绝望，因为她还有一个叫做"天依"的稀世珍宝。为了女儿，美凤每天起早贪黑，独自担负起抚养天依的重担，而无论在外面吃了多少苦，受了多少气，美凤一回到家总是带着开心的笑容，她从不把委屈愤懑表现给天依，如果说自己还能留给女儿什么，那恐怕就是她的坚强和永不服输的性格吧。

由于家中贫困，天依八岁才终于去了八里堡小学上学，比一般的孩子晚了一年。美凤怕天依上学路途太远，过于辛苦，于是先后又搬了几次家，最后才稳定在离学校最近的最破旧的一处平房区安下了家，而天依也是在那里得到了自己童年最珍贵的一段友谊。

每次搬的新家，美凤都会选择带一个小院子的平房，因为她很喜欢在院子里种花养草，无论一开始再脏乱的房屋，经过她的整理，都会变得整洁干净，清新脱俗。天依家的院子里总是五彩缤纷，春意盎然，一朵朵牵牛花奇妍斗奇，一串串万年

红韵味十足,一朵朵夜来香飘香满院。

　　天依上学需要钱,美凤于是身兼数职,下了班就到处打零工攒钱。这样的日子虽然十分艰苦,但为了能让自己的女儿好好学习、有个美好的未来,再多的苦难美凤也愿意一肩承担。而天依也十分懂事,她在班里考试总是名列前茅,放学了还经常去捡废品卖钱,希望能帮妈妈减轻一点负担。

　　那段时日是穷困潦倒的,但也是天依最开心、最无忧无虑的时光。人总是因为单纯而幸福,而那个时候的天依一心只想好好学习,赶紧毕业,找个好工作,不让妈妈再这么辛苦。

　　但是在长春这个落后闭塞尚未彻底去除的城市里,一个单身女人带着孩子独自生活,是肯定会成为大家茶余饭后的谈资的,越来越多的闲言碎语简直不堪入耳,但美凤从来不予理会,她知道只有自己做好了榜样,才能让天依学会用一个正确的心态去对待这种社会性的空洞谎言。

二

　　流言的可怕性在于人们不但能随口创造出一些子虚乌有的事实,而且这些所谓的“事实”还会以一种令人咋舌的速度迅速蔓延。而最令人绝望的无异于接受流言的群体不光是那些整天无所事事的三姑六婆,还有她们原本单纯的孩子。

　　某天小学放学的午后,天依跟往常一样走到胡同口,这时

一只足球滚到了她的脚边。她抬眼一看,原来是几个男孩子正在踢球,于是她正准备要一脚将球踢回去时,为首的男孩子说话了。

"走开,别碰我的球!"

天依放下了刚抬起的右脚,疑惑地看着这个朝她走过来出言不逊的小胖子。

"看什么看,我叫你别拿你的脏脚碰我的球!"小男孩继续对天依恶言相向。

"你说什么?"天依的眉头拧在一起,她不明白为什么自己会遭到莫名其妙的谩骂。

"我妈说你是野种,是破鞋生的没人要的野孩子,听清楚了吗?"小男孩边说边得意地笑着。

"就是,她妈是个脏婊子……"这时几个男孩一起冲上来用恶毒的语言攻击天依,还不住对她做着鬼脸。

"你们敢骂我妈!?"如果说他们欺负天依,她尚可以忍受,那么如果他们侮辱天依的母亲,那就是她无论如何都要复仇的理由。

"骂你妈怎么了? 你还敢打我啊? 我妈说你妈就是欠操,哈哈哈……"平时邻居和她们的孩子在背后议论也就算了,母亲总告诫自己要息事宁人,可今天欺负到头上了,骂到面上了,沉积已久的怒火让天依一时间丧失了理智,她用尽全力挥拳向那个小胖子打去。

不一会,其余的男孩子们也加入了战斗,几个小孩子顿时扭打在了一起。由于男孩们人多势众,天依很快就被按倒在

地,被他们围攻。飞脚不停地从四面踢来,纷纷落到天依的脸上和身上。

"没用的东西,叫你嚣张,婊子生的就是没用啊,你们说是不是? 哈哈哈……"那个领头的小胖子一边踢一边还嘴里不停地骂着。

本来已经被打得几乎要失去意识的天依,一听到这句话便再度感到几近疯狂,从小到大她最讨厌的一句话就是"女人都是没用的东西",而这句话也曾出自那个抛弃了她们母女的男人之口。小胖子无意间的一句话翻出了天依多年前的旧伤,使得她不得不再次面对自己曾经被抛弃,现在还要被侮辱的事实。

就在天依怒火中烧,挣扎着想站起来的时候,一个洪亮的声音从众人身后响起。

"你们干什么呢? 这么多人欺负一个女孩子,你们好意思啊? 你们娘老子就是这么教你们的啊?"一个身材明显比这些男孩都要高大的男生挽着手臂气愤地站在他们身后。

"四虎哥,我妈说她妈是破鞋,她是野孩子,我们教训一下她又怎么了?"为首的小胖子十分不以为然地回答道。

这时,未等那个高大的男生答话,天依就趁众人不备之时,以惊人的速度迅速起身,一手抓住那小胖子的衣领往前一拉,然后用尽全身的力气一拳朝他的面部打去,就听"哎呀"一声,小胖子的两颗门牙被打掉了,顿时血流如注,刚才还十分嚣张的男孩子顿时哇哇大哭起来,另外几个孩子也都愣在了原地,不知所措。

　　高个子的男生显然也被天依这强有力的反击镇住,他叫其他几个男孩赶紧领小胖子回家找家长,然后去医院治疗。而天依由于刚才用力过猛,人一下子又瘫软在路边。

　　"你挺厉害啊!你叫什么名字,我叫四虎。"男生俯下身,蹲在天依的旁边。

　　"我叫……安天依。"受了伤又用力过度的天依尚未看清这个男生的面容便彻底昏了过去。

三

　　当天依醒来的时候,发现自己躺在一个陌生的地方,而第一个印入她眼帘的是一个浓眉大眼,正笑嘻嘻看着她的男孩子。天依吓得一个激灵坐了起来,蜷缩到了床角。

　　"别怕别怕,我不是说了我是四虎吗?是你邻居,刚才你晕倒了,我把你背到我家来给你简单处理了一下伤口。我平时跟我爸爸一起练跆拳道的时候也总是受伤,时间长了我也学会一些基本的伤口处理,怎么样,我手艺还不赖吧?嘿嘿。"四虎仍旧笑容可掬。

　　天依看了看自己周身的伤口,真的都已经消毒擦上了药,她有些感激地朝四虎笑了笑。

　　"我说你一个女孩子还真挺经打的,力气也大得吓人,居然能把那小胖子的门牙打掉两个……"四虎正滔滔不绝地夸

起天依,可当天依抬头看了看钟,眉头一皱便赶紧翻身下床,也顾不得浑身疼痛,抓起书包就往外跑,她边跑还边扭头喊道:

"谢谢你,我要回家了!"

四虎只得无奈地看她离去,说道,"慢点跑,小心伤口。"

当天依赶到家门口时,发现一切都晚了,她家小院里已经水泄不通。

平时就看美凤不顺眼的泼妇们这次可算逮住了一个光明正大找碴的机会,她们联合起来带着几个刚跟天依打完架的孩子一起来找天依母女算账。以前她们都只敢在背后议论这对母女,现如今有理有据,那更是气势如虹,仿佛要把憋屈了几十年的怨气在这一刻发泄出来。几个泼妇你一言我一语,全都不是省油的灯。

"这没爹管就是不一样啊?真没教养,说打就打,我们这孩子可是以后上大学当官的料,打坏了要怎么办?"

"是啊!门牙掉了这可是毁容啊!!一定得赔!"

"哎呀!不怪她爹不要她们,就这样不一定咋回事呢!妈给教育成这样,也不知道这妈是干啥吃的!赶紧给孩子对付个爹得了,就你那个寒碜样还挑啥挑啊!"

"就是!我看她跟后面老瘸子孟青到挺般配,臭鱼找烂虾。"

……

尽管听到如此恶毒的话,但美凤仍旧可以做到心如止水,只要她们不伤害自己的女儿,只要能让天依更好地生活,这些

话是伤不了她。忍耐——这是美凤作为一个独自抚养孩子的单身女人,为了保护自己的家庭所唯一能做到的事情。

听之,忍之,笑之,便是美凤的生活信条。

然而面对这些污言秽语,年幼的天依却已经忍无可忍。

"你们给我闭嘴!我妈的脚指甲都比你们美几百倍!"天依冲进院子,拨开人群冲到美凤的身边,怒目圆睁地看着这群泼妇,并展开双臂将母亲护在自己瘦小的身体之后。

"呦!你们听听,这野孩子还替她妈说话呢!你妈美,那怎么会被人抛弃?你妈美,那怎么到现在都找不到个相好的?切……再怎么地我们娘们几个晚上炕头上可还有个男人!"一个满脸雀斑,大饼脸的女人酸酸地说道。

天依本还想反驳什么,但是被美凤拦住了,美凤看了天依一眼,是在告诉她:不要说了,要听妈妈的话,要学会忍。

天依的耳朵在不停地发烧,胃也在不停地翻滚,她把拳头攥得咯吱咯吱响,随时都想冲上去把每个泼妇都好好修理一顿,但是妈妈美凤却紧紧抓住了她的肩膀,让她无法动弹。

整整二个多小时过去了,怨妇们的泄愤才接近尾声,最后的解决方法是美凤给每个家长赔罪,下跪,发誓,而这几个泼妇骂累了,够本了,心也舒服了,这事才算告一段落,泼妇们才纷纷趾高气扬地带着孩子回家了。

看着院子里终于清静下来,美凤松了口气,她回头看了看天依,这时才有机会细细抚摸天依的伤口,眼中露出万般心疼。

天依什么也没说，只是站在原地低着头，不停用鞋蹭着地，她刚才愤怒激动的情绪已经消失殆尽，现在剩下的只有对妈妈的歉意，她知道妈妈一直以来为了自己受了很大的委屈，所以她不想解释，更不想再把那些男孩的话再重复一遍给妈妈听。

"妈，你打我吧！我恨自己，但我发誓今天的情景不会再有第二次。"天依说话的时候眼前仿佛又出现妈妈下跪向那几个泼妇赔罪的一刻，她心里充满了对妈妈的心疼。

"傻孩子，你没有错……"美凤没有责怪天依，因为她知道天依是个非常懂事的孩子，她绝对不会无缘无故找别的孩子打架滋事。

天依的手受伤了，那是一个很深的牙印，尽管之前已经让四虎擦了药，但似乎血液并没有那么快凝固。美凤小心地给女儿包扎着，她一边包一边轻轻地说，"天依你知道吗？男人是一个家里的山，女人要靠着山才可以安心地生活，山可以为你遮风挡雨，让你丰衣足食，还可以保护你不被别人欺负，但现在我们家没有了那座山，妈妈充其量也只是棵树，树远不如山坚强，树如果想保护你就只能默默承受外界的一切压力，沉默和忍让是妈妈唯一能够保护你的武器，所以你以后凡事也要学会忍让迁就，知道吗？"

天依点点头，她明白妈妈只是个女人，自己将来也只是个女人，女人就会被人欺负，尤其是被抛弃的女人和她的小孩。因此，从那天起天依就在心底对自己和妈妈做了一个承诺：她以后一定要变强，她要变成妈妈的山。

四

多年之后，天依回想起自己这次和小胖子等人的恶战，却并不曾后悔，因为如果不是这次打架，她不会认识四虎，也不会踏上日后学跆拳道的道路。

今天是周六，四虎照例一大早起床去晨跑，可他刚一出门就发现有个瘦弱的孩子正靠在他家门口右侧的院墙上，扑闪着一双大眼睛正盯着他。

"是你？安天依！你怎么来了？"四虎显得意外而开心。

天依离开靠着的院墙，站直了身体，双手仍旧握在背后，她目光有点游离，不太敢直视四虎的目光，可能是因为一直没有什么朋友，让她与人交际的时候略显羞涩。

"请……请你教我跆拳道好吗？"

四虎咧开嘴哈哈大笑，"你一个女孩子学什么跆拳道？再说我看你打架已经很厉害了哦！"

天依没有回答四虎，只是低下头，双脚不停地蹭着地面。

四虎收起了笑容，他觉得眼前这个小女孩应该不是随口开玩笑，应该说她看上去并不是个懂得开玩笑的人。

"你进来吧。"四虎将原本关上的门，再次为天依打开。

"我爸爸……我爸爸还没回来，我先测试一下你的体能吧。"四虎的声音和表情永远都像阳光一样灿烂，"俯卧撑，蛙

跳,高抬腿这些你会吗?这些你分别做二十个看看。"

四虎说完还分别帮天依做了示范。天依很认真地看,学得快而好。

就在这两个孩子沉浸在自己的世界中时,没人注意到门外早已站了一个人。

"对了,再抬高一点,很好很好!"天依很轻松就完成了刚才四虎布置的体能测试,现在四虎又拿出道靶让天依学着踢腿,也许连天依自己都没想到,她腿部的韧性居然这么好,而且力度也很大,按四虎的说法就是不学跆拳道真是浪费了。而这一切自然也看在了门口那个人的眼里。

"厉杰,你一大早不出去跑步在这里偷懒呢?"就在四虎和天依练得正起劲的时候,一个洪亮的声音在两人身后响起。

天依转身看到一个满脸胡茬,拎着酒瓶,浑身酒气的男人正双眼血红地盯着他们。

原来厉杰是四虎的大名,由于他是四月出生的,所以小名四虎。他大天依三岁,在这个小区里是孩子王,他比同龄人都要长得魁梧高大,又从小跟父亲学习跆拳道,功夫了得,还喜欢打抱不平,因此很多孩子都愿意追随他。

"不……不是,天依说想学跆拳道,要我教她。"四虎显然很害怕这个男人。

"要你教?你觉得自己学得很好了吗?"男人一步三晃地走近两人,口中喷出的酒气直惹得天依频频后退。

"没有没有,要不,爸,你教她吧,她资质真的很好,刚才……"四虎知道父亲很爱惜练武的好苗子,便灵机一动顺水

推舟。

"刚才我都看到了,确实还可以。"男人将目光转向天依,依旧略带醉意地问道,"你几岁了?"

"八岁。"天依觉得这个男人虽然看上去很狰狞,但是自己却丝毫也不会觉得害怕。

"真的想学跆拳道?"男人又走近了一步,但是这次天依没有退却,只是站在原地重重地点头。

"跟我学可不是白学的,你要交学费。"男人咧嘴笑了笑,仰头灌了一口酒。

"爸……"四虎刚想帮天依说话,就被男人一个眼神顶了回去。

天依皱了皱眉头,她不敢轻易答应,因为她知道自己家里的条件是绝对不可能负担任何额外的开销的,可同时她也非常想学跆拳道,一时间她不知道如何回答。

男人见天依在犹豫,便哈哈大笑起来,"小丫头,我只需要你每个周六日带厉杰去你们家吃两顿饭,因为那个时间我都要去市内当教练,没空管他,这就充当你的学费了,怎么样?"

天依的眼中闪动着希望,但是保险起见她还是说要回去问问妈妈,然后又对男人和四虎鞠了一躬,才跑出门去。

美凤自然是很支持女儿学习这种强身健体的运动,她听到了四虎父亲关于学费的要求,不禁十分感激而感动,这跟白教几乎是没有什么区别的,何况还能让天依以后交上一个好朋友,不再那么孤独。

就这样,天依开始了她的跆拳道生涯,而她自己也没想到

这一学就是六年。

五

　　训练是极其辛苦的,但是天依却无时无刻不在享受着这份辛苦。她觉得自己就是为习武而生的,她能够在速度与力量中不断地提升自己,而且似乎根本没有极限。

　　连四虎的爸爸厉师傅也禁不住感叹天依确实是个跆拳道天才,加上她不怕吃苦,因此进步神速。天依十二岁就已经是黑带了,并开始在各种比赛中频频获奖。

　　而四虎和天依的友谊在朝夕相处中也不断地加深着。自从天依和四虎成为了朋友,她便再也没有受过别的孩子欺负,当然这并不是因为天依更会打架了,而是因为有了"孩子王"四虎的庇护。

　　随着年龄增长,天依的个子渐渐冲了起来,虽然依旧很瘦,但是肌肉变得结实有力。妈妈劝过她很多次,叫她不要把头发留得过短,为了尊重母命天依在脑后留了一个很长的辫子,前面依然是她自己用剪刀剪得乱蓬蓬的菠萝头,还有那一年四季都不变的男生校服打扮。不过现在的她已经脱掉稚嫩,初见俊俏脸旁,到了情窦初开的年纪,但这份小小的蜕变只有会欣赏的人才能够看到,才会懂得欣赏。

　　这天天依的长裤不小心被钉子钩破,幸亏是周日不上学,

她勉强地换上了一条裙子，无奈地等待妈妈为她补那个破洞。

天依穿着妈妈的白裙子，静静地立在院子里，看着花圃里的万年红发呆。一阵微风吹过，撩起了她挡在额头上的短发，后面的辫子没有编，长长的发丝随风飘荡，露出少女细腻的脖颈和锁骨，再加上那一双水做的眼睛，这一霎的天依美得就像一幅画，而这幅画被站在院落外正准备叫她出去玩的四虎永远地留在了脑海里。

"四虎哥，你来了怎么不说话？"天依发现了愣在门外的四虎。

"哦，我……我来找你出去玩。"四虎结结巴巴地答道，显然还没有完全回过神来。

"进来啊，别站在门口。"天依冲四虎招手。

四虎有些恍惚地走近院子，似问非问地说道，"你今天怎么穿裙子了？"

天依这才想起自己身上穿的是妈妈的裙子，要知道她已经不知道多少年都没有穿过裙子了，四虎这么一问，倒把天依问得很不好意思，顿时脸红了。

看到一贯刚强的天依竟然脸上爬起了红云，四虎不由得又看得呆了，这时妈妈美凤在里屋喊道，"天依啊，裤子缝好了，你要现在换吗？"

"哦，我马上就来！"一听到妈妈的声音，天依仿佛得到了特赦，马上飞奔进了屋，不一会就又变成了往日假小子的模样，辫子往后一甩出现在四虎面前。

"好了，我们走吧！"天依没有等四虎，自己一个箭步冲出

门去。

四虎有些失望地"哦"了一声，只能快步跟上。

空荡荡的街头，两个十几岁的孩子肩并肩地走着，女孩子的个子大概到男孩子的耳际，因此男孩子说话的时候会不自觉地微微驼背，以便能让女孩听得更清楚。

"天依，今天还去捡废品吗？"

"不用去了，昨天你不在，我自己捡了很多呢，总让你陪我干这干那，你都不能做自己的事情了。"

"说什么呢，能陪你干这干那我就很满足了。"

天依扭头看了看四虎，刚好碰上他炽热的目光，天依赶紧将自己的视线收回，岔开了话题，"厉师傅最近还喝那么多酒吗？"

"嗯，从来没少过。"

"喝酒对身体不好，你应该劝劝他。"

"你觉得他是会听劝的人吗？自从我妈妈出车祸死后，他悲伤过度就开始酗酒，而且你应该知道他从来不叫我'四虎'吧，那是我妈给我取的小名，他生怕一叫这个名字，就会想起我妈。"

"他们感情这么好，真叫人羡慕。其实我过去从来不相信这个世上有这么忠贞的感情，我只相信女人不用依靠男人一样可以活得很好。"

四虎听出天依语气中的冰冷，他知道天依的内心深处一定藏着不为人知的伤口。天依从来不跟别人提起自己的父

亲,仿佛那个人根本不存在一样,而四虎很明白,那个男人一定对天依和她的妈妈犯下了不可饶恕的罪孽。

那一年,四虎十五,天依十二,他在心底对自己说,我将来一定要让这个女孩幸福。

六

在天依练跆拳道的第六个年头,也就是她十四岁的时候,终于拿到了全国青少年女子跆拳道锦标赛的冠军,同年四虎是第二次拿下男子组的冠军。

身为这两个小冠军的教练,厉师傅的大名似乎在一夜之间传遍了整个长春,前来找他去当教练的学校和道馆络绎不绝,而他仍旧是随时保持一身酒气,仍旧潇洒地随意将对方轰出门去。

厉师傅从来不当面夸奖四虎和天依,但是他无时无刻不从心底以这两个孩子为荣,他早就把天依当成自己的女儿般看待,而天依也将他视同父亲一般,时不时还会到他们家去帮忙做饭洗衣。

有时候,厉师傅会跟天依开玩笑,要她以后嫁到厉家当媳妇,天依却总是一脸严肃地说自己早就决定了以后不结婚,因为她觉得爱情从来都不如亲情和友情来的可靠。

每每听到这些,四虎的脸上总是会不经意地闪过一丝失

落。然而十七岁的四虎那时最期望的就是能够这样每天看着天依，看着她在自己的庇护下一天天长大，这对四虎来说，已经是一件极尽浪漫的事了。

可惜天不遂人愿，没过多久发生了一件事情，让美凤和天依母女彻底走出了四虎的生活。

那是一个盛夏的下午，天依提前放学回家，她刚走到小院门口就听到里面有人在呼救，正是自己的妈妈！天依迅速跑向正门，可是门被人从里面反锁了，她透过窗户看见屋里有个男人正跟自己的母亲撕扯着，他肮脏的身体正压在母亲的身上，尽管母亲拼命抗争，可是她的衣服已经被撕得破烂不堪了。天依看到这一切，顿时觉得怒火将自己整个身体都燃烧了起来。

"你是谁？放开我妈！"天依疯了似地怒吼道。

那人听到声音后扭头循声朝天依望去，天依一眼就认出了那张罪恶的嘴脸，是老光棍癞子孟青。孟青看到天依后非但没有停手，反而加大了和美凤撕扯的力度，他知道天依一时半会无法进屋，反正自己都已经做到这个份上，不尝点甜头哪会善罢甘休。

看着正在被人欺负的母亲，天依的心像要被撕开一般，她一脚干净利落的横踢瞬间将窗户玻璃全部踢碎。天依捡起其中一块锋利的碎片，从窗户跳进屋内，疯狂地朝孟青刺去，只听到"啊！"的一声大叫，那块玻璃直直地刺进了孟青的屁股，发黑的血从口子里流了出来，这口子足有二寸多深，屁股前后没穿实属幸运。

　　美凤借机脱身,她一把抱住手里还拿着玻璃碴子的天依,哭着冲孟青喊道,"你给我滚! 快滚! 我不想再看到你……滚!"

　　孟青捂住滴血的伤口恶狠狠地看着天依说道,"小杂种你……"可当他看到天依那双血红的眼睛时,他没敢再说下去,他看到的不像是一双小孩的眼睛,而像是一双杀气腾腾的恶魔的眼睛。天依手里的玻璃碴子还在一滴一滴地滴着殷红的血,孟青不得不承认自己平生第一次被一个小孩镇住了。

　　孟青再也不想在这个屋里多呆一分钟,他捂着伤口,一瘸一拐地走向门口,口中还不断咒骂道,"你现在小,我不跟你一般见识,等你长大了再说,小兔崽子……还有美凤,不是我强求你的,是王麻子媳妇说你要和我好,还说你自己不好意思说,让她跟我说,叫我主动来找你的。我也不是找不到人,我是看你们母女俩挺可怜才答应的……"

　　"滚!"听到这里,美凤终于明白是那些街坊邻里的泼妇仍旧不肯放过自己,仍旧在不断地坏她的名声,一时间仿佛所有的委屈都在这一刻爆发了出来,她哭得肝肠寸断。

　　"好! 我走! 你别后悔啊!"

　　"畜生,你再敢来一次试试,小心我废了你!"天依气得把牙咬得咯咯响。

　　孟青终于走了,天依这才松了一口气。玻璃从她手中滑下,可能是刚才握得太用力,她的手掌被划出两道深深的伤口,不停地滴血。

　　"妈你没事吧? 他有没有……?"天依顾不上自己的伤口,

心里首先想的就是母亲的安危。

"妈没事,妈没事……"美凤已经泣不成声,心里也像打翻了五味瓶不知是何滋味,自己在差点被凌辱的关键时刻由十四岁的女儿看到并救下,耻辱和无奈在她心里万般纠结,那感觉就像吃了一百只蚂蚁般难熬。

"妈妈,别哭,不要怕,有我呢! 你不是说过每个家里都会有一座山吗? 我就是那座山,我会保护妈妈的!"天依的表情此刻显得异常坚定。

美凤紧紧地抱住自己的女儿,泪如雨下。她知道女儿长大了,自己多年来的辛苦也没有白费。

第二章
桃园路邂逅富家女

　　孟青没有去找局子，因为他自知理亏。孟青强奸美凤未遂被十四岁的天依捅了屁股的事儿，没过多久便传遍了附近的大街小巷，而这事被杜撰的版本之多，语言之恶毒，让原本身心就受到了巨大伤害的美凤，在这样的情况下也终于有些抵抗不住了。

　　天依眼看着妈妈一天天变得憔悴消瘦，她知道是时候离开这个是非之地了。

　　天依对这个地方并没有过多的留恋，除了四虎和厉师傅再没有一个人拿正眼瞧过她们母女，当然，天依并不是个在乎别人眼光的人，只是她不忍心看到妈妈继续生活在孟青的阴影之下，换个新的生活环境也许是唯一的选择。

　　经过这许多的事情，天依再一次坚定了自己以后绝对不会去依靠男人的决心，她深信只有自己变强大了，才不会受到别人的欺负，才能够保护妈妈不再流眼泪。

　　没多久房子找好，而天依也要面对跟四虎分离，最令人感伤的是这一别不知道要什么时候才能再次相见。

　　六年了，六年来天依一直生活在四虎的庇护下，如今她真的要独自面对以后的生活了，她可以吗？事实上，她只能给自己肯定的回答。

　　搬家前一天,四虎把天依叫到一个没人经过的街角,他一改往日的邋遢,破天荒特地穿上了西装,因为他希望自己能给天依留下一个美好的印象以供日后回忆。

　　"天依,你以后……会忘记我吗?"

　　天依不说话,摇了摇头。

　　"听说你们要搬去桃园路啊,那里治安很乱,条件可比这里差太多了,要是……要是你在那边被人欺负了,记得来找我哦!"四虎把自己的胸脯拍得砰砰作响。

　　"开玩笑,我好歹也是黑带二段了,谁敢欺负我?"天依被四虎逗笑了,她一仰头却碰上了四虎认真而炽热的目光,天依赶紧有些神色慌张地移开了自己的视线。

　　"天依,我……"

　　"四虎哥,我们永远都是好朋友,我永远不会忘记你的。"天依不想让这份难得的友谊变质,不想让坚不可摧的友情变成她最不相信的爱情,所以她毅然决然地打断了四虎要说的话。

　　很多未说完的话就这样凝固在了嘴边,四虎喉头滚动,最终只是默默地拍了拍天依的脑袋,笑着点了点头。

　　四虎临走前送给天依一盆白玫瑰,他说上次陪天依去收废品路过一户人家时,天依见院落里种满了白玫瑰,便喜欢得站在门外凝视了很久不愿离开,从那时起他便暗下决心一定要攒钱给天依买一盆白玫瑰,只是没想到今天这白玫瑰竟成了分别时的礼物,他希望天依能睹物思人,千万不要忘记他。天依笑笑,淡淡地说了声谢谢,然后收下了人生的第一份来自

男孩的礼物,而这盆花也伴随天依走过了她非同寻常的花季和雨季。

　　桃园路是市里房子最便宜的地方,那里是长春市的棚户区,几乎都是平房,狭窄的街道间脏水横溢,随处都能闻到垃圾的臭味。老人们都流传这样一个说法:好男莫要桃园女,好女莫找八里铺。其实桃园路和八里铺根本就是半斤八两。

　　旧社会桃园路是窑子街,解放后政府出钱给那些妓女治了病,为了隔离不传染别人所以就把她们安排在原地点居住,但不许再接客。由于女人们都习惯了以前那种生活方式,也没有其他赚钱的技能,因此很多人还是靠接暗客为生,以至于很多生下的孩子到底谁是爹都弄不明白。这里的女人们本来就靠出卖色相勉强维持生计,有了孩子后还得养活孩子,生活自然更加拮据。所以,在桃园路长大的孩子大多一没文化二没家庭温暖,过一天算一天,什么来钱快就干什么,也不管是否违法。日久天长,桃园路里的男孩们一般都混黑社会,成天打打杀杀混日子,而女孩子就干回母亲的本行,代代相传。

　　尽管搬家后生活条件如此恶劣,美凤还是有本事化腐朽为神奇,无论什么样的房子到了她的手里都会变成花园小居。

　　天依的新家一如既往的是一间小平房加一个小院子,院子里面种着妈妈最喜欢的夜来香、万年红和各种蔬菜。百花争艳之时,院子里弥漫的花香就会盖过周围飘来的臭气,让人感觉天依家的院子仿佛这桃园路的一处世外

桃源。

在她们母女搬家的前一天晚上，美凤对天依说过，"莲花出淤泥而不染，你就是妈妈心中的莲花，记住无论身陷何地，你只要做好自己就可以了，而你现在最主要的任务就是好好学习，千万不要受周围那些孩子的影响。"天依何尝不明白妈妈的意思？在桃园路这种地方，你就必须得立场坚定，否则整日耳濡目染，只怕总有一日这里的人和生活会动摇你的人生观和价值观。

然而，搬到桃园路最大的好处就是没有人在背后指指点点了。毕竟在这里，不存在谁比谁更卑微，谁比谁更穷困，谁比谁更没有尊严。

善良温柔的美凤同邻居的关系也处得不错，她们刚搬来就有很多邻居来串门，还送来很多好吃的。虽然她们维持生计的方式让人难以接受，但是美凤觉得在她们那风尘的外表下，有一颗颗善良的心。美凤也很喜欢跟她们聊天，因为大家彼此之间想说什么就说什么，丝毫不用掩饰，美凤这么久以来头一次觉得生活得无比轻松自在，也许搬家真的是一个正确的选择。

二

时光荏苒，一晃两年多过去，美凤和天依已经完全融入了

桃园路的生活,成为这里的一份子。

"美凤,美凤在家没?"前院心直口快的徐影是美凤在桃园路交到的第一个朋友,并且两人的关系随着时间的推移也越来越好。正所谓徐娘半老风韵犹存,谁都看得出来徐影年轻的时候也一定迷倒过不少男人。

美凤循声从屋里出来,笑道,"她徐婶有事啊?"

"没事,看你干啥呢! 今天把我闲得闹心,上你这唠唠嗑。"

"呵呵! 你怎么又闹心了?"

"你说那老周头子这几天咋不找我了呢? 是不是在外面又有人了?"

"你别乱猜了……"

"哎呀,我第六感老强了! 真的,不跟你巴瞎,这几天我就觉得心慌,晚上睡觉就做梦,都梦到那老东西跟别人跑了。"

"你别乱想了,你给他打个电话不就完了吗?"美凤知道徐影快四十的人了,找个长包租的不容易,所以一天到晚都比较紧张。

"打了,可他居然不接我电话,一提打电话我就生气……哎! 算了,算了,说点别的,省得你听着都跟着生气。"徐影确实挺不容易,自己一把年纪,生了个儿子还不知道孩子他爹是谁,好不容易把孩子拉扯大了,由于没钱给他上学,这孩子便很小就去混了黑社会,一天到晚不着家,但所幸他还比较孝顺,时不时会拿些钱回来给徐影当生活费。

为了让徐影心情好一点，美凤从屋里拿出个小包递给她，"拿着，送给你的！我用旧衣服布头做的。"美凤有一双巧手，什么东西到她那里都能变废为宝。

"哎呀！这美凤的手就是巧，上面还有个刺绣的小花，真好看，不比那商场里卖的差到哪儿去。现在都流行布艺，在外贸商店卖得可贵呢，起码要一两百一个！这回那老东西回来我就说我花200块钱买的，让他给我报销！"徐影套老周头的钱经常使用这样的办法。

"你啊！可真有招。"

"用不用我传授给你点？"徐影眉飞色舞地看着美凤。

"行了，别传授了，我也用不上。"

"你再找一个不就用上了？呵呵！"

"我的心在很多年前就死了……对了，你刚才说一个手工包能卖一两百？"

"对啊！我有个姐们的闺女在外贸商店当售货员，我让她帮你问问收不收个人手工货，不过就算收的话，价钱也得很低，不能像卖的那样。"

"没关系，有得赚就行。"

"嗯，怎么地也比你下班捡废品强，还干净……"

"太好了，正好天依上高中的学费我不知道怎么办才好呢！"

"行，我晚上就打电话给你问去！"徐影是个好人，要不是环境差没办法，她也许能找个正经的好人依靠。

"天依学习不错，一定要让她报个重点高中，多贵我都

要供。她从小生活就没有个好环境,学习上一定要让她有个好氛围。只要她有出息,就算我再苦再累也是值得的。"美凤一想到天依脸上就会露出幸福的笑容,尽管那笑容略显疲惫。

"还是你命好啊!摊上天依这么懂事的孩子,不像我……唉!对了,我经常看到你家天依一个人在后面小树林踢树啊,还踢得有板有眼的呢,是不是练过什么功夫啊?"

"嗯,天依从八岁就开始练跆拳道,一共练了六年,已经是黑带二段了,十四岁那年她还得了全国青少年女子跆拳道的冠军呢!不过,后来我们搬来桃园路就没有师傅教她了,她只有每天自己去小树林练习。"

"嚯,你家天依真厉害啊!能文又能武,她都是全国冠军了,怎么没想去跆拳道馆当个兼职教练什么的?现在的小孩子可流行学跆拳道啦,而且那工资可不低哦,应该也不会太费精力。老周头他女儿就在一个什么健身中心当瑜伽教练,改明我去帮你问问!"

"那真是太好了,天依一定会开心死的,她一直以来都只能自己在小树林里练,做梦都想着能去道馆里练呢,更别说是当教练啦!"美凤激动地拉住了徐影的手。

徐影乐呵呵地拍了拍美凤的手背,她就是这样一个热心肠的女人,能够帮助别人永远比她自己做成了什么事情还要高兴,只是她万万没有想到,自己的儿子日后却成为了将天依推上黑道的"罪魁祸首"。

三

  自从徐影将天依介绍进了健身中心当跆拳道班的教练，她便觉得自己平淡无奇的生活变得有滋有味起来。由于天依技术过硬，有全国冠军的头衔，加上她十分耐心，教学质量很高，还有一个不能忽视的特点是她长着一张无比唯美帅气的脸，英气十足。于是她很快便在孩子们中间以及家长之间口口相传，越来越有名气，一时间越来越多的人都领着自己的孩子去参加天依带的跆拳道班。眼看着学员越来越多，道馆负责人不得不将孩子们按年龄和级别分类，现在天依一人带两个班，任务越来越重，但同时薪水也拿了双份，这让她十分开心，因为她现在可以很大程度地帮助妈妈减轻生活负担，再也不用妈妈一个人同时打几份零工了。

  由于教学任务重，道馆离家也有些远，天依回家的时间是越来越晚，这天天依跟往常一样拖着疲惫的身躯走进桃园路，路过一个巷口时，发现不远处有几个小混混正围着一个女孩。其实对于这种事情，天依已经见怪不怪了，因为在桃园路什么都有可能发生，在天黑后路过这里的女孩基本上就没有一个能全身而退的。在平时天依连看都懒得看这些事情，毕竟好女孩是绝对不会深更半夜不回家跑到桃园路这种地来乱逛的，除非是她是专门来找刺激的。

尽管天依也是个女孩,但是周围的混混根本没把她当女孩看过,当然这并不是说天依不漂亮,只怪她那太过随意的造型。一头乱蓬蓬的菠萝头后面留着个奇怪的清朝辫子,一年四季不变的男生校服,将近一米七几的个头又瘦又高,脸上从来都是没有表情,死一般的寂静,试问哪个混混会想去招惹这样一个根本不像女人的奇葩呢?

但也许这就是天依保护自己不被打扰的一种特殊方式吧!

天依很自然地路过人群,用余光瞟了一眼,发现被五个小混混团团围住的女生跟自己年纪相仿,身上还穿着灰粉色的校服,一看便知是某所贵族学校的学生。定眼一看混混中为首的正是邻居徐婶的儿子细毛,但天依对这个人渣是从来不过正眼。

天依有些纳闷,按理说来桃园路的几乎都是辍学的不良少女和妓女,很少会有这种穿着校服的女学生才对。天生的正义感让天依不知不觉停下了脚步,她走到一个暗处远远地观察着那群人。

"让开!"女学生推开其中一个正要扑上来的混混。

"为什么让开啊?还装纯?你既然敢来这里就不应该让我们走开。来吧,别害羞,就让我们来拯救你,拯救你饥渴的灵魂吧!哈哈哈!"说话的人正是这帮混混的头目细毛,他的一声声淫笑在漆黑的夜空中回荡着。

"老大,你文采太牛逼了!一张嘴就诗话连篇。"一个小瘦子一脸谄媚地竖起了大拇指。

"那是！我要是好好学习，以后肯定是位伟大的诗人，李白我都不放在眼里，哈哈！"细毛果然来点阳光就十分灿烂。

"就你这样还知道李白呢？简直是对先人的侮辱，你这个生活在社会底层的人渣！"女学生边说边用轻蔑的眼神白了一眼正暗自得意的细毛。

"操！敢骂我人渣？臭娘们我现在就让你尝尝人渣的厉害！今天你不陪爷几个玩痛快了，就休想走出桃园路！"女学生的一句"人渣"彻底激怒了细毛，他边说边上前把女学生按在了墙上。

"滚开！本小姐今天是来观光的，只想来看看传说中的黑色地区——桃园路是什么样子，可没闲工夫搭理你们，你们别给脸不要脸！混子不是对钱最感兴趣吗？等本小姐逛完，逛高兴了就赏你们每人一点，但是现在你们马上给我滚开！"女学生拼命想甩开细毛的手，她看样子虽然心里害怕，但是嘴上一点也不肯吃亏。

"呵，你说要我们走就走，那岂不是很没面子？别着急，我马上让你尝尝飞轮是什么滋味，今天你钱留下，人也得留下！"混混们将女学生越围越紧。

"你们这些有娘养没娘教的垃圾快点放了我！你们知道我是谁吗？小心我报警把你们都抓起来枪毙了！"女学生已经被几个混混抓住双手，动弹不得。

"报警？哈哈，我好怕怕啊！告诉你，我有娘教，我娘从小就教育我，女人天生就是让男人玩的，就是一辈子活在男人胯下的狗！我当然知道你是谁，因为你马上就会变成我身下的

一条狗,哈哈!"细毛示意手下强行拖着女学生往更加黑暗的角落里走去。

　　只是细毛万万没有想到他说这句话的声音实在太大了,大得在整个桃园路上空不断回响,最后这句话又裂成无数的碎片,每一片都飞速落下,狠狠地扎向了某一个人的心上。

四

　　女人是圣洁的,女人绝不是男人身下的狗!

　　听到那个混子对女人的极度侮辱,一直在旁边默默观看的天依终于再也无法忍受了。

　　"住手! 警察来了!"天依边大声喝道,边稳健地朝众人走去。

　　几人一听警察来了,慌忙停下手脚,警惕地看向四周。可是看了半天也不见人影,才知道是被天依所诈。

　　在众人愣神之时,女学生机灵地摆脱掉了身边的混混,一溜烟地跑到了天依的身后。

　　天依瞟了她一眼,说道,"你还不走?"

　　女学生感激地看了看天依,眨巴着大眼睛关切地问道,"那你呢?"

　　"不用你管,快走!"天依凌厉的眼神看上去令人不寒而栗,女学生只得顺从地逃离了现场,很快便消失在夜色中。

"你们这帮废物,她随便喊喊你们就信?桃园路能来警察吗?这里打死了人,警察都不来收尸的。一群饭桶!害我到嘴的肥肉都给跑了!"细毛使劲拍打着几个小弟的脑袋,一脸郁闷。

细毛虽然说得有点过,但也是实情,一般警察都不会来这个地区,就算来也都是年末大清查才来一次,还是全市警察集体出动。因为桃园路的地形比较复杂,加之这里住的都是黑社会混子,随便在哪间平房的屋檐下一摸,就能抽出把刀啊,铁棍啊,土制手枪之类的武器,随便在路中间喊一嗓子就能号召出百十号人来打架⋯⋯记得有一次两帮人在桃园路打群架,一百多号人互砍,警署派出一个大队的警察来镇压,结果两方不打了,集体跟警察干上了,最后一共砍死了 10 几个警察,伤者不记了。从那以后,再没有警察愿意来桃园路巡逻办案,而市局领导一听到桃园路就头疼,即便为了政绩向上级报告时,也都刻意隐瞒实情。所以久而久之,桃园路就变成了长春市的黑色一角。

"你是想找死吗?居然喊警察来了,你喊狼来了多好啊?我看你是活拧歪了是不?"细毛打够骂够了自己的手下,便开始找天依的麻烦,杀气腾腾、晃晃当当地朝天依走去。

"我就是喊了,你能怎么样?"面对一帮乌合之众,天依非常镇定,从小时候第一次被人群殴开始,她就练成了良好的心理素质,更何况现在跆拳道黑带的她早就今非昔比,即便这些人一起上她也完全不放在眼里。

"平时老子早就看你不顺眼了,是看在你妈和我妈是好朋

友的分上不愿意搭理你,知道不? 你是个怪胎,打你怕脏了我的手。今天你居然敢他妈的坏老子的好事,这可是你自己找揍,你们统统给我上,往死里打!"细毛说着退后一步,另外几个混混便都狞笑着朝天依扑去。

可是这些混混实在太小看天依了,只见天依随便几个飞腿就把几人全部踢翻在地。

"妈的,都去抄家伙! 我忘了这丫头练过!"细毛眼看小弟们都被打倒,便红着眼睛命令他们去拿武器,今天不出这口恶气他誓不罢休。

这些小混子没帮没派,所以也没什么规矩道义可言,只见几个人在屋檐下摸出刀和棒子,再次张牙舞爪地朝天依冲过去。

然而这种伎俩在天依眼中,完全不屑一顾。

第一个拿着棒子冲上来的胖子让天依一手抓住手腕顺势往身后一扳,借一股四两拨千斤的劲儿就给重重地摔到了远处的地上。这人本来就胖,又被天依摔得不轻,看样子躺在地上一时半会是起不来了。第二个冲上来的高个子让天依一勾拳打在小腹上,疼得他一弯腰,天依又趁机飞起一脚踢到他脸上,直接把他踢翻在地。还有个混混拿着棍子想在背后偷袭,机警的天依迅速摸起屋檐下的木方回头照着他的脑门狠狠敲了下去,血顿时溅了天依一脸。

这几个平时只知道抽烟喝酒乱搞的混混,体力和体质跟天依完全不在一个层次,虽然他们是男孩,还比天依大几岁,但以天依现在的身手收拾这五个人根本不在话下,不一会四

个小弟就都倒下了。细毛一看自己的手下纷纷落败,于是急红了眼,从屋檐下摸出一把片刀,疯了似的朝天依砍去。天依一闪身躲了过去,但是由于刀速很快,便在她的左臂上留下一个两寸长的伤口。天依顺势一脚把细毛绊倒在地,又一脚踩住细毛拿刀的手,夺下了那把片刀。接着天依一个直拳打到细毛的颈部,这可是一招致命的狠招,虽然天依只用了三分的力气,但细毛已经被打得背过气去了。

几个小弟以为老大被打死了,吓得纷纷起身逃跑。

天依看着仓皇跑掉的几个人,鄙视地说道,"哼,这么胆小还混黑道呢? 果然都是垃圾。"天依最看不上这种没原则、没义气的人。

正当天依整理了一下被抓乱的衣衫准备回家时,忽然感觉臂上一阵刺痛,她回头一看竟然是刚才那个被欺负的女学生正用手指戳着自己胳膊上流血的伤口。

五

"你怎么还在这里? 刚才不是叫你走了吗?"天依有点不耐烦地大声喝道。

"我很担心你,所以躲在角落里看着你啊,人家怕你出事嘛,刚才我已经打电话报警了。"女学生瞪着美丽的大眼睛,带点撒娇又有些怯怯地答道。

天依看了一眼这个古灵精怪的女孩,不以为然地说道,"报警有用的话,长春市就不会有桃园路了。"

"他……死了吗?"女学生饶有兴趣地看着躺在地上一动不动的细毛,却没有丝毫害怕的意思,仿佛她刚刚所经历的事情都是发生在别人身上一样。

"我不杀人。"天依走到细毛的跟前蹲下,一只手托着细毛的颈部做了一个抻拉和扶正的动作,然后在他胸口上轻轻一压,一口气顿时从胸中喷出,细毛很快便从昏迷中醒了过来。可是他看了一眼天依,也许是因为害怕,居然又昏了过去。

看着明明醒了又假装昏过去的细毛,天依觉得十分好笑,都说黑社会天不怕地不怕?原来都是作戏给胆小鬼看的。

"你的手臂在流血呢,疼不疼?"女学生说着从书包里拿出一条很漂亮的绣花桑蚕丝 LV 手绢,想替天依包扎伤口。

"你……"天依本想将胳膊从女学生的手里挣脱出来,可谁知女学生还是固执地把手绢像旗帜一样绑到了她的胳膊上。

"呀!很漂亮耶,麦克尔·杰克迅手绢这样绑着,超帅!"

面对这个神经过于大条的女孩,天依有点无奈。

"滚!"天依用一贯冰冷的眼神盯着面前这个楚楚可怜的女生,只见她咬着嘴唇看了看天依,仿佛欲言又止。女学生将眼神从天依的脸落到了她胸前的校徽上,突然她猛地走上前将校徽一把拽下,撒腿就跑,一边跑还一边喊道,"谢谢你!记住,我叫林嘉惠!我们有缘再见!"

看着胳膊上的手绢和校服上校徽被扯下后所留下的两个

洞,天依的眼里闪过一丝异样,她以为这个女学生只是她生命中无数过客中的一位,可是谁能料到她们以后的日子会有解不开的牵绊呢?

回家前,天依将那条LV的手帕解下塞进了书包,而面对妈妈美凤的询问,天依只说伤口是回家时天太黑,不小心被铁丝刮伤的。因为一通河附近确实有很多带着长刺的铁丝网,就像监狱的围墙一样,所以美凤并未多想,只是给天依包扎了伤口,幸好伤口虽然比较长,但伤得并不深。

那天夜里天依躺在床上辗转反侧,她回忆着晚上发生的一切,居然有种兴奋的快感。从小时候第一次被人欺负打掉人两门牙开始到现在,天依第一次为了救人而跟别人大打出手,那种打完架后的满足感,以及自己学有所用的自豪感,无不充斥着天依的内心。也许这就是她跟普通女孩的不同吧,她多了一份坚强,多了一份果敢,也多了一份血性。如果说以前她想变强,是为了保护妈妈,那么时至今日,她才发觉自己竟然是从骨子里就爱上了这种争强好胜的快感。她不爱梳妆打扮,不爱儿女情长,只想与男人一争高下,只愿证明女人从来不比男人差。

第三章
骑虎难下做老大

转眼天依即将面临中考,但是由于她平时基础打得牢,因此复习起来比那些临时抱佛脚的同学要轻松得多,即便她没有花别人那么多的时间去复习,但每次大考小考仍旧是独占鳌头,遥遥领先。在紧张备考的同时,天依仍旧没有放弃跆拳道教练的工作,这种充实的生活让她感到十分满足。

不知不觉距离和细毛等混混一战已经过去了将近一个月,天依原以为他们再也不会敢来招惹自己,可没想到这天她从道馆回来却又冤家路窄地碰上了这帮人。

"上哪儿去了啊?我们可在这等你半天了!"

正埋头走路的天依一听到这个声音,便马上停下脚步抬头看,发现正是细毛一伙人挡住了自己的去路,除了上次那几个混混之外,细毛还多带了几个新面孔。天依心头一紧,心想难道他们是来报仇的?

"怎么还想找打吗?别以为多带了几个人,我就怕你们!"天依经过短暂的思考后很快便恢复了不屑一顾的神态。

"我们几个被你打得那么惨,怎么就能完事儿呢?哪能那么便宜?"一个高个子的混混,眯着小眼睛,一脸坏笑地看着天依。

"就是!你当我们好欺负哪?这事是完不了了!"一个胖

子和几个混混也跟着一起起哄。

天依原本已经做好了战斗准备,可是看着他们几个的表情总觉得有点奇怪——如果真是来报仇,怎么少了点杀气呢?

站在众人身后的细毛见小弟们越说越不对劲,于是干脆一伸手把前面的人都挡了回去,自己上前说道,"你们还想挨打啊?行了,行了,都别在那里胡说八道了,一会给大姐整迷糊了。大姐,从今天起我们就叫您大姐了,希望您收我们几个当徒弟,您大人不计小人过,原谅我们之前的无礼。"说完细毛还给天依深深地鞠了一躬。

这下天依可真有点迷糊了,自己打了这几个混混,他们不来报仇,还管自己叫大姐?真是让她百思不得其解。

细毛见天依还在怀疑他们的诚意,便干脆率领众人给她跪下了,口中还说道,"大姐您是我细毛的救命恩人!那天我被你打昏过去,我这些兄弟们并没有逃跑,而是躲起来在远处看着,他们都清楚地看到你手下留情没有打死我,反倒救了我,这种情况下要是换作别人我早就死了,是大姐你仁义饶我一命。我细毛生平最佩服讲义气的人,大姐不光身手了得,还这么义薄云天,我们是跟定您了,请受小弟们一拜!"说罢,细毛就带头给天依磕头。

天依还只是个初中生,哪里受过此等大礼?细毛的举动弄得她有点不知所措,"停停!都给我站起来!你们不要弄错了,我那天打你们可不是为了要你们拜我做大姐的,完全是因为我路见不平拔刀相助,看不惯你们欺负一个女孩子而已。至于我为什么救你……"天依看了看一脸虔诚的细毛,继续说

道,"那是因为我可不想杀了你这样的人渣,脏了我的手! 所以你们赶紧起来,该干嘛干嘛去,我是绝对不会当你们什么大姐的,别说我年纪比你们都小,就算比你们大,我也一点都不想跟你们这些只会欺负女人的人渣扯上关系。"

"大姐请您听我说完,那天我们只是想吓吓她抢点小钱花花,谁知道那丫头嘴硬,我一生气只是想修理她一顿,打她几下,真的不会对她做什么的。我口无遮拦,骂起人来不经大脑什么都说,但我绝对不会什么都做的啊! 你也知道我妈是个妓女,一个人把我拉扯长大,我很心疼她,因为我知道她的不易,我怎么会对女人做那种事呢? 就算是做,也得那些女人心甘情愿我才会做啊! 我们抢钱是因为我们真的不知道自己还能做些什么。请大姐相信我们! 现在这个社会不管年龄大小,谁有能力谁就是老大,胜者王败者寇,我们都败在你手上,那么你就是我们的老大,如果你有一颗宽大仁慈的心的话,就请拯救我们这些迷途羔羊吧!"细毛那平日嘻嘻哈哈的嘴脸,在说这番话时,竟表现得十分真诚。

二

天依听着细毛的话,心底最深处的那根弦似乎被轻轻拨动了,因为她和细毛有着相似的不幸的生活经历——都是单

亲家庭的穷小孩,都对未来充满了惶恐与不安,唯一不同的是天依有幸能够继续读书,而细毛早就偏离了正常的轨道,想到这里,天依竟有些为细毛感到难过。

其实,看着眼前这些都不满二十岁的大男孩齐刷刷跪在自己面前时,天依的心里还是闪过一丝不可否认的满足感和自豪感。但与此同时,天依也清醒地意识到自己还完全没有心理准备去接受这些人,而且她也无法想象如果有了这么多小弟,她的生活将会发生怎样的改变?毕竟这么多年来,她已然习惯了一个人独处。

细毛看到天依似乎已经有些动摇了,便继续自说自话地介绍起了这些部下,"老大,下面请允许我来介绍一下我们的成员啊。高个子叫柠檬,怎么样头是不是长得跟柠檬一样小?那个小胖子外号耗子,别看他胖,但胆小的跟耗子一样,还有那个嬉皮笑脸的是二皮……"

"谁是你们老大?我……"本在发愣的天依一听到细毛的话才又回过神来,但是她却发现自己完全插不上嘴。

"这几个是我新收的小弟,来叫人啊!"细毛对后面几个穿着校服的学生大声呵斥,几个学生便一起对天依恭敬地磕头,叫道,"大姐!"

细毛笑嘻嘻地看看天依,有些耍无赖地说道,"大姐,您今天要不答应,我们可就跪着不起来了。"可是细毛哪里想到激将法对天依完全无效呢?要知道天依最讨厌的就是别人威胁她了。

"好,那你们继续跪着吧,我安天依说一不二!"说完,天依

便头也不回地走了。

多年后天依常常在想，如果不是当年细毛的执着，那么她的人生会不会就朝着完全不同的另一个方向发展？可能她会跟其他普通女孩一样，考上大学，有一份稳定的工作，认识一个普通的男人，最后结婚生子，过完平淡无奇的一生。可是如果这样，那安天依还是安天依吗？这个名字也许注定了将会拥有不平凡的一生。

原本天依认为细毛等人只是一时兴起才想起找她拜大姐，可谁知往后的三天里无论天依走到哪里，她后面都会跟着一条长长的尾巴。细毛每天领着十来个人在天依身后晃来晃去，无论她怎么甩都甩不掉。只要天依一回头，这帮人就停下，对着她嬉皮笑脸。而如果天依不理他们，他们就继续在后面跟着。惹得路人纷纷侧目，天依十分尴尬，连学校里的同学和老师也以为天依是得罪黑社会了呢。

最后，天依不得不"妥协"了，为了让他们不再跟着自己，不再影响自己的正常学习生活，她只得勉强答应细毛当他们的老大，但前提条件是绝对不允许他们再跟在自己身后，只有在天依需要的时候，他们才能出现。

细毛是个很懂得察言观色，知道何时要以退为进的人，既然天依已经松口，那么他们也没必要得寸进尺，反正以后多的是机会可以证明他们的忠心，而后来的事实也证明，细毛当初的这个想法是十分正确的。

于是在初三的时候，天依阴差阳错地当上了十几个男生

的老大。但这时天依只是他们名义上的老大,实际上她再也没有主动找过他们,只希望多一事不如少一事而已。

而细毛等人也十分信守承诺,果真再也没在学校出现过,只有在放学后回家的路上天依偶尔躲不掉才会和他们说上几句话。天依的计划是用渐远的方式让他们逐渐忘记自己这个徒有虚名的"老大",毕竟当时的天依所有心思都放在学习上。

三

不久后,天依初三毕业了,她的中考志愿是 103 中学,一来是因为离家很近也没有中考的分数压力,二来她可以以最好的成绩拿到这所学校学费全免的名额。

天依的学习从不需要美凤担心,虽然中考分数还没出来,但是一向稳健的她十分有信心这次成绩跟以往一样发挥出色。美凤在开心与欣慰之余,担心的却是天依越来越孤僻的性格——从小到大,除了那个跟她一起练习跆拳道的男孩外,她再没交过第二个朋友。

天依暑期长假的第一个晚上,美凤跟往常一样下班回家,她一边哼着小曲,一边拎着满满的一篮子菜推开了小院的门,却看到天依正坐在院子里发呆,双眼直勾勾地看着墙角的万年红,连她进门都没有发现。

美凤有些担心地叫道，"天依，天依！"

天依这时才回过神来，答道，"哦！妈回来了。"说完，她便一手接过妈妈手中的菜篮往厨房拎。

"你刚才想什么呢？妈进来你都不知道？"

"没想什么啊，就是在等你回来，等得发呆……"

"是吗？"美凤将信将疑地盯着天依。

为了不让妈妈多想，天依打岔道，"对了！妈，你为什么那么喜欢万年红啊？"

一提起万年红，美凤果然没再继续追问天依，而是似乎沉浸在了对往事的追忆里，她笑了笑，说道，"其实妈妈以前是喜欢红玫瑰的，它象征着火热真挚的爱情，但是和你爸爸刚认识的时候家里很穷，买不起红玫瑰，而他又知道我喜欢花，所以每次跟我见面都会在路上采一小把随处可见的万年红送给我。他说那花像我一样，朴实而纯洁，美丽却不张扬，可爱却不做作。花瓣像火红的太阳，时间越长越散发着迷人的魅力，而秋后的花心让人甜到心里，寓意着我们的爱情也能甜蜜到永久。所以从那时起我最爱的花就变成了万年红……"说到此处，美凤的脸上仍旧洋溢着幸福的微笑，仿佛自己仍旧是那个被人疼爱怜惜的少女。

"妈，你还想着他？"

"有些记忆是想擦也擦不掉的，有时候我们装作若无其事，其实只是把伤痛暂时藏起来而已。既然如此，为什么我们不经常把美好的回忆拿出来回味呢？说起来，那个时候你爸爸真的对我很好，他知道我喜欢看电影，于是每个星期都带我

去电影院……"美凤说到一半回头看了看天依,发现她脸上正流露出憎恨的表情,便连忙改口道,"啊!不提了不提了。对了,我女儿也是大女孩了,你喜欢什么花啊?希望以后的男朋友送你什么花呢?"

天依淡淡地答道,"我没有喜欢的。"

"说谎,哪有女孩子不喜欢花的?"

天依沉思片刻,将眼神落到了窗台边的那盆白玫瑰上,继而若有所思地说道,"如果非要说喜欢,那我就喜欢白玫瑰吧。妈喜欢红玫瑰是因为象征着火热真挚的爱情,而我喜欢白玫瑰就象征着没有爱情。男人口口声声说的天长地久都是谎言,男人虚伪做作的热情都是欺骗。我的未来不需要爱情,所以我就喜欢白玫瑰!它代表我那还未出生就已死去的爱情。"天依向妈妈诉说这些的时候,脸上始终带着不可阻挡的坚定,仿佛这些话在她的心里已经存在了太久太久。

美凤则完全被天依的话惊呆了,她看着自己正值花季,本应情窦初开的女儿,心里感到十分震惊和哀伤,她没有想到自己失败的感情和婚姻居然给女儿造成了如此大的影响,以至于女儿对于男人已经报有极度敌视和排斥的心理,她很难想象未来的天依会发展成什么样子。

"天依,你……"美凤爱怜地摸了摸天依的头,满腹的疼惜却不知道要如何表达。

"妈,我没事啊,你别担心,从小到大我什么时候要你操过心?你要做的就是相信我,相信我这个女儿一定不会让你失

望,一定会让你过上好日子的!"天依的微笑也许只会在最亲的人面前绽放。

美凤知道天依固执如她,就像当初她认定了跟天依父亲至今仍旧没有后悔过一样,既然选择了,那就要有心理准备承受接下去发生的一切。而既然天依有着自己的想法,作为一个母亲除了支持还能说什么呢? 毕竟天依像极了她年轻时的固执模样。

看到母亲心事重重,欲言又止,天依决定告诉她一个好消息哄她开心,"妈,我执教的跆拳道馆现在做得规模越来越大,馆长决定在市中心开个最豪华的贵族跆拳道分馆,这个周末我就要去那里教课了,工资也涨了哦,你身体不好以后干脆就不用工作了,让我来养活这个家吧!"

看到懂事的天依时刻为自己的身体和这个家操心,一心想用自己瘦弱的肩膀扛起生活的重担,美凤的眼里不禁闪烁着点点泪光。

四

正式开始授课的第一个周末,下午天依很早就到了道馆,她是一个相当有时间观念的人,为了能提前去熟悉环境以便更好地授课。

随着上课时间的临近,学员们也都陆陆续续到达了道馆。

天依发现这个班的学员有不少都跟她年纪相仿,可能也都刚好中考完。

进入道馆的学员们也都注意到了天依这个尚未成年和他们差不多年纪的教练,只见天依一袭黑色道服,黑色的道带上赫然绣着"安天依"的大名,十分英姿飒爽。也正是因为只有天依的道服是黑色的,学员们的道服都是白色,从而显得她格外的突兀与亮眼。

天依没有跟任何人打招呼,只是独自在一旁做做热身运动,她从不担心会被自己的同学认出来,因为这家道馆收费昂贵,能交得起学费的学生肯定都不属于她的生活圈子。同时,天依也感到一种隐约的自豪感——即便你再有钱,到头来也是要叫有能力的人一声"老师"。

就在天依一边热身,一边暗自观察这些学员的时候,几个高个子男生趾高气扬地走进了道馆,一看就知道肯定是一帮"富二代"并非善类。

几个男生径直走到道馆的中央站定,似乎想像明星一般来个亮相,而等期待的效果已经差不多达到后,他们便开始旁若无人地聊天,其中一个略矮的男生对最高的男生谄媚地说道,"中齐大哥,听说那个大美女林嘉惠也报名了哦,我刚才在楼下看到她的车了,是最新款的黑色宾利,绝对错不了!"

"哦?是那个家里超有钱,身材超性感的林嘉惠?以往在学校她一放学就直接被家里的司机接走了,也没机会接近她,这次可真是天赐良机啊!"中齐正坏笑着打着自己的如意算

盘。这时就听道馆内一阵惊呼,大家都纷纷看向了入口处。走来一个十分惊艳的女生,她不是别人,正是天依曾经在桃园路救下的女孩——长春市首富的女儿林嘉惠。

"哎哎!看,她来了!身背黑色 PRADA 书包,脚穿 LV 新款靴子,头戴香奈儿发卡,手里还拿个新款 VERTO 手机,真他妈帅!"中齐身边的男生恨不得眼珠子都要瞪出来了。

"那是,她可是我中齐看中的女人,能差吗?"中齐似乎已经把嘉惠当成了自己的女朋友,竟然大言不惭地夸耀起来。中齐的父亲是市朝阳区税务局的局长,母亲是公安局户籍科的科长,都有点小权,黑钱肯定没少进账,作派一直很嚣张。

嘉惠走进来后并没有四处张望,她换好了衣服见离上课还有一段时间,就坐在凳子上玩起了手机。

"大哥看见没有? VERTO 啊!那可是世界上最贵的手机品牌啊!最贵的要几百万,最便宜的都要几万块一部,好东西就是好东西啊!你看那白金外观,黑色陶瓷键,钻石镶边……"一个男生在中齐旁边眉飞色舞地唠叨着。

"看什么看,再看也看不成你的!"中齐用力地拍了一下那个男生的脑壳。

"大哥,你要是泡上了这个妞,那我们以后也要跟着你享福了!"男生一边摸着自己的脑袋,一边积极地出谋划策,畅想未来。

中齐跟几个人互相对了下眼色,便一起坏笑着朝专心玩手机的嘉惠走去。

五

"林嘉惠，真巧啊，在这里也能碰到你？"中齐热情地对嘉惠打了个招呼。

嘉惠听后，嘴角微微一斜，并不抬头，就跟没听见一样，继续自己玩着手机，似乎是在暗示身边的菜鸟——你的搭讪好低档哦！

中齐见嘉惠不理自己，表情变得有些难堪，但是谁都知道林嘉惠是出了名的难追，他也只得继续放下身段，讨好地说道，"嘉惠，你这么快就不认识我了？我是中齐啊，咱们是一个学校的，呵呵……"

嘉惠仍旧没有抬头，这时中齐的脸色已经有些难看了，怎么说他也是个有钱的帅哥啊，在学校里追他的女生也有大把，怎么到林嘉惠这里自己就变得这么弱势了呢？中齐深吸一口气，准备做最后的努力，"美女就是美女，连专注的时候都这么漂亮，姿势都这么迷人啊……玩什么呢？能借给我看看吗？"

"你是在跟我说话吗？我没有听错吧？你说的是借吗？"嘉惠终于把视线从手机屏幕移到了中齐的脸上，她的眼神迅速上下打量着中齐的脸和他穿着打扮的牌子。嘉惠的眼睛就是一部分辨率极高的机器，任何人只要一入她的法眼，她就能知道此人的家庭背景，其大概的性格以及品位层次。在嘉惠

眼里,这些没入上流社会的二流家庭的孩子是最讨厌的,他们没见过太多的世面,但都很能装,以为自己家里有两个小钱就有多了不起,其实真正的有钱人是绝对不会如此张扬的。而嘉惠最讨厌的就是这类人,因此她对这类人说话时,从来都带着三分轻蔑。

"是的!能借给我看看吗?"中齐见嘉惠终于搭理他了,于是很开心地又重复了一遍。

"对不起,我的东西是从不借三种人的:第一种是放不清自己位置的人,第二种是欺负弱小,没道德心的人,第三种是长得不帅还自认为超帅的人。这三点我相信你都占全了,所以……我——不——借——给——你!"嘉惠故意说得很大声,因此不光中齐一伙人,就连旁边的其他学员也都听到了这段对话,顿时所有人都安静了下来,几个男生面面相觑,而中齐的脸蹭的一下从额头红到了耳朵根,因为从小到大还没有一个人跟他这样说过话,而且是当着这么多人的面。

嘉惠当着这么多人的面让中齐下不来台,于是中齐的愤怒已经代替了对嘉惠的喜爱,中齐丧失了理智般地大叫道:

"靠!三八,你别给脸不要脸!别以为刚才跟你客气点你就不知道自己姓啥了,说你是美女你还真以为自己美了?你这种水准五百块我能找俩儿,现在你这种学生妹出来做鸡的多了去了,看你这么有钱不会是跟你老爸一样的老男人上床赚来的吧?啊?哈哈哈哈……"中齐的嘴是出名的损,他才不管对方是男是女、是什么身份,只要他生气就会不管不顾、不分场合地什么脏说什么,心里只想着先骂了而后快。

"对,大哥,她被老男人给蹦蹦了!哈哈……"中齐身后的男生更是贱得跟着一起起哄,还冲嘉惠做了一个很下流的动作。

"你们这帮下三滥!"嘉惠大小姐哪里受过这样的气?她抬手就往中齐的脸扇去,可是还没等手碰到对方的脸,就被对方抓住,并一把将她顺势给推倒在地。嘉惠跌倒时正好又磕到了凳子的一角,疼得她一声怪叫。屋漏偏逢连夜雨,倒地的嘉惠又碰巧坐到了一只不知是谁的臭球鞋上,磕到了女生的敏感部位,这位平日娇生惯养的千金大小姐这次可谓是颜面尽失,也不知她是真的摔疼了,还是觉得丢人,总之她席地而坐,号啕大哭起来。

"哭个屁!刚才不是很拽吗?女人都是没用的摆设,你那点花拳绣腿给我挠痒痒还行,哈哈……"中齐出了口恶气,得意地大笑起来。

"没错,我爸说女人是男人身下的狗,唯一有用的地方就是能生孩子!"几个男生不断用尖酸刻薄的语言刺激着嘉惠,还抢走了她手中的手机。

这时一个清瘦的身影飞快地闪到众男生面前,中齐原本还在哈哈大笑,却突然被人抓住了衣领,整个身体往前一个踉跄,只听那人冷冷地说道:"把东西还给她。"

第四章

天瑰堂之诞生

一

　　道馆里所发生的一切，天依都看在了眼里，本来有钱人家
的事天依根本不想理会，她只想上好自己的每一堂课，可是那
个几个男生的话再一次刺伤了她的心。也许这就是烙在天依
心上的一个魔咒吧，不知从何时起，只要一听到有人侮辱女
人，她就会像被触碰了最敏感的神经一样愤怒和反常。本来
已经竭尽全力忍耐的天依，在听到这句"女人都是狗"之后彻
底爆发。尽管女孩的傲慢与无理也让天依很反感，但是她决
不允许几个人高马大的男生就这么明目张胆地欺负和辱骂一
个柔弱女生。

　　中齐一米八几的个头居然被天依弄得十分狼狈，他反应
过来后，一把将天依的手甩开，愤怒地说道，"你是个什么东
西，还想替她出头？"

　　这时中齐身旁的男生在他耳边窃窃私语了几句，他才
恍然大悟说道，"哟，原来是教练啊，真看不出来啊，你这身
板还是教练呢！男不男女不女，真不知道道馆怎么会找你
这种人来教，真是笑死人了！叫你一声'教练'那是给你面
子，现在你赶紧给我滚开，别找揍！"像中齐这种中上等家庭
的小孩都爱以貌取人，他完全没有想到自己是在跟一个跆
拳道黑带叫板。

"我——要——你——把——东——西——还——给——她!"天依强压怒火,一个字一个字地把刚才说的话又重复了一遍。

中齐看到天依那双可以喷出怒火的眼睛,不禁身上打了个哆嗦,但马上他又回过神来,直接一飞脚朝天依踢过去,口中喊道,"叫你多事!"

天依也不想再跟这种人渣浪费口舌,她轻巧地躲过了中齐踢过来的飞脚,利落地挥起拳头,一冲拳打到了中齐的脸。中齐万万没有料到天依会还手,根本没想去躲,于是天依的拳头重重地落到了他的脸上,嘴角顿时流出了鲜血。

中齐擦掉嘴角的血,气急败坏地看着面前面不改色的天依,禁不住大吼起来,"妈的,今天老子要让你走不出这个馆!"说罢便疯了似的挥拳朝天依打过去。

可是中齐怎么可能是天依的对手?他挥过来的拳让天依缓手接住,一个翻腕背到身后,接着天依照着他的屁股就是一脚,当时就把他给踢趴下了。没等中齐起身,天依又拽起他的脖领,对着他的脑袋一顿拳头,每拳都正中中齐的脸和胸部,中齐瞬间就被打得毫无反击之力。天依对这个不知天高地厚的男生已经算是手下留情,如果天依用的是脚,恐怕中齐早就不省人事了。

一看中齐被打倒,其他的几个男生也纷纷加入了战斗。

而训练班里的其他人都被这一幕所惊呆了,个个目瞪口呆,面面相觑。

这时只见一个娇小的身影闪离了人群,她就是许博

雯——一个带着黑框眼镜看似书呆子一样的女孩。发生的一切都看在她的眼里，特别的人出现了，这个教练的举动让她心生敬意。她也是一个嫉恶如仇的人，但是她不喜欢用拳头解决问题。这家道馆的馆主是她家的旧交，她知道身为教练打伤学生，那家长是不会放过道馆的，那么馆主也不会轻易放过教练，所以她认为最好的办法就是直接去找馆主来收拾这几个烂人。

天依对付这些只会虚张声势的富二代们简直不费吹灰之力，她随便几个横踢，下劈，旋风踢就把那帮男生悉数踢翻在地。

正当天依的拳头举起又要落下时，中齐终于求饶了，"别打了，不行了！我们服了，大姐！"

中齐读的是私立学校，能去那里上学的孩子，家里多少都有点门路。那些家里不缺钱的孩子们根本没几个扯混这套的，所以中齐可以在自己的学校里称王称霸。可天依本身从小就生活在八里堡和桃园路这种流氓窝子里的人，中齐那一套伎俩还能忽悠住她？再说天依这个全国青少年跆拳道冠军的头衔可不是徒有虚名的。

天依用鞋底踩着中齐的脸，冷冷地问道，"你妈是狗吗？"

中齐摸着自己被打得面目全非的脸，战战兢兢地回答道，"不……不是。"

"你妈是没用的吗？"

"不是。"

"以后再说这种话的时候就想想你妈，想想你是从哪里出

来的,管好自己的嘴,千万别忘了本,女人是孕育生命的天使,如果以后你再欺负班里的女生,你就会比今天还惨,记住了吗?"天依依旧面无表情,但语气里透出万分认真,让中齐知道她并不是在开玩笑。

"是……不不……不是,是……记……记……记住了。"今天的挫败已经让中齐方寸大乱,语无伦次了。

"哇,好帅啊!看她的发型好像日本漫画里的少年,真酷!不愧是咱们的教练啊!"

"是啊!功夫厉害,人又长得那么帅气,你看她忧郁的眼神,哇!能跟她学跆拳道真幸福啊!"

……

刚才亲眼目睹了天依是如何教训中齐一伙人的其他学员都被天依精湛的跆拳道技术和俊美的外表所深深折服了,人群里顿时炸开了锅,不论男生女生都对这个看上去高挑、清瘦、帅气的女教练顶礼膜拜。

天依看了看被她全部打翻在地的男生们,确认已经没有人有还手之力了,于是一脚踢开了脚下的中齐,不屑地说道,"男人都是垃圾……"

天依俯身捡起那个掉在地上,对她来说是天价的 VER-TO 手机,并没有多看一眼就送还到了嘉惠的手上。

嘉惠眨着大眼睛,惊喜地叫道,"是你? 是你! 恩人,你还记得我吗?"

二

　　眼前这个女生的激动反应让天依有些不知所措,她努力搜寻着自己脑海中的记忆,却仍旧一头雾水。

　　"是我啊——林嘉惠!那天晚上你在桃园路救了我,不记得了?"嘉惠一边说一边比划着,用手指捅了捅天依受过伤的手臂。

　　"是你?"嘉惠的手碰到天依的那一刻,她终于想起来了,由于那天天色已晚,所以她并未看清嘉惠的样貌,并且她对与自己无关的人和事一向不太上心。

　　"是啊!你想起来了,太好了!没想到你居然是道馆的教练啊,而且你又一次救了我,咱们可真是有缘!晚上有空吗?我请你吃饭谢恩!"嘉惠见天依记起了自己,笑得花枝乱颤。

　　自从那天晚上第一次被天依救了,嘉惠就想再见她一面,跟她成为朋友,并且她一直把天依的校徽别在自己的书包上。但无奈那次事发第二天,她的父母就开始闹离婚,她只得亲自飞去美国安抚两人,近日才回。

　　"真老套,还请吃饭谢恩,她怎么一来就抢尽风头,刚才是中齐,现在又是教练,她想怎么样?还真以为她自己美若天仙啊?"一些长相难看的三八女生在一旁叽歪着。

　　这时博雯带着馆主进来了,只见馆主雪白的三角脸,下巴

上一撮山羊胡，一副道貌岸然的样子，一双小眼睛十分灵活地
左右顾盼。

"馆主来了！"博雯在前面开路喊道。

"怎么回事，菜市场吗？我们是高级会所，不是小流氓呆
的下等街区！"

原本大家以为老师在骂中齐他们，都很开心，可是这开心
只持续了3秒钟就又全部变成了目瞪口呆。

"安天依，你是个什么东西？还打人？你不要以为你曾经
是个全国冠军就了不起了，在这种高级地方你想打就打？打
的是什么人你知道吗？打坏了这里的东西，砸碎你的骨头渣
子都赔不起！当初要不是看你能吃苦，要的工钱也低，我是绝
对不会让你这种出身桃园路的人来当教练的，现在怎么样？
果然印证了我的话吧，你就不是个省油的灯！"

山羊胡瞪圆了小眼睛看着天依，在他眼里名和利都很重
要，但是最重要的还是钱。天依不过是一个出身贫寒的跆拳
道兼职教练，怎么能跟那些花大价钱来报名参加培训班的大
客户们相提并论？

突如其来的转变让大家瞪目结舌，博雯的脸从刚才的阳
光灿烂变成了海水刚打过的礁石。

"等等……馆主，是那几个男生先欺负我的，教练是为了
帮我才动的手。你要骂也应该骂那几个没素质的人啊！"嘉惠
对山羊的趋炎附势感到非常生气，天依是救了自己两次的
恩人，岂能让他这般侮辱与怪罪？

"咳咳，其他的同学们请注意，今天浪费了大家的时间不

好意思,这次课的时间会另找时间补上,现在就先解散吧,大家可以下课了。"馆主没有直接回答嘉惠的质疑,而是先将与此事无关的学员解散,以免继续损害道馆的形象。

"我说你这个馆主,怎么……"还是第一次有人敢无视嘉惠大小姐的问话,这恐怕是因为馆主并不知道嘉惠家里的背景吧。可是嘉惠的气愤尚未得到宣泄,她就被一个人拉住了。

嘉惠回头一看,是那个跑去叫馆主的戴黑框眼镜的女孩,只见她冲自己摇了摇头。

眼看其他学员都离开了,道馆里只剩下山羊胡馆主,刚才打架的双方,以及嘉惠和博雯。

"你们怎么还不走?"馆主不解地看着两个女孩。

"我也算是这件事情的当事人吧,我有权利知道馆主您如何解决这件事情。"嘉惠将双手挽在胸前,她绝不允许自己的恩人受到一点委屈。

"您是我请来的,我父母的面子你都不给,所以我很想知道结果到底是什么样的。"博雯推了推眼镜,依然冷静地说道。

"你父母早死了,还什么面子不面子的,你一个小屁孩有什么面子。"

"你……"博雯气得直咬牙,刚才的冷静全然皆无,心里直骂这种人怎么还会活到今天。

"安天依,你有什么要说的吗?不管中齐他们是如何不好,你觉得你身为一个教练直接去跟学员打架,这于情于理说得过去吗?"

现在的天依已经由刚才的极度愤怒,慢慢冷静了下来。

山羊胡说的这句话并没有错，身为一个教练，无论如何她都不应该跟自己的学员动手。

"是的，我不应该动手，我向你们道歉。"天依对中齐等人诚恳地说道，不管之前馆主如何诋毁自己，她此刻还是决定勇敢地正视刚才的一时冲动。

嘉惠听到天依居然主动认错，不由得惊讶地张大了嘴，博雯也有些诧异地推了推眼镜，不解地看着这个一脸坚毅的女孩。

"道歉就行了吗？那我们这打就白挨了？"中齐见天依态度软了下来，自己又有馆主撑腰，那股蛮横劲又涌了上来。

三

"那你们想怎样？"天依好不容易压制下去的怒火，这时又被中齐挑了起来。

"你下跪给我磕三个响头，大声说三遍'我错了，我不该打中齐少爷'，然后再让我们修理你一顿，这事才算完！"中齐一边摸着自己高高肿起的脸颊，一边龇牙咧嘴地说道。

天依不禁觉得有些好笑，眼前这个一米八几的大男生刚才还被自己打得满地找牙，这会儿仗着有人撑腰，马上就忘了刚才的狼狈，变脸比翻书还快。

"你们这帮人渣也太……"嘉惠听到中齐的要求简直火冒

三丈,可是她的话还没说完,就被山羊胡馆主打断了。

"快跪下啊,没听到中齐少爷的话?"山羊胡居然对这么过分的要求都表示赞同,令嘉惠和博雯真是大跌眼镜。

天依没有做出反应,而是冷冷地盯住馆主,那充满寒气的眼神直盯得山羊胡一个寒战。

"看,看什么看? 顾客就是上帝,顾客不交钱,我拿什么给你发工资? 你面前这些人就是你的衣食父母,叫你下跪,有什么不对的吗?"山羊胡量天依不敢对他怎么样,越发理直气壮起来。

"我是不会跪的,而如果你们想修理我呢,那就放马过来吧。"天依将眼神移向中齐,平静而坚定地回答道。

"不跪? 不跪你以后就都不用来上班了,我这里庙小,请不起你这么大的佛,你以后另谋高就吧! 一个穷骨头,还好意思在这里跟我讲尊严,告诉你,这个社会是以经济基础来决定人的地位的,你从出生起就注定了要被人踩在脚下,乖乖认命吧!"山羊胡不屑地瞟了天依一眼说道。

天依确实是很在乎这份工作的,因为她不仅从中找到了自己久违的快乐,而且她可以通过这份工作为母亲分担经济负担,更重要的是眼看她就要升入高中,这个假期的工资将成为她一个学期的学杂费和生活费,如果她现在失去了这份工作,那就不知道母亲又要不眠不休地做多少个手工包,为别人打扫多少次卫生了。

然而,难道一个生活在社会底层的人,连维护自己尊严的权利都没有了吗? 难道有钱,就可以连别人的尊严也买去吗?

看着山羊胡对中齐等人的一脸谄媚,天依只感觉体内有无数的怒气在乱撞,企图找到发泄的出口。世风日下,人心不古,母亲的那套处世哲学放在今日已是笑谈,天依觉得自己不能坐以待毙,她要抗争,用自己的拳脚与这不公的命运抗争!

就在天依刚要出拳的一刹那,突然听到众人身后有人说话,"你个掰卡臭老九(长春话,指教书的人)敢炒我们老大的鱿鱼? 你他妈眼睛长脚后跟上啦?"顺着话音,大家把目光投向了门口,说话的不是别人,正是细毛,他身后还带着 20 几个小弟。

细毛带着兄弟们进来后,朝着天依恭敬地鞠了一躬,然后吩咐道,"把大门给我关上,今天谁也不许走出这个大门!"

原来细毛早就来了,这些天他带着兄弟们一直跟着天依,只是天依规定未经她的许可众人不许出现在她面前,所以细毛等人才未现身。刚才道馆里发生的一切都看在细毛的眼里,跟中齐等人打架时细毛没出来,那是因为他知道以天依的身手,这几个小子根本就是自寻死路,要是他带着兄弟们出去了还得挨天依骂。但看到后来天依被那个所谓的馆主几番羞辱,细毛便再也忍不下去了。试问哪个混混能忍受自己的老大被别人这样轻视呢?

这个时候细毛的出现对天依来说无疑是一种很大的安慰,她十分感叹细毛的重情义与信守承诺。在这个众人被金钱蒙蔽了双眼的人间,终于有人愿意和天依站在一边,这不能不说是一种平凡之中的神奇力量。

天依并没有同细毛说话,只是给了细毛一个赞许和感激

的眼神,但只需这一眼,细毛就已经完全理解了天依的意思,他是一个极其机灵和敏感的人,即便是一些很细微的东西他也能捕捉到应有的细节。细毛明白是显示老大威风的时候了,要让这些所谓的有钱有地位的人知道安天依这个老大他们可不是随便拜的!

"你们是什么人?这是私人地方,你们给我出去!"山羊胡这话说得还算硬,可是他那两条腿分明已经开始发抖了。

"你当这是国外呢?还私人地方!让我出去?难道你想让我进就进,想让我出就出?知道我们是谁吗?没听过黑社会啊?想让我们走有那么容易吗?我们来一趟路费你负责啊?"细毛边说边一步三晃地走向了山羊胡。

四

这一天是道馆在朝阳区开贵族分馆的第一个周末,也是天依第一次在这繁华的市中心上课,可能也是她最后一次在这个道馆打工,然而最重要的是这一天也许是天依人生最重要的转折点。

"你们想怎么样?没酒钱的话今天我可以请一顿,但别的就没商量了……"尽管山羊胡馆主胆子小但也爱财如命。

"操,埋汰人哪?告诉你,缺钱也不缺你那点,老子又不是要饭的,你净他妈不说正道话!知道她是谁吗?"细毛指了一

下天依,看见天依瞪了他一眼,马上又向天依鞠了一躬,继续说道,"她是我们的老大,你居然敢炒我们老大的鱿鱼,你说你是不是浑身上下皮肉痒痒了? 找抽啊?"

接着,细毛不等山羊胡答话,便向带来的兄弟们一摆手,说道,"给我砸,里面每一样东西都不能留整个的,把这老东西的嘴给我处理了,让他再满嘴喷粪! 还有那边几个欠揍的也给我一起收拾了,居然敢要我们老大给他下跪,真是嫌命长了是吧?"细毛话音刚落,后面的小弟们就拿起凳子开砸,屋子里到处响着支离破碎的声音。

细毛机灵地搬了个凳子请天依坐下,然后自己规矩地站在她身后,欣赏众小弟砸道馆。

"啊,大哥们,我们刚才已经挨过打了! 大……大哥!啊!"中齐刚才好不容易才站起来,这会儿又被细毛的小弟们踩在了脚下。

"啊,别打了! 啊! 我……我错了! 你们要啥我给你们,求求你们别打我啦!"两个混混架着山羊胡的胳膊,另一个混混把他的鞋脱了,再用这臭气熏天的鞋底用力地抽着他的嘴巴,不一会的工夫,山羊胡的嘴就已经被打得高高肿起,血肉模糊。

"大哥……不,大爷们,我错了! 我有眼不识泰山! 别打了! 这个月的工资我双倍发给安天依大姐,求你们饶我一条老命吧!"山羊胡只剩下求饶的份。

"晚了! 谁让你眼睛瞎,敢得罪我们老大! 给我往死里打!"细毛根本不吃山羊胡那一套花言巧语。

"大哥,大哥,求你们放过我吧,敢问大哥是哪个帮派,我改日一定亲自上门谢罪。今天就放了我吧,我这把老骨头真的不行了!"山羊胡被打得眼泪与鼻涕齐飞,看样子是真的招架不住了。

"问我们是混哪里的? 怎么,你还想到时候派人去找我们算账啊? 不过,大哥我也不怕你来,既然敢做我就敢当,你给我听清楚了,依姐是我们的老大,我们是桃园路新成立的一个帮派,叫做……"细毛支支吾吾说不出来名字,只能求救似的看着天依。

事已至此,天依心中的愤怒也已经发泄得差不多了,除了解气,天依更多的是体会到被人支持,受人尊重是什么样的感觉。即使没钱也同样可以通过其他的方式维护尊严,这个世界并不是有钱人说了算。

看着细毛求救的眼神,天依几乎是脱口而出一个名字,"从今天起,我们的帮派就叫——天瑰堂。"也许这个名字早就在天依的心中形成了,"还有,以后叫我'依哥',我很娘吗?"天依又偏头看了细毛一眼说道。

"是……是! 依哥是男人的楷模,你们给我听好了,我们是桃园路新成立的帮派——天瑰堂,依哥是我们老大,你们想报仇,就尽管来桃园路找我们吧!"尽管细毛对这个有些脂粉气的帮派名感到有点别扭,但是毕竟老大是女生,叫这个名字也算般配。

看到道馆里的东西砸得差不多了,山羊胡跟中齐一伙人也都趴在地上起不来了,天依摆了一下手,示意细毛叫兄弟们

停手。

细毛马上明白了天依的意思,大喊道,"停!"

"今天就到此为止吧! 馆主,我谢谢你曾经给我这份工作,但我也请你记住,以后不要瞧不起穷人,更不要以貌取人。没有人能选择自己出生的家境,就像你今天也无法选择不被打一样,人生有很多东西是注定的,而每个人在上帝面前都是平等的,每个人无论贫富贵贱也都有权利说'不'!"天依说完,便拿起书包带着细毛一帮人走了。

一直站在一旁目瞪口呆地看着这一切发生的嘉惠和博雯也跟着天依一帮人追了出去,可惜她们几次想靠近天依,都被她的小弟给挡了回来。

天依带着细毛等人走出道馆的时候,发现门口围了很多看热闹的人对他们指指点点,议论纷纷,但是天依的反应很漠然,她并不是第一次成为别人的话柄,而她也清楚地知道自己的人生将从此时此刻发生翻天覆地的改变。

五

道馆内满地狼藉,中齐和他的兄弟,以及山羊胡馆主都横七竖八地躺在地上呻吟。过了许久,他们确定天依等人都走远了,方才敢起身离开。

几个被打得鼻青脸肿的男生忍着剧痛去更衣室换衣服,

而博雯和嘉惠由于没有追上天依,只能先回道馆换衣服拿书包,她们和几个男生几乎是擦身而过。

谁料嘉惠和博雯两人刚走到门口,就听到更衣室里有人喊道,"妈的,谁啊?谁往我鞋里放大便了?我靠,今天倒霉到家了!"

博雯忍不住笑出声来,嘉惠坏笑着说道,"哦,是你干的!你好坏哦!"

博雯看了嘉惠一眼,继续偷笑,表示默认。

嘉惠冲博雯竖起个大拇指,说道,"高!"

两人继续走了两步后,又听到有人在喊,"我的衣服怎么湿了?这什么味啊?我靠,是尿!到底谁这么损啊?"

这时博雯有些纳闷,自己明明只弄了大便,没洒尿啊?不一会,旁边的嘉惠也忍不住笑出声来,博雯恍然大悟地说道,"好啊,是你干的,你也很坏哦!"

走出道馆一段距离后,两个女孩于是都开始放声哈哈大笑,两人还跳起来互相击了下掌,不约而同地说道,"合作愉快!"

晚霞照在两个女孩的脸上竟如此灿烂,做些荒唐事也许是属于花季女孩的特权吧。

博雯和嘉惠并肩走在干净的石板路上,女孩银铃般的笑声在夕阳的余晖中回荡。

"我叫林嘉惠,你呢?"

"我叫许博雯。你喜欢她吗?"

"喜欢!"嘉惠一提起天依,脸上就挂着甜甜的微笑。

"她是女生不是男生耶!"

"那又怎么样? 现在什么年代了,喜欢就好! 还有不光是喜欢,她也是我的恩人,她一共救了我两次,第一次是我被几个流氓骚扰……说起来就是今天来帮她忙的那些混混呢! 没想到居然都拜了她做老大! 当时,她一个人就把那几个人都打趴下了,帅死了,我那天走的时候都没来得及问她的名字。真开心这次又能遇见她,居然还是我的教练,还知道了她的名字叫安天依,而且又救了我一次,只可惜这次我还是没能好好谢谢她,还是没有跟她成为朋友……我真的很崇拜她!"嘉惠的眼中闪动着近乎痴迷的光芒。

"哦,原来如此!"博雯一边走一边看着这个调皮的大小姐。

"那你呢? 为什么帮她出气? 你难道也喜欢她?"嘉惠好奇地看着博雯。

"我……我只是欣赏她的个性与人品,也想跟她做朋友。我想能做她的朋友应该是一件很幸福的事。"博雯抬头若有所思地看了看天,天边的火烧云此时仿佛更红了,霞光掩饰着她说话时绯红发烫的脸颊。

"唉……可惜刚才她走得太匆忙,也没问她要电话号码,不过她身边有那么一帮小弟,我也没机会问。"嘉惠有些沮丧地踢着路上的小石子。

"我初三刚毕业,你呢?"虽然嘉惠并未注意博雯的表情变化,但博雯为了掩饰内心的激动,还是想岔开话题。

"我也是,你开学是哪所高中? 我是桥斯顿。"

"我也是桥斯顿啊。看来我们还真有缘！"博雯感慨也许今天的一切都是上天注定。

"天哪，太巧了！我们居然以后还是同学呢？不过……"嘉惠现在心中想的就只有天依，这个恩人怎么能让她就这么消失掉？嘉惠摸了摸书包上的晋升中学的校徽，"这是她第一次救我时，被我强行抢来的。"

"想跟她同一所学校吗？"博雯看了看那校徽，神秘地笑着问嘉惠。

"当然想了！但是世界上不会有这么巧的事情吧？"

"想就好。我知道该怎么办，交给我吧！"

嘉惠瞪着大眼睛，质疑地看向博雯，博雯则认真地回应着嘉惠的眼神。在博雯的眼神里，嘉惠看到了她想要的答案，于是笑笑说道，"好吧！一言为定！需要我做什么就通知我！这个是我的电话。"说着嘉惠把一张粉色的小卡片递给了博雯。

"恒基财团之美丽教主？"这什么名头？博雯有点犯晕。

嘉惠大笑着解释道，"恒基财团的董事长是我爸爸，我现在还小所以在公司里没有职务，但是我常会出去跟爸爸一起参加一些社会名流的社交活动，为了方便和那些公子们联络，我就给自己封了个美丽教主。"说完嘉惠还摆了个盛气凌人的造型。

"原来你就是长春市赫赫有名的恒基财团的千金啊？"博雯有点惊讶，但一看到那张粉色的小卡片还是感觉哭笑不得。美丽教主？也就嘉惠这样刁蛮任性、古灵精怪的女生能想得出来。博雯收好卡片把自己的手机号也输到了嘉惠的手

机里。

这时一辆新款宾利车停在了两人的身边,车上下来一个男人,毕恭毕敬地对嘉惠说道,"小姐你又乱跑,我刚接你下课,发现你人就没了,老爷太太说今天又不能回来了,让你去陪伦敦来的海世集团的四公子吃饭。"

"知道啦!"嘉惠郁闷地噘起小嘴,对博雯说道,"那我走了,我们回头联系。"

看着嘉惠的车渐渐走远,博雯摸了摸那张粉色的卡片,脸上微微一笑,心想今天晚上可有事干了。

第五章
相约桥斯顿

凌晨时分,大多数人正酣然入梦,可是许博雯却正襟危坐在电脑前搜索着一切关于安天依的信息。只见电脑显示器前的博雯一副目瞪口呆的模样,原来在查资料前,她完全没想到安天依竟是一个如此优秀的人——文武双全,德才兼备。

要不是身边的电话突然响起,博雯还沉思在对天依的惊叹与折服之中。她看了看表,已是凌晨十二点多,这么晚会是谁呢?

"喂?"

"太好了,你还没睡,我是嘉惠!"

"就是睡了也会被你这索命电话吵起来啊!呵呵!什么事啊,大小姐?"

"嘿嘿,你在做什么啊?我睡不着!"

"我在搜集一些关于安天依的资料,没想到大有收获!她这个人简直是太完美了……"博雯一手拿手机,另一手不断滚动着鼠标,脸上露出敬佩的表情。

"什么,什么?快说给我听听!"嘉惠在电话那边已经急不可待了,她一晚上满脑子都是天依的影子。

"听好了!安天依,小学就读于全市最贫穷地区的八里堡小学,一到六年级每年都是学年第一,毕业后以全校第一名的好成绩考入一类重点中学——晋升实验中学,初中三年来学

习成绩一直都是全校第一。在她 14 岁那年,还获得过全国青少年女子跆拳道冠军,她凭借其跆拳道速度和力量之出神入化,被界内人士喻为跆拳道界的未来新星……"博雯几乎是一口气念完的。

"哇! 好厉害哦! 你是怎么知道的?"

"嘿嘿,别小看我哦! 我好歹也是吉林省青少年电脑精英黑客比赛的第一名哦! 虽然不是全国冠军,但是相信不久的将来,我一定也能拿到这个冠军的。"话一出口,博雯才感觉自己似乎有些失态,按照往常她是绝不会这么张扬的,可能她觉得嘉惠是个值得深交的朋友吧。别看嘉惠平时像公主一样高傲蛮横,其实博雯觉得她的内心非常简单,在她的字典里也许只有喜欢和不喜欢两种选择吧。

"你打算怎么办? 怎么样才能让天依跟我们上同一所学校?"嘉惠非常好奇,博雯怎么就能让天依跟她们俩成为同学呢? 她们上的可是东北三省最昂贵的贵族学校,那开销不是一般人能够承担得起的。

"这个你就不用担心啦! 我已经查过了,桥斯顿每年都会向贫民开放关爱政策,取全市中考成绩头两名的学生进入桥斯顿,而且是学费半价、学杂费全免。我刚查了安天依的中考分数,是全市第三,而且报考的志愿还不是我们学校,也就是说即使她分数够了学校也要她了,她来不来还得取决于她自己的意愿。让我动点手脚使她的分数成为全市第一,并把档案提到桥斯顿去,这一点问题都没有,只是她自身的态度将是决定因素……"

"那怎么办好呢？啊，对了，我知道她家住在什么地方，是在桃园路。天哪，我怎么把这个忘了，我们可以先跟她成为朋友，然后想办法说服她进桥斯顿啊！"

"你的想法很正确。"一阵敲击键盘的声音从电话那头传来，"搞定！真是小 case！全市第一名就是她了！"

"是不是真的啊？"嘉惠兴奋之余又有些怀疑。

"星期一是桥斯顿的中考发榜日，不信的话，你到时候可以看啊！呵呵……"博雯自信地说道。

"牛！看来我真要好好请你吃顿饭了。就这么说定了哦！明天有时间吗？"一想到即将能和天依成为同学，嘉惠禁不住开心地在床上手舞足蹈。

"当然，反正不用去山羊胡的道馆上课，真是闲得很呢！明天上午 9 点香格里拉门口见。"

"OK！晚安！"

"晚安。"合上电话后，博雯也忍不住为即将能跟天依成为同学而感到雀跃。从小到大，她还从来没有对谁如此上心过。安天依总是具有如此的魅力可以吸引身边的人为她着迷，这也并不是偶然，而是生活中的必然。

二

天依从小到大从来不对妈妈撒谎，这次她向妈妈坦白了

自己和中齐打架的缘由以及被馆长开除的真相,然而却隐瞒了她彻底接纳细毛等兄弟,并开创"天瑰堂"的那部分事实,美凤向来知道天依如果跟人大打出手,那肯定是有充足的理由惹恼了她,所以她也并不责怪天依,只是默默地摸了摸天依的头,一如天依小时候做了错事那样。美凤的温柔一向都比打骂更能让天依痛定思痛,看到妈妈故作轻松地说自己周末又要开始多做几份临工,天依的内心充满了对自己的懊恼与对妈妈的心疼。

以前天依还没有去跆拳道馆当教练的时候,妈妈除了平时做一些手工活,每个周末还要去打临工;而每年的寒暑假天依每天都会去接妈妈下班,能听到忙碌一天的母亲在自己身后的车座上轻松地唱起歌是令她最开心的时光。美凤天生就是一个歌者,她也很爱唱歌,在天依的眼中妈妈就像是降临人间的天使,一个有着天籁之音的天使。其实天依的声音也很好听,音色纯正,略带一点低沉,只是她连话都很少说,能听到她歌声的人可能除了妈妈就再无别人了,至少那时天依是这么单纯地以为并坚持着。

既然不用去跆拳道馆当教练,天依便恢复了以往的习惯——每天去接妈妈下班。天依远远地看到一个瘦弱的女人站在马路旁边,身前立着一块很大的牌子,上面写着"打扫卫生、擦玻璃、刮大白"。这就是她的母亲,这就是为了她日夜操劳,脸上却永远挂着坚强笑容的母亲。

风轻轻吹过妈妈的发梢,露出了眼角深浅不一的皱纹,她曾经秀丽无比的脸庞上留下了被生活碾过后的痕迹。每当看

到妈妈正渐渐老去的容颜,天依的心里就无比刺痛。她曾无数次地责怪自己——为什么不能变成个男人,为什么不能快点长大?那样就能用自己的肩膀让母亲依靠,就能早些靠自己的力量让母亲过上安逸、幸福的生活。

天依将车骑到母亲面前,习惯性飞快地将自行车180度大调头,然后冲母亲做了一个请的手势。美凤开心地坐上女儿的车,而当她扶着女儿硬而有力的腰部时,感觉眼前这个背影还真有点像一个可以依靠的男人。

"妈,今天活多吗? 累不?"天依一边骑着车一边问身后的妈妈。

"擦了一家玻璃,还给一家新房的地板刷了亮油。就我一人干的,所以今天赚了100元哦!妈妈晚上可以给你做点好吃的了。"美凤疲惫的脸上露出慈爱的笑容。

"不要! 100块一天的活也不是天天都有的。妈,你每天那么累还是拿这钱给自己买点滋补品吧!看你最近又瘦了好多。"天依说着从书包里拿出一小块蛋糕递给妈妈,那是她从自己零花钱里省出来的钱买的。"给! 妈,你最爱吃的蓝莓蛋糕。"

美凤欣慰地接过这块带有蓝色梅子酱的小蛋糕,细细端详着,这是她最喜欢吃的零食,以前也曾有一个男人给他买过,虽然那真的是很久以前的事了。按平时来说,她根本舍不得买这种昂贵的糕点,因为一块蛋糕的钱都可以给天依买两斤鸡翅吃了。

"唉……这么一小块就这么贵,我这都快成老太婆了还补

啥？再补也补不回来喽！以后别花这冤枉钱。妈知道你又是从自己的零花钱里省出来的，你正在长身体，多给自己买点好吃的才是必要的。"

"我身体好着呢，不用再吃什么好的了，妈你就快吃吧！"天依是个非常孝顺和有原则的孩子，所以偷鸡摸狗的事她从来不干。天依也从未向母亲要过一分钱零花钱，从小到大她的零花钱都是靠她自己拣废品或者打零工赚来的。

"天依，是妈妈不好，让你从小就不能跟其他孩子一样有个温暖完整的家，这么小的年纪就要去打工贴补家用，以后妈妈会努力赚钱，让你能安心学习，将来考个好大学、找个好工作，再给妈找个好女婿回来，那妈妈这一辈子就满足了。"天依的懂事让美凤很开心，但是美凤不想让天依就这样过一辈子下等街区孩子的生活，即使自己没能给她一个完整的家庭和无忧无虑的童年，以后也要努力让她有个美好的未来。

"妈，你说什么呢，我才不要你那么辛苦地工作，我会赶紧长大挣钱养活你。"天依想了想，又继续低语道，"再说，我也不想找男朋友，更不想结婚，我要永远陪在妈身边，陪你一辈子！男人都是垃圾……"不知道从什么时候开始，"男人都是垃圾"变成了天依的座右铭，美凤没有想到男人的形象在天依的心里已经被扭曲到如此地步。童年被父亲逐出家门的经历在天依心里留下了无法修复的伤痕，她从那时起就对男人有着无比抵触和排斥的心理，她觉得男人是不可靠的，是只会给女人造成伤害的垃圾。

"这孩子怎么这样说话？你终有一天会离开妈妈的，就是

你不结婚,妈妈也有离开你的一天。你看你都这么大了还从来都没穿过裙子,一点也不像个女孩子,你难道要妈妈死了以后都还要为你操心吗?"美凤真是百感交集,她无法想象自己失败的婚姻究竟给天依留下了多大的阴影,她亦不知道这个孩子未来的幸福会是怎样,她现在唯一能想到的就是一定要让天依极端的想法赶紧改变。

"我不许你这样说!不许!我永远是妈的,我也永远不会离开妈……我一定会让妈过上好日子的!"天依说话间激动得连车龙头都差点把不稳。

听到这些话,美凤泪水悄悄地流了下来,她紧紧抱住女儿的腰际,将面颊贴在女儿温暖的脊背上。天依的话就是这些年来对美凤含辛茹苦的最大安慰,她也深知,眼前这个女儿就是她的全部。

上帝待人是公平的,他在拿走你一样东西的同时,也会用另一样东西去填补你的缺失。

一辆自行车在马路上缓缓地前进着,翠绿的树,干净的石板街,红色的晚霞,相依为命的母女,共同构成了一副美丽的画卷。

三

天依骑车接母亲回家的画面把藏在不远处的两个人深深

地打动了,她们就是嘉惠和博雯。原来天依早上从家里的胡同口出来,就被嘉惠和博雯偷偷跟踪了。她们看到天依走街串巷地去捡废品,卖了20块钱,自己中饭只吃了一个馒头,却把钱省下来专门给母亲买了一块小蛋糕;她们看到天依骑车去接母亲下班,又为母亲擦去额上的汗水……骑车载着母亲的天依,脸上洋溢着嘉惠和博雯从未见过的笑容,而笑着的天依又是那么美,美得仿佛是人间的精灵。

天依和母亲回到了家,刚要进门口就听后面有人大叫天依的名字。

"安天依!等等我们!"

天依回头看去,竟又是那个自己因为她而打了两次架的小女生!天依对这个女生全无好感,没想到她真是阴魂不散。待天依定睛一看,发现那个小女生后面还跟着个四眼女生,就是上次在道馆里自作聪明叫山羊胡馆主来的女生。

"你们来干什么?"天依用生硬的口吻问道。

"阿姨,你好!"聪明的嘉惠根本没打算回答天依的问题,而是直接跟美凤热情地打着招呼。

"哎!你好!你好!你们是天依的同学吧?你看长得真漂亮。"美凤一边说一边看了看天依,心想天依是什么时候认识这么有气质的漂亮女孩的?从小到大除了四虎,她可一个朋友都没有。

"我们是跟天依学跆拳道的学员,今天碰巧路过,顺便来看看她。"嘉惠冲天依眨了眨大眼睛,一脸的无辜与真诚,她知道搞定天依的办法就是先搞定她妈妈。

"是吗？快进屋，晚上在这儿吃饭吧！"

"妈！人家还有事呢，怎么能在我们家吃饭？"天依希望这两个大麻烦还是早点走为好。

"没事！我们今天有空。阿姨，晚上我帮你做饭打下手。"

"你也会做饭？哈哈！"博雯看着嘉惠就忍俊不禁，堂堂恒基财团的千金还会做饭？估计连厨房的样子都没见过。

博雯和嘉惠两人就这样进了天依的家，她们跟美凤说说笑笑，只有天依在旁边有些无所适从。自从搬来了桃园路，还从来没有自称"天依朋友"的人来家里吃饭，美凤看样子十分开心，和两个女孩忙得不亦乐乎。看到三人忙碌的画面，天依似乎也没有觉得多么讨厌了，毕竟这个家还从来没有如此热闹过，妈妈也很少能如此开心。

两个女孩和美凤很快就成为了朋友，有哪个家长不喜欢这样两个漂亮又懂事的女孩子呢？美凤不但喜欢她们，而且觉得天依需要这样的朋友。

既然妈妈喜欢，那天依自然不再说什么，只是她万万没有想到，自己正一步步走向这两个女孩为她量身订做的"圈套"。

两天后的早上，天依收到了一份录取通知书，来自全省第一贵族名校桥斯顿。她很诧异，因为自己并没有报考桥斯顿，而且学费如此昂贵的学校她是想都没敢想过的。

"嗨！早啊！"天依正在疑惑之时，听到身后有人跟她打招呼，这声音她想都不用想就知道来自谁，因为博雯和嘉惠这两天早上就跟上班一样，每天准时到她家报到，她们已经极度扰乱了天依平静的生活，可是天依还是拿她们一点没办法也没

有,谁叫妈妈喜欢呢? 美凤一看见她们就笑逐颜开,还说是她们让这里终于有点像个家了。

"你们快成打卡机了!"天依不知道什么时候起也学会了这样的冷幽默。

"怎么样? 被哪家二三流的学校录取了?"博雯似乎胸有成竹,却又略带嘲讽地问道。

"你什么意思? 为什么录取我的学校就应该是二三流的?"天依对博雯的话语很是敏感,难道在别人眼里自己就看着那么没实力?

"哎,她不是……"嘉惠刚要说什么,就被博雯的一个眼神挡住。

"没,不是那意思。不是好的学校你考不上,只是竞争的人太多,就像桥斯顿吧,不是人人都能去的,谁都知道桥斯顿学费昂贵,即使你以全市第一名的成绩破格考入,也还要交一半的学费,一个学期那可是五万元啊,这个数我想你会明白的吧! 不过看你也不会是那个全市第一,因为我就是那个全市第二名,我有信心赌你不是!"

"如果我是那个全市第一,又被桥斯顿录取了,你要怎么办?"博雯的激将法果然奏效了。

"如果你是那万里挑一的人,我就甘拜下风,愿赌服输,你上学的那五万块开销,我全包了。"

嘉惠看到这,才终于明白了博雯的想法。这招激将法确实是让天依不得不去桥斯顿上学的最好方法。嘉惠心里暗自高兴,上前一把抢过天依手中的录取通知书,喊道,"答案就在

这里,宣布啦? 哈哈!"

"好啊,我等着听呢!"博雯仍旧保持一脸的不屑。

"博雯,你这个爱算计的家伙输啦,哈哈! 这正是桥斯顿的录取通知书,而且天依就是那个万里挑一的全市第一,快拿五万块来!"

"不会吧? 拿来我看看……"博雯接过嘉惠手里的录取通知书,像模像样地看了又看说道:"看来我真是太低估你的实力了。好吧! 那五万块半价学费我给了!"博雯故作懊悔状。

但天依从博雯手中一把抢过通知书并不买账,她冷冷地说道,"谁要你的钱?"然后转头进屋了。

"喂! 安天依! 不会是让五万块钱吓怕了吧?"博雯继续激将。

"博雯,你怎么还这么说?"嘉惠悄悄拽了拽博雯的衣角,她生怕天依固执起来就真的不去了。

"嘘!"博雯轻轻地把手指放到嘉惠的唇上,自信满满地说道,"她一定会去的!"

博雯看着天依的背影,不禁暗笑,她相信以天依的个性是绝对不会服输的。

四

自道馆和中齐一伙大打出手之后,天依开始明白一些她

之前一直不愿意承认的事实。尽管山羊胡馆主趋炎附势，爱财如命，但是不可否认他说的有些话，确实反映了这个病态社会的现实。钱虽然不是万能的，买不来真正的亲情、友情和爱情，但是钱却可以改变一个人的社会地位，从而左右身边的一切。天依常常想，如果自己是有钱人，那么母亲何至于常常被流言蜚语所扰，何至于遭受像瘸子孟青那种人的侮辱？细毛在关键时刻的出手相助，让天依意识到一味的忍让并不能如料想般息事宁人，只有她从根本上变强大了，才能得到别人真正的尊重。从那时起，天依就暗暗发誓，她一定要有钱，要变强，要拥有足够傲视别人的地位，这样她才能成为母亲最强大的靠山。

　　天依不曾拥有过很多金钱，但她相信五万块钱对于她来说只是个数字，而她也绝对不会被这个数字难倒！至于怎么去赚这五万块钱，天依心里已经有了打算。只是她也许没有料到自己这次惹上的麻烦最终会成为一个黑洞般的噩梦。

　　以往意义上的黑社会只会打打杀杀，虽然有点小势力、有点小钱，但也都是依附在政客和富豪的身后，最多算一条为别人卖命的狗，就算再厉害也需要看主人的脸色，而其最终的结果无非就是短暂辉煌过后的监狱生涯。这样的生活绝对不是天依想要的，她知道自己是特别的，她也绝不允许自己只有个平凡的人生。

　　流氓本是社会最底层的人，但从细毛出现在道馆的那一刻起，天依便再也不这样认为了——原来流氓同样可以拥有无上的人性。

　　桃园路里面的黑势力就目前来说,天依根本触及不到,因为充其量她还只是个孩子,大混混连正眼都不会看她一眼。不过既然决定要混,那么跟这些大混混碰面只是早晚的事情,天依心里面已经做好了充分的准备。

　　成立天瑰堂是天依第一次瞒着妈妈自己做了决定的事,这时她还只是天真地以为只要自己领导有方,那黑社会的混混也可以成为传说中正义的化身,只要自己坚持原则,即使这个染缸再大,自己也能全身而退。也许这就是我们青春年少时的激情与固执吧,然而只有在最后能正视自己荒唐甚至荒谬的过去的人,才称得上是真正的强者。

　　天瑰堂创建初期,天依和兄弟们都十分兴奋且对未来的生活充满了美好的憧憬,天依在心底对自己作出一个承诺——一定要带领这些兄弟们走出桃园路,走出贫穷,走出人渣行列,一起去做人上人! 一定要证明别人拥有的东西,我们也一样可以拥有!

　　为了在短时间内凑足学费,天依命令兄弟们开始收附近学校的保护费,但是桃园路周围三所学校一个月收下来满打满算也就一万块,除去兄弟们的正常开销也就还能剩个六七千! 凭这种速度想在剩下的一个半月之内凑到五万是绝不可能的! 而且现在是暑假期间,只有补习班,学生没有平时那么多,收上来的钱可想而知有多微薄。

　　这时天依想到了已经录取了她的桥斯顿——这个全省学费最昂贵的学校,本省市所有豪门子弟云集的地方,她不禁心生一计。于是,天依开始一边派细毛带两个兄弟每天去桥斯

顿踩点摸清形势,一边广收人才壮大队伍!

现在是新时代了,出来混就不能像老一辈那样没文化、没层次,只知道抢拳头,所以天依命令剩下的人谁也不能闲着,都要跟着她学习文化还有练跆拳道,为打江山做好充足的准备。

桃园路路口的冷饮店成了天瑰堂的据点,一通河的树林成了他们的练功场。每天上午天依都带着兄弟们一起在冷饮店里学习天依最喜欢的一本书《魔鬼法则》,锻炼大家的逆向思维,而下午众人就在小树林里练跆拳道。天依本来就做了一段时间的学生族跆拳道教练,现在教起这些有一定基础的半成年人来更是轻车熟路,效果明显。

为了让大家在短时间内有较快的提高,天依要求每人每天背着二十斤重用汽车里带做的水袋跑十公里。用水袋的好处是,水足够重,可以达到训练效果,另外大家在跑步途中疲累之时,还可以及时补水,一举两得。此外,每人每天都要拉韧带和做弹跳训练,因为怕疼不敢劈叉的,天依就另找两个人直接一前一后往他的腿上坐,每次训练都只听得一片鬼哭狼嚎,但是为了让他们以最快的速度进步,天依从不心慈手软。

经过一个月这样的训练后,大家的跑步速度果然加快,个个身轻如燕,身体灵活度大大提高,肺活量增大,抗压能力也随之增大。最让大家开心的是所有人现在都可以轻松地劈叉,踢腿的高度和力度也都和之前不能同日而语。这时天依开始训练众人的实战技巧,她可以说是将自己多年来的经验毫无保留地倾囊授出。

　　饮食方面天依也毫不吝啬，这一个月的堂费主要就花在了大家的伙食上。她要求每人每天要吃二十个鸡蛋，半斤牛肉，三根香蕉，和二个西红柿，来增加营养，加速训练效果。

　　往往生活一充实起来，时间就仿佛过得飞快。整个暑假天依都跟天瑰堂的兄弟们泡在一起，而她一直看不太顺眼的嘉惠和博雯却总在关键时刻为她在母亲美凤的面前圆场，尽管她们其实并不知道天依每天到底跟天瑰堂的小弟们在做些什么。天依有时也禁不住想，自己是不是对她们过于冷淡了呢？

　　眼看第二天就要开学了，细毛还没有把天依吩咐给他的事完成。这天，天依坐在冷饮店里喝着红豆冰望着窗外，似乎若有所思。

　　就在天依发呆的时候，细毛带着几个天瑰堂的小弟，还有二十多个新面孔进了冷饮店。

五

　　天依放下手里的红豆冰，扫了一眼这些新面孔，只见这二十多人平均身高都在一米八十以上，而且各个面孔清秀帅气，身上清一色的校服。

　　"依哥，我回来了，这些是我新收的小弟，二十多个，都是 103 中学的学生，百里挑一啊！怎么样老大，我的品位不错

吧？这些小弟不混流氓都是当明星的料。依哥是我们最帅气、最有型的老大,这兄弟也不能给你丢脸啊！要不怎么对得起咱天瑰堂的名号呢？所谓'天瑰堂',就是男女都得像天堂里的玫瑰花一样鲜美。我们以后就是明星黑社会!"说完细毛谄媚地笑着,只等天依的赞赏。

"还明星黑社会,真亏你想得出来……"天依对细毛层出不穷的奇思异想真是哭笑不得。

"他们听说依哥是全国青少年跆拳道冠军,所以都想跟着您。"细毛说完扭头又对身后新收的小弟们喝道,"一个两个都愣着干嘛？还不快来叫人!"

"依哥好!"二十多个帅哥一起向天依鞠躬。

"嗯!"天依依旧一脸严肃,她扫视了这些即将成为她小弟的帅哥们一眼,继续说道,"大家跟着我,是我安天依的幸运,既然我们有缘成为兄弟,那么我这个当老大的就向大家承诺,以后无论是在什么情况下,有我的就有你们大家的,我的一切都是与大家共同分享的,希望以后我们可以一起创造一片属于我们自己的天地。"

"鼓掌!"细毛为了烘托气氛带头鼓起了掌,身后的小弟们也都纷纷效仿。

"好了,现在解散,我要跟老大谈点正事。"细毛看看该走的程序也都走得差不多了,于是准备开始跟天依展示一下自己这些天来的劳动成果。

"依哥,给!"细毛拿出一个牛皮纸袋,里面有一沓资料和很多相片。

"哪儿来的?"天依接过资料和照片,不解地问道。

细毛神秘地笑笑,"大哥,你看我专业不?"说着,他又从兜里掏出个小数码高倍相机,"这是我以前研究侦探入迷的时候买的,没想到现在派上用场了,哈哈!"

天依没有说话,但是脸上却流露出对细毛刮目相看的神情。

细毛从所有相片里面挑出一张,只见相片上的人长得无比猥琐,又瘦又干,满脸都是痤疮,右边胳膊上纹了一条龙,嘴里叼了个烟卷正坐在路边冰糕摊的小凳上。

"他叫痞子强,是朝阳区龙帮大哥小地主的手下。现在桥斯顿是他的地盘,此人是出了名的没规矩、背信弃义、吃里爬外,谁的女人都敢勾引,典型的无恶不作的流氓地痞。一年前他上了蓝帮二当家的马子,差点没让人给嗝了。小地主跟蓝帮大当家是明枪暗箭争斗了很久的死对头,所以为了较劲,他就救了痞子强,并且收入自己帮下。痞子强的小弟很多,手下也收了很多学生。桥斯顿里最底层的学生很多都是他的小弟……"

"看来无论在哪里,都会有高低贵贱的层次之分啊!"天依不禁感叹,在这长春市的顶级学校里竟也分三六九等。

"那是,为什么小地主把这个学校给痞子强管理呢?就是因为这里的学生基本都是省市政府要员和富商权贵的公子小姐,他们的父母很多都跟黑社会挂钩,黑社会依附的就是这些人,怎么能轻易得罪呢?所以就得派个滚刀肉去管理,一旦出事了也好有人背黑锅。但是痞子强也不傻,他知道里面的利

害关系,因此十分收敛,只是安分地收他的保护费,一般不找那些学生的麻烦。另外,跟痞子强混的学生小弟大都是家里刚沾了点上流社会边缘的小孩,同那些家里真正有钱有势的富二代比起来还是相差甚远。这类学生小弟只是为了能在学校里跟那些真正上流社会的孩子们耍耍狠罢了,上流社会的小孩是很瞧不起他们这种人渣混混的,但又觉得自身金贵谁都不想招惹,因此只能对他们敬而远之、退避三舍而已。”

“痞子强他们每天都什么时间去学校,会带多少人去?”

“桥斯顿每天五点放学,痞子强四点半之前准到,每次带十几个人。如果有急事调人的话,他们最快的接应也需要十五分钟左右才能到现场,这十五分钟里我们做什么都够了,痞子强就是我们的瓮中之鳖!”

“不错,你快能当侦探了!以后堂里的前期侦察工作都由你负责。”天依点了点头觉得很满意。

“是!”细毛摸摸脑袋笑道,“依哥,不瞒你说啊,我以前就喜欢看侦探片,喜欢福尔摩斯,别看我书没读几年,这方面的书我可看了不少,这次总算让我有用武之地了,跟踪拍摄勘察那叫一个过瘾啊!哈哈!”

“嗯……以后有的是让你施展的地方。对了,现在我们天瑰堂具体有多少人了?”

“算我今天带来这些一共有五十八人了,怎么样老大? 我们的发展速度很快吧!”

“很好。”有了这些兄弟和细毛拿回来的资料,天依的心里更有底了。

"大哥,你明天就开学了,学费那五万还没个影儿呢!这些日子训练兄弟们把收上来的钱也几乎都用光了,你打算怎么办?就算我们按原计划进行废了痞子强、占了桥斯顿,但那痞子强可是龙帮作后台,只怕日后……"细毛心里有些没底,毕竟这是天瑰堂第一次进行规模如此之大的行动。

"放心,我心里有数。其实小地主并不是因为赏识痞子强才收他入帮的,痞子强只不过是小地主的一颗棋,在必要时临时借用一下而已,他这种人小地主是不会把他当亲信的。而且,我拿下桥斯顿不光是为了地盘,还为了能和大帮会碰个头。"

"老大你想得真多,你说的对!打架的事就交给我了,打不死个丫的。"听了天依的话细毛马上就热血沸腾起来。

"今天晚上大家回家好好休息,回家之前都去路边屋檐下取把自己使得惯的家伙,找地方收好,明天下午 3 点在桥斯顿门口集合。还有,所有人不要站在一起,一定要分散开站着,看我的手势行动,我不动手谁也不许先动手!细毛,你明天安排一个人在学校门口的食杂店公用电话旁等着,等跟痞子强一动手,就让他打 110 报警,说有黑社会团伙在学校群殴学生强行收取高额保护费。"

"是!"所有人的脸上都挂着激动和兴奋,大家苦练了两个多月的成果终于有施展的地方了。

"我要让他连反击的机会都没有。"天依喃喃自语望着窗外,她又拿起了那杯没喝完的红豆冰,细细品味着,眼睛里充满了自信而冰冷的杀气。

第六章

天瑰堂小试牛刀

一

　　九月的天空万里无云，早晨的阳光穿过层叠的树叶，在地上投下斑驳的阴影。桥斯顿的门口停放了一排排高级名车：宾利、劳斯莱斯、奔驰、宝马、捷豹、保时捷、法拉利……真是令人眼花缭乱。

　　天依骑着自己那辆破旧的自行车来到了校门口，她把车停到了一辆宝马吉普车旁边，但没有锁车，因为她知道在这里她的自行车是绝对入不了小偷的眼的。天依的书包是妈妈亲手给她新做的，书包正面还用白线绣上了天依的名字。天依摸了摸那个名字，脸上露出一丝淡淡的幸福微笑。

　　天依在校门口整理了一下身上的新校服，还是一样的衬衫长裤，这次的校服是她主动跟老师争取来的男款，如果不是因为她全校排名第一的分数老师也是不会答应她的。另外，老师还告诉她全校只有两个女生穿了男款的校服，一个是天依，另一个是全市分数排名第二的女生，老师禁不住感叹怎么排名前两位的女生都不约而同地喜欢穿男生校服呢？

　　正在天依准备进校门之时，从她身边的宝马车上下来了一个和她同样穿着男生校服的女生。

　　"安天依，我等你好久了！欢迎你来桥斯顿，从今天起我们就是同学了！"

天依看着这个鼻子上卡着一副黑框近视镜,日本小丸子头的女生,正是那个"打卡人"之一许博雯。她冷冷地回应道,"我是个全校最穷的异类,怎么能配是你的同学呢?"

"天依,别这么说嘛,我以为暑假的时候我们帮你打了那么多次掩护,已经跟你结下了深厚的战斗友谊呢!呵呵,其实从见到你的第一天起,我就知道你是一个非同寻常的人,在那时我就把你当成朋友了。我们今天的相聚不是偶然,我想是命中注定的吧!"博雯的诚恳不觉让天依动容,原本冰冷的表情稍微有所缓和,而这一极微小的细节也让博雯捕捉到了。

"正式介绍一下我自己,我叫许博雯……"

"许博雯,十六岁,小学初中均在长春的一级实验类学校就读,排名总是全校第一。这次以全市分数第二的成绩进入桥斯顿,而且还是吉林省黑客闪族组织的队长。"

"不错嘛!看来我又要收一个队员了!"

"对不起,我对电脑没兴趣。我只是问了教务处的老师跟我一样要求穿男款校服的人是谁?没想到竟然是你……"

两人正在交谈时,一辆劳斯莱斯停在了她们的面前,只见从车上下来了一位也穿着桥斯顿校服出奇漂亮的女生。她雪白的肌肤,成熟的身材,一条海军式百褶小短裙穿在她身上感觉既清纯又性感。

"嗨!依哥早上好!欢迎以后成为我们的同学!"这女生正是长春市首富的女儿林嘉惠。

看到这个阴魂不散的卡片机,天依就头疼。

"喂,你这个卡片机怎么又变成大粘糕了,为什么我走到

哪里你都像影子一样跟到哪里?"

"那又怎么样? 这里是桥斯顿,我们是必须在这里念书的。不过……"嘉惠用手指戳了戳天依曾经受伤的胳膊,甜甜地说道,"人家就是喜欢跟着你啊! 你是人家的救命恩人嘛!"

博雯也笑道,"是啊! 总之大家以后就是同学了,以后还请依哥多多关照哦!"

突然天依想到了什么,从书包里掏出一条漂亮的绣花LV手绢,上前一步塞进嘉惠的手中,然后瞪着眼睛对嘉惠说道,"这是你的手绢,之前在我家不方便还你,今天还给你了,咱们就两清了。还有,你们俩记住今天一定要离我远一点! 不然以后休想我再理你们。"天依不想今天放学后的计划将嘉惠和博雯牵扯进来,虽然她尚没有完全接纳这两个女孩,但是仍旧不想连累无辜的人,毕竟自己跟她们是两个世界的人。

天依说这些话时,几乎跟嘉惠是零距离接触。嘉惠感觉倾听天依的呼吸声是一种美妙的享受,以至于她就要向后跌倒了都未察觉。天依真的太帅了,就像韩国明星李俊基一样拥有双性的美,也许不管哪个女生看到天依,都会有这样的错觉吧!

天依完全不知道嘉惠脑袋里在想什么,明明马上要摔倒了,却还在不停地傻笑。她一把拦腰接住嘉惠,然后说了一声"疯子"。

天依扶起还在傻笑的嘉惠,说道,"告诉你们两个,交朋友你们就找错人了! 最好不要靠近我,否则你们会有麻烦的!"说完便转身离开了。

嘉惠刚想上前一步说些什么,却让博雯给拦住了,"不要去,慢慢来,她会接受我们的。"

嘉惠将那条绣花 LV 手绢放在鼻下闻了闻,沉醉似的对着天依离开的方向喃喃说道,"一定会的,不然她也不会把这条手绢保留这么久,我相信我没有看错她。"

天依并不是不需要朋友,只是她从小到大除了四虎之外都没交过一个朋友。细毛他们是兄弟,跟朋友是不一样的概念。兄弟只是事业上的助手,能够共同分享物质,但是却分享不了心情,何况她终究是个女人。但朋友不一样,是朋友就需要付出爱,需要心灵的沟通和彼此深入的了解。天依讨厌了解,因为她讨厌自己的过去,更讨厌别人去了解她的过去,每了解多一点就会刺痛她的心多一点,所以她情愿没有朋友,然后把只属于她的记忆封存在自己的世界里。

二

上课铃响了,这是桥斯顿高一年级开学第一天的第一堂课。

高一四班的门没有关,从外面可以看到班主任老师正准备让同学们一个一个地作自我介绍。

天依礼貌地敲了敲门,说道,"对不起,我迟到了。"

班主任是个 30 多岁的文雅女人,在她看到天依的脸时,

先是定了三秒钟,随即她发现了自己有些失态,便马上微笑着说道,"以后不要再迟到了,进去吧! 后面有三个空位子,你随便找一个坐就可以了!"

天依冲老师点了个头,刚准备去座位,却又被老师叫住了,"等等……这堂可是开学第一天的第一节课,让同学们可以互相先认识一下。你既然站在前面了,就先自我介绍一下再回去吧!"

"好。"天依把身子转向了大家,在她抬起头的那一刹那,只听到班里一片哗然。

细长清亮的双眼,浓密乌黑的睫毛,白皙的皮肤,高挺的鼻子……清瘦高挑的身材加上一张纯净而挂着淡淡忧伤的面庞,还有顾盼间那种独有的傲气,共同构成了众人眼前这个让人看了一眼便再也不忍挪开视线的安天依。如果你没亲眼看到,你绝不会相信一张女人的脸竟会长得如此俊美。天依同时拥有男人的英气和女人的纯美。

"哇! 她好帅耶!"

"是啊! 好像东方神起里那个金在中。"

"我觉得像李俊基。"

"哇! 她的发型好新潮哦,后面还有一个小辫子!"

……

班里的女生们马上像遇见偶像一样,激动地议论着。

天依对于众人的反应似乎已经习以为常,她此时只想着赶快介绍完自己,好回座位,"我叫安天依,十七岁。入学考试时,以全校第一名的分数被破格录取到这个学校。曾是全国

青少年跆拳道冠军,现在是跆拳道黑带三段,我的背景比较简单,希望在以后的学习生活中,能和大家相处得愉快。谢谢!"说完天依鞠了一躬,便径直向自己的位置走去。

听完天依的自我介绍,女生们更疯狂了,全都向她投去爱慕的眼光,而全场的男生却都嘘声不止,

"吹牛,你以为你是谁啊?"

"哪有女人那么厉害的,瞧她那身板,还全国冠军,切!"

"看她那男不男女不女的样儿,跟个二已子似的。现在女人怎么都喜欢这样的?妈的,以后都要跟女人抢妞了。"

……

天依听到大家或褒或贬的评价都不予理会,因为她知道这些人的想法都会随着放学的到来而转变,她之所以这样自我介绍也是有目的的。

这时教室的门又被人敲响了,天依向门口看去,头立刻变大,门口站着的两人不是别人,正是嘉惠和博雯。

"对不起,老师,我们来晚了。"嘉惠和博雯礼貌地向老师鞠躬问好。

"是林嘉惠和许博雯吧?"老师看向两人,两人点头,"是。"

"校长交代过,你们跟我们班的两个学生换班了,那你们就坐后面剩下的那两个空位子吧!"班主任上下打量着两人——一个是市里有名的电脑神童,一个是长春市首富的女儿,刚刚还有一个全市分数第一的全国跆拳道冠军,这个班将是一个多么伟大的班啊!班主任不禁微笑,她仿佛看到了这个班屡屡获奖,自己不断升迁,多拿奖金的一幕!

"是!"两人相视一笑。

"你们在坐下前也先自我介绍一下吧!"

"好的! 大家好,我叫林嘉惠,爱好是逛街和一切刺激的运动……"嘉惠站在讲台前面的时候,女生们的眼里充满了羡慕和嫉妒。因为她实在太漂亮、太性感了,连女人看了恐怕都会流鼻血。

"我叫许博雯,年龄跟大家一样,喜欢电脑,希望和大家以后相处愉快。"博雯说得非常简单,她不想显示什么,因为这对她来说没有任何意义,她认为别人的评价和她自己的生活根本就是不相交的两条线。

两人自我介绍完后,一同落座。

博雯选择了天依的前座,嘉惠就成了天依的同桌。只是一天下来,天依都没看身边的女孩一眼。

嘉惠的存在在一天之内就让整个学校掀起了波澜。人美如花,身材火辣,再加上第一富商女儿的头衔,足以让全校男生为之疯狂。他们都把嘉惠列入第一追求的名单里。

而嘉惠根本对这些自认为优秀的男生不屑一顾,在她眼里什么是条件好或者长得帅,其实已经没有明显分界了。普通女孩都想找长得帅又有钱的男朋友,可是对于嘉惠来说,钱她有了,帅的从小到大她也见多了,因此一般的有钱和帅都很难入嘉惠的法眼,反而个性出挑的天依是她以前从来没有遇到过的类型。尽管天依是女孩,但那迷人的个性,文武双全的才能,以及俊美的外表,让嘉惠总是忍不住想去接近,嘉惠相信天依以后的成长决非常人所能及。

三

　　林嘉惠的到来不但震惊了学校,也传到了一些混混的耳中。当痞子强得知了这一消息时,立马急着要来一睹美人的风采。

　　下课的铃声响了,同学们都急不可待地冲出教室,想赶紧放松一下绷了一天的神经。

　　眼看人都差不多走光了,可是天依一直坐在座位上没有动。她看了看手表,显示是五点十分,心想兄弟们现在已经都准备就绪了。于是她望了一眼窗外,拿起书包起身。

　　嘉惠这时也站起来,笑着说,"要搭我的便车吗?"

　　"不用。"天依头也不回地出了教室。

　　似乎天依的回答在嘉惠的意料之中,她和博雯笑着互换了个眼色,也随后一起出了教室。

　　此时,痞子强和他那帮小弟正在门口等着看嘉惠。他们这一帮人在校门口格外显眼,然而,痞子强却不知道今天周围有很多人正在用另一种眼神注视着自己。

　　桥斯顿的学生们对痞子强不是点头哈腰,就是装看不见躲着走。痞子强脖子上挂着条粗得跟拴狗链一样的黄金链子,穿双片鞋,手里还拿了把瓜子嗑,真是标准的地痞相。

　　嘉惠和博雯刚走出校门,痞子强的小弟就趴在他耳边说

了些什么,一边说还一边朝嘉惠那边指。博雯注意到了痞子强正色眯眯地看着嘉惠,心里就料定接下去准没什么好事发生。

"哎,美女！新来的啊？身材不错啊,我们大哥想认识认识你,怎么样？给个面子吧?"一个小混混边说边颠着长春市地痞流氓的标准步伐走了过来。

"你们老大？这儿还有老大吗？哈哈……博雯,我听到了今天第一个笑话。"嘉惠看也不看小混混一眼,就自顾自地往前走。

"呦,还他妈真拽啊!"痞子强见小弟请不动嘉惠,只能亲自上阵了。

"谁的嘴这么臭？几年没刷牙了,这么远都能闻到!"嘉惠斜了一眼痞子强。

"嘿,我长这么大还没人敢损我呢！但是美女损我,还他妈的真舒服！怎么地,美女,咱们认识认识吧?"痞子强龇着牙,晃荡着脑袋来到了嘉惠面前。

嘉惠看痞子强土了吧唧的,便以为他只不过是个头脑简单,四肢也发达不到哪里去的普通混混,所以根本没把他放在眼里。而此时她的玩心又上来了,刚要开腔,却被博雯给挡了回来。

"嘉惠,你晚上不是有约会吗？回家那么远的路,还要梳洗打扮……迟到可不礼貌哦!"

嘉惠的家住在净月潭——长春风景最美丽的富人别墅区。那里最大、最豪华的别墅就是她家,家里不但具备游泳池

和网球场,还有管家、仆人、私人厨师、专业按摩师和私人形象顾问……从学校到她家最少也要 1 个小时的路程,所以嘉惠每次参加 PARTY 没几个钟头是出不了家门的。

嘉惠听出了博雯的言外之意,便顺着她的话继续说道,"是哦,你不说我倒忘了。至于你……"嘉惠指了指痞子强,"你想跟我认识认识?好啊!就看你有没有这个胆啊,晚上我和市公安局长的儿子有个约会,你要不要一起来呢?"嘉惠说着朝痞子强抛了一个媚眼。

"你想吓我?哈哈……这小妞胆子不小,还敢吓我!我告诉你,你强哥我可不是被吓大的!"痞子强还不知道嘉惠是长春市赫赫有名的房地产大亨的女儿,以为嘉惠是在和他吹小牛吓唬人。

这时,一个小混混在痞子强耳朵边叽里呱啦说了些什么。恰好嘉惠家的车也来了,停在了路边。

痞子强听完此人的话后,面露惊喜地点点头,看来他已经意识到嘉惠刚才所言非虚。

嘉惠见痞子强一脸无语的样子,故意坏笑着上车走了,而博雯见嘉惠没事了,随后开车走了。

"这妞家相当有钱啊!泡上她,大哥可就是长春市第一身价的金龟婿啦!"

"少在那边拍马屁!你大哥我还知道自己是什么东西!"望着嘉惠坐车远去,痞子强虽然十分不甘,但也只有眼馋的份了。

"什么东西?大哥是什么东西啊?"那个小混混有点丈二

和尚摸不着头脑。

"你小子挑我语病是不是?"痞子强知道自己又犯语病咬了舌头,于是用手狠狠地敲了那个小混混的脑壳一下。

而这一切都看在天依的眼里,她真为嘉惠和博雯捏了一把汗,无论是将这两个女孩牵扯到自己的计划中,还是这两个女孩导致自己的计划失败,都是她不想看到的结果。

四

眼看两个女孩平安离开,天依这才敢开始放心地施展自己的计划。她扫视了一眼痞子强及其手下,只不过区区十几个人,而周围自己的手下早就将他们全部包围,跃跃欲试了。

天依冷静地走向痞子强,说道,"喂,你就是痞子强?"

"谁他妈的敢这么喊我?"痞子强转头看向天依,只看到面前站着一个不男不女的瘦弱学生。

"大哥她等着找抽呢!我看她像二巳子。"

"从今天起,这里归我管。"天依面无表情,但是语气里透出认真。

"哈哈,我没听错吧? 你们听到没,她说从今天起,这里归她管! 操你妈,就凭你这男不男女不女的样儿还想跟我抢地盘? 是不是没男人要,搞得你精神失常,疯掉了啊? 找死是不?"痞子强火冒三丈,抡起拳头就要上来打天依。

　　痞子强那张没口德的烂嘴,天依最讨厌什么偏偏他就来什么,骂她妈和歧视女人都是天依最容忍不了的。天依瞪着痞子强,愤怒地退后了一步,然后一摆手,只见从四周迅速冲出 50 多个手拿家伙的人,把痞子强一伙人团团围住,顿时把这帮人吓得不知所措。

　　"我安天依平生最讨厌别人把'妈'字挂在嘴边,你这个拿女人不当人的混蛋,我真替你娘惋惜,怎么会有你这样一个人渣儿子?接下来就交给你们了。"说着天依看了一眼细毛,便退到了一旁。

　　"给我往死里打!"细毛拿着棒球棒第一个冲了上去,他一棒子打到了痞子强的头顶上,顿时两帮人马开始火拼。这一突如其来的场景震惊了当时桥斯顿里所有尚未回家的学生。大家都吃惊地看着天依,谁也想不到这个衣着寒酸,看上去弱不禁风的女生,身后居然会有这样一群强悍的弟兄,她那坚定不移的眼神不禁让人望而生畏,说不定这个女生真的即将成为下一届桥斯顿黑帮的接班人。

　　区区十几个饱食终日的小混混怎么能敌得过安天依精心训练过的精兵?痞子强等人没过一会儿便全部被打倒在地,个个满身鲜血,脸上挂着痛苦不堪的表情。痞子强被打断了一条腿,只能趴在地上用饱含不甘和仇恨的眼神盯着天依。

　　"呸!就这熊样还出来混?居然敢跟我们老大叫嚣?靠!也不撒泡尿照照自己的德行?"细毛一脚踩在痞子强的脸上,让他动弹不得。

　　痞子强刚想说什么却又噎了回去,因为他知道在这个时

候多说一句话就是给自己多找一份苦吃。

天依看到痞子强现在的衰样不禁好笑,同时她也对兄弟们这两个多月来辛苦训练的成果感到非常满意,虽然她知道也是自己人多势众占了优势,但跟痞子强这样的垃圾讲道义就是浪费生命。

这时,细毛站到了天依的身旁,朝学生们喊道,"从今天起,这里就是我们天瑰堂的地盘,而这位就是我们的老大——安天依!"他边说边用崇敬的手势指向了身边的天依。

一些平时敢怒不敢言的学生看到下三滥的痞子强被打了,心里都十分开心,同时也对这个新来的女生产生了莫大的好奇和由衷的尊敬。其实学生们对谁是老大都无所谓,不过都是一样地交保护费,一样地学习,只是痞子强有时实在太恃强凌弱,无耻下流而已。

在学生们还议论纷纷的时候,一个四眼向天依等人走了过来,他把手里的一百块钱礼貌地递到天依面前。细毛先是愣了一下,随即就顺势接了过来,四眼看细毛接过钱,便继续礼貌地冲天依鞠了一躬,喊道,"依哥!以后请多多关照!"

见有人带了头,其他的学生也都走过来向天依表示问候并交了保护费。细毛等人第一次觉得钱是这么好赚,个个都在心里乐开了花。

"老大,一个人交一百块,十个一千,一百个一万,一千个十万,学校一共有五千多人,那可就是五十多万啊?大哥,我们这次可发啦,哈哈……我们一下就变成有钱人啦!靠!没想到桥斯顿肥油这么多,怪不得痞子强能他妈带一百多克的

大金链子。奶奶的,我看明天我们都可以买车了!"

　　天依看了一眼细毛,用手狠狠拍了一下他的脑壳,"你以为这些钱我们都能安安稳稳地吃掉? 龙帮怎么可能轻易放过我们?"说完天依瞥了一眼兄弟们收得鼓鼓囊囊的钱袋,又看了看表,感觉时间差不多了,便看向在便利店等候多时的小弟,小弟冲她点点头。

　　不一会,几辆警车呼啸而至,天依向兄弟们喊了一声"撤!"瞬时一群人便不见了踪影。

　　警察带走了痞子强和他的兄弟们,也一并带走了天依专门安插的几个假扮目击证人的小弟回警局协助调查。

五

　　警察早就对痞子强这伙人恨得牙痒痒,但是苦于没有确凿的证据和正当的理由,一直都没能将他们绳之以法。今天的抓捕行动,虽然警察也知道痞子强可能是被另一帮人算计了,但是既然抓进来了,就不能让他这么容易出去。痞子强在局子里可有厚厚的一打案底,就等着有人证、物证好定他的罪呢。

　　但是由于天依安插的几个小弟也是混混,也曾有过违法乱纪的案底,因此作为证人不够说服力,警察一时也左右为难。

　　天依的小弟们做好了口供记录,刚出警局没多久,就在门口的街道上和另外一伙人擦肩而过。但他们只是多看了这帮人两眼,都未多想,因为大家一心只想着回去邀功领赏呢。

　　而这伙人为首的正是痞子强的老大小地主。

　　小地主一伙人浩浩荡荡地进了警局,痞子强一看到小地主便眼泪与鼻涕齐流,他死死抱着小地主的腿喊要为他报仇,那可怜样连街边乞丐都自愧不如。

　　"滚! 还有脸要我给你报仇! 听说你这次是让一个新来的小丫头片子给折了? 你以后出去可不要跟别人说你是跟我小地主混的!"小地主一脚把痞子强踢翻在地。

　　"这里可是警局,不是你的地盘,小地主,你别给脸不要脸!"只见一个身材魁梧,面色黝黑的警察从里间办公室走了出来。

　　"哟,王队,我怎么敢要脸呢,我小地主生来就没有脸啊!今天,您就行行好,给我贴张面皮,让我带这几个不成器的东西回去吧,留他们在您这里,也是脏了您的地方啊!"小地主毕恭毕敬地跟眼前这个男人周旋。

　　"哼,你说带走就带走? 你当我这里是菜市场?"

　　"你看他腿都那样了,几个也都伤得够呛,你看?"

　　"死不了,痞子强这帮人我要拘留四十八小时,你后天再来吧,现在带着你的手下快滚!"王队长一向铁面无私,虽然没法定痞子强的罪,但也不能就这么轻易放过他。

　　"好好,我滚,我滚……"小地主故意把最后一个字拖得阴阳怪气,然后收起谄媚的嘴脸,恶狠狠地对痞子强说道,"老实

呆着吧,后天老子再来接你们这帮废物!"

痞子强只得点了点肿得分不清鼻子眼睛的猪头,继续蜷缩在墙角。

出了警局的小地主,在夜风中点燃了一根烟,火光将他本就狡诈的脸照得更加阴森森,"安——天——依,咱们走着瞧。"

桥斯顿一战让天依在长春市的混混堆里出了点小名,桃园路里越来越多的小混混都慕名投到天瑰堂门下。而天依的下一个目标便是要彻底统一让所有长春市的黑社会既头疼又不想去招惹的"混混生产基地"——桃园路,毕竟只有天瑰堂壮大起来,她才有能力去跟龙帮抗衡,而龙帮的复仇亦不知道何时就会突然降临,她现在唯一能做的就是争分夺秒地强大自己的帮派而已。

桃园路并不大,但却是长春市出名的黑色地带,连警察一想到这里都叫苦不迭,恨不得退避三舍。桃园路里稍微有点小聪明,或者有幸跟了个混得开的大哥的混混,都已经离开了这个象征社会最底层的地方,而那里现在剩下的不是已经年老体衰的"退休混混"或者刚刚加入黑社会的愣头青,就是有勇无谋只会喊打喊杀的滚刀肉,谁都以为自己天下最牛逼,不愿意拉帮结伙,也不愿意拜倒在谁门下给别人当孙子使。因此,桃园路一直以来并没有成立什么名号响亮的帮派,大家只是各自为阵。但是这里的人虽穷,一旦遇到事情的时候还是会统一对外。

　　天瑰堂的出现将一些闲散力量都聚集在了一起，天依规定兄弟们绝对不可以找桃园路任何一户人家的麻烦，而天瑰堂的基本职责就是以黑社会的法则维护桃园路不受法律约束的公正，毕竟天瑰堂的骨干力量全都出自这个地方。

　　既然桃园路的文化历史悠久，那自然有很多老牌混混闲散惯了，看不得被人约束。天依要兄弟们对这些"前辈"使用怀柔政策，从天瑰堂每个月的收入中拿一部分来资助某些家境贫困的老牌混混，让其能好好地照顾一家老小，但是前提是他们必须加入天瑰堂，并遵守天瑰堂在桃园路立下的一切法则。

　　然而也有一些混混冥顽不灵，以为天依对人这么客气，又是个女人就代表她很好欺负，其结果自然是先被天依用武力打倒后，再用重情重义的人格魅力把他们驯服得服服帖帖。要知道安天依可算是桃园路最能打的人了，即使是她训练出来的手下在桃园路也是所向披靡，更别说她本人了。

　　经过一两个月的整顿，这条被整个长春市歧视，以盛产混混出名的桃园路便完全成为了天瑰堂的根据地，而天依也成为了桃园路真正意义上的老大。

第七章

不打不相识

　　夏日的阳光依旧灿烂明媚,天依从来不觉得这阳光太过炽热,也许只有这般的炽热才足以晒干她潮湿的心情。天依喜欢夏季,因为温暖。

　　学费的问题总算解决了,保护费一共收上来四十多万,但是除了学费的五万,以及分给天瑰堂众兄弟们的十万,余下的三十多万,她便没有再动。因为天依知道迟早会有人找她要回这笔钱的。

　　事情已经过去一个月了,出乎天依意料之外的是痞子强被小地主从警局保释出去之后,居然变得销声匿迹了,这俨然不符合痞子强那睚眦必报的风格,更不是龙帮所能容忍的惯例。虽然细毛得意地说是因为痞子强怕了他们天瑰堂,但是天依明白这件事绝对没有那么简单,不过现在既然能够相安无事便也很好,天依把片刻的安宁全部放进了书里,其他的事情就只能以不变应万变了。

　　天依开学第一天就跟痞子强大战一场的事迹让她这个原本出身寒微的女生霎时间声名鹊起。加上她出众的长相,不凡的身手,以及迷人的个人魅力,令她很快便在桥斯顿拥有了大量的粉丝团,但还有一些对安天依报有观望态度的,因为桥斯顿内还有个校头名叫夏雨,而他的老大就是痞子强。夏雨

的存在天依一早就知道,但天依没有动夏雨,一是天依觉得夏雨是个小角色没必要,毕竟夏雨没有收保护费的权利。二是天依对桥斯顿这个校头根本没放在眼里,毕竟她想的是如何对付龙帮。

几乎每天天依都可以在自己的书桌里发现大量的信件和礼物。那些信件里除了个别男生对她表示顶礼膜拜之情,其余几乎都是其他女生写给她的情书,而那些礼物也无非是些巧克力和糖果之类女孩子喜欢的零食。虽然谁都知道天依是女生,但她帅气的外表和孤傲的个性还是得到很多同性的青睐,并甘心成为她的忠实粉丝。

天依对周围那些或褒或贬的议论统统充耳不闻,信全部扔掉,但对于巧克力之类的礼物,天依并没有拒绝,而是都留给了妈妈,因为妈妈最喜欢甜的东西,她知道妈妈自己是绝对舍不得买的。

日复一日,天依渐渐对满抽屉的信件和礼物习以为常,不足为怪了,只是不管天依愿不愿意,她的事迹仍旧不断在桥斯顿内外传颂,而她的粉丝团也以有条不紊的速度逐渐扩大着。

人说自古红颜多薄命这话在理,是美女的话选择就会多,所以就会因太多选择变为无从选择。人说自古红颜多祸水,美丽的东西都想拥有,所以争夺就成为了根源。

嘉惠从第一天就在桥斯顿出现便引起了轩然大波,名车,名牌,加上那连明星都自叹不如的外形,令嘉惠毫无悬念地成为了桥斯顿有史以来最引人注目的校花,就连邻校都有很多学生专门慕名而来,只为一睹她的风采。

　　而桥斯顿的校草加校头夏雨自然不会轻易让肥水流到外人田。夏雨已经高三,马上就要面临高考。夏雨长得高大帅气,体育很好,也很能打;原本他并不张扬,可惜因为在高一的时候认识了一帮混混,便开始跟他们整日泡在一起,全无心思学习,后来还为了能当上桥斯顿的校头而拜痞子强为大哥。但夏雨对这个大哥并不怎么忠心耿耿,当得知痞子强被天依打折了腿,并抢了桥斯顿这个地盘后心里却是幸灾乐祸。因为痞子强的为人他早就不爽,不是因为她姐姐是痞子强马子的原因,还有他那可怜的虚荣心,他早造反了。但是他心里也知道他还没有这个能力去抵抗痞子强。

　　其实夏雨也跟天依一样是学校的特招生,家里条件相当一般,姐姐在酒吧当啤酒推销小姐,父亲是自行车厂工人,母亲给人当保姆。一家人都为夏雨能出人头地拼命地赚钱,为了能付得起桥斯顿昂贵的学费费尽了心思。可是来到这个学校后,贫富差距之大让夏雨心态失衡,虚荣心变得越来越强,平日里只要没有钱花了,便带着小弟去欺负低年级的同学,尤其是当夏雨看上了嘉惠,知道追这种女孩不花血本是根本不可能的,于是变本加厉地去劫持低年级同学的钱。

　　这天夏雨领着一帮小弟在厕所旁边堵住了一个嘉惠班上的男同学敲钱,碰巧又被路过的嘉惠撞到,这下夏雨可是百口莫辩,他在嘉惠心里的形象几乎一下变成了负值。

　　“夏雨,你这个人真差劲,平时像块牛皮糖粘着我也就算了,居然还好意思去抢我班同学的钱,别人都叫你‘校头’,原来你不是为大家出头的,而是专门欺负得大家都不敢抬

头的?"

"不是,嘉惠,你误会了,我哪里是在欺负他,我这不是在跟学弟联络感情吗?你说是不是,说话啊?"夏雨说着推了推那个恨不得把头低到地上去的男生。

男生支支吾吾地"嗯"了一声。

"你得了,夏雨,我最讨厌你这种虚伪的人了,家里本来就没什么钱,还喜欢打肿脸充胖子,穷也就算了,我看你人品还有问题。我警告你以后别老缠着我,省得我恶心!"嘉惠说完撇了撇嘴,厌恶地一转身准备离开。

"嘉惠,你听我解释啊,你别走!"夏雨情急之下,直接上前抓住了嘉惠细嫩的胳膊。

"你干什么,快放开我!"嘉惠被夏雨突如其来的举动吓了一跳,正准备奋力挣脱,突然她眼前一亮,高声喊道,"天依,救救我!"

二

安天依刚吃了中饭从食堂往教室走,她其实远远地就瞟见了有一帮人围在厕所附近,但她并没有想上去凑热闹,可是谁知她不想去找麻烦,麻烦却偏偏选中了她。

"天依,救救我!快来救救我啊!"嘉惠一半委屈一半兴奋地朝天依大叫着,她其实很期待天依能够像之前一样,再救她

一次。

天依立在原地朝嘉惠的方向看了看，最后还是决定过去看个究竟，虽然她真的不想多管闲事。

"天依，你快救救我，这块牛皮糖粘着我不放了啦！"嘉惠看着走过来的天依，语调里甚至酝酿出了哭腔。

夏雨也许将注意力都放在了嘉惠口中这个救世主"天依"的身上，以至于他并没有意识到自己捏住嘉惠胳膊的力量有些过大了，甚至将嘉惠雪白的肌肤捏出了红印。

"你放开她。"天依冷静地说道，她看到夏雨确实做得有些过火了，于是决定插手这件"闲事"。

"听到没有？夏雨，你赶紧放开我，你不会连打败了痞子强的安天依都不认识吧？不想挨揍就赶紧放手！"嘉惠仍旧试图奋力挣脱夏雨的手。

夏雨这时才回过神来，意识到自己将嘉惠捏疼了，便放开了手。而嘉惠就像当初在桃园路一样，迅速地躲到了天依身后。

"走吧。"天依见夏雨已经放了嘉惠，便也不想过多地纠缠下去，转身欲走。

"安天依是吧？我大哥就是你打的？你以为你行了是吧？"夏雨虽然放了嘉惠，但他不能就这么放过安天依。就算是为了桥斯顿"校头"这个名号，也不能就这么轻易让安天依从自己眼皮底下走掉，何况还有大家都期待的为"大哥报仇"的这个理由呢！其实他并不想为痞子强报仇，因为他知道痞子强都不是对手，他更不是天依的对手，而且他非常清楚安天

依现在是桃园路天瑰堂的堂主。不找天依他还可以自欺欺人地做他的校头,平时抢点小钱花花。但今天在嘉惠面前丢了面子,还有在学生面前又丢了气势,不硬着头皮上恐怕他以后也不用在学校混了。

"想报仇吗? 叫痞子强自己来找我吧。"天依并不打算理会夏雨,嘴上说着话,脚下却丝毫没有停顿。

"安天依! 你给我站住! 你他妈别给脸不要脸,我今天不帮大哥报了这个仇,我就不姓夏!"夏雨个子高,步子大,他两三步就追上了天依,用手勾住了她的肩膀。

"把脏手拿开!"天依很讨厌别人碰自己,尤其还是个很令人讨厌的男人。

"哟,还不愿意别人碰,很清高嘛。不过你这个男不男女不女的样子,估计也没什么男人愿意碰你吧。我看你是吃不到葡萄说葡萄酸,没男人要,才装清高,真不知道你妈怎么把你生出来的……"本来夏雨叽叽歪歪还准备继续长篇大论,可他突然感觉脸上十分吃疼,整个人也不受控制地翻倒在地。

等夏雨回过神来时,发现自己正狼狈地坐在地上,而安天依正攥着拳头冷冷地看着他,一旁的嘉惠则一手插腰,趾高气扬地对他做着鬼脸。

夏雨感觉嘴里一阵腥甜,他用手一擦,竟全是鲜血。

"操! 安天依,你别以为你是个女人我就不敢动手打你! 你们其他人都给我滚开,拳脚无眼,伤到你们别怪我夏雨没打招呼!"气急败坏的夏雨腾地从地上跳起来,双眼血红,似有一股逼上梁山之气势。

"那个四眼妹，你是真不怕死啊？还不赶紧滚开！"夏雨发现天依身后还站着一个戴着黑框眼镜的女孩。

天依转身看去，发现博雯正抱着两本书站在自己身后。

"这是我们老大，我当然要挺她。"博雯推了推眼镜，似笑非笑地对夏雨说道。

"哎呀，博雯，你跑哪去啦？天依刚刚为了我一拳就把夏雨打趴下了，简直帅呆了！可惜你没这个眼福咯！"嘉惠俏皮地冲博雯眨了眨眼睛。

"我可不是为了你，少自作多情。"天依对于嘉惠天生的自恋真的有些无可奈何。

"我刚才去图书馆借书，没想到错过了精彩的一幕，但是没关系，相信这场戏才刚开始呢！"博雯看了看已经气得七窍生烟的夏雨，不觉有些好笑。

"好！还有谁跟安天依一伙都站出来，以后凡是站在她那边的都是我的敌人，我准让他没一天好日子过！你们别以为她把痞子强干了还抢了地盘现在就牛了，告诉你们，我的背后可是长春第一大帮龙帮在撑腰，而她，顶多算是个桃园路的混混头子，而且痞子强的地盘你安天依也占不了多久，龙帮会找你算账的。到底跟着谁比较靠谱，你们大家自己看着办吧！"夏雨摆出了一个大姿态，甩出了龙帮，其实他连痞子强的老大小地主都没见过。但忽悠这些学生还是绰绰有余，终于夏雨显示了"校头"的威力，经他这么一说，果然周围的同学们又都往外散开了一些，只剩下博雯和嘉惠站在天依身后。

"你们两个确定吗？这可是与整个桥斯顿为敌。"天依看

了两人一眼,她并没有反驳夏雨,因为她知道夏雨说的是实情,就目前而言,她确实没有把握去跟龙帮抗衡。

"当然,从进桥斯顿的第一天起,我们就已经确定了。"博雯冷静而确定地回答,嘉惠在一旁使劲点头。

天依的嘴角浮出一抹让人不易察觉的微笑,不管之前她对这两个女孩有多少成见,至少这一刻她们是值得相信的朋友。

"嘉惠,你让开,你不要为了这个不男不女的阴阳人伤着自己。"夏雨对嘉惠说起话来语气温柔了许多,看样子他是真的很喜欢这个刁蛮大小姐。

"哎,夏雨,你嘴巴干净点! 什么不男不女的阴阳人? 我们天依怎么了? 她既没有女人那么矫揉造作,也没有男人那么粗野蛮横,比你们这些人渣不知道强多少倍! 你有什么资格说天依?"嘉惠替天依辩解道,也说出了女生们的心声。

三

"嘉惠,你……"夏雨本来是献媚献出个好心眼怕误伤了嘉惠,结果却被嘉惠数落了一顿,他又不能对嘉惠发火,只得将这一切都迁怒于天依。

"安天依,我也不跟你废话了,今天不管是为了我大哥痞子强也好,还是为了你刚才打我这一拳也好,我都不会放过

你,我要让大家知道谁更适合当桥斯顿的王！不过,我也不想让大家说我欺负一个女生。公平点,我这有十个人,你在当中挑 3 个人分别跟你单挑。三局两胜怎么样?"

"夏雨你是真不知道天高地厚,你老大都不是她对手,你行?"嘉惠在一边说着风凉话。

"三局两胜? 哈! 你比你大哥聪明多了,知道输也输个体面!"博雯推着眼镜坏笑着说。

"操! 那天是我没在,我在的话你安天依就不会站在这了。"其实此时的夏雨早已无比心虚。

"少废话,人你来挑吧,我无所谓。"天依对夏雨的嘴已经不耐烦了。

"我看你能耍酷到什么时候! 你俩给我上!"夏雨挑了一个体重最重的小弟和一个最能打的小弟,加上自己一共三人来跟天依较量。

"天依加油! 天依加油!"淘气的嘉惠和博雯在一旁兴奋地帮天依助威。

第一个男生体重近两百斤,站在天依面前就像一座山。他笑嘻嘻地看着天依,把拳头捏得咯咯响。

"死胖子,打架还弄那么多噱头。"天依向对方头部虚晃一拳,胖子侧头躲过去了,可是天依下面又一飞脚,重重踢到了胖子的要害。大家眼看着胖子的脸马上变成了紫茄子色,两手捂着裤裆哇哇乱叫。

"废物,两下就败了!"夏雨看着胖子已经失去了继续战斗的能力,不禁暗自叫骂道。

"哇！好厉害哦！"

"她打架好帅哦，比男生还帅！"

……

刚才还迫于夏雨恐吓的学生们，一看到天依的身手都不知不觉间为之倾倒了。

下一个和天依交手的是个身高有1米9的男生，天依连他的脑袋都够不到，两人看上去就跟电影里李小龙和外国人对打一样。但是天依天生聪慧，懂得以柔克刚，出奇制胜。

高个子吸收了上次胖子的教训，所以对天依的下方攻击非常小心，不给天依留任何机会。只见天依虚晃一脚，他上膝一夹，夹住了天依的一只脚，然后马上朝天依的脸就是一拳。天依右手顺势抓住高个子打过来的拳，转身倒入高个子的怀中，脚下用力一顶，转眼间两个人都重重地仰面倒在了地上。天依整个人压在了高个子的身上，左肘部正好顶到他的喉咙。

"救命……咳……我喘不过气来了。"高个子被天依锁住喉咙，脸色涨红，只剩下喊救命的劲。

"哇，厉害！天依加油啊！"

"老大！老大！老大！安天依是我们的老大！"

此时天依的身后挥手的支持者已经越来越多，他们看到天依的身手如此了得，做人也没有夏雨那么虚伪霸道，于是都力挺天依当老大。

眼看自己两个手下都已经倒下，他也只有硬着头皮亲自上阵了。只见两人刚要交手，突然一声怒吼镇住了所有人。

"住手！你们想干什么？学校是学习的地方，怎么能让你

们当菜市场一样胡作非为?"说话的正是教务处的张主任。

"没有没有,我们闹着玩呢。"夏雨心里大叫糟糕,被这个黑脸包公抓到准没好果子吃。何况他已经被学校警告过两次了,再有一次就会被开除的。

"闹着玩? 我怎么看见你伸手要打人呢?"

"没……没有,哪能呢? 我在和高一的新同学熟悉熟悉,再说她是女生,我怎么可能欺负女生呢?"

"别跟我嬉皮笑脸的,你还知道她是女生啊? 亏你还自认为是桥斯顿的老大,我都懒得说你! 给你父母打电话吧,我们校长室见!"张主任说完,怒气冲冲地转身走了。

"张主任,再给我一次机会吧! 张主任,张主任……"无论夏雨怎样恳求,张主任始终都没有回头。因为他终于可以把学校里这个害群之马赶走了,怎么会轻易放过此次机会呢?

夏雨望着张主任远去的背影,又回头狠狠地瞪了天依一眼。

"安天依,咱们这次先算了,改天我再找你了结!"很可能就要被开除的夏雨哪还有什么心情在这里打架,只能心有不甘地带着小弟们离开了。

"我随时奉陪。"天依依旧冷静而平淡。

"天依! 天依! 天依!"

夏雨走后,周围看热闹的同学都围了上来,边鼓掌边大喊天依的名字。

天依皱了皱眉,并不想过度张扬的她只是沉默着走出了人群。

"天依,等等我们啊!"嘉惠和博雯相视一笑,赶紧去追赶前面的天依。

四

桥斯顿的校长室里传来女人悲凉的哭泣声,那是夏雨的母亲在乞求校长不要开除自己的儿子。

"再给他一次改过的机会吧,我们家本来就不富裕,如果失了学,怕他会真的走上不归路啊! 夏雨已经知道错了,他一定会改的,您就再给一次机会吧!"夏雨的父亲几乎要给校长下跪了。

其实学校一直都在给夏雨机会,毕竟他也是市里的学习尖子,学校的特招生。但是他自从入学就加入黑社会,在学校里打架斗殴还抢劫学生,学校早就忍无可忍,像桥斯顿这样的贵族学校怎么能允许这样的穷学生肆意妄为。

校长室里的气氛越来越凝重,夏雨的妈妈早已老泪纵横,爸爸还在一旁不断地求情,张主任和校长皱着眉头窃窃私语,讨论着关于夏雨的问题。就在这时校长室的门被推开了,所有人都看向门口,进来的不是别人,正是这件事的另一当事人安天依。

"校长,请不要开除夏雨,他没有跟我打架,他只是听说我以前练过跆拳道,所以向我请教而已。"安天依直视着校长,一

字一顿地说。

"什么？安天依,你要想清楚再说,不要被夏雨这个小混混吓到。"张主任以为天依来求情是受了夏雨的恐吓。

"我想得很清楚,也没有被谁吓到。校长,张主任,请你们再给夏雨一次机会,我想他一定会改过自新的,我想学校也不会扔掉这个当初的数学状元对不对?"

……

安天依的求情,是夏雨万万没有想到的,他一直小肚鸡肠地以为天依恨不得自己马上被开除。

终于,在天依的帮助下,夏雨没有被开除,而这件事也在桥斯顿被传为佳话,敬佩天依的人更多了。

几天后的一个下午,天依放学后刚从车棚取了自行车,就听到背后有人在叫她,扭头一看是夏雨。

"我从没向别人道过谢,不过……真的谢谢你。"一米八几的夏雨头一次跟别人如此低声下气,如此诚恳地道谢。

"你不用谢我!"

"我妈那天从学校回去后就重病一场,都是我不好,害她为我伤心。我知道以后该怎么做了,不管怎样,我都要谢谢你,我欠你一个人情。"

"要谢就谢你妈妈吧!是她在去校长室前找到我,跪下来求我帮你的。我只是不忍心伤害一颗慈母的心,希望你能珍惜这次机会,不要让你母亲的眼泪白流。"

"从现在起我当你是哥们,以后有什么需要帮忙的,说一

声就行。还有以后桥斯顿的校头是你了！"

"我看还是算了，校外我无所谓，但在学校里我还是想做个老师眼中的三好学生，所以校头这个头衔你不必让给我。"说到这天依头也不回地就骑车走了。但天依的不屑和大气让夏雨为之钦佩。他不得不承认天依是一个相当有个人魅力的人，在天依的面前自己显的那么渺小。

天依、嘉惠和博雯这三个女孩在经过这件事之后，似乎也走近了一些，至少天依不再那么冷漠了。虽然她平时还是话很少，但是她似乎以适应这两条尾巴了。

赶走痞子强，打败夏雨这两件事，令天依在学校里得到了大家的一致认可，同学们都欣赏她的为人以及出色的身手。尤其是在打败夏雨，还绅士地去校长室帮他求情之后，在学校里天依身边也依然常常围着一群自愿入帮的小弟。

只是天依只认可大家称她为"依哥"，因为她从来不觉得女生有哪里比不上男生，既然男生可以当大哥，那么她也可以！从此，"依哥"的名号就在桥斯顿内外传开了。

至于夏雨，马上就要考大学的他没有时间再去理会别的事情，自从经过上次的事后，不想让父母再度伤心，所以把更多的时间放到了高考复习上。

即便天依不想在学校里大张旗鼓地收小弟，可还是挡不住自愿入门的粉丝们。而桥斯顿里渐渐地分出了两个帮派，分别以夏雨和天依为首。但这两个帮派都是下面的小弟自行划分的，两个所谓的老大都没有参与。

由于夏雨以学业为重了，他的小弟也都逐渐地走到了天

依身后,而他觉得自己欠天依的人情,于是没过多久,他就正式将桥斯顿校头的地位自然而然地让给了天依,虽然这个"校头"的名衔天依根本没想要。

五

转眼间,高一学年就过去了大半,天依似乎从一开始跟痞子强恶战起,所经手的事情就一直都十分顺利:细毛带着兄弟们收取几个学校的保护费很顺利,天瑰堂招收人员很顺利,她的学习以及和博雯、嘉惠的友情也很顺利……并非天依不喜欢顺利,只是她隐隐感觉到在这顺利的背后似乎隐藏着难以言喻的危险和杀机。然而不管以后究竟会发生什么,天依唯一的想法就是一定要竭尽全力保护自己身边的人,哪怕会献出自己的生命。

现在天依的家里时常会出现嘉惠和博雯的影子,天依虽然仍旧是没什么表情,但是其实心里很开心看到她们的到来,毕竟是她们让这个家更像一个家了。

天依从小就没有什么朋友,美凤总担心自己的感情问题会影响天依的心理成长。现在她看到天依交了两个这么好的朋友,真是打心底里高兴,于是她经常做点小菜,叫博雯和嘉惠来家里吃。嘉惠又很会卖乖,每次来都给美凤带很多礼物,哄得她笑得合不拢嘴。为了表示亲近,博雯建议她和嘉惠以

后称美凤为"天妈",真是好听又时尚。

天依家的经济来源很少,之前细毛带人打了山羊胡馆主的事情使得其他道馆也都不敢雇佣天依,而天依成立帮派收取保护费的事更是不能让天妈知道,于是天依只能眼看着天妈身体不好,还要同时打几份零工,却又不敢说破。虽然她也曾劝天妈不要过度劳累,她们家不至于这么缺钱,但是天妈为了能让天依过上更好的生活,宁愿自己辛苦一点、累一点。

今天是大礼拜,吃完了中饭天依照例去洗碗。天妈偷偷从自己那个破旧的帆布包里拿出来一只崭新的小手机,然后神秘地站在了天依身后。

"天依,快看这是什么?"

"妈,你又买什么好吃的东西了?"天依没有回头继续洗碗,她想快点帮妈妈做完家务好去学习。

"这孩子就知道吃,这次可是好东西!快来看!"天妈一边叫天依,一边微笑地看着这崭新的手机,这是她不知道给人擦了多少块玻璃,刷了多少家的油漆一点一点赚来的。

"什么啊? 这么神秘?"天依放下手中的活儿去看。

"看,喜欢吗?"天妈晃动着手里的手机。

"手机? 你买的?"

"是啊,这是妈妈给你买的生日礼物。别的孩子都有一个,我们天依是大人了,也应该有一个啊。"

原来今天是天依 17 岁的生日,可是天依自己都不记得了,也可能她是刻意忘记的吧。

"妈,我们家的条件哪用得起这个啊? 再说您赚钱那么不

容易，买这一个手机你得给人家干多少活啊？"

"宝贝，妈赚钱都是为了你。妈妈没本事让你过得好一点是妈妈的错，生了你却不能给你无忧无虑的生活是妈妈对不起你。其他孩子别管贵的便宜的都有一个，你是妈的宝贝，所以你也得有一个。"

"妈，我都多大了啊？还过什么生日？你每年到自己生日连个好菜都舍不得做，我怎么能让你给我买这么昂贵的礼物呢？妈，咱明天把它退了吧！留着钱你给自己做点好吃的，再买几件好衣服穿，你看你这衣服洗得都发白了。"

"你不用替妈操心，妈有衣服，再说妈都这么大岁数了，还穿啥好看的啊？再穿也没人样了。"

"妈，不许你这么说！你打扮起来比任何妈妈都好看。"

"呵呵，妈知道你乖你孝顺，妈妈给你买这个手机还有一个原因，现在妈妈岁数大了，身体一直不是太好，给你买了手机，妈难受的时候可以第一时间找到你，好让你及时送我上医院啊。呵呵，你说是不是？"天妈知道天依的个性，她知道只有这样说，这个倔强的孩子才能接受这份礼物。

"妈，别这么说，你没生病，也不许生病！"天依说话间声音略带哽咽，妈妈是她在世上唯一的亲人，她绝对不允许妈妈有事。天依是妈妈的命，那妈妈何曾不是天依的命，母女连心，只有女人才更能体会女人的心，女人的苦和女人的艰难。

"乖，拿手机给嘉惠和博雯打个电话，我做几个小菜让她们下午来吃。几天没看见这两个孩子了，我还真有点想她们。"

"嗯!"今天难得妈妈这么高兴,天依也希望有嘉惠和博雯一起来分享。

六

其实一直以来,看着天妈拖着病体劳累的样子,嘉惠和博雯心里也都很难过,她们总想帮帮天依,可又怕她个性太强不肯接受,所以她们只能偷偷地派人雇天妈干一些轻松的活儿,而且付平常三倍的工钱。有的时候天妈会很开心地跟嘉惠、博雯聊天,说自己今天又找到了什么样的好工作,看着天妈的笑容,两个女孩的心里都有一种说不出的快乐。也许嘉惠和博雯早就把天妈当成自己的母亲一般来尊敬和照顾了。

这天下午两个人如约来到了天依家,嘉惠带了一个大蛋糕,博雯抱着香槟酒。天妈做了几样嘉惠和博雯最爱吃的拿手小菜,大家一起举杯为天依庆祝她们三人相识以来一起度过的第一个生日,也是天依长这么大过得最奢侈的一次生日。

酒过三巡、菜过五味,博雯先从包里拿出了一个精致的盒子,包装很精美,上面还镶着一朵小花。

"这个手机本来是想送给老大当礼物的,每次有急事找你都找不到,家里也没个电话,所以就想送你个手机好联络,谁料被伯母抢先送了,那这个手机就送给伯母当礼物好了,毕竟今天也是您的受难日。"博雯把这个精致的小盒子递给了

天妈。

"呦,我女儿过生日我这老太婆也有礼物收啊?"天妈接过盒子小心地打开,里面是个银白色的超薄手机。

"当然了!博雯说得没错,女儿的生日就是妈的受难日,妈妈当然是大功臣,礼物收的理所应当,得收得收!"嘉惠的小甜嘴总是那么振振有词,同时嘉惠也打开了自己的手袋,拿出了一大堆的充值卡递给天依。

"天依,我和博雯早就记着今天是你的生日呢,想着要是你不约我们,我们下午就自己杀过来了,嘿嘿……我俩之前研究了很久,也不知道送你什么好,更不知道送你什么,你才能接受,于是我跟博雯约好,她送手机,我送话费卡。这里一共是5万元的话费卡,足够你和天妈用很长时间了。给,老大生日快乐!"

"这么多钱的话费什么时候能用完啊?这礼物也太贵重了……"天妈知道嘉惠和博雯家里条件都非常好。但嘉惠的这份礼物也似乎过重了。

"呵呵……天妈,我们早知道你会这么说。放心啦,这是我爸爸企业下属电信公司的老总送我的新年礼物,家里还有好多呢,我也用不了。我这只是借花献佛而已。"

"是啊,天妈,你就不要推脱了。"博雯也在一旁推波助澜。

"对啊对啊,以后天妈随时都可以找到天依老大了,而且要是天妈想我们了,或者是做了好吃的,我和博雯也是随传随到哦,嘿嘿。"嘉惠一提天妈的私房菜就兴奋不已。

在嘉惠和博雯的夹攻下,天妈和天依终于收下了手机和

话费卡。

这时,嘉惠举起了杯,说道,"来,我们敬天妈一杯,为她给我们生了一个这么好的老大干杯!"

此时的天依虽然只是在一旁默不作声,静静地看着二人唱双簧,但是其实她的心里感到无比的温暖,这是一种她从未尝试过的温暖,一种盼望已久的家庭的温暖。而其他二人的心里,又何尝不是如此感觉呢。

随着时间的推移,这三个女孩的感情越来越浓,关系越来越好。天依虽然总是一副玩世不恭的表情,可是只要你足够细心,就会发现她已经把嘉惠和博雯当成亲妹妹一样看待,只是她生性不喜欢过度明显地表露出来而已。

第八章

嘉惠陷虎口

一

　　人和人之间的命运总是纵横交错的,即使你再不想跟别
人产生联系,有些事情在冥冥之中还是会将你拖入其中。有
些人,遇上了,便再也摆脱不了;有些缘,结下了,便成就了一
场宿命。

　　林嘉惠和许博雯应该就算是安天依摆脱不了的人,和成
为宿命的缘吧。按理根本不会有交集的三个女孩,却总是因
为种种意外纠结在一起。无论安天依是否把自己当成荒野中
的白玫瑰,当她看到温室里娇艳奔放而不可触碰的红玫瑰时,
内心是否也会有一丝触动呢?

　　不管与生俱来的血统是否注定了命运的平行或交错,只
是这白玫瑰和红玫瑰都有权利为自己的命运奋力一搏。谁说
她们不能惺惺相惜?谁说她们格格不入?也许林嘉惠和许博
雯就是安天依命中注定要一起携手改变未来的同伴。

　　嘉惠因为长得漂亮,家里又有钱,从来不乏围绕在她身边
的各式各样的男人。而渐渐地,嘉惠便把在各种男人之间周
旋当成了一种她乐此不疲的游戏,她喜欢玩弄男人的感情,但
她从不过自己的底线,因此别看她总在男人圈里打转,其实至
今她还是个完好无损的处女。

　　嘉惠能让喜欢她的男人为她疯狂,为她寝食难安,为她付

出所有的金钱,甚至是为她流下她认为男人最廉价的泪水。嘉惠认为男人都是天生的演员,男人的眼泪是不可信的,所以她要比男人还会演戏,要让男人为她付出自己的全部,这样她才有被重视和被爱的感觉。

　　嘉惠的父母常年在国外工作,能陪她的日子屈指可数,而父母能提供给她的只有那一张张无限额的金卡而已。嘉惠衣食无忧,甚至只要在金钱可以买到的范围内,她想要什么就能得到什么,但是如果长期生活在这样没有丝毫担忧的环境里,令嘉惠开始惶恐。她觉得必须找到一些事情来证明自己还活着,于是她只有在寻求各种刺激的过程中,捕捉刹那间的快感来填满自己的神经。

　　因此除了玩弄男人,嘉惠还迷恋上了一件事情——偷窃。别看嘉惠这个习惯很坏,其实她本质很善良可爱,只不过平时非常任性淘气而已。她做这些事情,无非是想引起别人的注意,想让身边的人多重视她一点,多关心她一点,多给她点温暖,多给她点爱罢了。

　　刚开始嘉惠只是偷偷小东西,比如文具店里的橡皮,格尺之类的便宜货,后来升级成超级市场里的口红、眉笔,再往后就是价值更大的东西了。嘉惠曾两次因偷东西被抓到警察局,后来都是家里用钱摆平了,父母并没有怎么训斥她,因为大人们认为她只不过是小孩子一时贪玩罢了,谁也没想到从那以后嘉惠就更加变本加厉。偷窃也从开始的赌气行为逐渐转变成一种周期性的习惯。

　　只是嘉惠也许从未想到,正是她喜欢偷东西的恶习以及

自以为是的嚣张居然令自己险些遭辱,也令天依差点丧命。以往她玩弄那些富家子弟,或是纯情小男生,总是可以占尽了便宜,还能全身而退,可惜这次她彻底挑错了对象。

重庆路是长春最繁华的商业街,矗立着世界著名的五星级宾馆和长春最有名的卓展购物中心——那里面都是来自世界各地的顶级品牌,一件不起眼的小背心可能就要几千块,而嘉惠则是这里的常客。

这天嘉惠又像往常一样走进了 CHANEL 店,心情大好的她并未发现门外有一双龌龊的眼睛正不怀好意地盯着她。

"嘉惠小姐,您好!今天要买点什么?我们店最近刚到很多款新装,您要不要试一下?"CHANEL 店的服务员一看见嘉惠来了立马喜上眉梢,因为嘉惠是她们这里的大客户。

"好啊,都拿来让我试一下。"嘉惠把包放到更衣间里就开始试衣服。

"这件礼服裙不错哦!这款昨天刚到,扣子是 24K 纯金的,而且全球限量二千件,我们店只有一套。尺码刚好适合您,好多人喜欢还穿不上呢!嘉惠小姐身材就是没得说。"服务员一边不停地拿衣服给嘉惠试穿,嘴里还一边不停地从头到脚夸赞着嘉惠。

转眼间嘉惠几乎把所有的衣服都试了个遍,店里柜台上一片狼藉,摆满了她试穿过的衣服。最后嘉惠挑了一件粉红色 V 字领 T 恤、一件红色小吊带背心和一条金色直版休闲裤和一对新款珍珠耳环。

"一共八万三千八。"服务员把计算器放到嘉惠眼前。

嘉惠看也不看,只是摆摆手,直接把信用卡递给了服务员。

这家店里只有两个服务员,这时一个去帮嘉惠刷卡了,另一个在给嘉惠打包衣服,于是嘉惠趁没人注意的时候,从包里拿出一把小剪刀,迅速地将那件限量版衣服24K金的扣子全部剪了下来,偷偷放进了自己的包里,另外还顺便拿了一个化妆包和一个钱包。

这种顺手牵羊的事情嘉惠真的已经做过很多次了,只见她气定神闲,大摇大摆地走出了CHANEL店,两位服务员还忙不迭地欢送,"嘉惠小姐再见,欢迎下次光临。"

正在嘉惠为今天的战利品而得意之时,只听身后传出了一个让人厌恶的声音。

"这不是桥斯顿的新校花嘛!想不到家里这么有钱的美女竟然是个三只手啊?真是想不到……"痞子强龇着大黄牙笑嘻嘻地朝嘉惠走了过来,身后还跟着几个小弟。

这几个小弟其中一个就是嘉惠的同学——也在桥斯顿读书的瘦皮猴,他以前是跟着夏雨混的,自从夏雨以学习为重,很少再参与帮派活动之后就跟了痞子强。瘦皮猴一见到嘉惠,心里一紧,想着自己这下可是进退两难了。痞子强对嘉惠本来就垂涎三尺已久,这次又抓住了嘉惠的把柄,他肯定不会轻易放过这个娇媚动人的大小姐。而想着痞子强腿折了,地盘被抢又进了局子,安天依的账他是迟早要算的。身为安天依的闺蜜,要是这次痞子强真的对嘉惠下了手,那被安天依知

道后,自己还用在桥斯顿混吗?一想到这些,瘦皮猴就禁不住冷汗直冒,可也正是他尚未泯灭的良心在关键时刻救了嘉惠一次。

二

不管嘉惠有多讨厌痞子强,但无奈自己被他抓住了把柄,只得勉强应付。

"你在跟我说话吗?你说这话什么意思,我可有点听不懂!"嘉惠依旧保持着一贯的趾高气扬。

"我当然是在跟你说话,校花果然是拽得不同凡响啊。不过如果美女不理解我的意思,那不如叫警察过来,我想可能到时你就听懂了。"痞子强斜着一对小眼睛,不怀好意地笑着。

"你想怎么样?"嘉惠强压怒火,恨恨地问道。

"嘿嘿,小美女别紧张,强哥今天赢钱了,只是想找个漂亮MM陪着逛逛街爽一下,不知道你有没有这个兴趣呀?"痞子强色眯眯的眼神就像恨不得马上把嘉惠吃掉一样。

"逛街啊?我最喜欢了。不就是帮你花钱吗?不过我消费的档次可是很高的哦。"单纯的嘉惠一听痞子强说只需要她陪着逛街,便由刚才的紧张变成了兴奋。她认为痞子强不过是个四肢发达,头脑简单的混混,只要自己像以前耍那些公子哥一样,狠敲一顿后找理由逃之夭夭,那么痞子强便也拿自己

无可奈何。

"好啊,只要你开口,强哥打一个奔儿,就是你养的!"

"别,我可是花季少女,养不出你这么大的儿子。"

"嘿,你倒是牙尖嘴利,不过可说好了,要陪一整天的,一直到晚上啊!这可是你自愿的。"痞子强滴溜着小眼睛在给自己留后路。

"行。"嘉惠很自信,但她没想到自己这次真的是太低估了痞子强的狡猾。

痞子强今天的确心情很好,他任由嘉惠在卓展疯狂购物,付了账眼都不眨一下,估计是没少赢。痞子强从没对哪个女人这么大方过,以往最多也就是带他那些马子去桂林路买些三到五百的衣服或包,晚上还得把那女人往死里糟践个够。只有嘉惠能让痞子强出这么多血,因为他知道以嘉惠的身家,一般的东西她肯定看不上眼,而要想嘉惠乖乖就范,同时也为了自己的面子,多花点钱那是在所难免的。

当然,并不要觉得痞子强是脑子里搭错了哪根筋,以为嘉惠会因此就看上他,真想跟他双宿双飞。痞子强虽然自大狂妄,但好歹也明白自己和嘉惠的层次不仅是差了一档两档而已,完全可以算是天差地别。他此次百般讨好谄媚,除了想骗嘉惠上床外,还有一个更重要的原因就是要报复安天依。

原来痞子强当初被小地主保释出来之后,本来誓要找天依报仇雪恨的,小地主也觉得自己手下让个女人给打了,连地盘也给抢了去,面子上确实说不过去。可谁知就在众人整装待发,准备去找天依麻烦的时候,龙帮的最高统治者聂风居然

突然插手此事,并告诫小地主等人不得轻举妄动,要是在没有他命令的情况下,有人动了安天依,那他一定不会轻饶。同时聂风还叫小地主随便分了两家酒吧给痞子强看管,为的是让他不要再去桥斯顿闹事,可是管理酒吧和管理桥斯顿相比,后者明显要油水更多,也更加安全和清闲。

纳闷也好,不服也罢,聂风的话就像是龙帮的圣旨,是没有人敢忤逆的。痞子强只得打碎了牙往肚里咽,他实在想不通,这样一个黄毛丫头的事情为何居然能让龙帮的龙头老大亲自出面干涉。安天依现在是不能动了,桥斯顿也不能去,难道他就这样一直忍气吞声吗?不!他痞子强才不是什么好欺负的软柿子!尤其近期还听说本来是他罩着的夏雨,也被安天依打了,还被抢去了桥斯顿校头的位置,现在痞子强更是不能善罢甘休了。既然不能动安天依,那就动她身边的人;既然不能去桥斯顿,那就在其他地方下手,这口恶气不出就不是他痞子强了。

目前来看,跟安天依走得最近得就是林嘉惠和许博雯,而许博雯深居简出,思维缜密,对她下手不容易,与其相比之下天真傲慢的林嘉惠要容易得多。可怜的嘉惠万万没有想到,其实这次在卓展的"偶遇"是痞子强一手策划的结果。

痞子强跟着嘉惠又是去海滨第一鲍,又是去皇家会馆……嘉惠专门挑长春最高档的地方去,也不管痞子强会不会心疼钞票。

其实嘉惠知道以痞子强这样的人品肯出这么大血,一定是对自己图谋不轨,所以她也想找个机会赶紧闪,可没想到痞

子强处处紧盯,似乎看穿了她的心思,让她连偷打电话的机会都没有。眼看着天色渐暗,嘉惠也着急起来。

"强哥,呵呵,天晚了,我该回家了哦。"嘉惠一边说还一边扭着身体,发嗲得要命。

"怎么想走了? 不行哦,是你答应要陪我一整天的,怎么现在想赖账?"痞子强有点不悦。

"呵呵,强哥干嘛说得这么难听? 这都 12 点了,已经一整天了,再说人家真的有事嘛,我刚想起来今天我父母让我去接待从美国回来的公安厅厅长的儿子,我都忘了去接机了,现在得赶紧回家看看啊,你知道他在追我啦,等时间长我怕他该生我气了。"

"少来这套! 公安厅厅长的儿子? 你以为我是白混的? 你那套我早就知道了,想涮我? 做梦吧,我痞子强的钱就没有白花的时候!"痞子强这会儿终于翻脸了,"把这个丫头给我带到楼上的房间里去。"

"你们想干什么? 我告诉你痞子强,你以为你是黑社会,就谁都怕你啊? 你今天敢动我一下,我明天就让你在长春消失!"嘉惠一边推开扑上来的混混,一边对痞子强作最后的威胁。

"你们看什么呢? 快给我带上去!"痞子强对她这两句随口说的狠话毫不在意。

"你们放开我! 你的破东西还给你,几件破衣服就想要本小姐陪你睡觉,休想!"嘉惠继续奋力挣扎着。

"你以为你是谁? 还给我! 想得美,今天老子吃定你了!

听说你还是个雏呢,哈哈……不看这一点我能给你花那么多钱?"痞子强想到这里便哈哈大笑,哈喇子都快流出来了。

"你这个臭流氓!你放了我,让我打个电话,你不就认钱吗?你要多少钱我都给你。"嘉惠真有点慌了。

"想打电话通知家里?没门!没错,我是喜欢钱,但今天你给我多少钱都不好使,我非睡了你不可!"

看到痞子强眼中的欲火,嘉惠不禁浑身打了个寒颤,她知道跟痞子强说再多也没用了,她只得求助似地看向了痞子强的那些小弟,终于她还是发现了一直躲在队伍最后,生怕被嘉惠认出来的瘦皮猴。

"瘦皮猴,你跟痞子强做这样的坏事不怕遭报应吗?你不怕学校知道开除你吗?你不怕安天依知道收拾你吗?"嘉惠现在只能希望瘦皮猴有点同情之心,趁机报信给天依了。

"安天依?哈哈哈……实话告诉你吧,要不是你跟安天依那么好,老子还未必想上你呢!"痞子强终于说出了自己的真正目的。

三

"什么?原来你是早有预谋的,你这个人渣!"嘉惠听了痞子强的话才知自己从一开始就上了他的当,这回不光自己的清白不保,连天依也要被牵扯其中了。

痞子强一把死死抱住在他怀里苦苦挣扎的嘉惠,依旧坏笑着说道,"宝贝,乖啊,别闹了,等你伺候好了本大爷就放你回去,到时候你可记得一定要用最悲惨的表情在安天依面前哭诉啊,哈哈哈⋯⋯"

痞子强让小弟硬生生地把嘉惠拽到了皇家会馆楼上的房间里,小弟们关上了房门在外面等候,里面嘉惠的求救声和骂声不断。

瘦皮猴站在门口左右为难,他最不愿发生的事情终于发生了。嘉惠说得没错,他毕竟是桥斯顿的学生,以前又是跟夏雨的,夏雨的为人他很了解,虽然一直没有追到嘉惠,但这种阴损的事他是绝对不会做的。再说现在天依当了校头,嘉惠又是天依的死党,要是天依知道了此事,还能轻饶了自己?嘉惠家又那么有钱,要是嘉惠真被痞子强给强奸了,凭她家的势力还不得整死自己?百般思量,瘦皮猴决定假装去厕所,偷偷地给夏雨打了电话。

夏雨接到电话后,吩咐瘦皮猴在那边尽量拖延时间,自己则赶紧打电话通知了天依。天依听到后,气得火冒三丈。不管她再不轻易表露也好,经过这么长时间的磨合,她确实已经把嘉惠当成了最好的朋友和妹妹,如果痞子强真的伤害了嘉惠,那她一定会亲手废了这个人渣。

与此同时,在皇家会馆的瘦皮猴也正想尽办法拖延痞子强的时间。

咚咚咚!痞子强刚要脱裤子,就听到一阵急促的敲门声。

"谁啊? 影响老子的好事。"他骂骂咧咧地去开门。

"老大,这是最近新出的催情药。您要不要试试? 据说用上能出现幻觉,让人欲仙欲死啊!"只见瘦皮猴站在门口,拿着一瓶药谄媚地说道。

"还是你小子有心啊,呵呵,不错,用好了大哥有赏!"

"谢谢大哥! 不过这药是抹着用的,得洗干净了身子再用,要不然不好使。"瘦皮猴隔着门缝看见头发凌乱,衣衫不整的嘉惠正坐在床上哭泣,他趁痞子强拿着药瓶研究的时候,向嘉惠使了个眼色便走了。

回到屋里痞子强正琢磨着怎么能让嘉惠用这个药的时候,嘉惠却主动地拿过了药瓶。

"什么东西? 你喜欢玩这个?"嘉惠装着很稀奇的样子,因为她看到到了瘦皮猴的眼神,知道瘦皮猴一定已经通知了天依,给痞子强这瓶药就是要她拖延时间的,至于接下去戏怎么演,就要看嘉惠自己了。而演戏是嘉惠最拿手的了,所以她又恢复了平静与机智。

"催情的。据说能让人欲仙欲死,怎么你想试试?"

"好啊! 我最喜欢新奇刺激的东西了。"

"可刚才你还在那儿使劲地骂我,一副宁死不从的样子?"痞子强对嘉惠的态度一百八十度大转弯有点不解。

"哎呀,强哥,人家还是小女孩呢。第一次当然害羞和反抗了,人家怕痛嘛。"

"对,也是。你这样我才更有征服感,哈哈……这有文化的富家千金就是不一样哈,连发骚时都感觉跟天使一样

纯洁。"

"但有了这个就不一样了,这会让我更自然地投入,不害怕疼了。"

"嗯嗯,没错!"

"强哥,你先去洗澡,洗干净点啊。我等你。"

"我?不用了吧,我天天都洗澡,干净得很。"

"不行,你没听见你小弟说嘛,得洗干净了再用,要不影响效果。"

痞子强只得去浴室洗澡,但是很快就洗完出来了,下身围着个大浴巾准备要亲嘉惠的樱桃小嘴。

"不要这么着急嘛,我还没洗澡澡呢。你在这乖乖等我哦。"说着嘉惠摆了个极度风骚的姿势进了浴间。

痞子强把唯一的浴巾也拿掉了,躺在床上,抹起了瘦皮猴拿来的药,然后开始等待着下一个美妙时刻的到来。可他哪知道这药是给大象催情用的啊?抹上没3分钟下面就硬得跟木棒一样,他的脸憋得通红,一个劲地敲门让嘉惠快点出来。嘉惠则尽量拖延,她放开了水龙头,在浴间里唱着歌,能拖一会儿是一会儿,只希望天依快点赶来。

四

天依和夏雨约在桃园路的路口见面。

天依打博雯的电话通了，却一直没人接。无奈之下，天依只好和夏雨两个人先去了，细毛带兄弟直接前往会合。时间不等人啊，天知道迟到一分钟嘉惠会变成什么样？

"天依，跟这帮地痞打架得带点家伙，他们可不管你是不是女人，是不是学生！"

听了夏雨的话，天依点点头，随即从身边的房檐下摸出两把片刀，递给了夏雨一把。

在桃园路居住的人都知道，混混们打架都不用回家取家伙，随便一个房檐底下或者墙洞里都可以摸到，都是这里的人特意藏的。桃园路的人心都很齐，只要有外人敢来桃园路闹事，随便喊一嗓子，就会有数不清的人瞬间从各个小巷子里带着家伙冒出来。

天依和夏雨把刀别到了后腰带上，然后飞奔向皇家会馆。

"哎哟，你小子怎么回事？走路他妈不长眼睛啊？"天依心急如焚，到了会馆后便一鼓作气地往楼上跑，谁知刚好踩到了正拦在楼梯口的痞子强的手下。

瘦皮猴闻声也走了过来，他看见夏雨后，偷偷使了个眼色，示意嘉惠在他身后的房间里面。

"你给我站住，你小子踩了人不道歉还乱闯别人房间，你找谁？这房间有人！"天依刚要进去，就被几个人给拦住了。

"这里有人吗？我找畜生！"

"你说什么呢？"

"小飞，这人是我朋友，他要找老大！"

"哦，雨哥啊，好久没见了，今天老大还说到你了呢！"

"呵呵,是吗? 我最近比较忙,所以没怎么和老大联系。哥们,你先让我们进去见吧,找老大有点事。"

"这可不行,老大吩咐我们别让任何人打扰他,他现在正跟马子享受呢! 今天可给这马子花了不少的钱,要是打扰了他的美事,我们可有罪受了。"

"就当给我夏雨个面子行不? 哪天我请哥几个吃饭。"

"夏雨少跟他们废话,再不让开,我就不客气了!"天依几乎要疯了,她难以想象门里的嘉惠此刻变成了什么样子?

"你说什么呢? 不看雨哥面子,你刚才踩我脚我早揍你了。前面头发短得跟个男人似的,后面还留个那么长的辫子,你跟我装清朝人哪? 你到底是男的还是女的啊?"

"女的,怎么样?"天依的眼睛似乎要喷火了,"听好了,我叫安——天——依!"没等对方答话,天依就上去一个直拳打倒了这个瘪三。

"让开! 小心我刀没长眼睛!"后面两个人刚要上,夏雨就举起了刀。

天依于是撞门而入,却发现瘊子强正站在嘉惠的身后,一只胳膊牢牢地箍住嘉惠的脖子,另一只手里的刀不断地在嘉惠脸上比划着。很显然,刚才瘊子强已经听到了众人的吵闹声,于是先下手为强。

"哟,安天依,真是好久不见啊! 没想到一见面你就动刀动枪的啊。怎么样? 想让这么漂亮的妞儿脸蛋开花吗?"瘊子强头发在不断地滴水,刚才药劲正猛的时候,他为了提起精神,便把自己整个人从头到脚淋得跟落汤鸡一般。

"天依救我!"嘉惠看见天依委屈地哀求着。

"你敢伤她一根头发,我今天绝饶不了你。"天依此刻已经双眼血红,额头青筋爆出。

"口气挺硬啊,现在怎么娘们也敢出来叫板儿了?把手上的家伙扔地上!"嘉惠的脸上架着刀,没办法,天依只有极不情愿地放下了刀。

"跪下!"痞子强这个要求天依实在无法做到,即使她放下了武器,可眼神却死死地盯着痞子强。

"强哥,您看您别和小女人一般见识,她还是个孩子。"

"孩子在哪呢?哪有孩子?我他妈七岁就出来混,谁他妈把我当孩子了?不喝妈奶就是大人了,能叫板就能扛事!安天依,上次在桥斯顿你打我弟兄,抢我地盘,好事都让你占尽了啊,你他妈还真以为我痞子强连屁都不敢放一个?告诉你,要不是有聂老大给你撑腰,我他妈早把你废了。这都还不说了,你今天又跑来打扰老子泡妞,你说你欠不欠揍?"痞子强心想自己现在药劲正猛、浑身发苏,硬来肯定不是安天依的对手,只得边跟她周旋边想对策。

聂老大?夏雨听后不觉一惊,没想到连龙帮的第一把交椅也来插手此事,看来安天依真的是匹黑马。他暗自思忖了一阵,决定还是先救下嘉惠要紧,于是继续打着圆场,"强哥,嘉惠是我们的同学,你就看在我面子上放了她吧!她花强哥多少钱我们给补上行不?"夏雨已经从瘦皮猴那里听说了这件事情的始末。

"你什么意思?十万块钱的确不是个小数,但强哥我是差

那点钱的人吗?"这可是打肿脸充胖子啊! 痞子强心里疼着呢,他还没给哪个女人花过这么多钱!

"不是不是,强哥你别多想,而且嘉惠的背景想必强哥也知道点,她父亲是吉林省内的头号房地产商,叫林子亨。林家财大势大……!"

"你吓我?"痞子强横了夏雨一眼。

"没! 老大我哪敢吓您啊! 我是帮您提个醒儿,全是为老大考虑嘛!"

"我知道,就是那个长春市希望工程捐款最多的长春首富嘛。"

五

"是啊! 看来强哥很爱学习啊! 一定是常看新闻。她母亲是前省妇联主席,现在是 3 家上市公司的老总。从小家里人惯得大小姐脾气十足,喜欢刺激、喜欢捉弄别人。她这是和大哥您开玩笑呢,您别介意!"夏雨仍旧希望在双方都不动手的情况下解决此事,因此继续同痞子强周旋,可他没想到自己这番话反而提醒了痞子强。

"啊,那是,现在都讲究信息时代,流氓也得学习啊! 最起码得知道长春市哪个有钱、哪个有权,哪个能唬、哪个能骗啊!"看来夏雨的恭维对痞子强很受用,但是他却丝毫不打算

就此放了嘉惠。

不过,痞子强确实知道林子亨这个名字。记得有一次他被砍伤,躲在一个小姐家半个多月不敢出屋,天天就在家看电视消磨时间。某次长春新闻报道希望工程捐赠仪式,其中最高捐款五千万的人就是林子亨,省里还亲自颁慈善家奖给他。当时痞子强看着那灼热的五千万数字,心里就做起了梦,要是这五千万给我一半也行啊,自己就是最需要希望的啊!这有钱人就是有钱,五千万说捐就捐了,一瞬间的事。如果这五千万要是给自己,那他痞子强不一下就成长春市有名的大流氓了?

原本这次痞子强只想上了林嘉惠,让安天依自责痛苦一下,现在看来美女的便宜他是占不到了,直接硬碰硬又不是安天依的对手。于是他转念一想,倒不如趁自己手上还有林嘉惠这个人质,让安天依束手就擒,修理她一顿,顺便再狠狠敲林子亨一笔,一举两得。

"小美女……你爸还真有钱哪!一下就捐了五千万,不如再捐我点得了,我很需要啊!我以后就是长春黑社会的希望啊!哈哈……"痞子强笑的脸都扭曲了。

"想当大哥?你还差远了。不用再废话,你想怎么样才能放了嘉惠?"天依实在听不下去这畜生的废话了。

"怎么急着找死啊?好,有两条路可以让你选,一是这妞花了我十万,你知道道上借钱是有利息的,十万块钱连本带利……是一千万。你拿一千万来我就放了她。"

"一千万?你做梦呢?你翻了多少倍?黑社会都没你黑。

我们学生哪有一千万,你不如直接去抢。"天依觉得痞子强简直不可理喻。

"嘿嘿!我本来就是黑社会,打劫勒索就是我的本行。哈哈,这一千万还用我教你怎么拿?给这妞家打个电话不就完了?"

"那第二个选择呢?"

"第二个选择嘛,呵呵……安天依,你几次三番坏我好事我很不爽!之前是风哥保你,这次就是天王老子也救不了你。我是当老大的,不追究你我以后没法带兄弟,这个夏雨比我还清楚。所以我得给弟兄们个交代。你不很能打吗?夏雨老大的位子都给你抢了……"

"没,老大的位子是我自己心甘情愿让给她的,我马上要高考了……"

"你给我闭嘴!没种就是没种,败给个娘们我还没骂你呢!我他妈替你出气你倒替她说话?"

"夏雨,不用你替我解释,跟这种畜生解释也没用。还有,你张口闭口的'聂老大','风哥',我不知道你是在说谁,也跟我没关系,你想怎么样就干脆点,不要叽叽歪歪一大堆!"

"嗯?跟你没关系?要是你不认识风哥,他堂堂一个龙帮老大会来插手手下争地盘的事情?你就继续装糊涂吧,我看你能装多久。听好了,第二个选择就是你让我四个兄弟每人打三下,不管他们用什么家伙,如果你能挺过去,并且不还手,我就放你们走。"

"不要,天依!你会没命的!"一直被痞子强勒住脖子的嘉

惠这时大叫道。

"钱我没有,不过你的条件我接受。"看着嘉惠的样子天依心感愧疚,她让她身边的人受伤了。

"你们太没道义了,几个人拿家伙打一个人还不许还手?天依,让他们给我家里打电话,家里人会给他钱的。"

"不,嘉惠,你们常常叫我老大,我真的不知道你们为什么都挺我当老大,我这个老大又到底应该做些什么?现在我明白了,老大就是要保护周围的兄弟姐妹们不受到任何伤害。痞子强,记住你自己说的话,放马过来吧!"天依攥紧了拳头,双目如炬。

嘉惠听完后眼泪夺眶而出,她平生第一次有了被爱护、被捍卫的感觉,此刻天依在她的心里已经成为了不可代替的亲人。

"那好,开始吧!"痞子强一挥手,那几个小弟都拿着家伙冲了上去。

第九章

一切缘起皆是命

　　天依为救嘉惠，决定接受痞子强那个无耻的要求——自己不拿武器不反抗，任凭他手下四个人，每个人打三下，如果能挺过去，痞子强就放了嘉惠。这是天依第一次真正地想为嘉惠做点什么，只是她没想到竟是用如此惨烈的方式。

　　第一个冲上来的就是被天依踩到脚的那个瘪三，"我让你踩，我让你不道歉，他妈的我让你脚开花！"他用椅子的两条腿狠狠压到了天依的脚趾上，然后用力地坐了下去还不断地扭动凳子。俗话说十指连心，更别说是脚趾了。一阵钻心的疼痛让天依脸都变色了，她身子前倾，紧紧握住了椅子的靠背，硬是一声都没出。

　　"哎呀，还挺能忍的，你们接着上！"看天依居然挺过去了，痞子强更生气了。

　　第二个人拿衣服挂在天依扶住椅子的手上猛抽，直抽得皮肉外翻，鲜血直流。第三个人把房间里钢制落地灯的钢管卸下，然后用力地挥起钢管狠狠地打在天依身上，顿时她白色的校服渗出了斑斑血迹。

　　痞子强料定天依为了义气一定会接受第二个选择，可是他叫手下打天依除了是为了出气，更重要的是为了转移大家的注意力，因为他心中早有了如意算盘。

　　在天依挨打的时候,痞子强把瘦皮猴叫了过来,在他耳边嘀咕些什么,又把嘉惠的手机给了他,使了个眼色后,瘦皮猴便出去了。嘉惠感觉到事情不对,可刚要喊出声,嘴就被痞子强用毛巾堵上了,"你能不能歇一会?从进屋起你就叫个没完,到现在你还叫,都要烦死我了。"

　　嘉惠想告诉天依些什么,可惜嘴被堵住了,她只能眼睁睁看着被打得遍体鳞伤的天依,把眼泪往肚子流。

　　就在瘦皮猴经过夏雨身边时,他跟夏雨互换了一个眼色,夏雨冲他点了点头,而这个细节没有被任何人发现。

　　最后一个上来的混混手里拿了个碗口大的水晶烟灰缸,看样子分量不少于一块红砖的重量,要是被这个烟灰缸砸到,后果可想而知。

　　只见那人朝天依的头猛砸了过去,顿时鲜血染红了白色的水晶。一下,两下,三下,天依的头上被打了三个很大的口子,鲜血已经几乎将她的整个面部覆盖。天依有点站不稳了,身子前后摇晃。

　　"四个人,每人三下,打完了吧?可以放嘉……"天依用手捂着肿胀翻开的伤口,艰难地说道。可还没等天依说完,后面那个拿钢管的混混就挥起手,重重地打在了天依的后脑勺上,天依只觉得眼前一黑,身子一晃倒在了地上。

　　"痞子强,你他妈太不讲究了!不是说好了四个人一人打三下就放人吗?怎么都打完了你还打?"夏雨对这个老大已经受够了,这种为道上都所不齿的事只有痞子强能做得出来,更何况嘉惠是他曾经喜欢的女孩,怎么能被他这样侮辱?只见

夏雨挺身要冲向痞子强，但无奈又被两个人抱住无法动手。

"夏雨你敢跟大哥这么说话？活腻了是不是？"

这时瘦皮猴进来了，神色十分慌张，说起话来也语无伦次，"大……大哥，楼下好像来了好多天瑰堂的人，外面还来了一车警察，我们怎么办？"

"操，谁报的警？"痞子强一听警察来了，也开始慌张了起来，"安天依，今天算你命大。还有夏雨，你小子居然敢听我叫板，看我以后怎么收拾你。我们从后门撤！"痞子强边放着狠话，边胡乱穿上衣服，然后带着小弟们冲出了房间。

终于被痞子强放开的嘉惠一下跪在了天依的跟前，痛哭着抱起天依的头不停地喊，"天依醒醒，对不起是我害了你！求你快醒醒，天依……"

二

早在瘦皮猴悄悄跟夏雨通电话的时候，夏雨就暗中吩咐瘦皮猴到时候看他的眼色行事。夏雨知道天依手下的小弟没几个有手机的，所以聚集起来较费时间，虽然他们的家离得都不是很远，但要一个个地通知还是需要时间。所以他为了保证万中无一，就告诉瘦皮猴如果形式对天依不利就去报警，痞子强就算再蛮横对于警察还是要敬畏几分的。

因此瘦皮猴趁着痞子强要他去打勒索电话的时机，偷偷

用公用电话报了警,总算在关键时刻帮了夏雨和天依一把。而天依也在第一时间被救护车接走,所幸没有过多地耽误伤情。

细毛由于聚集兄弟而迟到造成老大的受伤而懊恼,带着兄弟疯狂地四处寻找痞子强的踪影。

随着一辆急驰的救护车呼啸而至白宫般华丽的白金医院门口,一群白衣使者推着一架病床跑进了医院。只见有一个长发女孩已经趴在病床边哭得花容失色。

"闪开,都闪开! 医生快来救人啊,医生!"嘉惠的叫声整个一层楼都可以听见。

天依被直接推进了急诊室,夏雨去办理了基本的手续,突然接到了一个电话就匆匆忙忙地安慰了嘉惠两句,先行离开了。

而夏雨接到的这一个电话来自一个女人……

"医生,她怎么样? 严重吗? 不会有生命危险吧?"每当急诊室的门打开有护士医生进出的时候,嘉惠就会着急地凑上去询问天依的情况。

"小姐,请你在外面耐心等候,我们要为她检查完才知道。"

医生官方的回答让嘉惠更加焦灼不安,空旷的走廊里只听到嘉惠痛苦的啜泣,忽然远处传来了一阵脚步声,越来越响,越来越近,令嘉惠不禁抬起了头循声望去。是博雯! 嘉惠喊出声来,扑向博雯的怀抱。

"天哪，博雯你终于来了，我该怎么办？我对不起天依……"

"你在说什么呢？你怎么会在这里？对不起天依是什么意思？"

"怎么你还不知道？那你怎么知道我们在这里？"

"我还纳闷为什么会在医院看到你呢！是我奶奶被车撞了，现在还在抢救中……我刚听到一个人大呼小叫的，那声音一听就是你，所以我赶过来看看。"博雯明显是刚刚哭过，脸上的泪痕未干。

"什么？你奶奶被车撞了？"

"先别说这个，你说天依怎么了？"

嘉惠把事情经过原原本本告诉了博雯。

"什么？怎么会这样？嘉惠你玩得也太过火了吧？你……天依现在怎么样？"博雯只感觉雪上加霜，无力思考。

"还在急救室里抢救呢！你奶奶怎么样？严重吗？"嘉惠满脸懊悔的样子。

"是的，很严重，流了很多血，现在生命垂危，需要大量的输血，可我奶奶的血型是很罕见的 OH 型，血库里根本没有这个血型的血液，就是全国也没几个这样血型的人。可是如果在 1 个小时内还不给我奶奶输血，那就没救了。"说到这里博雯再也抑制不住自己的眼泪，失声痛哭起来。

"天哪，我们这是怎么了？我们到底做错了什么？为什么不幸的事都在这一天一起发生？"嘉惠一下瘫坐到了地上，浑身筋疲力尽。

这时候嘉惠这边急救室的门开了,天依被推了出来。

"医生他怎么样?"嘉惠和博雯都焦急万分。

"她身体素质很好,除了颅骨有点骨折,剩下的都是皮外伤,伤口我们已经处理完了,没有生命危险,现在要把她转到看护室去。"

"谢谢你,医生!"嘉惠的泪水仍旧止不住地往外冒,不知是为天依脱险开心,还是在为自己的所作所为自责。

"博雯,我要去护理天依,你去吗?"

"不了,你先去,我还要守着我奶奶,等待奇迹的出现。"博雯那有气无力的话语仿佛连自己都说服不了。

"博雯,我会为你奶奶祈祷的,她是你唯一的亲人,一定会没事,奇迹总会在最后关头出现的,不是吗?"

博雯在心里默念,奇迹会在最后关头出现,真的会出现吗?还剩四十分钟了,这奇迹怎么还不出现?

三

1号看护室里天依正躺在床上打着点滴,头上和手上都是白色的绷带,表情平静,睫毛时不时轻轻颤动。

嘉惠顶着一脸泪痕,高兴地推门而入,喊道,"天依!"

可惜天依还没有醒来,她只得坐到了床边等候。

嘉惠静静地望着天依的脸,摸着她头上和手上的绷带,愧

疚而怜惜地说道，"天依，对不起，以后你就是嘉惠最亲、最信任的人了，谢谢你为我做的一切……"

"你在说什么？"大依模糊中听到有人在叫她的名字，睁开眼睛发现一个满脸泪水的小傻瓜正在对着自己道歉。

"天依，你醒啦？你知道吗，我要担心死了！"嘉惠撒娇似地摇晃着天依的胳膊。

"嘶……"嘉惠不小心碰到天依胳膊上的伤口。

"怎么了？对不起，我弄疼你了吗？"嘉惠慌忙松开了手。

"傻丫头，这点小伤跟挠痒痒没什么区别，算不了什么的。"

"你就是爱耍帅，都这个样子了还死撑什么啊？对了，我刚才碰见博雯了，为什么最倒霉的事情都让我们遇上，我真是……"

"你在说什么呢？博雯？我下午出来找你前，怎么也联系不上她，她怎么了？"

"哎！由天不由人，博雯的奶奶被车撞了，也在这家医院抢救呢，听她说她奶奶的血型是很罕见的OH型，血库里根本没有这种血型的血，而且如果在一个小时里找不到相匹配的血型输血，她奶奶就有生命危险了……"

"什么？你怎么不早说！"天依一个打挺从床上坐了起来。

"你要去看她吗？你现在这个样子哪里也不能去，需要好好休息。我看你没事就放心了，我这就去陪她。"嘉惠以为天依要亲自去看博雯，就先安抚了她，然后自己去了。

嘉惠走后，天依悄悄拔掉手背上的针头，支撑着自己极度

疼痛的身体走向了血样门诊。

"护士,我要献血。"

护士正在忙,也没有抬头看天依,就随手拿出一张献血单递给她,说道,"先填单子。"

天依快速地填完了单子递进去,"护士,请快点。"

这时护士才抬起头,她看到天依头缠纱布、浑身是血的样子,顿时被惊呆了,"你这样能献血吗? 别拿自己的生命开玩笑!"

"我没开玩笑,如果你的家人要死了,你会见死不救吗?"天依的表情认真而镇定。

护士若有所思地看了看天依填的单子,问道,"你是 OH 型血? 刚好是那位老人需要的血型?"

"是的,麻烦快点,没有那么多时间可以耽误了。"说着天依便挽起满是血迹的袖子,把胳膊伸向了护士。护士张了张嘴没有再说什么,而是迅速地拿出针管工具为天依抽血。

鲜红的血浆不断被输送到输血袋,护士说,"已经 200CC 了,以你现在的身体状况,这个量已经是极限了。"说着她就要拔出针管。

天依马上用力地按住护士的手,诚恳地问道,"再来,我没事! 那位老人大概需要多少?"

"600CC,可是以你现在的身体根本不可能……正常人都不可能达到。"

"接着来,请求你!"

"不行,我的工作是救人而不是害人。"

"我要你接着来,你听到没有?"天依有些激动的样子吓坏了护士,她见天依如此坚定,只得让600CC血浆进了血袋。

"你真是一个奇迹,还真是一个为了救人连自己命都不要的人。"护士拔出了针管,把白色的棉球压到了针孔上,"按住,不然还要流血的。你要好好休息,多吃点甜的东西。"

抽完血后,天依的脸犹如一张白纸,本来就瘦弱的身体显得更加摇摇欲坠。

"能求你一件事吗?"天依本想起身离开,可忽然想到了什么,又继续有气无力地说道。

"我能为你做什么?"护士看着天依那张惨白如纸却依然漂亮帅气的脸庞。

"不要告诉任何人血是我献的。"

护士诧异地看着天依,问道,"那个撞车急需特型血的老太太不是你的亲人?"

"不要问太多,我记住你的名字了。"说着天依瞟了一眼护士身上的护士牌。

护士被天依的霸气吓坏了,只得答应,"哦!我明白了。"

天依咬咬牙,坚持从椅子上站了起来,扶着墙壁头也不回地走了。

"哎,你等等……"护士追了出来,她塞给天依一块巧克力,"吃了它,你抽了这么多血,需要补充糖分。"

天依看着跑远的护士,把巧克力撕开塞到了嘴里。

四

博雯的奶奶终于得救了,当医生宣布手术一切顺利,老人已经度过危险期的时候,博雯和嘉惠相拥而泣。博雯紧紧地握住医生的手,颤抖着说道,"谢谢!谢谢你们救了我奶奶,谢谢!"

"不要谢我们,医生的本职工作就是济世救人,这是我们应该做的,不过如果没有那个献血者及时献血,恐怕我们也无能为力。"

"献血者?她现在还在医院吗?博雯,我们赶紧去谢谢人家啊!"嘉惠拉着博雯的手说道。

"她的情况我们院方不方便透露,因为她本人不愿意别人知道她的信息,很抱歉。"

"啊,不会吧?现在还有这种做好事不留名的好人?不过这也太巧了吧,她刚好也是那个 OH 血型?"嘉惠十分纳闷。

"嘉惠,别说了,我知道是谁了。"博雯停住眼泪,若有所思地说道。

"啊?你知道了?那咱们赶紧去跟她道谢吧!"

博雯拉着嘉惠走到一间病房外停下,说道,"给我奶奶献血的人就在里面。"

嘉惠疑惑地伸头一看,嗔怪道,"博雯你开什么玩笑呢,我

就说这病房很眼熟啊,里面只有天依而已嘛。你是说……"嘉惠捂住了自己的嘴巴。

博雯点点头,"刚才奶奶还在手术中的时候,我不是离开了一下去买点喝的吗？我在楼梯转角刚好看到天依很虚弱地从献血室出来,还有个护士追出来给了她一块巧克力,说她献血过多,需要补充糖分。接着医生就接到通知说找到匹配的血型了,你说会有这么巧的事情吗？而且以天依的个性,她不愿意我们知道是她献的血也在情理之中,所以我很肯定天依一定就是那个不愿透露自己信息的献血者。"

嘉惠一边听,眼中一边又噙满了泪水。她哽咽着说道,"博雯,天依真的为了我们付出太多了,可是我们总是在给她惹麻烦,我真是……呜呜……"

博雯轻拍嘉惠的背,说道,"是啊,老天安排我们三个相遇,又将数不清的麻烦把我们三个人纠缠其中,也许这就是上天注定的吧!"说完这句话在不被嘉惠发觉的瞬间,博雯把手伸到裤兜里掏出了一个徽章,那是龙帮的徽章,是在她奶奶的出事现场捡到的,博雯看了看那徽章又放回了裤兜里。长长地出了口气,说道,"我们以后会情同手足,永不分离,这也是命运!"

病床上的天依看似睡相平静,其实内心已经百转千回,她清楚地听到了门外博雯和嘉惠的谈话,而她的心这次也真正地为她们而柔软。

五

　　龙华大酒店的秘密会议室里,龙帮大小领导者汇聚一堂,正召开着龙帮一月一次的例会。

　　坐在当中主席位置的是一个戴着金丝边眼镜,风度儒雅的中年男人。他始终面带微笑,从左到右扫视着围坐在长桌边上的各个分区的扛把子们,时不时小酌几口热茶,从来没人能从他的脸上读出他的内心想法,此人就是龙帮的龙头老大——聂风。

　　而站在中年男人身后是一个身材魁梧,皮肤黝黑,剑眉星目的年轻男子,他面无表情地站着,不声不响,却给人一种强烈压迫的气场。

　　"那这次例会的总结和任务分配大家应该都清楚了吧,还有什么其他问题吗?"中年男子摆摆手,示意让所有人都安静下来。

　　"有啊,风哥,我连续两次被天瑰堂的那个安天依摆了一道,您总不能眼看着自己的兄弟被欺负而坐视不理吧?"开口说话的人龇着一口黄牙,站在朝阳区老大小地主的身后,正是痞子强。

　　"你还有脸说你被一个女人欺负了,我都替你不好意思。滚到一边去!"小地主吼了痞子强两句,转而对聂风说道,"不

过风哥,那个安天依确实应该教训一下,她最近收复了桃园路,成立了天瑰堂,占了桥斯顿不说还三番两次找我们龙帮的麻烦,这是不给您面子想在您老人家头上动土啊?再这样放着不管,让她肆意扩大,以后恐怕会对我们龙帮有威胁的!而且这口气不出,大哥让我们以后怎么带兄弟啊?"

"就是啊,现在叫我去管那几间破酒吧,油水少不说,还老有其他帮派来砸场,比起桥斯顿真是……"痞子强又忍不住在一旁多嘴,被小地主横了一眼之后,才不再吭声。

聂风端起茶杯喝了一口茶,他能感觉到背后有人正用一种恳求的眼神看着自己,沉默片刻之后,聂风说道,"痞子强你还好意思说?你最近做了什么我很清楚。你现在连屋都不敢出,所以你才这么急着对付安天依不是吗?我不做声你别以为我什么都不知道,我这么做自然有我的道理,怎么?难不成你要问我的罪吗?"痞子强一听就知道聂风在说劫持嘉惠、殴打安天依那事,所以马上低头不语。

小地主见聂风态度如此强硬,便也不敢再多说什么,只得悻悻闭嘴。

"好了,这次例会就到这里,大家可以离开了。"聂风一挥手将众人解散。

不一会,会议室的人就都走光了,只剩下聂风和站在他身后的男子。聂风指了指身边的座位说道,"阿杰,坐吧。"

年轻男子没有推脱,只是顺从地拉开椅子坐下了,他的表情却明显比刚才凝重。

"风哥,谢谢你,我一定会信守承诺,帮你除掉蓝帮的余党

再离开。"

聂风带着惋惜的表情拍了拍男子的肩膀,"阿杰,你为什么一定要离开呢? 是我聂风有什么对不起你的地方吗? 你大可以说出来……"

"不是的,风哥! 你对我很好,我想离开龙帮纯粹是因为我已经厌倦了这种生活,想重新去过一些平静的生活,仅此而已。"男子似乎心意已决。

聂风于是也不再说什么,只是摆摆手让男子先出去。

聂风从头到尾都没有问过这个男人为什么要如此保护安天依,并不是他不好奇,只是历经这么多年的风雨后,他早就能感觉到这个男人和安天依之间缠绕颇深的羁绊。他太了解这个叫阿杰的男人了,与其直接去问男人保护安天依的原因而得到一个沉默的答案,还不如自己亲自去追根溯源。

第十章
天妈的愿望

一

　　从嘉惠险些被辱,到天依不加反抗被打得遍体鳞伤,从博雯奶奶意外地出车祸进医院生命垂危,到天依不顾性命当了匿名献血者……这所有的一切都将这三个女孩的命运深深地纠结在了一起。而她们的感情也在天依住院的时间里日渐深厚,三人越来越形影不离。

　　孩子是妈的心头肉,重伤的天依让美凤心如滴血。为了照顾天依,她一边辛苦地工作,一边马不停蹄地往返于家和医院之间,人也日渐消瘦。嘉惠和博雯给天依安排了最好的病房,找了最好的医生和护士,希望天依能得到最好的治疗和看护,以便快点康复。她们恳请天妈一定要接受由她们来承担天依住院治疗的一切医疗和生活费用,因为天依毕竟是为了帮她们才受伤住进了医院。这笔庞大的医疗费用,天妈确实难以承担,她流着眼泪感激地答应了嘉惠和博雯的请求,并且三人商量好不要告诉天依,让她安心养伤。

　　聪明的天依何尝会想不到自己住院的费用是嘉惠和博雯垫付的呢? 凭她家现在的状况,连基本生活都是勉强维持,更别说会有剩余的钱来付这贵族医院的住院治疗费了。但是天依也只是默默地把这份情谊记在心里,情是永远还不清的,你会发现越还越还不完。实际上她宁愿先借姐妹的钱,也不愿

意去动天瑰堂兄弟们的血汗钱。毕竟兄弟们大都出生于桃园路，家里条件都不富裕，每个月收上来的钱除了那一部分不能动的钱，其余的天依都让细毛分给了兄弟们，如果谁家有困难还可以预借，天依从不犹豫。因为她知道这份微薄的收入对于每个家庭都至关重要。

在这个过程中，细毛每天来报告一次天瑰堂的大小事宜。

天依不喜欢太招摇，也怕被母亲撞见，所以每次都在夜晚让细毛一个人来医院。但细心的细毛偷偷地把一些兄弟们安排在了一楼的楼梯口把守，为了不再让天依受到任何人的打扰。

"依哥！那畜生怎么就消失了呢？我最近到处找他，天天派人在他家门口堵着，就是不见他踪影。妈的，看到他我非废了他！"细毛看着躺在病床上的老大心里就自责。如果不是因为他那天迟到，老大也不会受伤进了医院。

"如果他想藏起来你是找不到他的，不过我相信，很快会有人来找我们。"

"谁？"细毛不解地问。

"到时候你会知道的。对了，这次桥斯顿保护费收上来别忘了给几个堂里的组长一人买一个手机，方便联系。"经过上次的失利，天依觉得通信是第一必备的。

"是！"

"还有我听我妈说徐婶得了糖尿病？"

"嗯！"这时细毛低头看着地面，有点郁闷地答着。

"这个病我了解,虽然没有什么生命危险,但是也需要好好地治疗和保养,要不然会出现很多并发症的。从这个月起你每个月领三份饷钱,照顾好你妈!"说着天依用手在细毛的肩膀上轻轻地拍了拍。

细毛听到这里感动得不知道该说什么,眼里含着泪光地说,"依哥!你对我细毛太好了,以后我妈就是你妈,你妈就是我妈,我细毛一辈子为你赴汤蹈火、在所不辞。"

这时博雯和嘉惠走了进来,嘉惠看着细毛,从兜里拿出一张纸来递了过去,"这是 100 部手机的提货单,拿着!你跟天瑰堂的兄弟们喜欢什么样的就拿什么样的,单子上的联系人叫老李,我都打好招呼了,你直接去就可以了。"

"1……1……100 部? 这……?"细毛看着单子心想也只有嘉惠小姐有这么大的手笔,但细毛知道老大不会接受的,所以没敢伸手,转头看向天依。

"嘉惠……"没等天依说完话嘉惠好像就知道天依要说什么,急忙马上抢着说,"就算你救我受伤躺在医院的愧疚补偿不行嘛! 这些都是我家的下属企业,我一分钱都不用花。"嘉惠了解天依的性格,所以才刻意强调。

"是啊! 天依,你就收下吧! 这次嘉惠受伤可全是你的责任啊!"这时博雯上前一步说。

"博雯你说什么呢? 明明……"嘉惠不知道博雯的用意,马上反驳道。

这时博雯一把将手环住嘉惠的脖子继而说道,"痞子强对你怀恨在心,不敢找你麻烦就找你身边的人下手,嘉惠就是受

害者。这次你救了她,但不保准没有下一次,为了下一次嘉惠不会再受到伤害,为了下一次你不再这么糗地躺在医院,我看你还是收下嘉惠这份心意吧!免得你每次等兄弟聚集起来都太阳落山了。还有我啊!我也需要保护哦!"博雯说到这冲天依第一次做了一个鬼脸,嘉惠这时也终于明白博雯的用意了,心里想还是博雯高,只有博雯能摸到天依的脉搏。

听到这里天依也无言以对了,博雯说的句句戳重点、戳心窝,她看了看眼前这两个捣蛋鬼第一次嘴角露出了笑容,然后冲着细毛点点头。

"依哥你笑了?"细毛也是第一次看到老大的笑容,从这个笑容他也看到了三个人的感情。

就在天依一天天好起来的时候,美凤却因为操劳过度,某天昏倒在了医院的走廊里。幸亏被前去探望天依的嘉惠和博雯及时发现,送去了急救室。

博雯料想天妈终日操劳肯定没有好好爱惜自己的身体,于是建议医生干脆帮她做一个全面的全身检查。这本是一件好事,可是结果出来后,却让众人犹如五雷轰顶。

"博雯小姐,这位女士昏倒只是因为操劳过度,加上有点贫血所致,休息一下应该就没有大碍。但是刚才做 X 光检查时,发现她的胃部有些异样,现在怀疑是肿瘤,我们需要征求她家人的意见,给她做切片化验病理分析才能确诊。"

"我就是她家人!医生,你可要查清楚再说,肿瘤这种事你可不能乱说来吓唬人啊!"嘉惠在一旁听了,连忙插嘴道。

"那是当然,嘉惠小姐。请等这位女士精神恢复了再同我联系,我好安排进一步的检查。"医生说完便离开了。

博雯和嘉惠两人面面相觑,博雯叹了口气说道,"天妈每天这个点早到了,你先去照顾天依,不然一会她该起疑心了,我在这里照顾天妈。不管怎么说只有先拿到最后确认的诊断结果,我们才好进行下一步行动。"

嘉惠离开了,博雯走进病房,发现天妈正躺在床上,目光看向窗外。博雯收拾好自己的情绪,尽量愉快地同天妈打招呼,"天妈,你醒啦? 感觉好点没,可吓坏我和嘉惠了。"

天妈将散漫的目光收回看向博雯,嘴角勾起一抹淡淡的微笑,"好多了,就是最近可能太累了,也没休息好,刚才睡了一大觉,真是舒服呢! 我得赶紧去看看天依,她这时候没看到我该着急了。"

"天妈,您别急呀!"博雯一把按住了准备下床的天妈,"您再好好休息一下,天依那边我叫嘉惠去了,您别操心了,再睡一会吧。"

天妈只得又躺回床上,笑着看了看博雯,说道,"天依交了你们这两个朋友,真是前世修来的福气呢。"

"应该说是我们前世修来的福气能交到天依这么好的朋友,还能认识天妈这么好的人。只是……"博雯拉着天妈的手,欲言又止地说道,"天妈,你最近胃是不是不太舒服?"

"是呀,你怎么知道? 我一直有胃溃疡,胃也老是疼和胀,以前忍忍就过去了,最近似乎变频繁了,也没什么胃口吃饭。"

"我叫医生帮天妈做了全身检查,医生告诉我说天妈的胃

不好哦,所以呆会儿给您做个胃部切片,进一步检查一下,看看到底是什么毛病,我们也好放心。"

"切片?不用了吧,我一大把年纪有些小毛病也很正常,何况我这是旧疾了,应该没事……"

"有没有事要检查之后才能放心呀,那个可是最先进和准确的检验。哎呀!天妈,你就做一个吧,虽然有点难受,但是查清楚了才好对症下药不是?你不是这么大人还怕疼吧?嘿嘿!"博雯苦口婆心地劝诫。

"真拿你这孩子没办法……"天妈终于松口。

博雯有些艰难地对天妈微微一笑,按下了床头的呼叫灯。

二

天依的病房门口站着两个女孩,一个身材丰满,有倾国倾城之色,另一个略显单薄,但从她那副黑框眼镜中折射出睿智的光芒。两个人此时都眉头深锁,似乎谁也不愿意先进病房。

"都进来吧,呆在门口做什么?"天依的声音从屋内传来。

两个女孩交换了一下眼神,只得硬着头皮走了进去。

"你俩干什么呢?神神秘秘的!有什么事情瞒着我?"敏感的天依很快便察觉出这两人似乎有话对自己说。

"天依啊,也没什么,就是……就是我们想跟你说件事,你听了可要冷静啊!千万别急、别上火!一切还有我们呢!"嘉

惠一手卷着自己的头发,一边有些目光游移地说道。

"快说吧,出了什么事? 不说我更上火。"天依语气中透出冷静。

嘉惠推了推博雯,博雯只得上前一步说道,"天依,是这样,前几天天妈昏倒了医院,我们就要医生帮她做了全身检查,结果……结果不是很理想。"

"什么? 我妈她昏倒了? 怎么没人告诉我? 我说几天不见人呢,还打电话跟我说是工作太忙……你们居然都瞒着我! 我妈她到底得了什么病?"

"天依,天妈得了胃癌,而且医生说癌细胞已经扩散了,必须马上入院治疗,我们已经帮天妈安排入院了,还找了最好的大夫……"

天依只听到此处,剩下的就什么都听不见了,她只觉得两耳轰鸣,她只能看到博雯的嘴唇一张一合,大脑却一片空白。

妈妈,胃癌,扩散? 天依无论如何也不能把这些词语联系到一起,光是想想就已令她毛骨悚然,她不记得自己是怎样下床,怎样行走在医院的走廊里,又怎样撞倒了别人,只记得博雯和嘉惠不停地大叫着她的名字,想让她停下来却怎么也拉不住。

当天依的意识恢复的时候,她发现自己正跪在天妈的床边,紧咬嘴唇泪如雨下,那止不住的泪水已经濡湿了被子和妈妈的衣襟。嘉惠和博雯此时也在一旁不住地抽泣着,为这个美丽的好女人心疼,也为她们母女俩的情深感动。

坚强的天妈任凭眼泪在眼眶里打了几转,也没有流下来。

她抚摸着天依的头发,让自己的声音听起来尽量正常,"你这傻孩子从小到大都没哭过,这是哭什么呢! 妈没事! 是人就都会生病的。"

天依只是跪在地上,双手死死地抱住天妈不撒手,她使劲摇着头,似乎不愿承认这个事实,却又哭得一句话也说不出来。

嘉惠和博雯帮忙扶起哭得不成样子的天依,这是她们头一次看到天依哭,而且如此狼狈。事实上,在这个世上也只有天妈美凤可以令天依掉下眼泪。美凤是天依的整片天,现在这片天要塌了,叫天依怎么能不悲伤? 她不言不语,只是从进屋看到天妈的那一刻开始就一直落泪,仿佛要把她积蓄了十几年的泪水在一朝喷发,无论众人如何劝都无法止住。

而当天依停止哭泣的时候,她做了一个令大家震惊的决定。

"妈,我要退学,我不准你再去打工,以后我来养你,你就好好安心养病吧!"

……

这个事件的结果是可想而知的,一旦天依决定的事情,就没人能改变。天依认为书就算不在学校也可以读,但是妈妈是唯一的,她马上就满十八岁,也是时候帮妈妈挑起家庭的重担,让她好好休息了。

尽管天妈非常不同意天依的决定,但她同时也了解女儿的苦心,她明白女儿在为当她可以依靠的山而努力着。看着满脸坚决的女儿,她不想让女儿失望,她更丢不下她的唯一。

天依答应天妈自己在打工之余一定跟嘉惠和博雯同步学习，不耽误课程，到时候去参加自考也是一样的，如此才勉强安抚了天妈。

天依知道对癌症来说治疗费用是大得惊人的，就算她动了天瑰堂的钱那也只是九牛一毛。虽然以嘉惠和博雯的家境是完全可以帮助自己的，但是她知道这是一场持久战，不能永远都这样靠着别人救济过活。更何况她想有更充足的时间来照顾母亲让她安心养病，她就得有一个可以说得过去的收入来源来应对妈妈的疑问。也许一切她都考虑好了，给大家的只是个答案罢了。

无奈之下，嘉惠和博雯只得悻悻地陪着天依去办了退学，桥斯顿里天依的粉丝们得知了这个消息都纷纷翘课去为她送行。

"天依，你以后要经常回来看我们啊！"

"依哥，你别忘了我们这些兄弟啊！"

"天依，我会想你的……"

"依哥，我们永远挺你！"

……

即便是天依平日里再不愿理会这些"粉丝"，今日她也不能不为之动容，很多女生甚至流下了泪水，哭着求她不要离开，但是没人能挡住天依坚定的步伐。同学们的呼唤每一字每一句都落在了天依的心上，只是她无法回头也不能回头。终于，她那纤瘦的背影逐渐消失在了桥斯顿金碧辉煌的大门之后。

这个秋季，安天依刚刚完成了她高一的学业。

三

　　为了帮助天依，又不被她发现，嘉惠和博雯只能故伎重演，像之前帮助天妈那样，跟一些店铺的老板打好招呼，让他们雇佣天依，给她市价最高的报酬，并且时不时以各种借口给她补贴。与此同时，嘉惠和博雯几乎每天都去探望天妈，陪她说话，给她买各种补品；每个周末还给天依补课，无论天依多晚下班，她们俩一定都会等她回家。而在医院方面，嘉惠和博雯也偷偷跟天妈的主治医师通了气，让他将天妈的药都换成最贵、最好的药，但是划价的时候还是按原来的价格显示，这其中的差额就由嘉惠和博雯来出……两个女孩可以说是想尽了一切办法来帮助天依和天妈，但是表面上还要演戏不被天依发现，其实天依也只是没有说破罢了，她明白自己现在连说谢谢都没有资格，只能用心地把两个好姐妹的帮助都记在心底，以期待有朝一日自己可以涌泉相报。

　　而对于天瑰堂的事务，天依早已无心管理，只是全权交给细毛打理。天妈的健康此时已经成为支撑天依努力生活下去的唯一支柱，这突如其来的变故令刚满十八岁的她有些措手不及，但生性刚强的她又不想表现出软弱，只能自己默默承受。

　　天依一天要打很多份工，她希望每天都可以给天妈买些

好吃的滋补的食物,她想好好补偿妈妈过去那些年所经受的所有苦难。努力工作和照顾妈妈成为她生活的主要内容,她脸上的笑容更少了,而那仅有的笑容也只是看到妈妈的时候才会绽放。

　　就连嘉惠和博雯都很少见到天依了,更别说细毛。虽然细毛有着一个混混所具备的所有不良素质,但是他确实是一个很理解天依心思的手下。尽管天依是天瑰堂的老大,但她毕竟还是一个小女孩,比天瑰堂很多兄弟的年龄都小,所经历的坎坷却比大多数人都多,细毛知道天依那小小的身躯承受了太多她那个年纪所不应该承受的东西。而作为她的心腹,自己能做的也就是尽心尽力管好天瑰堂,不让她过多分心而已。

　　细毛秉承着天依"人不犯我,我不犯人"的宗旨,只是中规中矩地在固定几所学校按时收取保护费,从不恃强凌弱,以大欺小,因此收入还算稳定,但远不如痞子强在位时油水那么多。细毛每次收完保护费都会合理地安排发放给大家,还有桃园路的孤寡老人,安顿好天依交代好的一切后,再拿出一部分偷偷地去医院给天妈续存住院费,因为他知道老大为了兄弟是不会动这笔钱的。

　　就在天依退学后两个月,她所担心的事情也终于发生了。

　　这天细毛正带着十几个小弟在桃园路口的冷饮店休息,只见一伙人带着家伙气势汹汹地冲了进来,为首的正是痞子强。

　　还未等细毛开口,痞子强便拿铁棒指着他的鼻尖,坏笑着

说道,"就是这小子,你们给我往死里打!"说罢,痞子强照着细毛的脑袋就是一棒子。

细毛一伙人本来就毫无防备,加上对方人多势众,还都有家伙,他们几乎是毫无招架之力,便全部被打翻在地,只有喘气的份儿。

痞子强得意洋洋地踩着细毛的脑袋,恶狠狠地说道,"怎么样?知道你强哥的厉害了吧?你不是找我吗?还扬言要废了我?来啊!"

"你是知道我们老大不在才故意来找碴的吧?"细毛躺靠在墙边说。

"哼!你们老大是个狗屁,以前是我们老大不让动你们,你还真以为老子怕了你们啊?你们今天都他妈的听清楚,告诉你们那个二已子老大,限三天内撤出桥斯顿,并且把这段时间收的保护费都给老子吐出来!否则,这就是你们的下场!"痞子强用铁棒一下子打碎了一只装果汁的玻璃杯,里面鲜红的汁液四溅,就像血一样狰狞。

等痞子强带着手下离开了,一个被打得鼻青脸肿的小弟爬到满脸是血的细毛身边,无奈地问道,"细毛哥,我们怎么办?"

细毛靠着墙壁用手擦了擦脸上的血迹,有些茫然地说道,"能怎么办?按他们说的做呗!我看这次没上次那么简单了。"

"可是我们收上来的钱动了啊?"

"我来想办法,你们都不准去惊动依哥,她对我们堂里的

兄弟哪个都不薄，现在自家的事情已经够让她烦的了，天瑰堂的事情我们就自己解决吧。"

　　至此，以细毛为首的天瑰堂众兄弟悄悄撤离了桥斯顿，和龙帮痞子强私下和解，而他们也从此少了一个主要的经济来源。

　　痞子强又返回桥斯顿的消息是嘉惠告诉天依的，天依正欲找到细毛等人一探究竟，却看到兄弟们个个身受重伤，尚未痊愈。

　　"细毛，你们这怎么回事？怎么痞子强又回桥斯顿了？"

　　"依哥，我对不起你，是我自作主张把桥斯顿还给了痞子强，还有我们之前收的桥斯顿的保护费，我也交给他了。"细毛用一只红肿的眼睛透过白纱布的缝隙，愧疚地看向天依。

　　"不关细毛哥的事啊，依哥。是痞子强带人拿家伙找我们的麻烦，我们不是他们的对手，他们背后有龙帮。我们又不敢惊动您老人家，细毛哥为了保护兄弟们，才答应痞子强的！"众兄弟都来帮细毛说话。

　　"你们……"天依看着受伤的兄弟们，心里很不是滋味，她觉得自己实在不配当这个天瑰堂的老大，"你们没错，是我对不起你们，我为了自己的事情，耽误了大家……"

　　"依哥，你千万别这么说，你的为人大家谁不清楚？兄弟们都知道依哥最重情义，才愿意跟着你！你现在就安心处理家里的事吧，就算不去桥斯顿收保护费，我们还有其他途径，饿不死的，大家说是不是？"细毛不愿天依自责。

　　"是啊，依哥，你就放心吧！"众兄弟纷纷附和着。

　　天依目光中闪烁着感动,她再一次感到天瑰堂这帮兄弟的义薄云天,她不再像以前那样觉得孤独无助,因为现在她安天依的身后有了许许多多理解和支持她的人。

四

　　经过三个疗程的化疗,天妈的病情基本控制住了,但是天妈却失去了美丽的头发。接下来就是中药保守巩固治疗,消毒水味加中药汤子味让天妈实在难以忍受,她强烈要求回家修养,因为天妈知道,她在这里住一天就是浪费一天的钱,她的病她已经全都了解了。

　　经过跟医生的征求探讨,天依终于扭不过天妈,同意她回家修养。因为她也同时觉得,妈在家里会比呆在医院里更舒心。但是天依不许她做任何工作,必须每天按时吃药积极配合治疗。回到家的天妈感觉像被监狱释放了一样轻松,因为她感觉在医院里,她就等于被判了死刑。

　　天妈是一个闲不住的人,每天在家种种花、养养草,背着天依做一些喜欢的手工让前院的徐影帮忙拿去换些钱贴补家用,倒也过得舒心自在。

　　"美凤,美凤啊,我又来看你了。"徐影扭着丰腴的腰肢走进了天依家的院子。

　　"她徐婶你可来了,真要憋坏我了。"美凤正坐在院子里一

边晒太阳,一边给一些花草松土。

"看你今天气色好多了嘛,看来吃的药还是管用,那就不用去做那个什么化疗了,要不你这新长出来的头发又要遭殃了。"

"我也不想去呢,主要是做化疗很贵,完了还得打那个什么进口的营养针,都好贵的。我家天依啊,又不知道要打多少工才赚得回来哦。"

"你家天依……"徐影仿佛欲言又止。

"天依怎么了?"

"没……没咋地……"

"她出什么事了吗? 她徐婶你倒是接着说啊!"美凤停下手里的活,转身不解地看着徐影。

"美凤,你别着急,也没啥事,就是我那个不争气的儿子整天不着家,昨天突然回来头上还缠着纱布,回家就一顿翻也不知道找啥,完了匆匆忙忙就走了。我一看就知道他又在外面惹事了,就偷偷跟在后面看他要干嘛去,结果听他跟他那些不三不四的朋友们说,虽然安天依是天瑰堂的老大,但现在是非常时期,所以先不要告诉她。后来我四处一打听,才知道这天瑰堂现在在咱桃园路一带可有名啦! 看来我真是跟社会脱节了,老了!"

"什么? 你说我家天依混黑社会了? 这不可能,这绝对不可能! 我家孩子虽说喜欢练拳脚,但是她绝对不会走歪路的,是不是别人认错了人,或者是同名同姓的……反正,这绝对不可能!"

"嗨,美凤,你别急啊,我就是无意中听到的,可能是我听错了,你千万别往心里去啊,你家天依成绩又好人又懂事,肯定不能去趟这浑水的,你就放心吧,千万别急坏了身子!"徐影知道自己又快嘴了,歉意地轻抚美凤的脊背,急忙安慰道。

尽管美凤嘴上说不信,其实心里也怀疑了七八分。不说别的,就说上桥斯顿那5万块的学费,当初天依跟她说是跟博雯打赌赢来的,还有嘉惠为见证人,但是以美凤对天依的了解,她应该不是这么轻易就愿意接受别人钱财的孩子;无奈看到博雯和嘉惠都信誓旦旦,天依自己也不否认,她当时则只能半信半疑地作罢。现在听徐影这么一说,如果钱是通过混黑社会这种不法手段得来的话,似乎就更说得通了。美凤左思右想,终于决定还是要找天依问清楚此事。

忙碌了一天的天依拖着疲惫的身体回了家。

"天依,回来了?你过来,妈妈有事问你。"

"妈,你今天好些么?什么事情这么严重?"天依看到妈妈的脸色不对。

"嗯,妈妈今天好多了,只是有件心事,让妈妈很揪心。"

"什么事,您说吧!"

"天依,你对妈说实话,你是不是加入黑社会了?"

天依顿时一惊,按理说这件事天妈是没有途径会知道的啊,难道是自己哪里露出了马脚?

看到天依居然在犹豫,天妈伤心地说道,"天依啊,你不会真的去混黑社会了吧?你的本性妈最了解,你是不是受到坏

人的唆使才干了这样的傻事？你难道忘了妈妈平时都是怎么教你的？"

"妈，你别难过，我……我发誓我没有做过任何伤天害理的事情，那帮兄弟本质其实都不坏，也很尊重我，而且在我的领导下，他们也不再像以前那样作奸犯科……"当着母亲的面天依是不会撒谎的，所以面对质问她只能实事求是。

"啪！"一记响亮的耳光落在了天依的脸上，这是妈妈第一次打她，即便是她小时候跟邻居男孩打架，惹得一帮泼妇来家辱骂妈妈，妈妈都没有动手打过她，可是今天妈妈却决定用这种方式来处罚她。

"妈……"

"你不要叫我妈，我没有你这种女儿！你好好一个女孩子家偏偏去混什么黑社会，还成立什么帮派，你觉得这样很光彩是吗？妈妈是鼓励你多交朋友，可没叫你去跟那些不三不四的人交朋友！黑社会就是黑社会，黑不能说成白！你还记得咱们搬家来桃园路的前一天，妈妈怎么对你说吗？希望你能出淤泥而不染，可是你现在染得比谁都黑！我……我安美凤没有你这种女儿！"

"妈，我错了，你不要生气，你还在生病，不要气坏了身子。"

"为什么我什么都不知道？就在我眼皮底下发生的一切我都不知道，你心里还有妈吗？妈这么辛苦为了什么？难道为了送你混黑社会吗？"

"妈……对不起！"说到这天依双膝跪地，抱住妈妈的腰，

泪如雨下。

　　从小到大从天依出生时哇哇哭着落地以后,她就没再听天依哭过。但自从知道自己生病后,她两次看见天依落泪,也许天依的苦连这个当妈的都不曾理解吧?看到跪在地上形容消瘦的天依,美凤的心里也说不出地难过,她一把抱住女儿,母女俩在屋内抱头痛哭起来。

　　"天依,是妈对不住你,妈不该没钱,害得你要跟我搬来桃园路这种地方;妈不该生病,害得你学也没得上,还要去混黑社会。不如……不如妈妈就这样死掉吧,一了百了,以后你就没有负担了,可以去做自己喜欢的事情。"美凤说着居然顺手拿起一把剪刀就要往自己脖子上刺。

　　"妈!!"天依一把夺下了美凤的剪刀,扔到地上,"你这是干什么啊!妈不活了,我活着还有什么意义?妈就是我的一片天,天塌了,天依的世界就是一片黑暗了。妈,我不许你再说这种话,不准你再做这种傻事!"

　　美凤再次将天依揽入怀中,哽咽着说道,"天依,妈妈也舍不得你啊,妈妈还要看着你长大,看着你嫁人,妈妈只希望你能像所有普通的女孩子一样,考上好大学,找一份好工作,最后嫁一个爱你的好男人,过一种最简单平静的生活,这样我就死而无憾了。天依——你能在妈有生之年满足妈这个愿望吗?"

　　天依在美凤的怀中,紧咬牙关,用力地点了点头。

　　这天晚上,天依挤在妈妈的被窝里,紧紧抱着妈妈温暖的

身躯,听妈妈哼唱她小时候听过的童谣,她们娘俩很久没有这样好好地聊天了。

"妈,你声音真好听,你可以去当歌星。"

"傻孩子,妈老了,不过妈年轻的时候真的想过去当歌星呢! 现在啊,只能指望你了哦!"美凤笑嘻嘻地看着女儿说道。

天依知道这只是妈妈的一句戏言,一份埋藏在心底的愿望,但是她却在今夜将这句话深深刻在了心上。

五

现在如何去面对天瑰堂的兄弟让天依心里很是纠结,她选择了逃避,因为母亲的原因她不想去想。经过昨晚跟天妈的彻夜长谈,她内心长久以来的压抑终于得到了一些释放,毕竟她现在对母亲没有任何隐藏了,母亲是最能左右她心情的人,看到天妈的脸上重新扬起的笑容,天依感到十分满足。

尽管昨天几乎一夜没睡,但这天一早天依仍旧要去咖啡店打工,只是她没想到自己居然在那里碰到了一个多年未见的朋友。

今天的清晨被雨水洗刷过,阳光照在地面上反射出五彩缤纷的光,还有那草尖上的滴露仿佛在告诉人们,昨晚这里曾湿过。

　　天依总是第一个到咖啡店的人,每当她做好了所有的清洁工作,打开店门迎接第一拨客人的时候,其他的店员才陆陆续续抵达咖啡店。因此咖啡店的老板格外喜欢天依,给她比其他人更多薪水的同时,还把咖啡店的钥匙也交给她保管。一条黑色西裤加格子衬衫再配一个帅气的白色领结,她帅气精致的外表给店里拉来不少女性客人,只要天依来上班,那些女客就每天必到。

　　这天早上天依刚刚换好工作服,又跟往常一样在吧台后的老唱片机里放上一张老歌的碟片,随着女歌手富有磁性的嗓音从喇叭里不断流出,《夜来香》的曲子立刻将整间咖啡屋充盈得浪漫而小资。天依从吧台后直起身,正准备开始打扫卫生,却发现已经有一个客人不声不响地坐在了咖啡店里。

　　天依很纳闷这么早怎么会就有人来喝咖啡,但从她现在的角度看过去只能看到男人的侧脸。男人身材应该很高大而且很结实,他穿一件深蓝色的休闲西装,皮肤是健康的古铜色,尽管只看到侧面,也能感觉到他的目光炯炯有神。天依不确定这个男人的目的是什么,但是唯一可以确定的是绝对不仅是喝咖啡这么简单。

　　天依走出吧台,径直朝男人走去。"先生,我们还没开始正式营业,请您……"

　　男人好像听歌正听得入神,只见他用一根手指挡在唇边,阻止天依继续说下去,然后微微皱眉地转过头,对天依说道,"天依啊,我想把这首歌听完都不行吗?你这个丫头还是这么急性子。"

天依吃惊地盯着男人的脸看了又看,终于掩饰不住内心的激动而大叫起来,"四虎哥,是你? 真的是你啊?"

男人微笑着站起身,就像小时候那样轻轻拍了拍天依的脑袋,说道,"是啊,丫头,咱们四年没见了吧。"

天依眼前这个英俊的男人就是天依小时候第一次打架时,把昏迷的她背回自己家为她包扎伤口的人,就是带天依入门跆拳道的人,就是陪伴天依从一个小孩成长为少女的人,就是天依目前为止唯一承认过的男人,而同时他也是长春第一大帮龙帮里龙头老大聂风最为看重的心腹。

"四虎哥,你等我下班跟我一起回家吧,我妈前几天还念叨起你呢,自从我们搬走之后再也联系不上你,今天要是真看到你了一定特别开心。"天依走到四虎的对面坐下。

"好啊,阿姨最近好吗?"

"不是很好。"天依说到这里不禁有些黯然,"我妈查出有胃癌,现在还在治疗,虽然有一定的成效,但是药物和化疗对人本身的伤害也很大。"

"所以你退学来打工,所以你还领着桃园路的一帮混混成立了个什么天瑰堂?"四虎的语气带着些许责怪。

天依听后一惊,心想四虎怎么会知道自己的事情这么清楚,但还未等她开口,四虎又继续说道,"我是龙帮的人,你的事情现在整个龙帮已经没有人不知道了。"

"所以你是代表龙帮来找我的?"天依的语气和眼神都变得冰冷起来。

"你这个丫头还是这么敏感,你难道不知道无论发生了什

么,我都永远是站在你身后的那一个人吗?"四虎有些嗔怪天依的不信任,"事实上,我也已经快要脱离龙帮了。"

"既然已经加入了为什么又要退出呢?还有当年我搬家的时候,你不是还在读书吗?怎么会去混黑道的?厉师傅让你这样做吗?"天依对自己的武断也感到有点不好意思,只得转换话题。

"你知道当年我父亲有了一点名气之后,找他去当教练的人越来越多,出的薪酬也越来越高,我们家也逐渐开始变得有些小钱了。可后来没多久他就被一些狐朋狗友唆使去吸毒,瘾越来越大,原本好不容易挣的一点钱都被他拿去买毒品了,最后还弄得欠了一屁股债,而他……他终于有一天也因为吸食毒品过量而去世了。彻底成为孤儿的我,唯一继承的就是父亲留下的一屁股债,哪里还有钱去上学呢?为了生存,我只能自己做点小生意维持生计,可是龙帮的人几次三番来找我收保护费,终于有一次我忍不住跟他们动起手来。那天刚好被龙帮老大聂风撞见,也许是看到我身手不错吧,便收我进了龙帮,还帮我还清了所有的债。我那时为了报恩,同时也以为当了黑社会,就没人敢欺负我了,便答应了聂风的邀请。我并不是不想联系你们,只是我觉得从我加入龙帮起,我跟你们就是两个世界的人了。我知道你成绩一直很好,以后肯定会读重点大学,有一份体面的工作,怎么可以有我这种混黑道的朋友呢?"说到这里,四虎似乎有些感伤和无奈,他顿了顿又继续说道,"在龙帮打拼了这么多年,我也算混得有头有脸,聂风十分器重我,让我当他最信任的左右手,可是越混下去,我越觉

得这不是我想要的生活，我厌倦了整天打打杀杀，连个安稳觉都睡不好的日子。所以我已经多次跟聂风提出退帮，原本他已经快要答应我了，可我突然听到消息说你居然抢了痞子强的地盘，还把他打成重伤。痞子强那是一个睚眦必报的人，你一个 10 几岁的小姑娘绝对不是他的对手，所以我答应在退帮前帮聂风除掉他最棘手的死对头——蓝帮二当家，而作为交换，他务必要确保你的安全。"

　　听完四虎讲述的经过，天依终于恍然大悟为什么痞子强在桥斯顿一战之后居然没有反击，而是销声匿迹了。自己还天真地以为他真的怕了天瑰堂，殊不知这表象的背后居然布满了如此惊心动魄的故事。看来自己还是被四虎保护着呢，从小到大从来没有改变过。

　　突然面对赤裸裸的现实，天依一下子不知要如何反应，"四虎哥，我……"

　　"什么都不用说了，天依，我只希望你答应我一件事情——无论如何都不能加入那些大的帮派。你们现在所谓的'天瑰堂'在那些大帮派眼中不过是小孩子过家家罢了，不过同时也说明你们尚未真正进入那个混乱邪恶的圈子，现在要想全身而退还来得及。"

　　天依迎着四虎真挚而认真的目光，在心底深深地叹了口气，这难道是天意吗？自己注定混不了黑道，否则就会失去自己身边所有至亲的信任。昨天是妈妈，今天是四虎，也许也是时候做个了断了。

第十一章
初见龙帮老大

有的时候回忆是一件奢侈的事,因为与今天的现实比起来,心会酸会痛。

天妈的病情让她无心再搭理天瑰堂的一切事物,但兄弟们受伤让天依这个不称职的老大深感愧疚自责,而且桥斯顿地盘的丢失让天依更担心兄弟们以后的生活来源。四虎的忠告让天依进退两难,但是她为了母亲又不得不作出个决定。

天依联系细毛,让他在一个傍晚将几个从天瑰堂成立起就一直跟着她的兄弟们聚集到桃园路口的那家冷饮店。细毛还以为天依是手上的事情已经处理好了,想找兄弟们开会了解一下近期天瑰堂的情况呢,于是十分开心。

"依哥,总算看到你了。你就放心照顾天妈吧,天瑰堂有我们这些兄弟撑着呢,绝对没问题!"细毛得意地向天依汇报着,全然没有注意到她脸上凝重的表情。

"嗯,我知道,细毛,你做得很好,我很感谢你。"天依很诚恳地答道。

天依这么一谢反倒把细毛搞蒙了,平时天依对待他的自吹自擂从来都是不屑一顾的,怎么今天居然一本正经地谢起自己来了?这不能不让人匪夷所思。

"依哥,你……你没事吧?"

"细毛,你跟徐婶说过天瑰堂的事儿?"天依没有直接回答细毛的问题而是反问道。

"没有啊老大,我跟我妈说这些干吗? 道上的事儿她又不懂,我可没那么三八!"细毛不解地答道。

天依轻叹了一口气,继续说道,"哎! 其实说与不说都无关紧要了,我妈迟早有一天会知道天瑰堂的事儿,长痛不如短痛,是时候了结了。"

"依哥,你说什么呢? 我听不懂! 是不是我那个老娘跟咱天妈说了什么? 我发誓我真的从没跟她透露过关于依哥你的任何事情! 要不我回去把我妈拉来当面对质?"

"细毛,别胡闹! 我已经决定了……"这时整个冷饮店都鸦雀无声,兄弟们紧张地看着天依,而天依稍微停顿了一下,继续说道,"我要退出天瑰堂。"

天依话语一出,在场的十几个生死兄弟全都愣在了原地。天依可以说是他们的心灵支柱,他们完全无法想象要是天瑰堂没有了安天依还能如何立足? 他们无法想象自己没有了大哥将何去何从?

"依哥,你千万别跟弟兄们开这种玩笑,要是你退出了,我们要怎么办? 群龙无首啊,那不是任人宰割?"细毛收起了平时的嬉皮笑脸,略显严肃地说道。

"我没有开玩笑,是认真的。细毛,以后就由你来当这个天瑰堂的老大,就当……就当我安天依对不住兄弟们了。"天依的声音干涩而沙哑。

"可是依哥,这是为什么? 我们兄弟们为了成就天瑰堂的事业,哪个不是把命都豁出去了? 哪个不是对你忠心耿耿? 咱们收复桃园路的时候有哪个兄弟少流血汗了? 就连之前痞子强带人来把我们收拾了一顿,我们中也没有一个叫过屈的。还有堂里新收的那几十个小弟,他们要怎么办? 依哥,你不能就这样走了啊⋯⋯"

"细毛,不要说了,我已经答应我妈不会再碰道上的事儿,而且我以后要赚钱养家,也没有时间来管理天瑰堂。"

"但⋯⋯没有依哥就没有天瑰堂了!"

"我已决定,兄弟们,好自为之吧!"天依无奈地起身,对十几个正眼巴巴看着她的兄弟们鞠了一躬,然后转身就走,因为她害怕自己倘若再多呆一秒就会改变主意。

"依哥⋯⋯"细毛的话没说完,就看到即将要走出大门的天依不知为何停了下来。

"安天依,别急着走啊! 你强哥这才刚来,怎么地也得先陪哥聊两句吧,嘿嘿⋯⋯"只见痞子强正晃着手里的弹簧刀,一摇三摆地领着一帮弟兄从冷饮店的门口走了进来。

"你又来做什么? 桥斯顿不是已经还给你了吗?"天依一边后退,一边冷静地回答着痞子强。

"哈哈! 那本来就是爷的地盘,你当然要还给爷!"

"你还想要什么?"天依觉得痞子强今天必有所求。

"要什么? 桥斯顿的钱你还没吐出来呢! 怎么想赖账啊?"

"赖账? 细毛不是都给了你了吗?"

"呸！你当我要饭的哪？一百多万的钱他只给了我三十万。"说着从衣服里怀里拿出一张纸来啪的一声拍到桌子上"你看看这是你兄弟细毛给我的抵押，就他家那一间小平房能抵押一百万？今天你得给爷个说法，要不你们谁也别想走出这屋。"

"什么？抵押？"说着天依拿起那张纸，原来这是细毛家的房契。天依看完把头转过来非常生气地问细毛"这怎么回事？天瑰堂的钱呢？我不是说除了每个月发给弟兄的饷钱其他的不让你们动吗？"

"依哥我！"细毛欲言又止。

"你给我说啊！"细毛从来没有隐瞒过天依什么，所以这次事情让她非常光火。

"我们收上来的钱都按老大你的命令，除了每月给大家发放的饷钱外，还有给桃园路的孤寡老人发放的生活费外，剩下的是没动。但……天妈住院需要钱啊，你那么辛苦地去打工，那么需要钱却从不动堂里的钱，我们兄弟都看不过去了。所以我就自作主张每月偷偷地帮你交了一部分天妈的住院费。结果帮里的钱剩下的就不多了，钱一时凑不到，也不敢惊动老大你，我就回家把我家房契拿出来暂时抵押了，想过一阵有钱了再赎回来。依哥我真不是有心要瞒你的，我们只想现在少给你添点麻烦，让你多陪陪天妈。"

"细毛你……"天依听到这里全明白了，她不是一个称职的老大。原本以为她这个老大处处在为兄弟考虑，但现在看来是兄弟们处处在为她这个所谓的老大付出着心血。她以为

她为天瑰堂做了很多，但其实是天瑰堂的兄弟为她付出的更多。

其实天依的纠结是可以理解的，鱼离不开水，水里也必然会有鱼。没有安天依就没有天瑰堂，没有天瑰堂的兄弟们就支撑不了她这个老大的存在。

"哎！感人哪啊？哈哈！你这些兄弟还真忠心！安天依看来你确实有你的独到之处，但欠债还钱天经地义，怎么样？这笔账你打算怎么还？"痞子强咄咄逼人地又上前了一步说。

天依看看身边伤势未愈的兄弟们，又看了看痞子强那张欠扁的厌恶嘴脸，叹了一口气，再次仰起了她那高傲的头说"钱……没有。"

"没有？没有你今天就别想出这个门，老子今天他妈的新账、老账跟你一起算。"说着痞子强恶狠狠地一把将弹簧刀插进了桌子里，"来呀，给我上！一个也别放过。"

二

人都说人在江湖身不由己，看来这还真是一句至理名言！

今天这一仗是在所难免了，这种情况下她不可能一走了之！她安天依必须要为兄弟们做点什么。"细毛，他们人太多，你们还都有伤在身，事因我而起，一切由我来解决吧，你带着兄弟们先走。"

"侬哥,你说什么呢?今天没过完,你就还是我们的老大,哪有让老大自己上战场的道理?兄弟们听着,我们报答老大的时候到了,哪个不怕死的都跟着我细毛冲啊!"细毛一把将天依推到冷饮店的墙角处,自己带着兄弟们随手操起能当武器的东西朝着痞子强一伙冲了上去。

两帮人顿时扭打在一起,刚开始天瑰堂的兄弟们都还十分勇猛,但终究是敌不过痞子强带来的超过他们一倍人数的小弟,只看着细毛一帮人渐渐处于了下风。一时间,几十个人就挤在狭小的冷饮店内厮打,尽管细毛等人的身手在对方之上,但无奈没有硬家伙事,空间太小也不便于施展拳脚,于是没过多久,天瑰堂的兄弟们就都又旧伤换新伤,纷纷倒下了。

看着兄弟们为自己奋力拼搏着,天依的心里在不停地翻滚和挣扎着。天依有的时候就在想,人与人的关系就是越想理清楚越理不清楚!

妈妈?

天瑰堂?

天瑰堂?

妈妈?

四虎?

天瑰堂?

天瑰堂?

四虎?

这些问号不知道在天依的心里问了多少遍，选择现在是对天依最大的人生考验！

"怎么样，安天依？你还不爬出来跟哥求饶？要是你当着大家的面给爷磕三个响头，爷也许还会考虑今天放你一条生路。"痞子强正把弹簧刀从天瑰堂一个兄弟的胳膊上拔出，那鲜红的血液顺着明晃晃的刀刃一点点滴下。

"痞子强，你他妈的到底想怎么样？桥斯顿已经还给你了，我们也已经被你打了一顿，算扯平了，你为什么还要来找茬？"细毛现在是十几个兄弟里唯一还可以站着说话的人了，但是他也已经遍体鳞伤，气喘如牛。

"为什么？老子做事从来不讲为什么，我就是看她这个二巳子不顺眼，我咽不下她抢我地盘、辱我名号、还影响我操马子的这口气。老子今天就是要废了她！"痞子强领着手下步步紧逼，越来越靠近天依。

原本兄弟们用自己的身体形成一个圈，将天依包围在里面，以免她受到伤害，可谁知兄弟们接二连三地倒下，现在只剩细毛还勉强支撑站在她的身前，张开双臂想保护她。

尽管天依已经答应了妈妈不再参与天瑰堂的事，但是眼前这么多兄弟倒在自己面前，她心如刀绞，再也忍不下去了。天依轻轻地拍了拍细毛的肩膀，对他说道，"细毛，交给我吧。"说罢她将细毛按坐在了一张椅子上。

细毛本还想挣扎，可回头一看到天依那双已经被怒火烧得发红的眼睛，便再也不敢说话，只是乖乖地坐到了一旁。

天依冷静地掏出一个发带绑在额上，将额前的一些碎发

捋到后面,露出她那光洁白皙的额头,更显得整个人英气逼人。

天依双脚不丁不八地站立,双拳捏得嘎巴嘎巴作响,她就这样静静地站在那儿,没有呐喊,没有虚张声势,但是却让众痞子们瞬间感到周围的气温似乎骤然降低,痞子强怎么也想不到一个 18 岁的丫头会散发出如此强大的气场,他不仅浑身打了个冷颤,口中急忙喊道,"你们他妈的都傻愣着干啥,快给我上啊!"

"去死吧!"安天依低叱一声,闪电般地旋身而起,空中 360 度转身,一腿抽在了离她最近的一个混混脸上,这一腿力道如此之大,仿佛将积蓄了一辈子的愤怒完全倾注在这一腿上,被踢中的混混如遭巨锤撞击,飞出了几米远,像破麻袋一样摔在地上,抽搐了几下,直接晕了过去……众痞子们被这威猛绝伦的旋身侧踢震得一片哗然,趁他们愣神的空当,安天依挺身直上,如同狮子扑入羊群,呵斥呼喊间,鞭腿侧踢快如闪电,却又势如排山倒海,中者无不在瞬间失去攻击和还手的能力……只过了片刻,痞子强一方就只剩下零零星星的几个人,而痞子强本人早就缩到几个手下身后,只差没有夺门而出了。

"你们快给我上! 一起上,抓住她的手脚,快,给我死死抓住!"痞子强有些惊慌失措地推搡着他前面的小弟。

天依一个人单挑几十个大男人已经消耗了不少体力,此时几个人高马大的混混又分别同时抓住了她的四肢,一下子令她无法动弹。而坐在一旁的细毛也因为刚才在混乱中帮天依当了一刀,而被痞子强的手下砍伤在地。

"对！上，都给我上，给我用人压死她，妈的我就不信了。"几个力大如牛的大男人要是这么死缠一个女人，那她是绝没跑儿了，就像当初的鳌拜一样。

痞子强见天依丧失了反抗能力，便又恢复了猥琐的模样，晃着手中那把血淋淋的弹簧刀得意地说道，"安天依，没想到你也有今天吧？你平时不是很能得瑟吗？你再得瑟一个给爷看看啊，哈哈！看爷今天怎么了结了你！"

就在痞子强已经高高地将弹簧刀举起，准备朝天依扎下去的时候，一个气势磅礴的声音镇住了在场的所有人。

"住手！"

痞子强龇牙咧嘴地刚要骂，心想这他妈又是谁坏爷的好事。可当他回头一看，便马上收起了那令人作呕的嘴脸。

只见几个穿黑西装的人走了进来，规矩地分两排站在大门两旁，痞子强的顶头老大小地主从门口走了进来，而紧跟在他身后那个穿着灰色风衣，仪表气度非凡的男人正是坐长春市第一大帮龙帮的第一把交椅的传奇人物——聂风。

三

痞子强见状赶紧点头哈腰地朝聂风和小地主走去，"风哥，地主哥，你们怎么来了？这点小事我自己就可以搞定了……"

"你他妈给我闭嘴！还不赶紧把人放了？"小地主走上前，一巴掌拍到痞子强的脸上，直打得他一个趔趄。

此时众人都已经恭敬地闪开一条路，让聂风走到了最前面。虽然这个男人看上去斯斯文文，还戴着一副眼镜，可是光他的气势就让人敬畏三分。

痞子强不敢还嘴，更不敢不服从，于是命令手下把天依放了。天依站在原地一边活动着自己的关节，一边目光如炬地看着眼前这个一点也不像黑社会，甚至透出几分儒雅气质的男人。

"你叫安天依，对吧？"聂风开口了，声音不但不像痞子强和小地主那样粗暴，反而显得彬彬有礼。

"对，风哥，她就是那个二已子！"痞子强在一旁插嘴道。

谁知聂风立刻朝他投去一道冰冷的目光，让痞子强赶紧收了声，乖乖地站在一旁。

"是，我就是安天依，你们又想做什么？"天依依旧面无表情，不动声色，让人完全感觉不到她此刻的内心活动。

"呵呵，我叫聂风，因为年长，龙帮的兄弟都称呼我一声帮主，今天痞子强打伤了你的人，医药费理所应当全部都由我来承担。我代表他跟你道歉。"聂风说起话来笑容可掬，就连介绍自己的身份时也没有透露出一丝傲慢与嚣张。

痞子强听到这，惊讶地看向小地主，可就连小地主此时也对聂风的做法十分不解！

天依微微皱了下眉头，偏头看着眼前这个男人，他就是被四虎和痞子强多次提到的龙帮老大聂风，可他此时的提议着

实让天依难以理解，"就这样？"

"就这样。"聂风微微一笑。

"我看你还是别来这套虚的，一定要置我于死地的是他！"天依指向痞子强，"你今天给我们治好了伤，想改天让他再来突袭我们一次吗？不用那么麻烦了，咱们今天就把这件事情解决了吧。不错，当初是我们天瑰堂抢了你们龙帮的地盘，但是你的手下几次三番地找麻烦，我想这个过也已经还了吧？而且我们现在已经退出了桥斯顿，收的钱也都退回去了。今天还来？既然你们执意不肯放过我们，那就对我一个人来好了，不要伤害我的兄弟，因为这整件事都是我一个人主使的，他们只是奉命行事罢了，你们有什么气就冲我撒吧，我安天依要是叫一声'害怕'，那我就不配做这天瑰堂的堂主！"

"放屁，还差一百万呢！"痞子强欠嘴插话道，哪知道小地主上去又是一巴掌。

"哈哈……"看都没看痞子强一眼，听完天依这段话，聂风居然鼓掌哈哈大笑起来，"不错，有性格，我果然没有看错你！怎么样，安天依，想不想加入我们龙帮？如果你愿意，那100万可以不用还了，我还可以让你做这南关区的老大，你看怎么样？我想比起你这区区的天瑰堂老大可强多了吧？哈哈！"

此时痞子强的下巴都快掉到地上了，小地主的眼中也写满了问号。

天依明显被聂风这出人意料的回答弄得有点不知所措，她当时毕竟还只是一个十八岁的孩子，尽管有着比同龄人更加成熟的性格，但初次碰到龙帮赫赫有名的大哥，对明明是敌

人的自己作出如此大的让步和发出这样的邀请,仍旧不免动摇和困惑。

天依看了看横七竖八倒在自己身边的兄弟,想起了今天自己本来找他们相聚的目的,于是调整心情,恢复了往日的平静,回答道,"谢谢你的抬爱,那 100 万您能高抬贵手,我替我天瑰堂所有的兄弟谢谢您。但入龙帮我想就免了吧!我已经决定今后不再跟黑道儿有任何瓜葛了,我只想过点简单的生活。"

天依的回答似乎在聂风的意料之中,他若有所思地点了点头,依旧笑着说道,"既然你已经决定了,我不强求你,但是我会完成我的承诺——那 100 万免了,还有承担你这些兄弟的一切医疗费。另外,我也会保留对你的这个邀请,这是我的名片请你收好。呵呵!还有我想告诉你一句话,有人的地方就有江湖,你一旦涉足了这个圈子,那么就相当于走上了一条不归路,希望你真能像你说的那样'今后不再跟黑道儿有任何瓜葛'吧!"

聂风说完便领着众弟兄们离开了,他留给天依一个温暖的笑容和一个坚毅的背影,以及一句让她至今铭记的话语。

四

聂风带领一群人从冷饮店撤了出来,他和小地主坐进了

停在不远处的一辆林肯导航者加长版豪华车里。

"风哥,我真不明白,您干嘛对那个小丫头这么客气?她无非也就是身手好一点,比较能打,我一看到她那个不屑一顾、不男不女的拽样,就气不打一处来!"小地主终于掩饰不住内心的不满,对聂风发起了牢骚。

"你不懂,安天依这个丫头年纪轻轻就在这么短时间内成立了天瑰堂,还收复了多年来连黑社会大帮派都挠头的蹩脚地——桃园路,她的利用价值无可限量啊!她将有可能成为我手上未来最重要的一步棋。"聂风的语气仍旧平淡缓慢,可是脸上的表情早已从刚才的温和可亲变得冷酷可怖。

"一步棋?那个小丫头只是个高中生,家里穷得叮当响,最近老妈还查出得了癌症……她的利用价值能有多少?"小地主不解地问道。

"有什么价值你以后会知道的,现在不必多问。你说他妈得了癌症?"

"是啊,也是听痞子强说的。而且据说她妈反对她混黑道儿,她这次跟她手下那些小子见面估计就是为了宣布正式退出天瑰堂。"

"你开你的车去把痞子强接上,叫他跟我们一起去吃饭,我一会有事吩咐他。"

"好的,风哥。"说罢小地主便下了车。

看到小地主的背影消失不见,聂风拿出手机拨通了一个电话,"喂,把厉杰给我盯好了,不要让他有机会接到安天依的电话或者短信,上次你在咖啡馆外面偷听他们谈话做得很好,

这次任务如果顺利,等你回来了我一定重重有赏。"

聂风合上手机后,默默地将视线转向窗外,车窗上倒映出他那张面无表情的脸,隐约能看到他的嘴角勾起的一道斜斜的弧线。

天依带着众兄弟们去医院包扎好了伤口,细毛因为为天依挡了几刀,伤势有些严重,只得住院治疗,一时半会无法下床。他努力睁开被打肿的眼睛,手死死抓住天依的胳膊,不让她离开。

"依哥,你真的不能就这样不管我们。我们好不容易找到了斗志,看到点未来的路,你忍心看着兄弟们再次沉沦下去,再被别人欺负吗?"

"如果不是我,你们也不会弄成这样。跟着我,只会连累你们……细毛你很聪明,也很有领导才能,我相信你一定会替我将天瑰堂发扬光大。"天依扭头不敢正视细毛的目光。

"依哥,你这是什么话呢?我们兄弟们跟着你,哪个是贪生怕死的?我们服你,就是因为你重情义,痞子强这件事完全不关你的事,只要依哥你指一个方向,就是刀山火海我细毛也会眼睛都不眨地往前冲!"

"细毛,你了解我是言出必行的人,就当是我安天依对不起你们,我答应我妈的事情是一定要做到的。"

"天妈的事情我们都清楚,我们兄弟都为你闹心,所以我们都不敢去打扰你。你完全可以不用操心天瑰堂的事务,你是天瑰堂的老大,有什么事情让兄弟们去出头就行。再说我

们每个月多少都还有些收入,这怎么说也可以减轻一点你打工赚钱的压力吧?"

"细毛,那些钱是兄弟们家里老小的生活费,我不能动!"天依说着从裤兜里把那张旧房契拿了出来,放到了细毛的手上。"收好,再怎么样也要让家里的妈过好,你不要再说了,好好养伤,我到时候再来看你。"说完天依挣脱开细毛的手,大步走向了病房的门口。

细毛只能张大了嘴巴,眼睁睁看着天依离开。难道天瑰堂真的可以没有安天依吗? 如果没有了安天依,那这个天瑰堂又有何存在的意义呢?

天依步履沉重地走回了家,她进屋的时候发现妈妈刚从卫生间出来,面色惨白,无精打采,明显是又去吐了。可是天妈一见到天依,马上装出很有精神的样子跟她微笑着打招呼。

"天依,回来了? 今天怎么这么晚? 饭菜都凉了,我再去给你热热。"

"妈……"天依扶天妈坐到床上,摸着她那原本乌黑亮丽此刻却稀疏的头发,略带哽咽。药物治疗已经渐渐不能控制天妈的病情,但残酷的化疗却只能在杀死癌细胞的同时让身体越来越虚,让这个本来就柔弱的身体不断地干涸。只能眼睁睁看着、坐以待毙的天依此时无比的心痛!

"你这傻孩子又干什么呢? 累了吧? 赶紧坐着,妈给你热饭去!"

"不,妈,你别动,我自己来。"天依努力将眼眶中的泪水吸

了回去,轻轻地将天妈按坐在床上,转身向厨房走去。

天依刚走了两步,又扭头对天妈说道,"妈,你放心养病,我以后一定听你的话。"然后她快步进了厨房。

天妈微微叹了一口气,看着女儿消瘦的背影,喃喃地说道,"天依,是妈妈对不起你。"

第十二章
聂风的棋局

广州番禺某高档小区的一间出租房内,房门紧锁,窗帘紧闭,黑暗中一个男人正面无表情地坐在一张椅上抽烟,火光随着他的呼吸忽明忽暗。门口的走廊时不时有人走动,但却丝毫不能影响男人正全神贯注地紧盯着早已锁定对面房间的高倍照相机镜头内发生的一切。

镜头里一对赤身裸体的男女激情忘我地纠缠在一起,不断通过变换体位来增加彼此的快感,虽然这个距离根本不可能听到任何声音,但是出租屋内的男人却仿佛可以听到女子的呻吟和男子的喘息。

男人手中的烟燃到了尽头,镜头里的男女似乎也已经冲浪到了巅峰,彼此分开躯体,各自躺在褶皱的床单上休息。男人将烟头扔到地上,用脚踩灭,然后起身穿起外套,单肩背上一个黑色的旅行包,打开房门走了出去。

随着一阵急促的敲门声响起,一个用浴巾随意围住下身的男人骂骂咧咧地打开了房门。只听得"砰"的一声闷响,开门的男人应声倒地,他的表情凝固了,脸上带着一丝惊讶,几许不解,鲜血不断从他额上的血窟窿里冒出,顺着他的脸颊,脖颈,身躯流下,直到染红了雪白的浴巾。

在床上那个扯着被子努力盖住自己的女人放声尖叫之

前,门口一身黑衣的男子已经犹如幽灵般消失不见。面对这种场面,他早已麻木,也早已谙熟行动的一切应对手段。

天台上,黑衣男子孤独地坐在围栏上,身边摆着几个已经空了的啤酒罐。他仰望静谧的夜空,思绪却回到了几周之前。

龙华大酒店的董事长办公室里,龙帮老大聂风坐在高背办公椅中双手合十,眉头深锁,他微微叹了一口气对对面的男子说道,"阿杰,你是我一手带出来的人,经过这么多年的打拼,我早把你当成亲弟弟一样看待,我是真的十分不愿意看到今天这个局面。如果你还有什么要求就尽管提出来,风哥我能做到的一定都会尽量满足你,只要你不离开龙帮……"

"风哥,我真的不是用这个理由来向你谋取什么好处,我跟着你这么多年,我的为人你还不清楚吗?我厉杰向来藏不住话,有一说一,有二说二,风哥这么久以来待我不薄,我还能提什么过分的要求呢?我只是真的有些累了,想换一个环境生活,也许找个没人认识的小镇,开个能维持生计的小店,就此终老……我现在真的只想过平平淡淡的生活。"

"阿杰,你越这样说我越觉得是不是过去亏待了你,导致你现在不愿意继续以前的生活。还有,是不是你那个朋友安天依的事情我解决得不够好?你还有什么想法你尽可以说?"

"不不,风哥,你已经帮了我太多忙了,我很感激你能为了我去维护一个跟龙帮毫不相关的人。所以下面就是我该为你效劳的了,请你给我一个月的时间,我一定帮你解决掉——蓝帮二当家。"

"你做事风哥一向都一百个放心。"

"但是,当我把这件事情做完之后,也请风哥遵守承诺,允许我正式离开龙帮。"

聂风本想再说些什么,但见厉杰心意已决,便也只能极不情愿地点了点头。

"谢谢风哥成全。"厉杰起身对聂风鞠了一躬,便走出门去。

真的可以就此脱离龙帮吗?聂风真的会就此放过自己吗?厉杰坐在空无一人的天台上,任凭夜风将风衣的下摆吹起,脑海中却久久思考着这些问题。然而任凭他如何揣测,也无法预料到在他离开的这一个月里,居然发生了完全改变他以后的生活轨迹,乃至最终赔上他性命的事件。

当喝完最后一口啤酒,厉杰从靠近胸口的口袋里掏出一张照片痴迷地抚摸着。那上面的男孩和女孩都穿着白色的跆拳道服,脖子上都挂着冠军的奖牌,脸上都露出明媚的笑容,那笑容灿烂得仿佛可以照亮这整片的夜空。

二

龙帮痞子强在桃园路大战天瑰堂安天依的消息不胫而走,在长春市成为黑社会茶余饭后津津乐道的谈资。而安天依拒绝了龙帮老大聂风的邀请,并退出天瑰堂的举动更是让这个丫头片子在长春市混子堆里无人不晓。

　　然而外界这一切的议论都丝毫不能影响天依自己的决定，她本来就出生在一个备受争议的家庭，旁人在背后的指指点点早就不能动摇天依分毫，因为她的世界里只有一片天空，而这片天空就是她的母亲——美凤。

　　天依用自己打工攒下来的钱在桥斯顿门口开一个小报摊，周末再去咖啡店打工。天依本来在桥斯顿上学时就拥有大量的粉丝，随着她的名气越来越大，崇拜她的人也是与日俱增。而她在桥斯顿门口开了报摊，那简直是如鱼得水，几乎每天的报刊杂志都会销售一空。有些家里特别有钱的学生会一次性包下她那天所有的货，有时一些粉丝之间甚至为了抢到她当天卖的报刊杂志而互相大打出手，输的那个就只能顺延排到明天或者后天了。

　　还有一些女孩子则喜欢拿着相机偷偷地在不远处偷拍天依，只可惜她们拍到的基本都是一个表情——面无表情，因为天依在她们面前就是一块活化石。

　　天依的再次回归，让桥斯顿再次掀起了波澜，虽然只是个报摊，虽然不再是天瑰堂堂主，但很多学生为又能每天看到她而幸福不已。

　　面对大家的热情，其实天依心里十分感动，虽然表面上她只是十分低调地做着自己的生意，但实际上她的内心里，也曾为这么多人支持喜欢自己而骄傲过。

　　然而与众人这种忠实的热情格格不入的便是痞子强一而再、再而三对天依的骚扰，他经常带着几个小弟轰散聚集在天

依摊子周围的学生,以各种方式影响天依的生意,但是他却也从不做绝,基本上都不会让天依损失太惨重。而他们这种行为就像每当你吃饭的时候碰到一群苍蝇,怎么赶都赶不走,也许你偶尔能吃下一两口,可大多数时候却感觉恶心一样。

"哟,天依妹妹,这么晚还不回家啊,可真是辛苦啊!"这天痞子强又大摇大摆地走到天依的报摊前面,让手下赶走了一些本来要买书报的学生。

天依不动声色,默默收拾着自己的东西。

"我们大哥跟你说话呢,你他妈聋啦?"一个精瘦的小混混说着就想上前去揪天依的领口。

可谁知他的手刚伸到半空就被天依一把抓住,顺势一个擒拿手,直扳得这个混混跪地求饶。

"废物,还不赶紧给我滚开!"痞子强见天依坐着纹丝不动就轻松收拾了自己的手下,顿感脸上无光。

其实天依对痞子强已经很隐忍了,因为她答应了天妈以后不再参与黑道上的事情,同时也不想再跟痞子强发生更多的纠葛去牵连嘉惠和博雯还有天瑰堂的兄弟们,还有为了她而让人牵着鼻子走的四虎哥。天依知道一切的源头都是她安天依,只要她能忍就万事大吉。所以面对痞子强的骚扰天依就是抱着忍一时风平浪静的态度,想着时间长了,痞子强觉得没意思也就不搅和了。可是有时候并不是你不去找麻烦,麻烦就不会来找你了! 也许聂风说得很对,一旦你涉足了黑社会,那么便等于走上了一条不归路吧。

"痞子强,这个月的保护费我已经交过了,你又来干什

么?"天依一边面无表情地收拾着自己的书报,一边眼也不抬地问道。

"啊,是吗?你交过了?我怎么不知道啊,是谁收的?是你,是你,还是你?"痞子强装傻的功夫一流,他裸露着他引以为傲的大黄牙,以一副全不知情的表情在天依面前演起戏来。

手下的小弟们自然是十分配合,都坏笑着摇头说不知道。

本来昨天刚给天妈交完治疗费手里就没钱了,今天又下了一天的雨,想着趁晚上放学能多卖点,可经痞子强这么一折腾,分文皆无。以往即使痞子强故意挑衅有反复收保护费的时候,但只要天依手里有就会无声地交出。但今天她看了看钱盒里的钱就只有区区的十几元时,天依气得把厚厚的一沓报纸重重地摔在了地上,直视着痞子强,愤愤地说道,"痞子强,你什么意思?"

"大爷我没什么意思,就是看你在这里摆摊很不爽!要不是风哥说不许动你,我他妈早一把火把你这些破纸全烧了!我说你没交保护费,那你就是没交,谁叫我是这里的老大呢?兄弟们说是不是啊?"痞子强的下巴都快翘上天了,身后一帮小弟连忙附和。

"今天没生意!你也看到了,都是拜你所赐!"怒火和冷静相冲让天依的胃翻江倒海。

"靠!这跟爷我有什么关系,今天你不交明天就别想再在这里摆摊。"

这时只看天依双眼通红,将自己的拳头攥得嘎吱作响,这是她要爆发的前兆,已经被她教训过几次的痞子强十分清楚

这一点。

"你……你摆这个样子吓唬谁呢？我告诉你,我痞子强可不怕你,你别以为有风哥撑腰就拽得跟个二五八万似的……"痞子强强压住内心的畏惧,有些结结巴巴地说道。

"好,我给!"原本大家都以为即将出拳的天依却一下子如泄了气的皮球,愣是将那口恶气吞了回去,她从钱包里拿出那张仅有的一百元钱,递给痞子强。

痞子强似乎还没缓过神来,他不敢接天依的钱,而是推了身边的一个小弟出去接。片刻之后,痞子强确定天依是真的不会爆发了,便才恢复了一点常态,一摇三晃地说道,"算你识相,今天就放过你! 兄弟们收工,喝酒去了!"

走的时候后面的小弟还迅速地拿走了钱盒里仅有的大票十元钱,天依咬着牙从背后看着这群厌恶的恶狼,摸着钱盒里仅剩的一元五角,想着今天和天妈的晚饭该怎么办?

天依深深吸了一口气,把视线挪到了那布满乌云的天,大声说道,"别躲着了都出来吧!"

这时躲在角落里的胖子带着几个兄弟怯懦地走了出来。"依哥,细毛哥让我在暗中保护你,说痞子强那家伙阴险狡诈,怕你落单会有麻烦。"

"细毛他伤好了没有?"天依依旧背着手,背对着大家。

"快出院了,他很担心……"

"你告诉他,不许他再插手我的事,不然以后连兄弟都没得做!"说这些话时天依一直没有回头,因为她不敢看那一双

双期盼的眼睛。

"可……"

天依知道胖子接下来要说什么所以马上就给截住了。
"还是兄弟吗?"

"是!依哥我们走了,你保重。"看着老大这样,兄弟们比
谁都难受,但这是老大的命令,胖子没有办法只能带着几个兄
弟走了。

原本天依以为痞子强只是纯粹看她在桥斯顿门口摆摊不
爽,可是没想到周末去咖啡店打工都一样得不到片刻安宁。

每次天依当班的时候,痞子强都会带着一帮小弟到咖啡
店静坐,而且还经常赶走其他想进来喝咖啡的客人,这样下来
两三次,咖啡店的老板也不敢再雇佣天依,只能将她辞退了。

天依不明白为什么痞子强要做到如此地步,难道他非要
将自己赶尽杀绝吗?但是无论如何天依是绝不会妥协的,不
管是为了母亲还是为其他。不能在这家咖啡店打工,那就去
另一家,如果痞子强再来捣乱,那就继续更换,她就不信除了
混黑社会她就做不了别的了。天依已经下定了决心要跟痞子
强周旋到底,跟世道周旋到底。

痞子强似乎也感觉到了天依无声的反抗,他明白了仅是
这样不断破坏她的工作机会并不足以达到自己的目的,于是
痞子强决定再下手狠点,但是为了不被骂还是先打电话听听
那个人的意见。

"喂,风哥,我是痞子强。不妙啊,那丫头太能忍了,掀她

的摊子,搅乱她的工作,她都没有丝毫反抗的意思……哦,这样啊,好,我明白了。我也是这样想的,风哥,您放心,风哥,再见!"

通过电话之后的痦子强似乎充满了自信,他像往常一样站在一个阴暗的角落监视着正准备推车回家的安天依,嘴角露出一抹猥琐的坏笑。

三

在天依以柔克刚的迂回战术下,她果真清净了几天,未再受到痦子强的骚扰。但天依正纳闷是否痦子强真的就此放手的时候,却被另一场突如其来的打击刺激得似乎五脏六腑都要爆炸一般。

这天天依照例去桥斯顿门口摆摊,一整天下来收获颇丰,她还很开心好不容易碰到一天能不用看到痦子强那帮混蛋的嘴脸。收摊后天依去买了天妈最喜欢吃的蓝莓蛋糕,可当她回到家推开院门后,便愣在了原地,连蛋糕掉在地上了也浑然不知。

一向整洁雅致的小院变得一片狼藉,能砸的东西没有一样是完整的,天妈辛苦种的万年红被踩烂在地里,就连天依最心爱的那盆白玫瑰也整个被摔烂,砖红色的花盆碎片散落得到处都是。

　　而天妈正不言不语地收拾着这一切,脸上的泪痕清晰可见。

　　"妈! 你有没有怎么样?"天依冲到天妈的面前,扶住她的胳膊,急切地问道,"这是怎么了? 到底是谁干的?"

　　"没事没事,我快收拾好了,今天没来得及做饭,你去洗把脸,一会来帮妈妈的忙。"天妈故意回避天依的目光,只是一个劲收拾着地上的碎片。

　　"妈! 是不是痞子强他们干的? 是不是?"天依不肯松开天妈的胳膊,继续晃动着。

　　"天依,"天妈挣脱出自己的胳膊,反而将激动的天依一把抓住,"你听我说,痞子强是谁我不认识,妈妈没事,院子也稍微打扫一下就好了,你要听妈妈的话,不要去找谁报仇,明白吗?"

　　"妈,他们怎么样对我我都可以忍受,可是我绝对不允许他们这样对待你! 如果你出事了,我就是拼上我的性命也要让他们所有人都为此付出代价!"

　　"傻孩子,妈妈这不是好好的吗? 你不用找谁付出代价,这样你就正中他们的圈套了,知道吗?"

　　"怎么会没事? 这样还叫没事? 这个小院的每一块砖、每一把土都是妈的心血,他们怎么可以这样肆意破坏? 这还只是第一次,谁知道下次他们会不会对你下毒手? 不行,我一定要去找痞子强算账!"天依的双眼都似可以喷出火来,她转身大步流星地走向门口。

　　"天依! 你难道要妈妈给你跪下吗?"天妈说着,双腿作势

弯曲,要往地上跪。

天依赶紧一个箭步上前,扶住了天妈,哽咽着说道,"妈,你这是干什么啊?"

"答应妈你不能去。不然你之前所受的委屈不都白受了吗? 你所作的努力不都白费了吗?"天妈忍不住哭了起来。

天依把天妈紧紧地抱在怀里,她感觉到那瘦弱身体里的颤抖,母女俩在这个破落的院子里相拥而泣。天依终究没有走出这个院门,可是她知道自己不能再坐以待毙,她不能看妈妈受到任何伤害,她必须得做点什么。

天依由于担心妈妈的安危,一连几天都没有出门摆摊,她想让细毛带着兄弟们来保护天妈,可是又觉得不妥,毕竟当初是自己绝情地抛弃了他们,怎么能在需要帮助的时候才又回头去找他们呢? 再说现在谁离自己近,遭殃的可能就会是谁。至于嘉惠和博雯,早在天依预感到退出天瑰堂后会有一场风波之前,她为了避免更多无辜的人受到伤害,就故意拜托两人去美国为天妈找更好的治疗方法和特效药去了,这样不管发生什么她心里也少了两个负担。

身边没有一个可以照应的人,让天依不免有些凄凉,几经思量天依想到了厉杰。一直不想再给四虎添麻烦,但也是因为上自尊的缘故,不想一直在四虎的羽翼下生存的天依一直避讳这棵救命稻草,但今天为了妈妈天依是那么急切地需要他的出现。

可是天依哪里知道,她好不容易下了决心却如何也打不通他的电话,对方的手机始终处于无法接通的状态。

也许这就是所谓的天意吧,看来自己的事情只能自己来解决了。

生活的脚步永远不会因为任何人、任何事而变慢或停滞,天依终究不能整日守在天妈身边,她还是要为生计而忙碌,还要为天妈的治疗费而继续奔波。而痞子强那帮人就犹如幽灵一般驱之不散、无孔不入,一旦天依出门了,他们就会跑到天依家去大闹一番,但是并不伤害天妈,只是把家里闹得鸡犬不宁。

天妈是个坚韧的女人,自从第一次被痞子强骚扰之后,她就再也没有为这件事流过一滴眼泪。天妈终于正视了痞子强绝对不会就此收手的事实,而她做出的抵抗就是要天依去报警。

为了保护现场,天妈没有收拾任何东西。而天依回家看到这一切之后,再次把拳头攥得咯吱作响,天妈则用自己温暖的手掌覆盖住了天依的拳头。

两个慵懒的警察例行公事般地拍了几张照片,然后向天妈询问了几个简单的问题并做了记录,一转头就打算打道回府了。

天依见状连忙上前一把抓住其中一个警察的胳膊,气愤地问道,"这样就完事儿了? 你们吃皇粮的就这么个办事态度?"

"我们很认真的啦,你看我们写得多工整啊?"说着给天依看他们写的笔录,那几句可笑的疑问句和肯定句。说话的警察是个广东人,慢条斯理的样子能把着急的人气疯。

"到底什么时候能抓到人?"天依根本没松手,甚至气得手抓的更紧了。

警察用力甩开天依的手,继续用他那不紧不慢的广东腔说"又没有人证的啦,只有你们的一面之词,哪那么快抓到人的啦? 你们老老实实等消息吧!"说罢两人便扬长而去。

天妈拍拍天依的肩膀,疲惫的她面对这些世道的现实她也不想再多说什么了,只是蹲下身开始收拾凌乱的家。

天依看到妈妈消瘦的背影,心里犹如刀割一般难受,她知道一切都是因自己而起,可是自己却又无法去改变,还要连累生病的母亲。天依觉得自己太无能了,说什么要作妈妈的山,到头来却只能眼睁睁看着别人伤害妈妈,她不能忍受这样的自己。

在天妈的呼唤声中,天依头也不回地跑出了家门。

四

天依一口气跑到了警察局的门口,她希望能够找到更高级别的领导来反映痞子强几次三番骚扰自己和母亲的事实,正当她要推门准备进去的时候,却突然看到了一张她这辈子也忘不了的丑恶嘴脸。

"张队长,这次可真是麻烦你了,小弟我改日一定来重谢。要不是你下面的兄弟捡到有我们龙帮标志的袖章偷偷藏起

来,一旦被安天依发现了,那可就麻烦大了,那个疯婆子……"痞子强顶着一头黄毛,一脸谄媚地对另一个挺着啤酒肚的男人说道。

"好了好了,你快走吧,这里不是说话的地方。后天去老地方说吧,怎么安排你知道的咯。"男人一双绿豆眼在他那红光满面的脸上滴溜溜地转着。

"知道知道,一定让您跟兄弟们满意。那我先走了,回见。"痞子强的笑容无论什么时候看上去都是那样的猥琐。

躲在门后的天依,眼看着痞子强渐渐远去,自己只能一拳砸在警察局的水泥墙上,别无他法。

这个世界还有天理吗?难道连最正义的地方也压制不住潜藏的邪恶?天依真的开始迷惘,她不知道自己还能如何抵抗痞子强一而再、再而三的骚扰,也许自己一开始就不应该去惹他这只苍蝇?也许自己根本就不应该上桥斯顿?也许自己从来都不应该成立天瑰堂?

这一件件的事实逐步促成了今天的局面,根本不是单纯抽出哪一件就能改变结果的,更何况没有人能够改变历史。

天依独自一人茫然地走在回家的路上,她脑中充满了对未来的困惑,她不知道自己还能做什么才能更好地保护妈妈。就在天依游荡于街上的时候,一辆宝马停在了她的身边。

"天依,回家吗?我送你。"车窗摇下,天依看到许博雯正朝自己微笑。

"你什么时候回来的?怎么没提前告诉我?嘉惠呢?"面对突然归来的博雯天依甚感惊讶。

"我想给你个惊喜嘛！嘉惠那个家伙说多陪她父母几天，过几天再回来。"

天依看着博雯思索片刻，便打开车门坐上博雯的车。"不要去我家，咱们找个地方喝一杯吧！"

博雯有些担心地看了看身旁的天依，对司机吩咐道，"送我们去'蓝色'酒吧。"

"蓝色"酒吧是桥斯顿附近最受学生青睐的酒吧，嘉惠很喜欢来这里，博雯每次都是强行被她拉去，而天依从来没有去过，因为她不大喜欢那种混乱的环境。这是她第一次主动要求博雯带她去喝酒，博雯知道天依一定是心里有结了。

博雯夺过天依正准备一饮而尽的酒，心疼地说道，"天依，够了，你从进来就一句话不说，你已经喝了很多杯了。天妈的病我们找到了世界最著名的抗癌专家，你放心，捷克博士对控制病情很有一套的。我和嘉惠也还没有放弃四处寻找特效药！"

"哼！控制病情！特效药？哈哈哈哈！有治疗人生窘迫到极点的特效药吗？"天依泛着醉意地苦笑道！

"天依你……这是怎么了？这不像以往的你啊？"博雯看着头一次醉酒又头一次感觉到对人生盲目的天依。

天依没有再说话，夺过博雯抢过的酒杯继续喝着。

博雯很心疼，眼前这个人是第一次让她为之倾倒，为之敬佩，为之崇拜，为之信任，为之心动的人啊！但是她知道天依是一个性格倔强的人，爱面子，劝只能越来越糟，想起这次提前赶回来的目的，博雯马上恢复了以往的睿智。

这时背对着博雯的天依突然说道,"博雯,其实在我心里……"

"其实在你心里早就把嘉惠和我当作自己的亲人了,只是你不善于表达,我来替你说。这些我们早就知道!"博雯没等天依说完好像就知道天依要说什么。

"你和嘉惠帮……"

"我和嘉惠帮助你太多太多了,你都不知道怎么偿还是吧?你既然已经都把我们当成亲人了,那还需要偿还吗?再说要算起来我们欠你的更多、更多!"听到这些天依顿了一下,转过来看着博雯,博雯也同样静静地看着她,仿佛这时候大家都不用语言就能读懂彼此的心一样。

面对博雯欲言又止的天依冷漠地转过身去,继续喝了一口酒说道,"别离我太近,不能再把你们也拖下水了。也许一切都是我的报应,不然也不会连妈也……"

"你怕了?"

"我安天依对任何事情永远不会怕!可是我的母亲……我不想她有事,不想让她伤心,更不想让我身边的任何一个人因我而受到牵连,我……"天依终于第一次脱口而出她的心情,也第一次在别人面前表露出她的无奈。

"你怕了!我没想到安天依也会害怕!你不再是我以前认识的那个安天依了!遇事不惊,凡是运筹帷幄,天不怕、地不怕的那个天依了!难道一只小小的臭鱼痞子强就把你无坚不摧的心墙击垮了吗?难道一点点挫折就让你无能为力了吗?"

这时被激怒的天依猛然回头，手用力地攥着酒杯。由于用力过猛，砰的一声碎掉了，碎片把手划破了，流出了鲜红的雪，她用滴着血的手指指着博雯的脸说"从小我就是在挫折里长大的，挫折对我来说算个屁……"

博雯不是第一次看见天依发火了，看到她手上的血她并没有做出任何反应。她知道现在眼前的天依已经被她用最有利的刀子刺痛了，但是她别无他法，因为她知道这就是她安天依从小到大最大的动力，那就是众人藐视后的崛起。

"那你为什么会在这里喝酒逃避？为什么只会对你最亲近的人发脾气，为什么不去想法办？以前那股势必要和男人争个高下的安天依哪里去了？你不是说要作妈妈的山吗？你看看你现在，只能是拖累她的罪魁祸首。而天妈能做的就只能是忍受，这样你跟抛弃你的父亲又有什么区别？带给她的只有伤害……"

当博雯说到这里的时候天依低下了头，博雯说得没错，她能带给母亲的确实只有伤害。没有她妈妈不会生活得这么辛苦，不会到处去做苦工赚钱供她读书，不会现在都不改嫁，不会那美丽的脸爬满了皱纹，不会病得那么重。而身边的人呢？没有她嘉惠不会差点被强奸，没有她细毛一干兄弟不会被打成重伤，这一切的一切都是因为她。

"你甘愿输给男人了？你甘愿我和嘉惠为你失望了？你甘愿天瑰堂的兄弟从此破落地生活了？你甘愿你母亲就这样伤心窘迫地生活了？"

博雯的话句句如尖刀一把把地用力插到了天依的心上，

面对这些质问天依甚至不知道该怎么回答!

外面下起了大雨,走出了蓝色酒吧的大门,任凭雨水拍打着她的脸、淋湿着她的身,同时也冰冷着她的心。

这时听到后面博雯最后一句喊道"山是永远屹立不倒的,想作山就要站稳了脚跟,想着没人能动摇山的根。"

听到这里天依没有回头,更没有停下脚步……

看着天依的背影,博雯很是心酸,因为她第一次对天依说如此重的话。但是她知道天依会理解的。

这时她拨通了细毛的电话……

那天的雨、街道,还有看着默然的两个人——像一幅美丽的画一样,但是画后面隐藏的棋局无人参透。

第十三章
天依入龙帮

一

　　如果不是那个决定,也许天依一辈子也无法想象自己竟然能看到如此奢华的建筑。她有些无措地站在一扇只在电视上看到过的极其雄伟的大铁门前,等待里面主人的传唤。

　　不一会,一位身穿西服打着领结,将头发梳得油光可鉴的中年男子便来到天依跟前。"主人在等您,请随我来!"然后毕恭毕敬地向天依深施一礼,随后前面带路走去。

　　天依跟着男子不紧不慢地走着,就连一直对世事生性淡漠的她,也忍不住仔细打量起这幢美轮美奂的建筑来。

　　这幢别墅的形状很特别,共分为4层,灰白色的外墙上爬满了藤条植物和野生葡萄。当时正值秋季,丰满的果实垂在墙外很显眼的地方,翠绿搭配上深紫铺满墙壁,煞是好看。

　　别墅第一层的大门口摆着两个威武的玉石狮子,门廊很长,用8个罗马石柱支撑着,还有着厚厚的防弹落地玻璃窗。二楼有个很大的阳台,阳台中间是一个私人泳池,旁边散放着几张太阳椅以及一张欧式风格的小桌子,桌上的花瓶里还插着一支鲜艳的红玫瑰。阳台的四周摆满了一盆盆黄色和紫色的郁金香,不时散发出迷离的香味。三楼应该是主人房,从外面看上去挡着厚重的窗帘密不透风,似乎在暗示主人十分害怕被别人窥见隐私。而四楼是一个水晶玻璃花房,里面的异

国植物让你感觉仿佛到了东南亚。整幢别墅最有特点的就是楼顶,那是一个像小圆亭似的东西,上面插了很多剑,大有万剑穿心的意思。而后来天依才知道,原来这个造型出自澳门,跟澳门葡京赌场房顶上的一模一样,据说这个东西能辟邪、聚财、防小人、防止大财外流。

管家将天依领到四楼,便自行退去了。天依缓缓地走向一扇玻璃门,赫然看见一个穿着十分考究的男子正专心致志地在里面修剪花草。

天依一时不知道要如何打招呼,这时男子却转过身来,朝她微笑着说道,"天依,你来了。"

"聂先生,你好!"天依微微朝眼前这个气质非凡的男人欠身点了下头。

"呵呵,不要叫聂先生这么生疏,兄弟们都叫我'风哥',你也这么叫吧。"男人摘下手套,走到一张玻璃圆桌的旁边,招呼天依也一起过去坐下。

没错,跟天依对话的男人正是长春市第一大帮龙帮的最高领导人——聂风。他还不到40岁的年纪就能达到如此的成就,不能不说是黑道史上的一段神话。

而天依从第一次见到聂风起,就对他有一种油然而生的敬畏感,认为聂风跟痞子强那些人完全不是一个档次上的黑社会,他身上有一种很吸引人却又让人膜拜的气质。有时候只是一个眼神,就拥有足以震慑人的气场,令你无法拒绝他说的一切。聂风总是在笑,可是这笑容的背后究竟隐藏着什么,谁都无从知晓,以至于后来天依还常常想,会不会连他自己都

不明了呢？

"好！风哥！"天依很干脆地叫了一声，然后和聂风面对面坐下。

"天依，我知道你肯定是无事不登三宝殿的，说吧，有什么事情需要风哥帮忙？"聂风微笑着帮天依面前的茶杯斟满了水。

"风哥，我安天依说话也不会拐弯抹角，这次来是想请你帮我压制一下痞子强的过分行为。我已经退出桥斯顿了，也已经离开了天瑰堂，他还接二连三地找我的麻烦，如果只是骚扰我一个人也就罢了，可他最近居然直接去骚扰我妈。不瞒你说，我妈正在生病，她是经不起这么几次三番的折腾的。我听四……哦不，厉杰说过，之前他也因此事拜托过你，可是我最怎么都联系不上他，所以我只能直接来找你了。"

聂风听罢天依的话，有些气恼地说道，"这个痞子强到底还把不把我放在眼里了？我明明跟他千叮咛万嘱咐，让他不可以去找你的麻烦，趁着阿杰被我派到广东去做事了，他就……不过天依，你不要怪风哥多问一句，你和阿杰究竟是什么关系？"

二

关于自己和厉杰的关系，天依想了想也没有隐瞒的必要，

于是答道，"是很好的朋友，我们从小一起长大，但是后来我搬家去了桃园路，就跟他断了联系。"

"哦，这样……那就难怪痞子强连我的话都不听了。也许阿杰没有跟你说过，痞子强之所以几次三番找你麻烦，是因为他跟阿杰有过节在先的。加上你抢了他桥斯顿的地盘，而且他可能又知道了你跟阿杰关系不一般，难怪他会找你下手了，毕竟阿杰是我的左右手，他有再多的怨气也不敢直接发泄，而你……至少现在还不是我龙帮的人，我就算再怎么帮你，也始终隔着一层，名不正言不顺啊。"聂风看似十分无奈。

天依知道聂风又在暗示自己加入龙帮，可是她也想起了四虎嘱咐的话，一时间不知道要如何回答。

见天依并不予以回应，聂风继续说道，"不过，天依你放心，风哥答应阿杰的事情一定会做到。至少在他离开龙帮之前，我保证让痞子强不再去骚扰你们母女。只是天依啊，你想过阿杰离开龙帮之后，要怎么办吗？现在我可以全心帮你们，至少因为阿杰还是龙帮的一份子；可等他退出龙帮了，我作为一个帮派的老大，也不可能一味偏袒我帮派之外的人吧，这点你想过吗？"

天依一时语塞，她还真的没有考虑过等四虎哥这个保护伞也失去了聂风的庇护后，那自己要如何应付痞子强。

看到天依似乎有些动摇了，聂风继续说道，"其实也怪我，你也知道我作为一个大哥，也不能总是把天平倾斜向某一方的。本来之前阿杰是很想做朝阳区的老大的，可是我却任命了痞子强现在的大哥小地主去坐这个位置。毕竟那个时候阿

杰太年轻气盛啊,我不太信任他,可是我现在也一直因为这件事情对他心存愧疚。事到如今,他想脱离龙帮,说明他还没有原谅我当初的决定呢!天依,你要是有机会也帮我劝劝阿杰,阿杰真的是个很不错的人才,一将难求啊。"

原来四虎哥想脱离龙帮,是因为一直在责怪聂风没有让他当朝阳区的老大?这个原因跟四虎哥自己说的并不一样。天依偷偷看了看聂风的表情,以她此时的阅历和思维却只能从聂风脸上看出真诚,于是她也只能含糊地点了点头。

天依思考了片刻,又继续问道,"风哥,其实我一直想问你为什么这样看得起我?按资历说,我不过是桃园路一个初出茅庐的小混混,你那天只是第一次见我,怎么就会向我发出加入龙帮的邀请,还放心让我去管整个南关区呢?"

"哈哈,天依,我等你问我这个问题已经很久了。有一点你也许不知道,那就是我已经观察你很久了。刚开始关注你确实是因为阿杰,我想知道究竟是一个怎样的女孩,竟然能够让从不求人的他向我求助。通过一段时间的了解,我发现你确实是个跟阿杰一样不可多得的人才,而你们天瑰堂从正式成立到统一桃园路的过程,我可是全都了解清楚了的。呵呵,如果不是你当时不在,痞子强是没办法从你们天瑰堂那里抢回桥斯顿的。也许现在你太小还不清楚黑道上的事,我可以告诉你,南关区台面上说是属于龙帮管辖,其实是徒有虚名的,就是因为桃园路的混混多,却又都不愿意拉帮结伙,很难管理。而如今你已经将桃园路统一了,那里的混混都听从你的调遣,我让你做了龙帮在南关区的老大,相当于我们龙帮和

你们天瑰堂合作,共同管理这个区域,何乐而不为呢?"

天依若有所思地点了点头,继续问道,"那风哥的意思是如果我加入了龙帮,我们天瑰堂的名号可以继续保留下去?"

"当然,如果你能加入龙帮,那么天瑰堂就相当于龙帮的分部了。"聂风笑吟吟地帮天依重新斟满了水。

天依谢过聂风,表面上不露声色,其实心里的天平已经慢慢倾向了聂风的方向。

聂风见已经基本上将天依引导到自己希望的轨道上来了,接下去便也不再拖沓。"天依,那今天就先这样吧,你也回去好好考虑一下我说的话,等阿杰办完事一回来,我就让她跟你联系。"

"好,谢谢风哥,那我先走了。"虽然天依得到了聂风的保证,可是她的心事却并没有比来之前少多少。

聂风站在四楼的窗户边,看着天依走出大门的背影,冷笑着拨通了痞子强的手机。

三

聂风看似给天依出了一道选择题,实际上却只给了她一个选项,那就是加入龙帮。天依向来不是个喜欢自怨自艾的人,经过和博雯上次的谈话,她深知对于那些过往,是因为冒失也好,或是存在于发展的必然也罢,她都不必过多地浪费时

间去自我检讨,现在最重要的就是想好要如何解决这些问题。

关于四虎哥退帮的原因,不管聂风和四虎谁撒了谎,其实都不重要,重要的是他确实快要脱离龙帮。而以天依现在的能力,是无论如何都不可能跟龙帮抗衡的,即便她有这样的决心和毅力,她也不可能拿妈妈的安危当赌注。也许在这个物欲横流的世界也只有以暴制暴,用黑道的法则来对抗痞子强之流的邪恶吧。

天依一向是个简单的人,能让她作决定的理由也简单而明了——为了妈妈,为了天依的一片天空。

嘉惠在从美国回来的第二天,就和博雯一起被天依叫出去碰头。在这之前,她们三朵姐妹花已经有时日没有三个一起聚会了。

"天依,想死你啦!嘿嘿。"嘉惠说着就要上前去抱天依。

天依稍微躲闪了一下,但还是被胳膊长的嘉惠一把抱住。她有些无奈地看了看博雯,见博雯正推了推眼镜,站在一旁抿着嘴微笑。

"天依,今天找我们是有事要告诉我们吧?"博雯的聪慧和敏感一直都是三个人里面最强的。

天依点了点头,低头对正跟她撒娇的嘉惠说道,"闹够了吧,疯丫头,快松手。"

嘉惠这才不情不愿地松开了天依,嘟着小嘴问道,"松就松嘛,天依,你找我们到底什么事啊?"

天依没有直接回答,而是背过身去,用手撩起脑后的辫

子,将自己的脖颈呈现在两个女孩面前。

"哇,这是什么?"嘉惠大叫着上前去摸天依的脖子。

原来天依的后脖颈之上赫然纹着一条巴掌大小的青龙图案。

"天依,你……加入龙帮了?"博雯的声音有些颤抖。

天依放下自己的辫子,转过身对两个好朋友说道,"是的,我想这是唯一可以保护我妈妈的方法。"

"好玩耶,我也要加入! 天依你说我纹在哪里好看呢? 脚踝怎么样?"顽皮天真的嘉惠已经在一旁手舞足蹈地设计起自己要在哪里纹身。

"嘉惠,你胡闹什么? 你们都绝对不可以加入黑社会,听到没有?"天依突然的厉声训斥惹得嘉惠和博雯一惊。

"天依,我们三个不是最好的朋友吗? 我们可是号称'铁三角'的姐妹花啊! 你是我们的老大,你加入了龙帮,我们自然是要跟着你的。"博雯这次一反常态地站在了嘉惠一边。

嘉惠在一旁咬着嘴唇使劲点头。

"正是因为你们是我最好的朋友,所以我才绝对不能让你们走上这条不归路! 你们都有一个好出身,以后也会有一个好前程,我绝对不可以毁掉你们的未来! 你们谁都不要再说了,谁再提加入黑社会的事,我就跟她绝交!"天依目光炯炯地看着眼前的两个女孩说道。

"我安天依说到做到!"天依又继续补充了一句后,便转身就走。

博雯本来还想辩解什么,可到嘴的话却被天依这句结尾

硬给逼了回去。两个女孩面面相觑,无奈地叹了口气,只得一路小跑去追赶前面的天依。

　　天瑰堂的兄弟为他们的老大回归而都感到兴奋不已,更为能正式加入第一大帮龙帮而欢呼雀跃,还专门组织了酒宴庆祝。庆祝老大的回归,庆祝他们正式摆脱小混混的行列,庆祝天瑰堂正式加入龙帮在长春市黑社会立牌。酒席间细毛感恩地举杯敬了博雯一杯酒,天依知道那是为什么!

四

　　对于天依决定加入龙帮,聂风表现得很高兴,但是并没有感到多诧异,因为这一切不过是按照他精心设计好的棋局在走而已。而天依的加入同时还有一个附加条件——那就是要将天瑰堂的弟兄们也归入龙帮门下,且专门作为龙帮的一个独立分部存在,但这对聂风来说是正中下怀。

　　然而并不是龙帮所有人都对安天依的加入表示欢迎的,尤其是聂风居然还准备直接让她当南关区的老大。因此为了安抚兄弟们,也证明以安天依为首的天瑰堂兄弟们的实力,聂风对他们下达了他们加入龙帮以来的第一个任务。

　　在天依和天瑰堂兄弟们的眼中,这个任务看似是一个没什么难度的任务——只要他们能够烧毁龙帮内部一个吃里爬外的分区老大的秘密仓库即可。可关键就在聂风并没有告诉

他们这究竟是谁的仓库,而仓库里又究竟放了些什么。

　　那间仓库位于长春市的郊区,天瑰堂众兄弟几乎在没有任何外部阻碍的情况下,就轻松点燃了仓库。

　　天依站在一旁,看着熊熊燃烧中的建筑,虽然心里也纳闷这样的任务会不会过于简单了,但是一想到聂风私下对自己说,因为这是交给他们的第一项任务,为了确保能圆满完成,他才故意为他们挑选了一件最简单的,天依便也不在这个问题上多想。

　　圆满完成任务的天依带着众兄弟们回到龙帮总部——龙华大酒店,得到了聂风的极力褒奖,并且他专门为此事召开了龙帮大会。而天依也是刚刚知道那间仓库的主人原来正是朝阳区的扛把子小地主。大会上,聂风除了正式任命天依为南关区老大外,还赏了一套三室一厅的房子和一部黑色新款奔驰600做她的座驾,并把南关区管辖的一切娱乐场所的账本交给了她。同时对各分区的老大们下达了对小地主的追杀令,理由是小地主私通外敌马忍,令龙帮损失了几笔大的生意。

　　天依对"马忍"这个名字十分陌生,但是从龙帮其他分区老大们交头接耳、唏嘘不已的情景来看,这个人一定跟龙帮交往很深。只是天依此时此刻完全无法料到,日后自己跟这个人的交集比起聂风有过之而无不及。

　　不管日后究竟会有何变数,至少天依现在觉得心里比以前踏实,她手里紧握着聂风给的三把钥匙,一把是能让母亲生活安逸的房钥匙,一把是可以证实自己不再贫穷的车钥匙,一把是看似无形,却事实存在的南关区老大的权力钥匙。有了

这三把钥匙,她再也不用夜不能寐地担心母亲的生活,母亲的身体,母亲的安危了。因为如今整个南关区都是她安天依的统治范围,她完全可以全天二十四小时安排小弟在自己家周围巡逻,别说痞子强,就连只苍蝇也别想飞进她家的院落。

但是当天依把钥匙交到母亲手上的时候,母亲并没有欢心雀跃,更没有失望愤怒,也没有接过钥匙。她只对天依说了一句话"天依,你长大了,妈相信你。"

在经历过种种以后美凤深深地知道人生不能只靠隐忍,她知道女儿所做的一切都是为了她,天依长大了,她应该尊重女儿的选择。因为她知道她为女儿也做不了什么了,她能做的就是保护好自己的身体,不再让女儿费心和难过。

最终天妈没有搬出她那间小园,因为她喜欢那里,也舍不得那里,还有让她舒心的邻居们。

天依没有强求妈妈,但是她叫人重新装修了一下小园,而且还种了满园子的红玫瑰。但天妈还是自己在窗台上养了一盆万年红,和一盆夜来香。

一切好像又恢复了平静,博雯和嘉惠依旧每周末来天依家看望天妈,天妈的病情也因捷克博士的良好治疗而得到了控制。

然而天依安稳的日子并没有过上几天,她就被一个惊人的消息吓得有些不知所措了。细毛从电视上看到关于那间被烧毁的仓库的报道,竟然说仓库里还有个暗门,在暗门里面发现了一具已经怀孕四个月的女尸。且就法医分析,这个女人正是在大火的浓烟中窒息而死,死前还曾被绑在暗门内的柱

子上遭受毒打。

这意味着什么？这意味着天依带领天瑰堂的兄弟们不光烧毁了一间仓库，还烧死了一个女人，一个怀孕四个多月的女人。

天依直接冲到龙华大酒店敲开了聂风办公室的门，可令她意想不到的是，聂风正拿着一张报纸泪流满面。看到天依的到来，聂风用纸巾擦了擦两腮的泪水，并示意天依坐下。

"天依，你也看到了吧，不瞒你说，那个怀孕的女人正是我的妻子——马芸芸。"

"妻子?!"天依想不到这个女人跟聂风还有这层关系，而她脑中的谜团也越滚越大了。

"我知道你一定想问我，为什么她会被绑在仓库里吧，其实我也想知道。在龙帮上次大会上，我说过小地主私通外敌，令龙帮损失惨重。但是还有一件事我却羞于启齿——就是他跟我的妻子马芸芸有染，而她腹中的孩子应该也就是他们俩的孽种。"聂风说到此处，表情十分痛苦。

天依一时间也不知道要如何反应，只得继续默默地听着。

"芸芸从我这里偷了很多龙帮的秘密资料给小地主，小地主又跟另外一帮人合作黑吃黑，吃掉了我们几批重要的货。可是谁都看得出来小地主不可能真心爱芸芸啊，无非是拿她当可以利用的工具，可是芸芸却居然为了他而决定彻底离开我。其实在我派你去烧小地主仓库的时候，芸芸已经离家走一个多星期了，我到处都找不到她。而这也并不是什么好事，我也不能四处张扬，可是没想到……没想到她居然惨死在

小地主的仓库里，生前还被毒打，我真是……"聂风已经哽咽难语。

"可……风哥你这么优秀？怎么可能……?"天依不解地问？心想小地主那个矮冬瓜怎么能跟玉树临风、温文尔雅、江湖地位首屈一指的聂风相比？

"所有人都不理解，但我理解，都是我的错。"说着聂风用纸巾擦拭着眼角的泪水，"天依我也是个正常的男人，在外面难免会风花雪月，芸芸她可能一时生气糊涂，为了报复我才做出这样的事，我不怪她！本来我想毕竟我们夫妻一场，只要小地主对她好，我也就随他们去了，可没想到小地主为了利益居然杀人灭口。"说到这聂风气愤地用拳头重击桌子发出碰碰的响声。

"但为什么？出事这么多天新闻才报呢?"这是天依最觉得奇怪的地方，按理说现在媒体这么敏锐，不可能出事都快半个月了才报。

"是我一直用关系压着不让报，一是顾及我这张老脸，二是我没办法向芸芸的家人交代啊！本想就这样隐藏下来算了，但一想到芸芸的在天之灵我必须还她一个公道，必须把事实呈现给大家，不能让这个凶手——小地主逍遥法外!"

"但……"听到这天依吓了一跳，凶手？凶手不正是自己？那火是她安天依放的啊！

"我们都是受害者，别说了，天依，让我一个人静一静。"

听到这天依越来越乱了，原本天依以为这一切都是聂风设计好的局，可是当听到聂风痛心疾首的述说，她柔软纯真的

天性又盖过了她的理智。面对一个被妻子戴了绿帽子,但仍旧对妻子念念不忘,并为妻子的去世痛哭落泪的男人,天依还能诘问他些什么呢?

天依只得在说了几句安慰的话之后,便自行退出了聂风的办公室。只是她永远也看不到聂风那张躲在纸巾后面冷笑着的脸。

五

聂风是一个非常懂得享受生活的人,他喜欢一切品位看似高雅的活动。而在闲暇时光里,他则最喜欢躺在二楼泳池旁的太阳椅上享受阳光。

"风哥,小心着凉。"随着一个温柔的声音响起,一张毛毯盖到了聂风的身上。

聂风取下墨镜,一把将给他盖毛毯的人搂入怀中,那正是一个千娇百媚的美丽女子,腰身极度柔软,只被聂风轻轻一拉,便以一种极其美妙的姿态倒在了他的怀里。

聂风将脸埋进女子亮丽的秀发之中深深呼吸,他的鼻息似乎将女子弄得有些痒痒,惹得女子忍不住扭动起丰腴的腰肢。

就在聂风要对着女子的红唇吻下去的时候,桌上的手机不适时地响了起来。

女子脸上的红晕未退,她有些忙乱地从聂风怀里起身,稍微整理了一下自己凌乱的衣衫,匆匆消失在了阳台的阴影之中。

"喂……"聂风将盯着女子背影的目光收回,按下了接听键。

"是吗? 好的,这事如果办成了,那朝阳区老大的位置就非你莫属了。"聂风轻笑了一下,又继续说道,"但如果办砸了,你自己知道后果会怎样。"

电话那头似乎唯唯诺诺说了一番,只听聂风继续说道,"我马上就到。"

在一间潮湿黑暗的屋子里,到处散发着腐烂和血腥的味道。一个男人满脸血污,身上也已经没有一块完整的皮肤。他被铁链挂住双臂,绑在一个铁柱子上,看样子已经奄奄一息。

一阵急切的脚步声从屋外响起,一个身穿灰色风衣的中年男子带着一帮凶神恶煞的手下走了进来。

"风……风哥,救我,我……我没有……"浑身是血的男子口齿不清地呼唤着刚才进来的男人。

聂风不动声色地在一张椅子上坐下,由于屋内光线太暗,根本看不清他脸上的表情。

这时一个猥琐的声音从房间的角落传了过来,只见一个人一摇三晃地走到浑身是血的男子面前,正是痞子强。

"小地主,我们风哥平时待你也不薄啊。你怎么可以做出

这种没脸没皮的事情呢？你知不知道兄弟妻不可欺，何况还是老大的老婆，你这下可是几个脑袋都不够砍啊！"痞子强一把抓住小地主的头发往后一仰，他那张被打得惨不忍睹的脸顿时暴露在众人面前。

"风哥，你相信我啊，我真的没有，真的没有啊！"小地主仍旧努力地辩解道。

"你没有？那你跟大嫂在酒店私会的照片要怎么解释？啧啧，风哥您看看这些照片，这还是不同时间不同地点的呢，我都看不下去了。小地主，你别说你是把大嫂约出去聊人生的啊。"痞子强拿了一把照片递给聂风。

"痞子强，你他妈的居然派人跟踪我！"小地主见痞子强竟然直接拿出了照片，便由哀求转为了怒吼。

"小地主，我到底为什么派人抓你，你心里应该有数吧？"刚才一直沉默的聂风，此时终于开了腔。

"聂风，你这种败类不会有好下场的，芸芸小姐肯定是被你事先绑在仓库的暗门里的，然后你再叫安天依去火烧仓库，来个借刀杀人。最后又把这一切罪名都安在我的头上。哼，忍叔果然没有说错，你就是一个彻彻底底的禽兽！"小地主见装傻已经不奏效了，便也和聂风撕破了那层纸。

"啧啧啧，芸芸小姐，忍叔，你还叫得真亲热，真是越来越像一条狗了呢。当初要不是我刚刚上位还需要利用马忍，就只能根据他的举荐，让你做了朝阳区的老大，否则哪里还轮得到你在这里跟我叫嚣？你别以为我不知道他把你安插在我身边就是为了监视我的一举一动，现在芸芸那个脏女人也死了，

他那个老家伙远在加拿大又能奈我何？不过你也别着急，我马上就让你去见你的芸芸小姐。"聂风说着对痞子强使了一个眼色。

"聂风，你这种连自己亲生骨肉都不放过的人渣，一定不会有好下场……"小地主话未说完就被痞子强堵上了嘴。

聂风似笑非笑地看着被折磨得不成人样的小地主，转身对痞子强吩咐道，"痞子强，这里交给你了。"

"风哥，您放心，您请回吧！这里就交给我了。"

聂风拍了拍身上的尘土，大步走出了房间。在房门关上的一刹那，屋内又传来了令人毛骨悚然的惨叫。

六

一个阳光明媚的午后，聂风正十分惬意地在顶楼的花圃里摆弄园艺，这时痞子强由管家带着到达了玻璃花房的门外。

"进来吧。"聂风头也不抬地说道，而双手仍旧在给一盆植物修剪枝叶。

"风哥，事情都办妥了，这里是小地主和嫂子，哦不，马芸芸的照片，您请过目。"痞子强毕恭毕敬地递过了一个信封。

聂风直起身，脱下手套，接过信封看了看，嘴角不禁浮出一个微笑，说道，"好，很好！痞子强你这次做得很不错，不枉我这么信任你啊！哈哈……"

"哪里哪里,如果不是风哥栽培,我痞子强哪有用武之地呢?"痞子强居然也学得文绉绉的了。

"你过来。"聂风把痞子强带到桌旁坐下,继续说道,"你今晚上就召集兄弟,把小地主罩着的马忍名下的几家夜店和酒吧都给我端了,白天有空再多去一下马忍那些房地产公司坐坐,让他们无生意可做。还有,别忘了把我挑出来的这几张照片直接寄给马忍,我要让这个老家伙痛不欲生,我要让他为自己说过的话,做过的事付出沉重的代价!"

"风哥英明! 风哥英明! 以风哥的智商和魄力,马忍那老家伙怎么可能是您的对手呢!"痞子强拍马屁的功夫一向是一流的。

"你放心,过两天我就会让你接小地主的位置,当朝阳区的老大,但是如果让我知道你把这些事情泄露出去半句,那小地主的下场就是你的下场,明白了吗?"聂风语速不快,可是句句透露着让人无法抗拒的力量。

"是,风哥!"痞子强边说边倒着退出了玻璃花房。

"叶梅,进来吧。"聂风对着玻璃花房的另一边说道。

"风哥,怎么说了这么久? 害人家站在外面快变成望夫石了。"一个妖媚的女人风情万种地朝聂风走了过去。

"这还不是为了满足你的心愿? 马芸芸一死,你就可以光明正大地当聂太太了。"叶梅轻巧地坐在聂风腿上,搂住他的脖颈,用自己极度性感的唇封住了聂风正在说话的嘴。

在加拿大温哥华华人区的一栋高级别墅里,一位年约50

的男人正抱着一张照片失声痛哭。而离他不远处站着一个清瘦的年轻男子,正斜靠在落地窗边,似乎在看着远方出神。

"芸芸啊,我的芸芸啊……你当初为什么不听我的话,执意要嫁给那个畜生呢?我早就看出来他居心叵测,并不是真的爱你,可是你甚至还为他不惜毁了自己的清白!都怪我啊,都怪我,要是我当初强硬一点,你也不会落得这个下场,芸芸啊,我的芸芸啊……"这位痛哭流涕的父亲正是当年长春市赫赫有名的大富商马忍。他是长春市最早发展房地产业的枭雄之一。而在几年前,他就已经将事业发展到了加拿大,并在温哥华建立了集团总部,从而逐渐退出了长春的舞台。

"爸,你现在说这些还有用吗?我们目前要想的就是怎么为姐姐报仇!"站在窗前的男子此时转过身来,一张白净而略显妖魅的脸上挂着几滴晶莹的泪珠,那双深褐色的眼眸在泪水的滋润下更显得动人心魄。

"世豪,这一切都怪我啊,我千不该万不该那么心软,让你姐姐嫁给了这个禽兽,最后……最后居然落得个一尸两命的下场。聂风,我马忍有生之年绝对不会让你好过的!"马忍一拳重重地打在了沙发的扶手上。

"爸,你怎么了?爸!"可能是由于悲伤过度,马忍一口气没有提上来,直接晕倒在了沙发里。

被唤作"世豪"的绝色男子急忙叫来了管家,帮忙一起送他的父亲去了医院。

这个世界总是瞬息万变,我们不过都是历史洪流中的一

粒尘埃,然而往往是几颗尘埃之间的相互影响,而产生了影响历史发展的巨大能量。聂风为了一己私欲而亲手弑妻,殊不知也将因此在日后掀起长春市黑道的一场巨变。

第十四章

一见钟情的漩涡

一

在天依十九岁的时候，她已经成为长春市龙帮南关区的扛把子，她成立的天瑰堂也已经被归入龙帮旗下，成为长春市黑社会里举足轻重的一个帮派。

聂风是一个相当会做人的人，他知道天依的母亲很反对她加入黑社会，天依现在是南关区的老大，作为他的上司他必须要为手下安顿好后方才能让其心甘情愿为自己卖命。所以他专程亲自去天依家中拜访了天妈，给她带去很多礼品，还美其名曰为天依新添了一个亮堂的工作职位——龙华大酒店保安经理，充分体现了一位公司领导对下属员工生活的关心，也以便让天妈彻底安心。其实天妈早已知道聂风的用意，但接过了礼物淡淡地说了一句"谢谢您的到来，天依是一个知恩必报的孩子，希望你能教会他以后的人生应该如何选择!"然后就再无二语。

天依把聂风的关心看在眼里，虽然嘴上不说什么，可是心里已经再次肯定了自己对聂风以及对龙帮的忠诚。你可以欺负天依，但绝对不可以欺负天妈;你如果对天依好，那她会涌泉相报，而如果你对天妈好，那天依也许会把自己的一生都拿来回报。聂风深知这一点，所以他也很聪明地利用了这一点。

如此这般,天依就可以堂而皇之地参与龙帮的一切大小活动,天瑰堂也重振了雄风,细毛等兄弟们为了庆祝第一次任务成功,直接大醉了三天三夜。但只有安天依心里对这成功嗝应(东北话介意、芥蒂的意思),因为那两个生命。

看着这些兄弟围绕在自己身旁,离别后的重逢也让她深刻感觉到了天瑰堂和众兄弟们对她的重要,也许只有生活在这样的江湖,她才能找回自己做人的意义和骄傲。

至于痞子强一边,进入了暂时性的销声匿迹。原本他一直垂涎三尺的是南关区老大的位置,原因之一是他在南关区混了多年,早就对那里的一切了如指掌,在南关区他痞子强好歹也算是个有名的滚刀肉;而原因之二是南关区学校比较多,尤其是有桥斯顿这种长春市顶级的贵族学校,油水丰厚,收起学生的保护费来也十分容易。而现在痞子强被派去接替小地主的位置做了朝阳区的老大,属于空降到那个区的领导人,当地的一些混混头子怎么可能这么容易就接受他呢?加上朝阳区是闹市区,人多事杂,痞子强不好好费一番功夫绝对是很难融入这里的黑道的,哪里比得上在南关区逍遥自在呢?

原本是升迁之喜,可是痞子强却并不感到有多开心,现在他的处境无异于要重新开辟一个能接纳自己的新天地,所谓的朝阳区老大就只是一个头衔而已,实际上并不具备任何意义。时至今日,心胸狭窄的痞子强自然是把所有的愤恨都归结到一个人身上,如果不是她的存在,自己也不会沦落至此。过去南关区一直由于桃园路的存在而没有选出名义上的老大,而是由聂风亲自管理,痞子强负责执行。换言之,他痞子

强怎么也算是南关区老大的准接班人,可是怎么当这个人一出现,这一切就全都变了呢?

没错,这个人就是安天依。天依现在拥有绝对的力量足以和痞子强抗衡,她也曾发誓一定要让痞子强为天妈的眼泪付出代价。于是在长春市龙帮内部,这两个炙手可热的大哥之间的明争暗斗即将拉开序幕,而这一切事件的幕后操纵者则躲在暗处静观两虎相争。

二

厉杰回到长春后的第一件事就是给天依打电话,因为他一下飞机就从接他的司机那里听到了天依已经正式加入龙帮的消息。他无论如何也不能想象自己只是离开了长春一个月,而且走前明明还跟天依千叮咛万嘱咐一定不可以加入大帮派,可这一转眼天依就变成了长春市南关区的扛把子,叫他如何能不心乱如麻?

天依说自己正在家里照顾妈妈,厉杰想也不想便直接让司机送自己去了桃园路。自从上次在咖啡馆同天依见面之后,厉杰也去拜访过天妈两次,因此对天依家的住址已经了然于心。

尽管匆忙,细心的厉杰还是不忘给天妈买了很多补品,因为他很确定天依一定没让天妈知道她已加入龙帮的事,那么

自己也不能穿帮,这次桃园路之行表面上还是要以看望天妈为主。但是他不知道的是天妈早就已经知道了,只是装作不知情而已。

厉杰的到来令天妈十分开心,他陪着天妈聊了一会儿天,便找借口将天依拉到了一旁单独说话。

"你这丫头怎么回事?我上次不是专门跟你说了一定不可以加入大帮派吗?你自己也亲口答应我了,怎么我这一出差回来你都成了龙帮南关区的老大了?升得还挺快啊!"厉杰看样子是真的十分生气,刚才好不容易在天妈面前装出来的谦和现在已经全部被恨铁不成钢的气愤替代。

"你出差了一个月,这期间发生了很多事情。本来我是想找你商量的,可是你的手机一直处于关机状态。"天依并没有被厉杰的激动所感染,依旧不紧不慢地保持着自己说话的节奏。

厉杰听到这里顿了一下,面有愧色地说道,"因为我被派去执行一个很危险的任务,所以就把手机关机交给一个手下代为保管,然后又重新在广州买了新的手机和卡作为暂时的联络方式。可是我也有每天让手下帮我留意是不是有人联系过我啊,你如果给我发短信是可以收到的!加入龙帮这么大的事情,你无论如何也应该先跟我商量一下啊。"

"我当然发了,可是从来没有得到过你的回应……不过这都无所谓了,加入龙帮是我自己的选择,与任何人无关。我都快 20 岁了,有分辨是非对错的能力。"天依一旦决定的事情,那是九头牛都拉不回来的。

"你发了？可是我手下从来没有跟我说过，难道……难道这又是聂风布下的局？怪不得他使劲催促我一定要在这个月把蓝帮的二当家解决掉呢！原来是为了把我支开。"厉杰一拳打在了院墙上，眉头深锁。

"四虎哥，你不要把这些简单事情都想象得这么复杂好吗？我说了，加入龙帮是我自己的选择，并不是风哥勉强的，你不要总把我想成是任人摆布的玩具好吗？"

"天依，你真的把黑社会看得太简单了。这并不是你们想象中的为了兄弟义气，操着棍棒刀子找人打一架就完事儿的小孩子游戏，而是只要老大一声令下，你就有可能要拿自己的性命去拼，还可能眼睁睁看着自己最好的兄弟倒在身边却无能为力的残酷战争。一旦加入了黑道，任凭你一开始是个多么单纯而执着的人，都有可能被这个大染缸染得面目全非，最后失去自我。而如果你想混得够好，那除了能打，还必须适应人与人之间的尔虞我诈……天依，你真的确定你考虑过这些吗？"

天依深深吸了一口气，有些无奈地说道，"四虎哥，尽管我还没有真正开始为龙帮做些什么，可是你所说的一切，我都已经有了心理准备。风哥也说过，这是一条不归路，可是为了我妈，我愿意去走这条路。你不在的日子里，痞子强几次三番来骚扰我，最让我不能忍受的是，他居然还直接去骚扰我妈。我尝试着去忍，以为忍一忍就会过去，可是换来的是变本加厉。我也试过去报警，可是没想到连警察局的人都同他们是一丘之貉。无奈之下我只好去找风哥，是他的话点醒了我，人不能

靠忍就能幸福过一辈子,我不能再像小时候那样依赖于你,我也应该学着自己保护自己和家人,而想变得强大的直接途径就是接受风哥的邀请加入龙帮。现在我的天瑰堂已经变成了龙帮的分部,整个南关区都是我的势力范围,我拥有足以与痞子强抗衡的能力。四虎哥,看到我的成长,难道你不应该为我高兴吗?"

三

天依眼中惯有的坚定让厉杰一下子不知道要如何回应,他只能咋舌于聂风的棋局竟早就在不知不觉中布满了他和天依的周围,而聂风对于天依的洗脑又竟是如此之彻底。此刻他还能做什么,还能说什么,才足以让天依看清事实呢?

"天依,"厉杰有些艰难地滚动了下喉结,"趁现在你陷得还不深,赶紧跟我一起跳出这个圈子吧,我会去跟聂风说情,好歹我也跟了他这么久。至于痞子强,我会想办法让他消停的……"

"四虎哥,我已经没有办法回头了,我……我杀了人。"天依不敢正视厉杰的眼睛。

"什么?你怎么会杀了人的?"

"我带着兄弟们刚入帮的时候,风哥说为了服众需要我们去烧毁一个龙帮叛徒的仓库,可谁知那间仓库的暗门里竟然

还绑着一个女人,那个女人就这样活活被浓烟熏死,她当时还怀着四个月的身孕。"天依说到此处脸上禁不住流露出不忍与痛心的表情。

"怎么会这样?那是谁的仓库?那个女人又怎么会被关在那里?"

"风哥告诉我,那个仓库就是痞子强的顶头老大小地主的,他吃里爬外,还勾引大嫂,那个死去的女人正是风哥的妻子马芸芸。而这件事后,小地主也被风哥抓住并按家法处置了,现在痞子强就顶替小地主当了朝阳区的老大。"

"呵呵,"厉杰发出两声冷笑,因为他终于把这个局彻底看清楚了,"聂风这个卑鄙小人,我以前还真是低估了他的卑劣程度,他居然可以为了那个风尘女子杀死自己的妻子和尚未出世的孩子,枉费大嫂还曾经为他牺牲了自己的清白。"

"厉杰,你不要说得太过分了,什么叫卑鄙小人?风哥一向也待你不薄,你怎么可以这样说他?如果如你所说大嫂是风哥故意使计杀害的,那么他怎么会为了一个已经没有感情的人而哭得如此伤心?这是我亲眼见到的情景,你又怎么解释?"天依对于厉杰对聂风的辱骂感到十分气愤,甚至直呼起了他的大名,而在这之前天依都是称呼他为四虎哥的。

"天依,有时候你亲眼见到的事情未必是真相,尤其是对于聂风这种人来说。你知道我为什么要离开龙帮吗?除了我跟你说的厌倦了黑道打打杀杀的生活外,还有就是我深切感受到了呆在聂风身边的危险。他绝对是一个可以当你有利用价值时就对你千依百顺,而一旦你失去了利用价值时,就马上

将你一脚踢开,甚至让你永世不得翻身的人。而你又知道他为什么一定要拉你入龙帮?无论他之前对你说了什么花言巧语,你都可以不必理会,因为最重要的原因就是他希望通过你而牵制住我。我跟了他这么多年,从来没有出过差错,同时我手上也掌握了他的很多机密信息和很多跟我结交过深的生意人脉通道,他是绝不敢贸然动我的。而为了能继续利用我,又不跟我发生正面冲突,最好的办法就是制造一个我非留下不可的理由。"厉杰扭头看了看天依,略显心疼而无奈地继续说道,"天依,你知道吗?这个理由就是你。"

"厉杰,你果然还是把我当成小孩子吗?"天依并没有注意到厉杰深情的眼神,而是执拗地认为厉杰仍旧把自己看得一无是处,"你的意思是风哥要我加入龙帮完全是因为你?难道我安天依从小到大就一定只能活在你的阴影里吗?我已经长大了,我有能力保护自己和家人,请你不要再拿以前的眼光来衡量我好吗?"

"天依,你怎么会这么以为呢?我一直都把你当成我见过的最优秀的女孩,你怎么会活在我的阴影里?在我眼中,你从来都是光芒四射的。我只是想让你知道聂风的真面目,难道你觉得我会害你吗?你不要再怀疑我说的话了,我这就去找聂风说清楚你跟我一起退帮的事情。"厉杰说着就拉着天依的胳膊往外走。

"够了,你就不能支持一次我的决定吗?难道你就因为风哥没有让你当上朝阳区的老大,便也不让我继续在龙帮呆吗?"天依情急之下竟脱口而出违背自己本意的话,她很清楚

厉杰绝不是如此小气的人。但是这么久以来聂风对自己的看重，以及对天妈的关照，无不让她深信着这个男人所说的每一句话。

"安天依，聂风到底给你灌了什么迷魂汤，竟然让你对我说出这种话？好，就算我自私，就算我杞人忧天，你爱怎么样就怎么样吧！"被天依伤透了心的厉杰一气之下便欲转身离开。

"天依宝贝，我们来看你啦！"随着一声娇滴滴的呼唤，一个女孩急匆匆地闯进了天依家的院子，刚好撞了正欲夺门而出的厉杰一个满怀。

"哎哟，这是谁这么不长眼睛呢？竟然敢撞……"女孩被撞得一声大叫，而当她正准备大发脾气的时候，却抬头看到了一张无比俊朗的脸，直看得她竟忘记了发泄，只如花痴般愣在了原地。

四

原本打算一口气冲进天依家院子的嘉惠被正要出门的厉杰撞了个正着，紧跟在她身后的博雯以为这次林大小姐肯定要大发雷霆了，便站在两米开外等待这枚炸弹爆炸。可谁知等了半天也没见嘉惠有什么动静，倒是天依从里面走了出来，说道，"嘉惠你这个丫头眼睛长在头顶上了吗？走路也不知道

看路！撞疼了是不是？"

厉杰很不好意思地说道，"没撞伤你吧？要紧吗？"

"啊……啊，没事没事……"嘉惠嘴上说着没事，眼睛却从没离开过厉杰的脸庞，"天依啊，这位帅哥是谁啊？"

"是我以前的一个朋友，从小一起长大的。"天依看了看四虎，如实说道。

"好啊，你居然从没跟我们说过你还有个这么帅的朋友，你是想金屋藏娇啊？"嘉惠嘟起了小嘴。

"大小姐，您还是少说两句吧。人家要走了，你别拦着道！"博雯说着就把嘉惠往一旁拽，她从天依和这个男人的表情感觉出他们之间刚才肯定经历了什么不愉快的事情，因此现在并不是个适合开玩笑的时候。

厉杰对嘉惠和博雯略显尴尬地一点头，又回头用复杂的眼神看了天依一眼，才转身离开了。

再多的狠话也不可能让厉杰真的就放下天依，他是一个不太会表达自己的内敛男子，唯独对天依的情愫足以令他时不时迸发出激情，有时是开心，有时则是悲痛。也许从儿时那次把受伤的天依背回家开始，这个倔强而特别的女孩就已经深深烙印在了他的心上。

聂风成功地让天依加入了龙帮，并且对他死心塌地，这是因为他利用了天依对天妈的感情。而厉杰又绝不可能撇下天依，自己独自一人退帮，这是因为聂风又利用了厉杰对天依的感情。厉杰不止一次地对这个恶魔般的男人感到惧怕，因为

他可以完美地利用人与人之间的羁绊，借以控制对他有利的任何人。

自从父亲死后，厉杰彻底成为了孤儿，也令他的性格变得内敛忧郁。这次同天依母女的重逢，让他似乎重新找到了自己可以栖身的温暖。他把天妈当成自己的亲生母亲般照顾，天妈总说要收他当干儿子，可是他只能偷偷看几眼站在一旁假装什么都没听到的天依，然后对天妈傻笑几声了事。要知道他从心底希望能跟天妈成为一家人，只不过是通过另外一种方式而已。

在厉杰经常去照顾天妈，并借此去看望天依的日子里，富家小姐嘉惠也成为了天依家的常客。谁都无法想象像林嘉惠这样一个含着金汤匙出生的公主，这样一个一向被各式各样男生追求的国宝级美女，居然真的会对一个出生清贫的黑道混混一见钟情，这着实不能不让周遭的人等大跌眼镜。

而如果林嘉惠是一个会计较别人说什么的女孩，那么她也不会跟安天依成为死党；如果林嘉惠追求的是一份普通而乏味的所谓门当户对的爱情，那么她恐怕早就跟哪个身世显赫的太子党私定终身。这些，都不是她想要的。

曾经有一位黑道前辈说过，任何一个真正的美女，其实她们心里最憧憬的都是当压寨夫人。没人知道嘉惠是否曾经听说过这番话，只是可以肯定的是她的愿望就是嫁给一个有能力以一敌百，叱咤风云的人物，然后跟他远走高飞，亡命江湖。

嘉惠发疯似的迷恋着厉杰，送他最昂贵的世界名牌，跟踪

他、偷拍他,坐在离他不远的餐桌吃饭,眼神迷离,甚至没有发现果汁早已经被吸完……试问有哪个男子可以抵抗林嘉惠这种几近完美女孩的苦苦追求?

厉杰,就是这样一个异类,或者说他的心已经被另一个女孩装满。

<h1 style="text-align:center">五</h1>

有的时候某件不经意的事情也许可以改变人的一生,也许这件事情并不是你想象中的那么微不足道,因为你投进湖心的一颗小石子,可能在某个人的心中激起了轩然大波。

厉杰面对嘉惠的频频示好和表白说得最多的一句就是,"嘉惠小姐,我配不上你。"

究竟如何才叫配得上呢? 在感情的世界里一定需要划分等级吗? 19 岁的嘉惠虽然很早就有大量的男生追求,可是她却对这个问题百思不得其解。直到有次在天依家,她看到厉杰对险些被开水烫到的天依百般呵护的时候,才有些恍然大悟,原来自己已经进入了一个感情的怪圈,或者说她才愿意开始正视厉杰拒绝自己的真正原因。

嘉惠不记得自己是如何浑浑噩噩地从天依家走出来,又如何走进了那家酒吧,只是当她想清醒的时候,发现自己和对面坐着的博雯都已经有了七分醉意。

"博雯,你说爱上一个不爱你的人是不是个最悲惨的错误?"嘉惠说着又喝下一大口轩尼诗,冰块在玻璃杯里叮当作响。

博雯双颊微红,很明显也是喝得有点上头,她习惯性地推了推鼻梁上的黑框眼镜,目光有些涣散。她并不回答嘉惠的问题,而是继续帮嘉惠的杯中加满了酒。

"你说我那么喜欢他,那么那么喜欢他,他喜欢我一点点会死啊? 全世界都知道我林嘉惠在追一个龙帮的大混混,就连我爸妈都差点跑回来教育我了! 这也许就是所谓的报应吧。呵呵,可能是我以前辜负的人太多了,老天爷这是在惩罚我。"

"他很像天依。"博雯在给自己灌下了一杯酒后,幽幽地说道。

嘉惠被这句话一惊,想去拿酒瓶的手在空中稍稍停顿了几秒。

"哦。是吗? 我不觉得。"

"你说谎!"

嘉惠沉默,她不再往杯中倒酒,而是直接举起酒瓶将汁液灌进自己的喉中,任凭那火辣辣的感觉顺着身体蔓延。

"一样不苟言笑,一样义薄云天,一样俊美至极,一样身手不凡……厉杰就像天依的影子,你可以从他身上找到跟天依一样的安全感,你现在迷恋他就像当初迷恋天依一样。"博雯转动着手中的玻璃杯,目光穿过镜片射在眼前这个烂醉如泥的姑娘身上。

"可是他喜欢的是天依！呵呵，也许我的自欺欺人也是时候清醒了，我原本认为以我的魅力不会有搞不定的男人，可是你知道吗？他甚至没有正眼看过我，只会对我说一句话，'嘉惠小姐，我配不上你。'配不上你、配不上你，永远只有这一句话。没错，本来我以为我这辈子都找不到像天依一样能吸引我目光的人，直到那天厉杰的出现，才让我又重新燃起了希望。可是在他的眼中我连一丁点的位置都找不到，他的眼里只有安天依，他开心是因为她，难过也是因为她，我怎么这么傻呢？我真的找不到理由再继续骗自己了，博雯，我快要疯了，因为我都不知道自己要以一种什么样的状态去面对天依，究竟把她当成我曾经迷恋的对象还是现在嫉妒的情敌？"

嘉惠甩掉酒瓶，伏在桌子上哭了起来，是那样的撕心裂肺，让所有听到的人都能感觉到她的悲伤。

博雯默默地给自己的杯中斟满了酒液，她晃了晃杯底的冰块，看似漫不经心地说道，"嘉惠啊，爱上一个不爱你的人并不是最悲惨的。最悲惨的是你爱上了一个你根本不应该也不可能去爱上的人。"

嘉惠起伏的肩膀突然停住，她抬起头扑闪了几下那挂满泪珠的长睫毛，不可思议地呢喃道，"博雯……你……不会吧？"

博雯的脸颊更红了，眼神也更加迷离，她自嘲地笑笑，"会啊，真的会啊，可是又有什么办法呢？"

"怪不得你一直不找男朋友，你这人以前还好意思嘲笑我，你真是……"

"呵呵,嘉惠,这种感情不是简简单单就能说得清、道得明的,在我还没有考虑清楚也没有任何思想准备的时候,它就莫名其妙地发生了。"博雯推了推眼镜,叹了口气,继续说道,"好了好了,咱们谈点开心的吧!我自己注册的电脑公司明天就正式营业了,你不祝贺我吗?一晚上我光顾着陪你在这里疗伤了。"

"祝贺祝贺!来来,干了这一杯!希望……希望我们都能为自己的感情找到一个好的归宿!"

两个玻璃杯在空中激烈地碰撞,杯中酒伴随着冰块欢快地跳跃,仿佛在用自己的方式展示着这两个女孩激荡澎湃的青春。

第十五章

以赌约为序幕

一

　　长春市龙峰墓地里的一块汉白玉墓碑前,站着一个身材修长的男子。他手捧一大束百合定定地看着墓碑发呆,浅栗色的头发被午后的阳光镀上一层金黄,额前的碎发时不时被微风吹起,遮住了他那深邃迷人的深褐色双眸。男子左耳上还戴着一个闪亮的耳钉,仔细一看才能发现其实是个十字架。一般长得极美的男生会向两个极端发展——不是天使就是恶魔,而碑前的男子恐怕万万没有想到日后他将会在长春这座城市以恶魔的手段,履行着一段天使的职责。

　　墓碑上照片里的女子笑得温柔婉约,她有着跟男子一样姣好的面容和一头齐肩的微微卷曲着的长发。看着一个如此年轻的生命就此定格在了这块冰冷的墓碑上,谁又能不感叹世事的无常?

　　"姐,我来看你了。爸爸为了你的事情病倒了,所以暂时不能来看你。我们都很懊悔在你最需要我们的时刻却没有陪在你的身边。现在你一个人在那边,哦不是,还有你的小宝贝陪着你,你们母子俩一定都要好好的。至于你的仇,你放心,我和爸爸一定会为你报的,我们要让聂风血债血偿。"男子的语气透出深深的悲伤,但是却并不激烈,一颗冰凉的泪珠悄无声息地顺着他的左脸滑到腮边,他轻盈而快速地擦拭了一下,

生怕被墓碑上的姐姐看到。

男子又在墓碑前站了一会方才离开墓地,他径直走进一个并不起眼的拐角处,在那里停着一辆金色兰博基尼,流线型车身在太阳的照耀下散发出无与伦比的皇家气质,显得格外夺目。

"世豪少爷,您现在直接回住处吗?"坐在旁边驾驶位的司机毕恭毕敬地问道。

"我说了多少次,在长春不要叫我'世豪少爷',我现在叫'马如逍',记住了没?"年轻男子显得有些不耐烦。

"对不起,如逍少爷,您现在是直接回住处吗?"司机连忙改口,但态度依旧谦卑。

"先去桥斯顿看看吧,下周就要去上学,我想先熟悉一下环境。"

"好的,少爷。"

"对了,下周开始我就自己开车去上学,不用你送了。"

"可是少爷,主人在加拿大吩咐我……"

"你别这么啰嗦好吗? 我都十九岁了,懂得怎么照顾自己!你要非跟来就开你自己的车,而且离我远一点,别让我看到。"这个俊美的男生倔强地将脸偏向窗外。

司机见自己肯定无法拗过他,也只得闭嘴。

这位仅凭一个微笑就可以倾倒众生的十九岁男生正是长春市曾经最叱咤风云的马氏集团总裁马忍的儿子——马世豪,马如逍的名字是他自己早在加拿大就酝酿好的——如风

逍遥。他在加拿大读完高中，回国直升桥斯顿大学部。马忍因为爱女马芸芸被聂风害死而悲痛过度卧床不起，而且为避免打草惊蛇故只得让儿子马世豪先代替他回长春料理马芸芸的后事，并为陆续展开一系列的复仇行动埋下伏笔。

在马世豪和马芸芸很小的时候就没有了母亲，是马忍一人把他们抚养长大。马世豪从初中起就被马忍送到加拿大生活学习，尽管终日锦衣玉食，但是他很早就不再体会到家庭的温暖。马世豪凭借自己出众的样貌和显赫的身家，在加拿大换女朋友无数，只是他从来没有真正投入过感情，因为他知道那些用金钱换取的爱情都只是皇帝的新衣，仅仅是拥有了爱情的幻象而已。

在加拿大的生活孤独而落寞，他不记得自己已经多久没有见过父亲和姐姐，他只知道父亲正在长春为了自己的事业和姐姐的幸福而心力交瘁。终于，他盼来了姐姐结婚的喜讯和父亲即将在加拿大开设集团总部的好消息。但是他同时也了解到，父亲并不喜欢这个女婿，甚至为了这个人差点同姐姐断绝父女关系。经过姐姐拼尽全力的争取，父亲对姐姐的疼爱终究包容了他对姐夫的不满，父亲尝试着用各种理由说服自己接受那个男人，只因为他希望看到自己的女儿能够真正地幸福。

父亲出国前用自己的金钱和权力为姐姐的男人铺设了一条青云直上的坦途，他以为至少那个男人会知道感恩，尽管父亲并不求他的回报，只是一再要求他不可以辜负了姐姐的苦心。

姐姐应该是很爱很爱那个男人吧,爱到可以不顾身份地位的悬殊,爱到可以在父亲尚未接受两人的时候,为了帮那个男人还债而对一帮猥琐的禽兽奉献出自己的清白。

可是她最后又得到了什么呢?男人的事业越来越顺利,可是对她的爱却越来越少,最后甚至直接把包养的情妇带回家,根本不顾她的心碎成了多少片。

马芸芸也曾经同马世豪偷偷地哭诉,她知道自从她清白不再,那个男人就开始嫌弃她。但是她始终坚信男人对她还有感情,她费尽心思为男人怀上了骨肉,希望能以此令他回心转意。

然而结果呢?马世豪每每想到这里就心如刀绞,他一定要复仇,为了姐姐,也为了姐姐腹中尚未出生就被湮灭的小生命。

二

桥斯顿附近的"蓝色"酒吧是桥斯顿的少爷小姐们最喜欢去的地方。那里也归龙帮管辖,以前痞子强管理桥斯顿的时候,这个酒吧鱼龙混杂,他从其他学校找来一些女学生卖淫做援助交际,还兼卖摇头丸,天依早就想好好整顿一下这里,现在终于有机会了,天依直接肃清了酒吧里原痞子强的手下,并且重新规范秩序,不准学生参与不法勾当。

经过休整的蓝色酒吧在嘉惠和博雯直升桥斯顿大学部之后重新开业，而这里也成了天依，嘉惠和博雯这个"铁三角"日后常常聚会的地方。

这天为了庆祝博雯开办的电脑软件公司又创下新的销售业绩，三姐妹约好到蓝色去一醉方休。三个丫头频频碰杯，看样子每个人心情都十分不错。

"博雯，你太厉害了，高三才开的公司，这么短的时间内就能跟其他竞争对手抗衡，这个月销售业绩还居然直接拿了第一！来来来，为了表达我对你的敬佩之情，你赶紧喝下这杯酒，一点都不准剩啊！"最爱灌别人酒的自然是那个整日疯疯癫癫的嘉惠。

博雯半推半就地被嘉惠掐着脖子灌下了一满杯酒，呛得眼泪直往外冒。

天依在一旁小口饮着，满眼笑意地看着两个打打闹闹的女孩。

"咳咳……嘉惠你这个不省心的家伙！其实也不能怪我不给他们面子，只是他们的游戏开发能力实在太低下，完全不具备想象力，拿什么跟我的公司比？他们只会抄抄国外已经存在的游戏版本，最多再修改几个无伤大雅的小地方，而我们公司的游戏可都是我精心编写的，从内容到画面，从可操作性到可观赏性，哪一项在国内不是首屈一指？所以这个月拿下销售冠军并不是偶然，而是必然，呵呵。"博雯显然也很兴奋，从不自夸的她在酒精的刺激下也忍不住对自己的业绩大加赞赏起来。

"有博雯这样聪明的头脑,以后冲进世界五百强也是指日可待的事情。"一直沉默的天依这时开了口,她微微地笑着,让人不能确定这是不是一句好朋友之间调侃的笑话,但是却实实在在让博雯感觉十分受用。

只见博雯有些不好意思地推了推眼镜,镜片后那闪烁的目光在酒吧里暧昧灯光的掩护下偷偷溜向了天依的方向。如果不是因为酒后上脸,博雯恐怕又要被嘉惠笑话没事喜欢瞎脸红了。

当三个女孩正狂欢的时候,在蓝色酒吧的另一个角落坐着另一堆桥斯顿的学生。而他们的目光已经停留在这三个女孩身上良久了。

"如道,怎么样?你敢赌吗?"一个额前挑染了一缕白色头发的男生坏笑着问他对面的人。

如果说这个染发的男生已经算让人过目不忘的帅哥,那么他对面的男生则可以说拥有勾魂摄魄之貌,能令最矜持的女生都变成花痴。

马如道一左一右搂着两个十分漂亮、身材火辣的女孩,不屑地回答道,"行啊,你说怎么赌?我最喜欢赌了,越大越好。"

"看到那边坐着的三个女孩了吗?是桥斯顿最出名的'铁三角',没有一个人有男朋友,如果你能追到其中一个,我给你50万。"染发男生指了指天依等人坐的位置。

马如道扭头看了看三个女孩,问道,"随便哪个?"

"是啊,你高中不在桥斯顿上的所以不清楚,她们三个在桥斯顿可是很有名的哦。戴眼镜那个叫许博雯,相貌平平,只

会学习,是个电脑天才,自己拥有一家电脑软件公司,典型的工作狂。长得最漂亮的那个叫林嘉惠,长春市首富的女儿,阅男人无数,谁都可以追他,但是桥斯顿从来没有人追到过她。为了降低难度,我让你在这两个女人里面选,三个月内只要追到一个,我就给你五十万;要是追不到,你就倒给我五十万,怎么样? 呵呵。"

"还有一个呢?"

"如道,我这可是为你好哦。那个男人婆叫安天依,长得平心而论算还不错啦,只是从来不笑,没有哪个男人敢贸然接近她的。她身手了得,曾是全国青少年跆拳道冠军,现在是跆拳道黑带三段,不过她高二就退学并创立了天瑰堂,现在是龙帮在南关区的扛把子。怎么样,这个难度可真有点大吧? 我可不想被人说欺负新人哦,哈哈!"

马如道收起笑容端起桌上的半杯酒一饮而尽,抬眼对染发男生冷冷地说道,"那我就追最难的那个,但是赌注100万。"

三

桥斯顿图书馆,是长春市藏书最多、最全的图书馆,而那里也是天依闲暇之时必去的地方。只是每次去图书馆,她都会戴一顶韩式八角帽,用帽檐遮住脸,再关上手机,一个人静

静地享受这惬意的一两个小时。

这天天依跟往常一样成功摆脱了细毛的跟踪,也打发走了博雯和嘉惠。她用厚厚的毛呢深灰色大衣将自己包裹起来,再围上足以遮盖大半张脸的米黄色格子针织围巾,压一压八角帽的帽檐,便可放心大胆地走在桥斯顿校园里,不必为有"狗仔队"的跟踪而担心。

天依虽然高二便退学,但是她从没放弃对知识的渴求,毕竟她并不是不爱学习或者不会学习,相反她的成绩好得足以上任何一所重点高校。只是这个世界有太多的不公平,并不是所有聪明的孩子都一定可以学有所成,并不是所有懂事的孩子都一定可以拥有温暖的家庭,并不是所有努力的生命都可以永不衰老,并不是所有的命运都可以按照人们的意愿前行。

天依也曾经爱说爱笑,爱跑爱闹,可是后来她不敢,因为只有装得很凶很严肃,别人才不会轻易欺负你;天依也曾经盼望一家人可以安安静静,团团圆圆地吃一顿饭,可是后来她不再奢望,因为只要爸爸不再打妈妈,弱小的她就已经十分感恩;天依还曾经以为自己会跟其他普通的女孩子一样,按照妈妈的愿望,读书升学,毕业工作,成家生子,最后在平平淡淡中消耗掉自己最后一点青春。可是后来她才明白,有些人的命运是很久之前就被上帝刻在轮盘上不可磨灭的文字,你之所以还没看清自己的未来,是因为上帝还没揭开全部的谜底。她安天依注定不会碌碌无为、平凡地度过一生,只有走上那条不归路,才是她真正的宿命,也是上

帝安排给她最好的礼物。

天依拿着一本厚厚的书走进偌大的桥斯顿图书馆,然后照例径直走到巨大落地窗旁边的空位置坐下。窗外阳光明媚,学生们或是三五成群地走着,或是成双成对地亲昵着,这种连空气也透出单纯的环境恐怕只有学校才能拥有了。阳光洒在天依长长的睫毛上,显得她脸上唯一没用东西遮盖的眼睛更加柔软和妩媚。

"同学,你好,我可以坐在你对面吗?"一个突如其来的声音将正看着窗外发呆的天依吓了一跳,她眼中的柔软一下子转变成了反射性的紧张与敌意。

然而当看清了眼前这个说话的人后,天依居然感觉自己的心猛烈地跳动了一下。

栗色的头发微微卷曲着,看似无意散落在额前的几缕头发更加衬托出他脸部完美的曲线,整张脸直至脖颈处的白皙皮肤连女生也禁不住嫉妒;薄而棱角分明的嘴唇弯成一个优雅的弧度,鼻梁有着欧洲人的高挺却又不失亚洲人的内敛;最让人难以自拔的就是他那双深褐色的眼睛,睫毛浓密,目光深邃,仿佛你只看一眼就会忍不住中了他的魔法。

"同学,你好,请问我可以坐在你对面吗?"天依对面的男生用手在她面前挥舞了一下,重复了一遍刚才的话。

天依什么也没说,只是点点头,然后将目光收回到自己手中的书上。

"这里空调很足哦,你怎么还戴着帽子围着围巾?这样子一会儿出去是要感冒的。"男生边脱下外套边说。

天依似乎没有听见，仍旧埋头看着自己的书。

"呵呵。"男生见天依不理自己，只能略显尴尬地笑笑，他伸头看了看天依手中的书，颇有兴趣地说道，"《恶魔圣经》是一本好书！"

天依听后一愣，重新抬起头，审视着眼前的男生，问道，"你看过？"

"我只是过去由于好奇才略有了解，据说中世纪那个原版的《恶魔圣经》现在在瑞典博物馆里，书的体积大得要两个人才能搬得动。里面有些话我很喜欢，呵呵，记得在《恶魔圣经》第32章里写着：上帝暗示过，人类不可以有爱情，有爱情就代表堕落，就会被恶魔所诱惑。但上帝撒了谎，堕落后的爱情比什么都诚实，堕落后的爱情比什么都来得纯粹。因为真正美丽的东西在阳光下看不见，唯有被黑暗所包围才会闪光。"

天依略显惊讶地看着眼前的男生，这是她头一次碰到跟她一样对《恶魔圣经》着迷的人，而且从他的话语可以听出，他绝不是"略有了解"，而是颇有研究。天依不禁暗自感叹，看不出来原来在桥斯顿上学的如此帅气的富家花花公子也不全是不学无术之才。

就在天依沉思之际，对面的男生用磁性的嗓音继续说道，"我叫马如逍，如是如风的'如'，逍是逍遥的'逍'。很高兴能跟你说话，安天依。"男生在阳光的阴影里展开一个如梦如幻的微笑。

四

原本天依以为在图书馆跟马如逍的偶遇只是一次偶然的巧合，直到从那之后的每一天，自己的生活里无时无刻不存在着这样一张妖魅的面孔，她才发现原来这一切无数的巧合都成为了必然。

除了天依的公司之外，其他任何一个天依出现的地方都会有马如逍的身影。

马如逍不知道从哪里了解到天依喜欢吃日本料理，喜欢喝金汤力饮料，喜欢吃抹茶冰淇淋，从不逛街，衣服都是定做的，而且永远是黑色。

而从那天起天依每天签快递单子签到手软。

早上一进办公室门就有人送来香格里拉五星级早餐，两个小时没过就是高级制衣店来量尺寸，中午是松竹梅特服送来日本料理大餐，然后就是哈根达斯送来的抹茶冰淇淋……从头到脚，从里到外没有他想不到的，也没有他送不到的。自从有了马如逍的日子，天依的车后备箱里堆满了各种各样的快递包裹，而在饭店、咖啡店……无论任何地方，天依都会巧合地碰到那张几天来熟悉得不能再熟悉的脸，马如逍做到了让天依在任何生活的缝隙里都能感觉到他的存在。天依要是一个人单独行动，他就会出其不意地为她制造一点小浪漫和

小惊喜。不是走路时身边手拿气球的玩偶派单员突然一下子变成了马如逍,就是公司的楼下忽然莫名其妙地站着十个拿着吉他的歌手站成一排地唱着《喜欢你》。

然而并不要认为马如逍这样是死缠烂打,因为他只会在天依并没有表现出厌烦的程度范围内,适时说一些嘘寒问暖的话;一旦天依有事要忙,或者稍微表现出一点不耐烦,马如逍马上就会识趣地离开。

毫不夸张地说,马如逍是天依长这么大以来碰到的第一个明目张胆对她表现出爱恋并展开疯狂追求的男生。虽然以前她也拥有很多粉丝,但那些男生最多是把她当成男人和大哥一样来崇拜,试问有谁会喜欢一个像男人一样冷酷倔强的女孩呢?

尽管天依打心底里抵触男人,更不会去想怎样嫉妒嘉惠拥有那么多的追求者,但是她毕竟也是一个女生,心里也埋藏着一根最细、最敏感的弦,无论上面覆盖的灰尘再多,一旦有人轻轻吹开,并精心拨弄,那最原始的满足感和虚荣感还是照样会油然而生。

马如逍这个神秘的男生便是那个拨动她心弦的人。先不考虑天依是否对他有好感,单说能追女生追到如此细心的地步,也足以让天依十分温暖。

马如逍每天黄昏都会站在桃园路的路口捧着一大束白玫瑰等待天依的归来,他并不多说什么,只是淡然地笑笑,纯洁得像个天使,然后将白玫瑰递给朝他走来的面无表情的女孩,暖暖地叫着她的名字,"天依……"

恋爱究竟是什么天依并不知道，只是按理说以天依的性格早就把马如逍赶跑了，但偏偏这次天依似乎对这个人的一举一动并不那么讨厌。最初几次天依并不接纳马如逍的玫瑰，只是无视地跟他擦肩而过。时间久了，她偶尔也会收下一两次，再后来竟然变成了一种经过路口时习惯性的期盼。

每个周末天依都会去桥斯顿跆拳道观去练习跆拳道，这天她照例换上道服，系上黑带后，教练告诉她今天安排一个高手跟她实战，天依很纳闷，不知道这个道馆里还有谁足以跟她抗衡。而待对方出现在擂台上时，只见天依惊得张大了嘴巴，"怎么是你？"

"我来给你当草靶啊，呵呵，我知道你喜欢练跆拳道，只能说我们志同道合咯，还请依哥手下留情啊。"马如逍半开玩笑着说道。

"贫嘴。"天依小声嘟嚷了一句便气势汹汹地冲了上去。

天依原以为马如逍不过是像其他公子哥一样，一时兴起参加过一些跆拳道培训班，然后花钱买了条黑带，可是真正过招时，她才知道自己错了，马如逍的功夫并不在她之下。两人势均力敌，互不相让，天依以往跟练习实战的对手过招时，都不会动真功夫，因为她只要意思一下就足以击败对方，可是这次她不知不觉使尽了浑身解数，也仍旧只能和马如逍打个平手，而且她可以感觉到，马如逍并没有出全力。

就在天依体力不支，快要败下阵来的时候，马如逍喊了

暂停。

"教练,今天先这样吧,我不行了,她真是太厉害了,女中豪杰,我甘拜下风。"

"干什么停下来,还没分出胜负呢!"天依虽然知道马如道其实是在帮她,但是强烈的自尊心令她不得不要求公正。

"你们这哪是在练习啊,整个就是一场专业比赛嘛。我看今天先这样吧,你们都好好休息下,下个星期再来比一场吧。"教练的一席话,正中两人的下怀。

"天依,下个星期不见不散哦!"马如道一边擦汗,一边不忘嬉笑着跟天依再次强调下周之约。

天依看了他一眼,不置可否,径直向更衣室走去,在她转身的瞬间,一抹微笑晕开在她的嘴角。

马如道和安天依之间的暧昧并不是就能这样一帆风顺地发展下去,至少当观察同样敏锐的厉杰发现了情敌马如道的存在后,便为这段还没开始的感情添加了一些小插曲。

"天依,那个马如道不是什么好人,你要当心。"厉杰为了天依而留在了龙帮,两人经常因为龙帮的事情见面,他这次坐在天依的办公室里谈完正事,便继续对天依说出自己的关心和担心。

"他是不是好人关我什么事?"天依冷冷地看着窗外,头也不偏地说道。

"天依,我只是怕你被他骗了。我经常看到他出入一些酒

吧、夜总会，身边的女人也是换了一拨又一拨，看得出来他很有钱，也很爱玩女人，天依，你……"

"够了，别说了，四虎哥，你凭什么去调查人家？我说了这个人跟我没关系，你不要再把我当成小孩子来管教了好吗？"天依的语气突然变得很激动和严厉，她猛地盯住厉杰，有些生气地说道。

厉杰张了张嘴并没有继续说什么，天依很少跟他这样说话，以他对天依的了解，他很清楚天依这会儿是真的生气了，因为她相信了自己刚才所说的话。

天依知道厉杰是为她好，四虎哥从小到大对她的关心从来都是单纯而不求回报的，可是她十分羞于承认自己竟然真的会对一个纨绔子弟抱有纯真的幻想，自己竟然真的以为这就是传说中的爱情，自己竟然真的有点喜欢上了被人追逐的感觉并乐此不疲。这还是安天依吗？还是那个视男人如草芥，从不为谁动心的安天依吗？

同时她也为自己的愚蠢感到好笑，马如道从来没有说过喜欢自己吧，他也从来没有说过自己很专一并且守身如玉吧，这一切的一切都是自己的幻想而已，她也许真的应该以此为耻。

而此时此刻她所能做的，就是找回差点迷失了的安天依，然后以对待一切坏男人的方式来处决那个花心的太子党，她将不再对任何缥渺的东西产生幻想，也可能是任何缥渺的东西一碰到她，都会变得无比现实。

五

　　"蓝色"酒吧里灯光迷幻,人影摇曳,角落的座位里两个帅哥身边围绕着四个美女正相谈甚欢。

　　"如逍,怎么样,这眼看着时间可快到了啊,已经两个多月了,你那边进展如何啊?"刘海中藏着一缕若隐若现白色的男生问道。

　　"本来快成了,但是最近不知道怎么了,她突然开始变得很暴躁,而且特别讨厌我似的。最纳闷的是这种态度转变得极其出人意料,我想了很久也不知道是自己哪里做错了。"马如逍有些郁闷地喝了一口酒。

　　"哈哈,早跟你说了,安天依是个极品啊,那朵野玫瑰满身都是刺,一般人可没这个胆量去摘。不过看来连你这个顶级帅哥也要失败了哦,我看你还是省点力气,反正也没几天了,不如直接把一百万打给我吧,哈哈。"染发男生得意地笑道。

　　"急什么? 谁说我一定会输了? 我还有杀手锏没出呢,一定让你输得心服口服! 我马如逍可从小就不知道'输'字怎么写!"马如逍边说边搂过一旁的美女,在她脸上狠狠地亲了一口。

　　自从知道了马如逍的"真面目"之后,天依再也不想搭理

他。如果看到他又出现在自己视线范围之内，天依就叫手下去把他赶走，如果他再捧着白玫瑰在桃园路的路口等自己，天依会接过花斩钉截铁地扔掉。只是她从没有想过要真的去教训一下这个男生，毕竟在整件事情中，自己也有感情用事的地方。

马如逍彻彻底底地从天依的视线里消失了一个星期，原本天依以为自己可以重新回到以往平静的生活里，可是她没想到在某个月明星稀的夜晚，自己再次和马如逍纠结在了一起。

这天天依回家有些晚，她还没有进入桃园路之前需要先经过一段没有路灯的胡同，这段路天依从小到大不知道走过多少回了，偏偏在这晚碰上了仇家。

"安天依，你可让兄弟们好等啊！"只片刻的功夫，原本空无一人的街道便蹿出了几十个人高马大的中年男子。他们个个都带着CS里面土匪专用的那种头套，每个人手里都晃着一把寒光闪闪的片刀。

自从天依入了黑道以来，她就无时无刻不准备着某一天会被仇家堵截，因为龙帮势力大，就意味着仇敌众多，风光和风险从来都是并存的。而恰巧这次她偏偏是一个人，而且手无寸铁，打电话叫援助是来不及了，边打边撤，寻找时机能全身而退才是王道。于是天依二话不说解开外套的扣子，右脚后移，举起双拳，摆开一个攻击的姿势，随时准备开打。她也顾不得问对方是哪门哪派的了，反正结果都是一样。

"你今天也不用挣扎了，放心我们不会要你的小命，你就

乖乖地让哥几个砍条胳膊、剁条腿,好回去交差就行了!"几十个人的包围圈越缩越小,天依眼看就快要被淹没在人群里。

就在天依即将出飞腿的时刻,只听得身后一片鬼哭狼嚎,有个人影杀开一条血路从她后方冲进了这个包围圈。

"天依,打架这么好玩的事情怎么可以少了我啊!"

天依定睛一看,居然是马如逍,他将那伙人打趴下了四五个,一路冲进来和自己背靠背站立着,右手上还拿着一大把白玫瑰。

"你不想找死,就趁现在赶紧离开。"天依攥着拳头随时保持警戒姿态,偏了偏头对身后的马如逍说道。

"呵呵,天依,我想走啊,可是好像已经来不及了哦。"马如逍依旧保持着半开玩笑的轻松语气,弄得天依不知道该哭还是该笑。

"走?你们今天一个也别想离开这里!"为首的蒙面汉大喝一声,带领众人冲了上去。

"天依,玫瑰花!"说着马如逍把花递给天依。

"谁要你的玫瑰花!"天依用肘部挡回。

"哦!那开打了啊,一会咱们比比谁打趴下的人多,少的那个人要受惩罚哦!"马如逍俊美的面庞逐渐模糊在夜色里,只见他右手使劲一挥,霎时间 99 朵白玫瑰如天女散花般在街道上空铺散开来,洁白的花瓣和片刀森冷的光芒交相辉映,如梦如幻。

在这月光如泻的夜晚,在这幽深空洞的街道,两个人影交叉如梭,在一片黑压压的人群中来回穿行,如入无人之境。

天依先是一记腾空飞膝,撞飞了一个混混,然后施展空手入白刃的擒拿功夫,夺下了另一人的片刀,顺势卸下了他的臂膀,脚下不停,连环三腿,又扫倒了三名混混,这波连环攻势如长江三叠浪,一记比一记凶猛,合围的人群立刻被打开了一个缺口!

和天依的技巧性攻击不同,马如逍身高腿长,他左右两记重拳同时轰击在距离他最近的混混的太阳穴上,在他们还没倒下之前,马如逍的身形又已经如鬼魅般地移动到另外两人面前,同样刚猛的两记旋风飞腿轰击,这两人便不约而同地闷声倒下……拳打脚踢间,他就如同重型推土机一样碾压着前面的人群,所到之处,人仰马翻!

半个小时过后,原本密匝匝的人群逐一倒下,而只有两个身影仍旧站立在街道中央,任凭月光在地上投下一长一短的两个黑影。

马如逍放松了身体,然后向上举起了一只手臂,笑意盎然地看着身旁的天依。天依想了片刻,最后还是忍不住兴奋地跳起来击中了马如逍高举的掌心。两个胜利的人由衷地相视而笑。

马如逍这时突然想起了什么,对天依神秘地说道,"咱们一起说啊!"天依点点头。

"19!"

"20!"

两人同时说出了一个数字,马如逍一边喘气,一边得意地说道,"我赢了哦,哈哈,天依你要受罚!"

天依双手扶住膝盖,汗水顺着下巴滴落,她偏头看着那个像孩子一样开心笑着的男子,无奈地问道,"罚什么?"

"罚你做我的女朋友!"马如逍目光坚定,看似轻松地说出一句早已准备多时的话语,笑容魅惑得像月夜里的精灵。

第十六章
祸 不 单 行

一

这算谈恋爱了吗？

安天依不止一次地在心底问自己这个问题，在这之前她完全没有任何恋爱经历，每每看到嘉惠在她身边发花痴，她开始总是感到不屑和无奈，而当自己真的经历其中时，才发现爱情原来是理智的漩涡，是冷静的天敌。最惨的是她现在完全不知道要找谁去分享这种心情，她安天依居然想谈恋爱了，这无论如何都羞于启齿。

那夜碎了满地的白玫瑰，那夜自己背后男子摄人心魄的微笑，那夜两人心有灵犀的击掌……无不深深震撼着这个自我封闭了太久的女孩。自己是不是有点喜欢他呢？可是他又喜欢自己什么呢？桃园路的混混头领真的可以跟上层社会的太子党谈恋爱吗？……

自从那晚马如逍的"舍身相救"之后，天依每天都在这些类似的问题之间徘徊。她心底曾以为并不存在的爱情之火，正以星星点点的火种，呈现逐渐燎原之势。

然而就在天依真的为这个男子有些动心的时候，他却莫名其妙地消失了。不再出现在桥斯顿图书馆，蓝色酒吧，跆拳道馆，桃园路口……马如逍仿佛整个人蒸发在了空气中，没有留下一丝痕迹。

　　天依是打死也不会对别人诉说自己内心的纠结的,从丝
丝甜蜜到点点苦涩,从惴惴盼望到渐渐失望,谁能知道在短短
的几天内她的内心发生了怎样翻天覆地的变化? 从旁人的角
度来看,她只是一段时间心情很好,连走路都忍不住嘴角上
仰;而另一段时间心情很糟糕,如果手下做事稍有差池,肯定
免不了被她一顿臭骂。

　　没人知道马如道去了哪里,也没人知道天依心里经过了
冰火几重天的挣扎。

　　就在天依倍感心烦意乱的时候,天妈的病情也突然加
重了。

　　某天的傍晚时分,天依拖着疲惫的身躯回到家,却发现了
昏倒在地上的天妈,她的下巴,脸颊以及胸前都沾满了鲜血,
吓得天依连拨打电话叫车都拨错了三次。

　　医生说化疗和药物都已经不能控制癌细胞在天妈体内肆
意扩散,当务之急应尽快安排手术,虽然无力回天,但也许可
以为天妈多争取一些时间。

　　现在钱对天依来说不再是个难题,她当即恳请医生用尽
一切办法来救她母亲的性命。因天妈身体太过虚弱,手术定
在两周后进行,所以这段时间内天依需要安抚天妈的心情,并
尽量将她的身体状况调整到最好。

　　天妈就是天依的一切,即便是对她恩重如山、足以让她涌
泉相报的聂风而言,也只是因为天依为了保护母亲而自己甘
愿放弃一切去做这个黑道老大的奴仆而已。如果天妈不在
了,她将失去整片天空,什么江湖,什么恩怨,对这个总是以坚

强示人的女子来说,不过都是天空下的某处风景而已,终将烟消云散。

　　手术前的日子里,天依放下所有天瑰堂的事务,全权交由细毛打理,自己则专门悉心照料天妈的饮食起居。她觉得自己自从加入龙帮后,忙了很多,陪母亲的时间越来越少了,这都是她亏欠母亲的,她一定要加倍偿还。即便是嘉惠和博雯也只能在医院里找到她,更顾不上马如逍给她留下的空白,一心希望母亲的手术能够顺利地进行。

　　每天天依都变着法地逗母亲开心,天依嫌病房里没有颜色,所以在母亲的病房里摆满了万年红和夜来香。每天都亲自照着癌症病人的菜谱换着样地给母亲做营养餐,每天给母亲读报、讲故事,和母亲唱她最喜欢的歌。每每看到母亲快乐的微笑时,其实天依的心有说不出的痛,那痛扭结在一起让她身心疲惫。

　　本来厉杰同天妈就情同母子,加之他眼看着天依每日每夜地因照顾天妈而日渐消瘦,心里更是心疼得无以复加。因此他无论多忙,仍旧每天都会抽一两个小时去医院看天依,如果天依不愿意说话,那么他就安静地靠在离天依不远处的树上,默默地凝视那个坐在长椅上发呆的女孩。如果天依忘记吃饭,那么他就一定要亲自去买天依最喜欢吃的三文鱼籽寿司,然后配上一罐她最爱喝的金汤力水送到她手上。如果天依累得在凳子上打盹,那么他就会为她轻轻地盖上毛毯,然后看着她俊美的脸庞露出一个傻傻的微笑。

　　很多人都说他们两个很像,一样武艺超群,一样俊美非

凡,一样冷若冰霜。其实只有他们自己知道,他们最像的是思考问题的方式——他们只会伤害自己,而不愿伤害别人。无论内心承受着多大的伤害,他们也只会任凭自己一个人一口口吞噬掉这些血痂。

所以,其实天依和厉杰从小到大都不需要过多的言语交流,只是一个眼神,他便知道她有多伤。

二

厉杰对天依无微不至的照顾却也令另外一个人嫉妒到发狂。美丽自信的嘉惠从来不怀疑厉杰其实是有一点点喜欢自己的。不然为什么他会代替天依陪自己逛街,吃饭? 不然为什么情人节他会送给自己一大束玫瑰? 不然为什么他总是会当着自己的面把自己送他的巧克力吃得干干净净? 可是嘉惠也知道厉杰喜欢天依,只是她从不去比较厉杰对自己和天依的喜爱孰轻孰重,她也从不去分辨厉杰对自己做出的这些行为是不是自愿,她只想一厢情愿地把这一切看作一种对自己感情的默认,和一个公平竞争的机会。

嘉惠不愿意去想,也不愿意承认——其实厉杰这么做,只是因为天依倚仗厉杰对自己的疼爱而要求他不准伤嘉惠的心,而厉杰又是一个永远也无法拒绝天依所有要求的男人。他是喜欢我的,嘉惠常常这么对自己说,她的自尊心告诉自

己,世界上没有哪个男人会抵挡住如此完美的自己。

这天是嘉惠的生日,她借口想约厉杰出去看电影,希望到时候再告诉他自己今天过生日,谁料厉杰极力推脱说自己有事,无论嘉惠怎么哀求都无济于事。刚好博雯又约嘉惠一同去医院看望天依和天妈,她只能暂且将这次约会作罢。

谁知嘉惠和博雯刚走到天妈的病房门口,便看到厉杰正微笑着端了一份三文鱼籽寿司的外卖递给天依,天依接过便当盒,坐到病房门口的塑料排椅上大口吃了起来。厉杰低头看着吃得正香的天依,嘴角不禁露出温暖的微笑。

厉杰是在笑吗?没错,他是在笑!这个微笑的表情曾经令嘉惠魂牵梦萦,而现在却令她愤怒至极。厉杰从来没有在她面前笑过,从来没有。他永远都是那种冷冰冰的表情,加上恭敬得令人感觉可怕的语气,让嘉惠永远都无法靠近。

嘉惠刚才使尽了浑身解数也不能打动这个男人陪自己看一场电影,他执意推脱说有事抽不开身,却在这里给天依送外卖,盯着她吃饭,还笑得像一个傻瓜?

纵使嘉惠有一万个不应该在医院发小姐脾气的理由,但此刻都已经被她的妒火燃烧得一个不留。

"啪!"的一声脆响,整条走廊都仿佛安静了下来。嘉惠挣脱开博雯拉住她的手,径直走到厉杰的面前,给了他一巴掌。

"你不是说你有事吗?有事你在这里给她送三文鱼籽寿司?我那么求你,你都不出来,你居然在这里看她吃饭?今天是我生日啊,你知道吗?今天是我林嘉惠的二十岁生日,我只想跟你一起过而已,你知道吗?你知道吗……呜呜……"嘉惠

的声音越来越小,直到最后她倚着墙角蹲下伤心地哭了起来。

天依放下手中的饭盒,和博雯一起将嘉惠扶到楼梯间,毕竟刚才在天妈病房外的走廊里根本不是谈论这种事情的地方。厉杰被突然冲出来的嘉惠打得有些愣神,他只是有些恍惚地跟着三个女孩走进了楼梯间。

"四虎哥,你跟过来干吗? 你不是有事吗,有事就先走吧。"天依想把厉杰赶走,以免再刺激到嘉惠。

"你干嘛赶他走? 连你也不希望看到我们在一起嘛,天依? 你是不是也喜欢他? 喜欢你就说出来啊,我们公平竞争!"嘉惠边哭边拉住厉杰的衣角不让他离开。

天依一下子被嘉惠问得不知道如何回答,她绝对是不能说不喜欢厉杰的,两人这么多年的感情自然都是建立在对彼此的好感之上,可是这种喜欢又是哪种喜欢呢?

"嘉惠,你别说了,天依只是怕你看到厉杰太激动,你不要这么偏激。"博雯也开口安抚嘉惠道。

"是是,就我一个人不正常,最低劣,你们都是伟大的人,都愿意为了爱情牺牲自己,可是你们真的开心吗? 并不是看着喜欢的人幸福,自己就会幸福,而是当这种幸福是你为他创造的时候才会幸福啊! 博雯,你永远都隐瞒自己的感情,以为这样就足够安全,可是你敢说你的心里不痛、不嫉妒吗? 你心爱的安天依在跟别的男人卿卿我我,你敢说你不吃醋、不难过吗?"已经被愤怒和嫉妒冲昏了头脑的嘉惠此时已经语无伦次,居然把博雯也牵扯进来,还说出了她一直苦守着的秘密。

狭小的楼梯间里空气顿时凝固了,有人因为惊诧而说不

出话,有人因为尴尬而沉默不语,还有人因为一时激动失言而不知道应该道歉还是掩饰。

"我还有事,我先走了。"脸颊涨得通红的博雯推了推黑框眼镜,穿过众人之间头也不回地冲了出去。

楼梯间的木门被推得来回晃动,剩下的三个人面面相觑,整个世界仿佛只剩下呼吸的声音。

三

"林嘉惠,你闹够了吗?"天依饱含愤怒的声音打破了楼梯间短暂却难熬的瞬间。

"天依,我……我不是故意……"满眼泪水的嘉惠扑闪着黑而浓密的睫毛,一脸的不知所措。

"我妈要做手术了,你知道吗?"天依将目光直直地投向嘉惠,吓得嘉惠一个激灵,因为她从来没有见过天依如此严肃的表情。

"我……我知道。"嘉惠不敢同天依对视,而是局促地低下了头。

"知道你还跑到医院来闹? 这次手术对我妈有多重要你知道吗? 如果不成功,她就……她就……"天依大睁着双眼,边说边向嘉惠靠近,直把她逼到了墙角,最后天依一拳重重地打在了嘉惠身后的墙壁上,顿时手指关节的位置都被鲜血

染红。

"天依,你别生气,我错了,你的手疼吗？快给我看看……"

嘉惠想看看天依的伤势,天依却一把将手抽回,说道。"你现在赶紧给我离开这里,我妈动手术之前都不许你再出现在医院!"

嘉惠紧咬着下嘴唇,睫毛微微抖动又随之掉落了几颗豆大的泪珠,终于她什么也没说,而是直接夺门而去。

"天依,你是不是说得太过分了?"一直站在一旁没有出声的厉杰表情复杂地对天依说道。

天依用一只手捂住额头,略显焦躁地在狭小的楼梯间来回走了几步,然后深深吸了一口气,对厉杰说道:"我也不知道我是怎么了,可能因为实在太担心我妈的病情了……四虎哥,你能帮我去看下嘉惠吗？那个丫头不像博雯那样令人放心,一疯起来还不知道会做出什么事情来。"

厉杰拍拍天依的肩膀点了点头,然后大步追了出去。

厉杰追到住院部大楼外面时,看到嘉惠正一个人坐在医院草坪的长椅上,双手抱膝,埋头痛哭。

他默默地走到嘉惠的身边坐下,微微偏头看着这个平日里蛮横无理、疯疯癫癫的大小姐,此刻正哭得像个做错事情被大人训斥后的小孩,全然不见了刻薄与骄傲,仿佛被剥落了甲壳的贝壳,只剩下柔软的真相。

厉杰觉得眼前的林嘉惠是个他从未曾见过的林嘉惠,原来除去了一切光环与伪装,她不过也就是个需要人呵护与爱

怜的普通女孩。厉杰忽然有些情不自禁地想伸手去揽住嘉惠颤抖如风中树叶的肩膀,可手刚伸到半空中,便被猛地抬起头的嘉惠发现了。

满脸泪水的嘉惠显然也对厉杰的动作感到惊讶,然而在停顿了一两秒之后,嘉惠便果断地直接扑进了厉杰的怀抱,继续大哭起来。

厉杰有些无奈地笑笑,缓缓地将举起的手臂放在了嘉惠的背上,轻轻拍着。

嘉惠紧紧抱住厉杰,泪水直接浸湿了厉杰胸前的衣襟,他感觉有些凉凉的,他在想这个抱着自己的女孩心里到底充满了多么浓重的悲伤?

"阿杰,我好喜欢你,你知道吗? 我真的好喜欢你。"嘉惠用浓浓的鼻音再一次表达着对厉杰的爱意。

"我知道,只是我……"

"我知道你喜欢天依,可是谁都看得出来天依对你只是兄妹之情,她从来没有朝别的方向想过,你为什么就不能给我一个机会呢? 你要是对我有哪里不满意的,你可以告诉我啊,我可以像天依一样去把头发剪短,我可以去学跆拳道,如果你希望,我甚至也可以加入龙帮……"

"你一个堂堂恒基财团的千金怎么可以去加入黑道? 你的未来是多少人都望尘莫及的,你怎么可以为了我这样一个不学无术的混混毁掉自己的前途? 我绝对不允许你这样做,你听到没有?"

厉杰有些激动地抓住嘉惠的双肩来回摇晃着,他面对这

个为了爱情固执而倔强的女孩,一时间感觉有些诚惶诚恐,自己真的值得如此去爱吗?

嘉惠和厉杰面对面站着,她用那双美丽的大眼睛看了近在咫尺的男子片刻,突然踮起脚尖,扬起下巴,双手扶住男子强壮的臂膀,用自己娇艳欲滴的双唇封在了男子坚毅的唇上。

厉杰惊得松开了嘉惠的肩膀,可是却被嘉惠越抓越紧。他嗅到了少女独有的芬芳,甘之如饴,又仿佛散发着迷香的醇酒令人禁不住越陷越深。

嘉惠紧闭着双眼,但是舌头却巧妙地敲开厉杰的齿关,努力寻找到另一条小蛇,并与之忘我地纠缠。

一阵酥麻的感觉顿时传遍了厉杰的全身,他原本已经离开了嘉惠的双手又悄悄落回了她的肩上。

嘉惠用舌尖和厉杰痴缠了良久,这才睁开双眼,慢慢让脚跟落回到原地。少女特有的娇羞让嘉惠白皙的脸颊晕开两片红云,她含情脉脉地望着已经呆在原地的厉杰,说道,"阿杰,我不介意你的心里还装着天依,可是你可以开始试着接受我吗?"

厉杰看着眼前这个褪去了所有光芒,以最原始、最纯真的眼神望着自己的女孩,他听到自己心底的某根弦被拨动了,叮咚作响。

厉杰微微笑着,爱怜地摸了一下嘉惠的头发,嘉惠则有些欣喜若狂地再次扑进厉杰的怀抱,尽管她脸上还挂着几滴闪烁的泪珠。

这些温馨的画面在午后的阳光下显得格外动人,也全部

看在了某个正站在住院部走廊里一直注视了他们很久的人的眼里。

四

与世无争的日子一直是天依向往的。守着妈妈，给她讲自己碰到的趣事，喂她吃自己亲手炖的鸡汤，看着她坚强的微笑，那么这个世上的一切苦痛都显得不再那么难熬。

天妈美凤由于长期的化疗，原本那头乌黑美丽的秀发早就变成了一顶灰色的毛线帽子。帽子是天妈闲暇之时自己编织的，天依总说要给她买各种各样好看的假发，可是天妈只是摇头。假发再美，却终究不能跟自己发生关联，那是不属于她身体的东西。

天妈最近经常问起厉杰。"天依！你和厉杰从小一起长大，彼此都那么了解对方，你们是不是也……"天妈对这对青梅竹马的两个人从小就看好。

"妈，您说哪去了，我和厉杰从小就以兄弟相待，我一直都把厉杰看作自己的亲哥哥。"

"哎！厉杰是个好孩子啊，谁嫁给他都会幸福一辈子。"说到这美凤抬起头看向远方的天空，万里无云。

天依明白母亲的意思，从小母亲就夸厉杰好，但她只把厉杰看作哥哥，更何况现在厉杰想必也有了自己的幸福。

天妈也会问天依,嘉惠呢,博雯呢?天依只能回答,他们在忙,现在真的太忙了,每个人都忙得不可开交,说着说着天依就会借口走出房去。因为她只怕泪水忍不住又要夺眶而出,因为她无法告诉天妈是自己不让他们来医院,再多的苦痛她只愿自己一肩承担,她不愿意阻碍别人的幸福。

妈妈的理解与支持是天依在这个世上最后的宝藏,她是个多么坚强的女人,在自己顽强与病魔抗争的同时,还要做好女儿坚强的后盾。天妈常常跟天依讲,如果自己在这个世上还剩一秒的生命,那么也要跟女儿共同度过,因为只有这样才是对她最有意义的经历。

做手术的前一天,天妈仿佛精神特别好,她一定要天依用轮椅推着自己去医院的草坪上看夕阳。

“天依啊,你看夕阳多美,我真想一直这样看下去。”天妈握住天依的手,眼睛盯着被晚霞铺满的天边,喃喃地说道。

“等你病好了,我天天陪你看!就像以前我每天骑车去接你下班一样!”天依侧身坐在草坪上,将头枕在天妈的膝盖上。

“傻孩子,妈妈的病恐怕好不了啦。”

“我不许你这样说!”天依倔强地将头从天妈的膝盖上抬起,当看到天妈苍老而憔悴的面庞,她鼻子一酸,差点掉下泪来。

“好了好了,不说不说。”天妈爱怜地摸了摸天依的头,天依这才重新将头又搁在了天妈的膝盖上,“天依啊,你从小就没有过过什么好日子,妈妈心里一直觉得很对不起你。其实妈妈早知道你并不是去什么酒店当保安主管,也知道你难,你

是被逼无奈,所以妈妈从来不说穿。如果以后妈妈不在……
哦不是,如果以后你肩上不再扛着妈妈这么个大包袱了,你要
答应妈妈,一定要尽量放开去做你自己想做的事情,只要你能
生活得开心快乐,那么妈妈不管在哪里都会为你高兴的。"

"妈,你不是包袱,你不是包袱,你是天依的天空啊,天依
永远是你可以依靠的山,什么叫你不管在哪里?你哪里都不
许去,只许呆在我的身边!"天依紧紧抱住妈妈的双腿,不争气
的眼泪再次顺着脸颊滑落,只是她强忍住不转过头,生怕被妈
妈看见。

"傻孩子,妈妈总有一天是要离开你的,你答应妈妈,你以
后一定要幸福。"

天依仍旧将脸贴住妈妈的双腿,狠狠地点了点头。

天妈轻抚天依的头发,微笑着说道,"天依啊,再给妈妈唱
一次《夜来香》吧……"

天依擦去脸上的泪水,又清了清哽咽的嗓子,便唱起了妈
妈最爱的歌曲,"那南风吹来清凉,那夜莺啼声细唱,月下的花
儿都入梦,只有那夜来香吐露着芬芳……"

当手术室的灯熄灭,医生走出来对天依说抱歉的时候,所
有站在天依身后的人都紧张地注视着她的一举一动。嘉惠一
手捂住嘴巴,另一手紧紧拽住厉杰的衣角,厉杰则忙着拦住想
冲上前去质问医生的细毛。而悄悄站在离众人不远处的博
雯,表面只是轻推了一下黑框眼镜,心里却十分纠结自己是否
应该上前安抚天依。

天依在众人惊诧的目光中镇静地走进了手术室,她轻轻将盖在天妈脸上的白布揭了下来,似乎生怕吵醒了"睡着的"天妈。

天依轻柔地抚摸着天妈消瘦而布满皱纹的脸颊,然后伏在天妈的耳边说了几句悄悄话,接着又拉起天妈枯瘦的手掌贴在自己的脸上,再次唱起了那首《夜来香》。

> 我爱这夜色茫茫,
>
> 也爱这夜莺歌唱,
>
> 更爱那花一般的梦,
>
> 拥抱着夜来香,
>
> 闻这夜来香。
>
> 夜来香,我为你歌唱,
>
> 夜来香,我为你思量,
>
> 啊啊,我为你歌唱,
>
> 我为你思量。
>
> 夜来香,夜来香,夜来香,
>
> 我为你歌唱,
>
> 我为你思量,
>
> 夜来香,夜来香,夜来香……

天依分明看到一滴泪珠在天妈脸上划出美丽的弧线,最后挂在天妈的腮边犹如晶莹剔透的水晶,而一抹微笑同时在天妈嘴边升起——她不难过,她很幸福。

五

人在江湖,身不由己。

这是安天依加入黑道之后学会的第一句话。

树欲静而风不止。

这是安天依多年来一直努力却仍未得到改善的状况写实。

她只是在努力做好自己,做好聂风吩咐给她的每一件事而已,可是她不知道当你把一件事情做得太好,也会招致意料之外的麻烦。

小地主被聂风以勾结外敌,私通大嫂的罪名处以了家法,痞子强虽然接管了朝阳区,但因此人本身为人有问题加上在朝阳区初来乍到,地位及势力都完全不及小地主,更重要的是聂风手下最叱咤风云的厉杰居然为了一个女人而放弃脱离龙帮的想法……这一切事实都不得不让安天依这颗长春市黑道的明日之星霎时间大放异彩。

由于天依的人品口碑好,再经过细毛这名得力干将对天瑰堂的管理,让越来越多的不光是南关区的混混们都纷纷投奔到这个从桃园路起家的帮派之下。天依尚未来得及从母亲死去的悲痛中缓过劲来,就匆匆被人推向了她人生中的一个新高度。这个高度不光她自己始料未及,就连聂风都感到有

些意外。

　　整条桃园路都为出了安天依这么一位女中豪杰而欢呼雀跃，原本略显闲散的桃园路也更加团结紧密地围绕在天瑰堂的领导之下。天依的手下队伍越来越壮大，从过去的五十八人到天瑰堂的五百人，到收复桃园路后再扩张到现在的二万多人，相当两个师的兵力，是剩下几个区的总和，这不能不说令各方人士都开始感到惶惶不安。下至个体私营老板，上到大型宾馆酒店董事，越来越多的人开始努力巴结龙帮的势力。一些中小型规模的商贩、企业都想尽办法讨好龙帮的大小头目，但对于同是龙帮分区老大的痞子强来说，大家对他的态度就明显不如对天依来得谄媚恭敬。毕竟以天依现在在长春市的影响力来说，除聂风之外，有能力翻手为云、覆手为雨的也就只有她了。一些大型企业更是一改往日观望的态度而大肆向龙帮靠拢。以前一些政客、大商豪等没把聂风放在眼里的人，现在也都在龙帮拉拢了桃园路，并彻底统一长春市后，为求自己的生意经营能够得到龙帮的庇护而频繁向龙帮示好，对安天依更是敬佩与尊重。

　　聂风这步棋真的没有走错，安天依确实是他的福将。安天依带给龙帮的繁荣昌盛，甚至可以说赶超了聂风十年的努力，连他也不得不暗自佩服安天依。但是树大招风，人太出色就会惹来麻烦，现在的安天依不比从前，一人之下万人之上，又为人仗义，行事重情，这逐渐令她在长春市受拥戴的程度有胜过聂风的趋势，还有最重要的一点是，天妈的去世令聂风对自己是否还能控制住安天依感到无比的怀疑，他从来不做没

有把握的生意,这次他感受到了强大的危机感,不得不重新审视安天依这个慢慢强大起来的威胁力量。

天妈死后,天依在比较长的一段时间内都沉浸在痛苦中无法自拔,她无心处理天瑰堂和龙帮的一切事务,当然她更无从去留意自己已经不知不觉走到了水深火热的边缘。

聂家大宅仍旧富丽堂皇,却也永远透出一股令人望而生畏的寒气。那里拥有着世界顶级的设备与装潢,却又缺少一种让人踏实温暖的感觉。也许房子也会跟其主人保持同一种气质吧,华丽的外表之下,谁会知道隐藏着的是一颗冰冷的心呢?

一个一头黄毛的猥琐青年被管家带着上了别墅二楼的露天阳台,只见儒雅的主人正气定神闲地靠在躺椅上享受阳光。

"风哥,我来了,没吵着您休息吧。"猥琐青年的招呼听起来谄媚做作。

"哦,痞子强,你来了啊,坐坐坐。"聂风从躺椅上坐起身,吩咐佣人端来一杯咖啡。

"谢谢风哥。"痞子强笑的时候,会把整张脸的皮都调动起来,挤出深深浅浅的沟壑。

"阿强啊,你接手朝阳区这么久了,我都没有好好关心过你一下,你可不要怪大哥不管你啊。我知道当初叫你接小地主的位置,你肚子里是有气的,但是我也跟你说过,安天依当初统一了桃园路这个难搞的黑色地带,我让她当了南关区的老大对我们龙帮来说是有百利而无一害的。至于你,我可是

一直很看好你的哦。阿强,尽管一开始你不熟悉朝阳区的运作,会碰到很多麻烦,但是看看现在,你不是很快就把朝阳区的黑道整理得服服帖帖了吗?我一直相信我是绝对不会看错人的,呵呵……"

"风哥,您太抬举我痞子强了,这都是我分内的事情嘛,只有龙帮好了,我才能好啊。再说,我哪能对您有气呢?您的决策一向都是最正确的,安天依她确实比我适合管理南关区,而且她也很有能力,连您的左右手杰哥不都对她千依百顺吗?嘿嘿……"痞子强不无酸意地说道。

"呵呵。阿强,这也是我今天找你来的原因。实话告诉你吧,安天依跟阿杰很早之前就认识了,而且感情很好。我不否认当初我让安天依加入龙帮有一部分原因是为了继续让阿杰留在龙帮,可是眼看着阿杰对我的误会越来越深,我怕他哪一天就会拉拢安天依对我们龙帮不利啊。"

"风哥,你是说怕安天依和厉杰勾结起来,想自立门户?"

"唉,阿强,这只是我个人的猜测,难得你跟我有相同的见解,不枉我这么看重你。我知道你一直都想做南关区的老大,现在我们龙帮已经基本控制住了南关区,我也很期望看到你能重返南关啊。当然这件事情的前提是南关区老大的位置必须空出来,我的意思……你明白吗?"聂风用满是笑意的眼神意味深长地看了痞子强一眼。

"明白明白,包在我身上了,风哥,您就放心吧。能为您效劳我痞子强是万死不辞啊。至于到时候是谁来当这个南关区的老大,我是无所谓的,哈哈,只听凭风哥决策了。"痞子强笑

得眼睛和鼻子都快挤在一块儿了。

　　"呵呵……"聂风笑着又躺回了躺椅上,看似答非所问地说道,"阿强,你要知道我可是一直站在你这边的哦。"

第十七章
痞子强的陷阱

一

　　旋转的彩灯不断将暧昧的灯光打到每个人的脸上，那些忽明忽暗的表情仿佛一个个无形的面具，可以尽量将所有真实的自己隐藏。

　　一个剪着齐刘海的短发女孩趴在酒吧台上已经喝了不知道多少杯酒，一副巨大的黑框眼镜被摆在她的右手边，此刻她不再需要眼镜，因为她已经醉得看不太清楚眼前的事物。

　　"再……再来一杯威士忌!"许博雯一手撑着头，一手将空杯子高高地举向吧台后的服务生叫道。

　　谁料服务生尚未应答，突然出现的另一只手盖住了悬在半空中的玻璃杯杯口，并将杯子轻轻推回到了吧台上。"可以了，你已经喝得够多了。"

　　博雯努力睁大自己的眼睛，迷迷糊糊地朝旁边一看，只见一个十分俊美的短发女人正坐在自己的身旁。

　　"你是谁?"博雯摸索着戴上了黑框眼镜。

　　"来这个酒吧的人难道都是互相认识的吗?"女子似笑非笑地反问道。

　　"不认识就不要跟我说话!"博雯不打算继续理这个女子，作势又要叫酒。

　　"看来你心情很不好啊，那我来陪你喝吧。一醉方休!"女

子也找服务生要了一杯伏特加,跟博雯对饮起来。

"你是第一次来这里。"博雯喝着酒,头也不偏地说道。

女子听后微微一怔,随即笑着说道,"不错,我确实是第一次来,你怎么知道?"

博雯也笑笑,并不回答。要知道博雯可是有过目不忘的本领,那些曾经在这家酒吧出现的面孔都会在她脑中留下印象。

"不过真是看不出来,没想到你也是……"短发女子转动着手中的酒杯,侧头笑着注视博雯。

"难道同性恋会在自己脸上刻上我是同性恋这几个字吗?我们依靠的是通过彼此的气味来寻找对方。"酒喝得越多,博雯便感觉头脑越来越清醒,但是舌头却越来不受大脑控制。

"呵呵,没错。我就是循着你的气味,找到这间酒吧,然后坐到你的身旁。"女子说着往博雯旁边挪了一个位置。

博雯这时才偏头仔细观察了一下女子,她很瘦很高,应该不会比天依矮,一身紧身皮衣裤,脸上未施粉黛,但五官分明,轮廓清晰,鼻梁高挺,眼神深邃,颇有异域女子的风情,一头短卷发显得干净而干练,一侧耳朵上有四个耳洞,戴着四个银质环状耳环。她的侧面,有点像天依。

博雯不知不觉看得有点痴了,女子转头笑着看她,她才赶紧回过神来。该死,自己怎么又想到天依了?可是自己明明已经想了她整整一晚上了。近来博雯常常到这家地下酒吧来宿醉,可是为什么偏偏想忘掉一个人,却更清晰地在脑海中一

遍遍重复她的画面！

　　为了让自己清醒一点，博雯趔趄地走向洗手间想洗把脸。她回来的时候，女子仍旧坐在原来的位置上等她。

　　"你没事吧？"女子问道。

　　博雯摇摇头，将桌上杯中的残酒一饮而尽，剩下的冰块在玻璃杯中撞击发出清脆的声响。博雯没有打算再跟身旁的女子说话，只是愣愣地坐了一会，然后站起身准备回家。可也许是因为起身太猛，她一站起来就顿时感觉头晕眼花，使得她不得不再次坐下。

　　可是，她这次坐下后，便再也没能站起来。她只觉得眼前渐渐模糊，耳边也趋于平静。在她最后失去知觉前，一个模糊的身影从背后扶住了她。

　　某间豪华套房卧室里的大床上，躺着一个一丝不挂的女孩。她面色红润，浑身散发着酒气，看样子睡得相当沉，近似于昏迷。房间内衣物散落得到处都是，床边白色床头柜上还摆着一副黑框眼镜。

　　一个身材高挑的短发女子一侧嘴角上扬，斜斜地笑着走出了卧房，并把门带上。她躺在客厅柔软的沙发上，拨通了一个人的电话。

　　"喂，是我！我已经按你的吩咐都办妥了，你答应我的事你也一定要做到！嗯！好，老地方见。"

　　女子合上手机后，她再次走进卧室帮仍在昏睡状态的博雯一件件穿好了衣服，然后轻轻地关上了门消失而去。

二

天妈的去世一度让天依几乎无法振作起来,可是更令她难过的是,在这个时候自己却找不到一个合适的人陪自己渡过难关。确切地说,是天依能够找到的人都是她不愿意去找的,她愿意去找的人却又早就消失无踪。

厉杰对天依的感情,她其实早就心知肚明,只是一直装傻,因为她长久以来都把厉杰当成哥哥一样来尊敬和崇拜,却无法衍生出那种男女之间的情愫。毕竟厉杰是被天依打心底里第一个承认的男人,这种感觉绝对不是每个人都能给她的,但是这种感觉却又无法让她心跳。厉杰就像是她身体的另一部分,亲如血肉,却不存在激情。与其说她对厉杰很喜爱,不如说她是依赖厉杰给她的安全感。

安天依骨子里并不是个安于天命,习惯平凡的人,安全感固然可以让她安心,可是那种感觉却完全无法激发出她内心深处那个真正的活力四射的安天依。只有一次,也唯独这一次,天依感觉到了从未有过的发自内心的快乐,那就是她跟马如逍并肩作战的"白玫瑰之夜"。

天依本以为自己已经忘了那个出现和消失同样令人匪夷所思的男子,可是偏偏越是神秘的东西,越能激起天依的探索欲望,她也在心底默默地思念一个人,只是这种思念只属于她

自己,别人无权知晓。

那天午后厉杰和嘉惠在医院草坪上的拥抱与亲吻都印入了天依的视线,她对这两人终于碰撞出的火花感到开心和释然。可是同时不可避免地也产生出一种落寞之感,毕竟曾经只属于她一个人的四虎哥,如今要成为别人的男友,尽管她诚心祝福,却也不愿总是看到他们两人过于亲昵的画面。因此天依宁愿自己一个人舔舐伤口,也不想打扰这两人的甜蜜。

而最让天依头痛的莫过于从嘉惠口中得知的博雯对自己的感情,在这之前她从未想象过博雯竟然对自己的感情竟已经超越了姐妹之情。究竟是从什么时候开始的呢? 博雯又是否为这份感情的隐藏付出了很多泪水与辛酸? 自己今后到底应该以一种什么样的姿态和她见面? ……

就在天依被这一大堆问题弄得焦头烂额的时候,痞子强又为她创造了一件足以令她暂时搁置下这些问题的大麻烦。

晚上七点半,蓝色酒吧,痞子强和安天依都未带一兵一卒,这只是两位老大之间的面谈。

"你找我有什么事?"天依语气冰冷。

"呵呵,天依妹妹,别这么酷嘛,肯定是有好事我才找你的啊。"痞子强一贯地油腔滑调。

"谁是你妹妹? 有事就说事,我没空在这里跟你耽误工夫。"

"行行,那我也就不拐弯抹角了。昨天呢,有个朋友给了我一些照片,说那上面的主角可是现在长春市最炙手可热的上市电脑软件公司的老总,想找我帮忙拿去卖给花边杂志社,

肯定能卖个好价钱。我这么一看呀,还真眼熟,我左思右想,这不就是我天依妹妹的那个好朋友,叫什么许博……"

"博雯?"

"对对对,许博雯!我寻思天依妹妹好歹也是我们龙帮的人啊,她的好朋友要是被这么一闹,她面子上也过不去呢。于是我就先把这些照片扣下来了,想着给你看看,呵呵,还真是激情啊,真是想不到……"

天依一把夺过痞子强手中的大信封,将照片抽出来一看,顿时感觉浑身的毛孔紧缩,汗毛倒竖。那照片里的博雯被脱得一丝不挂,照片内容全都是她跟另外一个女人在床上翻云覆雨的激情照片,简直不堪入目,令人瞠目结舌。

"听说还有录像呢!你这个朋友怎么这么不小心,让人……"痞子强得意地看着天依脸上极度惊诧的表情,继续解说道。

天依"啪"的一声将装照片的信封甩在了桌面上,强压着怒火说道,"说吧,你想怎么样?"

"哎呀,天依妹妹,怎么能是我想怎么样呢?我这可是为了你着想,才把照片扣下来的呀,不然这些照片已经印在今天那些花边杂志的头版头条啦。"

天依紧紧抓住桌子的边缘,努力不让自己爆发,她深深地吸了几口气,再次抬头对痞子强一字一顿地说道,"你——究——竟——想——怎——么——样?"

眼看着天依的忍耐度已经快要到达极限,痞子强才终于收起了笑脸,阴恻恻地答道,"后天晚上十二点,建设大厦天

台。记住只准你一个人来,不然我可不保证这些照片、录像会不会被杂志社拿走。呵呵,长春市上市电脑软件公司老总的'艳照门',我想这个标题足够引人注目了吧。哈哈哈……"

如果眼神可以杀人,天依早就已经把眼前这个猥琐的男人千刀万剐了,她压住满腔的怒气,颤抖着重复了痞子强的话,"十二点,建设大厦天台,一个人。"

看着痞子强那猥琐可恶的身影在自己面前消失后,天依拨通了细毛的电话……

三

咚咚咚……

随着一阵清脆的敲门声,敲开了办公室里的黑暗,坐在椅子上的天依微微睁开眼睛,打开了桌子上的台灯,刺眼的光让她躲闪了一下,清了清嗓子说"进来!"

"依哥!"打开门细毛应声走到了天依的面前。

"怎么样?查到了没有?"

"查到了,只是没想到一点的是,痞子强的第一杀手居然是个女的。"说着细毛从内衣兜里拿出几张照片来。

天依接过照片,上面是一个短发女人躺在地上,手被绑在后面,被打得满脸是血。

"这个女人叫红,没人知道她姓什么,她是痞子强管辖一

个酒吧的酒水促销小姐，也是痞子强的马子。我们赶到前她还剩一口气，她告诉我原来几年前博雯奶奶被车撞也是痞子强指使她做的。"

"这个王—八—蛋……"听到这天依气得一拳打到桌子上。

"妈的，那次他就是有预谋的，两边设计，让我们无暇分身。我当时在赶去救你的路上，还遇到了警察临检，我们只好绕路走，结果迟到让你身付重伤，想不到这小子这么阴。"细毛把这些串联到一起，终于明白当时的全军大灾难不是偶然。

"这女人死了？"

"嗯！痞子强这个人渣真够狠的，利用女人不说，还为了杀人灭口连自己的马子都不放过。听说这个女的跟了她很多年，还为他生了一个孩子，但是现在那孩子的去向谁都不知道。哎！可怜的女人，跟错了人！"细毛说到这也摇头为这个为痞子强卖命的女人感到惋惜。

"哎！我终究是一身负债，终究要还每一个人……"天依长长地出了口气，看向窗外那黑色的夜。

"去把那女人找块好墓地葬了，我看不得女人这个下场。"天依目视着窗外，背对着细毛吩咐着。

"可老大，她是对博雯……"细毛很费解，怎么对凶手还这样大发慈悲。

"你下去吧！"说到这天依闭上眼睛不再说话。

"是！"看到老大这么肯定的态度，细毛也只能无奈地关上门走了。

　　长春市建设大厦楼下,站着一个身材清瘦高挑、比男人更俊俏的女孩。她一袭黑色的风衣,头戴一顶工装帽,帽子遮住了她大部分的脸颊,却不能掩饰脖颈处的白皙。

　　女孩仰头看了看建设大厦的最顶端,微微吸了一口气,然后大步朝大厦内部走去。

　　也许女孩太专注了,她没有注意到离自己不远处正躲藏着一个身材高大的英俊男子。男子默默地注视着女孩,直到她向大厦里面走去时,才小心翼翼地跟了上去。

　　在建设大厦天台,站了几十个形态各异的混混,他们都围绕着一个一头黄毛、正坐在天台中央的猥琐男人。

　　"哟,天依妹妹,很准时嘛。"痞子强坐在把凉椅上一边跷着二郎腿,一边不怀好意地笑着。

　　"我人已经来了,东西呢?"天依双手插在风衣的口袋里,冷冷地注视着眼前的男人。尽管帽子将她的眼睛遮住,但是众人仍能感觉到阵阵寒意。

　　"你不会以为我这么轻易就会把东西给你吧?"

　　"你有话直说!"安天依看着痞子强的狗模样就不免感叹人生世道的凄凉,都在争夺着,却都不知道在争夺什么!

　　"安天依,你这是求人的态度吗?　你他妈的搞清楚现在是你求我,不是我求你!"

　　"博雯奶奶的车祸是你安排的?"天依没有抬头继续问道。

　　"是又怎么样?　谁对你好谁就倒霉,我要让你有一辈子还不完的债。"

　　"你连你自己的马子你都不放过！痞子强，你知道人活着为了什么吗？你知道人生最重要的是什么吗？"对这种牲口一样的男人天依真是感到匪夷所思。

　　"靠！少跟我感叹人生讲大道理，我人生最重要的就是要当爷！人人都听从我命令的爷！"

　　"呵呵！这话你不怕被聂风听到吗？"

　　"怕！但是你没机会跟他说了，你们给我上！"说着朝身边的小弟挥了一下手，几十人蜂拥而上。

　　今天是背水一战，天依早有心理准备，区区这些小娄娄怎么是天依的对手，几分钟的工夫这些人都相继倒下，地上躺着的都是嘴里"呃—啊—哎—呦"喊着。

　　这时天依回头看着痞子强说："痞子强，你的小弟太不中用了。"

　　啪啪啪……看着天依打倒了自己几十个小弟的痞子强居然鼓起掌来。"利害，哎呀！真是利害，不愧是天瑰堂的老大啊！女中豪杰，利害！哈哈哈哈哈……"

　　"你的笑声总是让人那么恶心！"天依看着痞子强就心生厌恶。

　　"但是我想你忘了你今天来的目的了？"说着痞子强晃了晃手里的文件袋，"这里的照片可以让你的好姐妹许博雯身败名裂，可以让她公司的股票一落千丈，她会名誉扫地、倾家荡产。怎么样？你能置之不理吗？"

　　"痞子强，你几十个小弟都不是我对手，你认为你一个人能威胁到我什么呢？"说着天依一步一步地逼向痞子强。

这时痞子强不慌不忙地从西服口袋里掏出一把手枪,枪口指向了安天依的脑袋。"我想这个应该可以是你的对手了吧?啊?哈哈哈哈!回头看看你的后面。"这时一个混混用刀挟持着一个二岁左右的小男孩由天台的一个暗门里走出来。

"怎么?连小孩都要当你的武器吗?"天依看着那小孩脸上的泪痕不免有些心疼。

"知道他是谁的孩子吗?他就是谋杀博雯的奶奶未遂,还有拍下这些照片元凶的儿子,红的儿子,也是夏雨的亲侄子。"

"夏雨?那红是?"听到这个名字天依先是一惊?因为自从她为救嘉惠受伤进医院以后就再也没有见过夏雨,他就像消失了一样,谁也找不到他。

"红是夏雨的姐姐,本来红是我店里的酒水小姐,我给她打了快活针,还睡过她一次,没想到她就真怀上了,叫她去打掉也不肯,还说那是我的种,非要我负责。我他妈怎么知道那个是谁的孩子?不过她后来倒也是听话,确实为我出了不少力!不枉我养了他们母子这么久,还一直给她提供毒品。"痞子强摸着下巴说道。

"畜生!即使她为你做了这么多,你还是把她做掉了,你到底还有没有一点人性?"

"哈哈!我畜生?造成今天这些灾难的人是你安天依。本来去撞博雯奶奶应该是夏雨的差事,但是因为夏雨说欠你一个人情,就拒绝了我。我他妈是他老大,他竟然敢拒绝我?不过幸亏我手上还有红生的那个小野种,最后还是红不辜负我的期望把那个老东西撞得半死。可是没想到夏雨居然又跟

着你一起来搅和我睡林嘉惠这个骚婆娘的好事？我直接叫红打电话将他骗了出来，把他打个半死。红为了我能放过他弟弟和儿子，而且自己的毒瘾太深，才答应替我卖命，什么都肯做的。你很久没见过夏雨了吧？那是因为我将他放了，并要求他永远从桥思顿消失，从长春市消失。如果说畜生，你比我畜生多了，如果没有你，这一切都不会发生。"说到这里痞子强用手指着安天依。

听到这天依感到震惊，她不知道她居然欠了这么多债，连累了身边这么多人？她深深地痛恨自己，难道她从生下来就是为了讨债的？连她最没被注意的夏雨都被她深深地伤害着。她要怎么办？她要怎么还？

这时痞子强把枪口对准了小男孩的头，打开了保险，不知所措的小男孩被吓得哇哇直哭。"你觉得杀了这个小男孩，会不会让你身上的债再多一笔呢？"

"住手！你的交换条件是什么？我都答应，别伤害无辜的人。"这时天依看着充满童真的小男孩深深地叹了一口气说。

"呵呵！明白人哈！好！很简单，让出南关区老大的位置。"

"哼！你认为我让出来这个位置你就能坐安稳吗？好！我让给你！"现在当安天依身上背负这么多人情债，已经压得她难以喘息。再加上失母之痛，她已经无心留恋这个圈子，如果拱手相让能解决一切问题的话，她很愿意。

"呵！你真是轻松啊，这么爽快就答应了，不过小孩我可以放，但这照片……"说着痞子强又晃了晃手里的信封。

"你这个王八蛋，你还想要什么？你说啊，我都给你！"天依已经被痞子强用人性牌彻底打败。

"我真的要什么你都给我吗？呵呵！我要你的清白！听说你都二十来岁的人了还是个处？今天强哥我想让你当把女人！我的兄弟都被你打了，这笔账你也得还。"痞子强看着天依雪白的脖颈不免淫笑到。

"你……"天依刚想骂痞子强，但痞子强手中的枪用力地又顶了一下小男孩的头。

看着天依，痞子强恶狠狠地说道，"你无权选择，就像你无法亏对你的良心一样。"

痞子强已经完全把天依吃透，知道以天依的性格是宁可付出自己也势必要保护身边人不受伤害，所以今天他按聂风的意思要让她死，但是他痞子强为解心头终日积冤之气，他要折磨安天依，让她痛苦，他要让她死得比谁都难看。

夜！起风了，建设大厦的楼顶上却看不到一颗星辰。

来到这个世上安天依受尽了磨难，从小被人抛弃，与母亲相依为命。她努力地想变得强大，可以像山一样屹立不倒。她从心底里渴望被人爱护，也渴望爱护别人，但是最后她带给自己和别人的只有无尽的伤害！母亲为了自己终日奔波最后得癌症去世，嘉惠和博雯为了友情差点没奉献出自己的清白和唯一亲人，夏雨为了一个人情牺牲了学业又牵连了姐姐，还有天瑰堂的兄弟，这一切的一切……

这时天空响起一记闷雷，顿时下起了瓢泼大雨，心墙已被

击垮的天依浑身无力地跪坐在了地上，轻轻地闭上了眼睛。

"上……"这时痞子强看天依已经无反击之意马上乘胜追击，向手下的小弟们挥了一下手，几十个小弟猥琐地淫笑着向天依走去。

周围的混混将这个人圈越缩越小，无数的手伸向了天依，她的围巾被扯掉，帽子被扔掉……而就在一只只罪恶之手马上要碰到天依肌肤时，整个空间和时间都凝固了，所有人的动作仿佛都定格在了这一刻。一幅幅画面在天依的脑海中就像放电影般呼啸而过，她快速整理着自己的记忆碎片——从小到大，往日历历在目。天依知道，这是她欠大家的，就做个了结吧！也许无债一身轻的她可以轻松地去见妈妈了！

就今天吧！

四

是谁在撕扯？又是谁在呼唤？

黑夜里一切被雨水冲刷着，也冲刷着一个人的心。

难道这就是最后的结局，难道她从未被染指过的冰雪肌肤就这样被肆意侵蚀？她安天依还是她安天依吗？与一切不公命运所抗争的安天依吗？还是天瑰堂的老大，兄弟们的支柱吗？

不会的！她是妈妈的骄傲，朋友的避风港，天瑰堂众兄弟

的依靠，她决不能就这样屈服，士可杀不可辱，她死也要死得漂亮，与其这样不如同归于尽。

天依被一帮形容猥琐的男人推搡着几乎要摔倒在地上，淫声荡笑回荡在耳边，污言秽语驱之不散。她攥紧双拳，紧闭双眼，等待到达自己忍耐的极限，然后她就要出其不意地奋力一搏。

就在天依马上要出拳的一刹，一个高大的身影犹如狂风般打散了人群，站到她的身后。

"住手，你们想死吗？"

"四虎哥……"天依转过身，喃喃地吐出这样一个称呼，那一刻她只感觉胸膛中充满了温暖的力量，生死关头她又多一份力量。

"你这个傻丫头怎么能自己独自承担这一切？我已经通知了细毛，叫他带风哥来这里，你不用担心了。"厉杰从小到大都把天依当成一个需要人保护的小女孩来看待，她的坚强、她的冷漠，都只不过是她用来伪装自己避免伤害的手段而已，他早就将她看透，或者说他们本就是同一类人。

天依抿了抿嘴唇并没有回答，实际上她也不知道应该如何回答，厉杰早就已经把她的心思看透，再多的掩饰也只是多余。

原来敏感而细心的厉杰今早去公司总部时察觉出天依神情恍惚，有些不对劲，于是便从公司一直尾随她来到建设大厦，并目睹了这整个过程。厉杰知道痞子强手里的那些图像资料对天依的重要性，他更知道天依绝对是一个为了朋友可

以付出自己一切的傻女孩。只是他真的没办法让自己眼睁睁
看着心仪了多年的女子就这样被一帮禽兽糟蹋,哪怕这个世
界会因此而被毁灭,哪怕他再也看不到明天的太阳,他也一定
要去救她。厉杰并不知道在这短短的几分钟内,天依的内心
发生了多少变化,而他更难以想象的是天依其实已经做好了
跟痦子强同归于尽的最坏打算。

厉杰和天依两人无暇谈论更多的事情,因为痦子强的几
十个手下再次利用人海战术,疯狂地朝他们压了上来。

凭天依和厉杰的身手,痦子强那帮乌合之众根本不可能
是对手。

"四虎哥,孩子!"天依在打斗中叫四虎救下小男孩。

眼看倒下的人越来越多,原本等着看好戏的痦子强渐渐
急红了眼。他站到椅子上以弥补自己身高的劣势,气急败坏
地朝天依吼道,"安天依,老子明明叫你一个人来,你居然敢带
人?"说着在四虎近身马上要救孩子的紧要关头,痦子强一声
枪响打死了小男孩。

天依看小男孩应声倒在了血泊中,疯了一样朝痦子强奔
去,痦子强马上掉转了枪头朝天依就是一枪。

"砰!"的一声巨响,整个天台的人都停止了动作,统统看
向痦子强和安天依的方向。

天依应声倒在了地上,她茫然地望向天空,却不感觉疼
痛,难道我的灵魂直接进入了天堂,快速得连疼痛都省略了
吗? 不,不是的! 自己并没有中弹,中弹的是正扑在自己身上
的那个英俊男人,那汩汩的鲜血正从他的背部流出,浸湿了厚

厚的呢子大衣。

　　"四虎哥!!!"天依摇晃着压在自己身上几乎要昏迷过去的男子,近乎疯狂地大叫着。

第十八章

"铁三角"的分裂

一

　　这是第一次跟天依如此近距离的接触吧，中枪后的厉杰此刻正躺在天依的怀里，头枕着她瘦弱的肩膀，甚至可以感觉到她有些杂乱的呼吸。只是厉杰觉得眼皮越来越重，重得他都快要看不清天依的面庞。

　　"四虎哥，你醒醒，你不能睡啊！四虎哥，你坚持住，我马上送你去医院！"这是天依第二次和死亡如此接近，她至今仍未能彻底走出天妈去世给她留下的阴影，现在却又必须再次面对为救自己而奄奄一息的厉杰，叫她情何以堪？

　　"嘿嘿，去医院？"痦子强一阵冷笑，把枪口再次对准了天依，阴阴地说道："不用那么麻烦了，我再送你一枪，好让你到黄泉路上去陪他，也算报了他对你的一片深情啊！"

　　天依紧紧地抱着已经意识模糊的厉杰，一抹凄凉的笑浮在了脸上，面对这个已经失去理智的人，她不再抱有任何幻想。她看了看天边的斜阳，知道在扳机扣动之后，这将是她看到的最后一个夜晚。

　　痦子强眯起了眼睛，把视线集中，从枪口处瞄向天依的额头。他很得意地笑着，他知道只要自己食指一动，这张完美的脸庞上就会出现一个血洞。他看着天依闭上了眼睛，可是却丝毫感受不到这个女人的绝望与恐惧，却只有无法言喻的平

静,而相反他的心里不但感觉不到满足,反而升起了一股因挫败感而产生的焦躁。即便是此时,他仍没能胜过眼前这个女人。他慢慢地将食指弯曲,等不及要用毁灭来结束这种折磨自己已久的耻辱。

正在这千钧一发之时,痞子强突然听到了一阵嘈杂的脚步声,一种不祥的预感升了起来,紧接着他听到一个熟悉的声音从外面传来:"痞子强,你给我住手。"

只见另有一队人马从天台的铁门冲了进来,走在最前面的是龙帮的龙头老大聂风以及天瑰堂的二当家细毛。

细毛一眼就看到了正坐在地上的天依和倒在她怀中的厉杰,于是径直冲了过去,查看厉杰和天依的伤势。

"依哥,你没事吧?"

"我没事,只是四虎哥为了保护我中枪了……"天依声音中略带哽咽。

细毛看了看几乎昏迷不醒的厉杰,气得双眼血红,他也从怀中掏出一把枪,起身对痞子强吼道,"老子一枪嘣了你! 居然敢对我们依哥动手,你他妈是嫌命长了吧!"

就在细毛怒吼的同时,他带来的兄弟也都纷纷掏出家伙,以人数上的绝对优势将痞子强的手下一一制服。

突如其来的形势逆转将痞子强的嚣张气焰灭去了大半,他恢复了原本猥琐的形容,哆哆嗦嗦朝墙角退去。突然,他看到了站在一旁尚未开口的聂风,仿佛看到了救命稻草一般,赶忙谄媚地迎了上去。

"风哥,风哥,救我啊,风哥! 我这可都是……"痞子强一

脸的委屈,只等聂风这个大靠山来帮自己解脱。

"住口!痞子强,你怎么这样冥顽不灵呢?我早就说了很多次,叫你不要去找天依的麻烦,可如今你又捅出这么大一个篓子,还开枪打伤阿杰,现在整个长春市都可以看我们龙帮的笑话了。外敌都没肃清,却一个两个都在窝里斗,你摆明了是不把我这个大哥放在眼里啊?"未等痞子强的话说完,聂风便厉声打断了他。

"可是风哥,不是你说你绝对会站在我这边的吗?怎么……"痞子强对聂风冷酷无情的嘴脸感到一阵绝望,他忽然明白了自己是被这个老狐狸利用了,自己只是他用来制衡的一颗棋子,现在棋子已经失去了作用,也到了他过河拆桥的时候。

"痞子强,你不要把我对你曾经的信任作为你现在为所欲为的借口!之前我一直都很看重你,那是因为我相信我龙帮的弟兄们没有一个是窝囊废,每一个人都是顶天立地的汉子。可你近来的作为真的太令我失望了,你为什么就不能跟天依好好相处呢?虽然我是你大哥,但事到如今,我也只能帮理不帮亲了。"聂风一脸的痛心疾首,他侧过头不再看痞子强,摆明了是想把痞子强全权交给细毛处置。

"哈哈哈哈……"痞子强忽然一阵大笑,"你这是要过河拆桥啊?老子帮你把安天依弄进龙帮,现在又要帮你铲除她,可是到头来自己却猪八戒照镜子里外不是人,你真以为我是二百五吗?你真以为我就什么证据都没有保留吗?明天一早你们就等着看许博雯的裸照出现在长春市大小八卦杂志的头版

头条吧！嘿嘿,你们不会都以为我会蠢到直接把源文件带出来吧？还有聂风你这个老狐狸,在龙帮这么长时间,我为你做过什么事我都有一份记录,今天我走不了,明天你就等进监狱吧!"痞子强眼看自己大势已去,聂风是靠不住了,只能亮出杀手铜,这样安天依不敢动自己,而聂风更是不会轻举妄动。跟着聂风多年,对于他的阴险狡诈,自己自是早就了解,因此为了保命,他终于亮出了底牌。

天依有些疑惑地看了看聂风,聂风则依旧脸不变色、心不跳地冷笑着说道,"痞子强,你觉得天依和兄弟们会相信你如此低劣的谎言吗？你真是死到临头还不忘拉个垫背的啊!"

不管痞子强说的关于聂风的话是否属实,天依明白此时的主要敌人仍旧是痞子强,她眼里怒火燃烧地问道:"痞子强,你到底想怎么样？"

"我想怎么样?"痞子强又是一阵狂笑:"我想怎么样?"他忽然将身边的两个兄弟朝细毛猛推了过去,细毛侧身躲过,身后的兄弟们都被这忽然的举动弄得一阵大乱。

痞子强趁着这一刻的良机,闪身跳到了他早就瞄好了的退路,相隔不到两米的临楼的天台,然后飞也似的逃奔而去。这时,他身后响起一阵杂乱的枪声,到处尘灰飞扬。

聂风的金丝边眼镜后面折射出两道凛冽的寒光,他冷冷地看着痞子强仓皇逃窜的身影,从鼻腔中挤出一声旁人不易察觉的冷笑。

二

鲜血浸湿了厉杰的大衣,泪水也浸湿了天依的面庞。厉杰的生命就一点点从子弹在他身体留下的空隙里慢慢溜走,任凭天依如何按压都阻止不了死神的脚步。

厉杰气息微弱,但当得知细毛和聂风已经及时赶到后,他的表情明显放松了下来。他知道天依安全了,他爱了这多年的天依现在安全了。

"四虎哥,你别睡啊,你睁开眼看着我,我已经叫了救护车了,你再忍耐一下啊,再忍耐一下就好!"天依轻轻晃动厉杰的肩膀,她生怕这个已经照顾了自己小半生的男子一闭上眼睛便再也睁不开了。

厉杰努力睁开眼睛,微微偏头观察到聂风已经不知去向,而细毛也焦急地在一旁给兄弟们训话,此时天依身边没有别人在,于是他翕动苍白的嘴唇说道,"天依,以后我不能陪伴你了,你要好好照顾自己,记得按时吃饭,不要总是一个人呆着,要开心一点,遇到烦心事可以跟嘉惠和博雯说说,就算解决不了,多一个人分担也比一个人硬扛要好。帮里的事情,你完全可以信任细毛,但是有时候他有些冲动,你记得多提醒一下就好。不要太为天妈的事情难过,她现在在天国再也没有病痛的烦扰应该过得很开心,她一定希望你也能够常常微笑。有

空的时候,你还是要多休息,你真的越来越瘦了……"厉杰似乎用尽了所有的力气,才一一说出了自己的担心和叮嘱。

"四虎哥,你别说了,你休息一会,救护车马上就到了,等你好了,咱们慢慢说。"天依看着虚弱的厉杰,煞是心疼。

"天依,你一定要注意聂风,就像我以前告诫过你的,他绝对不是一个平白无故就对别人好的人,除非你对他来说有某方面的利用价值,而痞子强现在做得越来越过分,肯定跟他有关系。天依,你太单纯了,你也过度信任和崇拜聂风了,以后凡事一定要给自己留条后路,毕竟……毕竟以后我不能再像现在这样保护你了……"厉杰缓缓地抬起一只手,先是迟疑了一下,最后还是伸向了天依的面庞,他曾经多少次梦想自己可以触碰这柔软的肌肤,哪怕只是一下,哪怕只是一次,可是他却没想到为之付出的代价竟是自己的生命。

"天依,你可以为我笑一下吗?"厉杰将自己澄澈的眼光毫无保留地全部投射在那张自己梦寐以求的绝美的面庞上,这也是他头一次如此大胆地直视天依的目光。

天依用手擦了擦脸颊的泪水,用尽全力忍住悲伤,在脸上绽开一个微笑。天依笑起来的时候,眼角会稍稍上翘,眼眸里因为噙着泪水而显得波光流转,格外璀璨。如果说天依跟马如道在一起时,绽放的笑容像一朵阳光灿烂,活力四射的向日葵,那么她此时专门为厉杰准备的微笑则像一朵花香四溢,高贵纯洁的百合。

厉杰看得痴了,他从来没有如此近距离地看天依专门为自己展开精致的笑颜,就像嘉惠从没看过他笑一样。他知

道天依不是为自己而开的白玫瑰,自己也并不是适合她生长的土壤,只是能看到天依偶然的绽放便已足够,何况这绽放还是为自己开的专场。

厉杰的睫毛抖动,他眼皮合上的一瞬,刚触及天依面庞的手掌也悄然滑落。天依伸手去抓,却落了空。

"依哥,医院的人上来了!"细毛一边领着几个穿白大褂的人走到天依和厉杰的身边,一边扶住由于悲伤过度而有些站不稳的天依。

天依被细毛扶着,有些颤颤巍巍地站在原地,目光茫然地看着医生、护士对厉杰做了最基本的处理,然后将他抬上了担架,最终消失在天台的铁门后。

"依哥,咱们不跟着去看看吗?"细毛担心地问道。

"风哥呢?"天依没有回答,而是反问道。

"他走了一会了,说要去抓痞子强。还说博雯小姐的事情,叫你不要担心,就交给他去处理吧,咱们先处理好阿杰的事情就行。"

天已经渐渐亮了,雨也停了,风吹干了脸上的泪痕,让人感觉冰凉难忍。天依叫细毛先下去准备车,自己则站在长春市最高处的天台拨通了嘉惠的手机。

三

长春市中心医院的急救病房外站满了神色凝重的人群,

一个个子不高,精瘦而干练的男子正对一些人吩咐着什么,明显他是这帮人的头目。在医生的建议下,男子将熙熙攘攘的人群疏散到了医院外面,仅留下几个身材高大的手下跟他一起立在病房外等待。

病房内除了穿白大褂的医生、护士外,还站着两个女孩。一个一头短发,瘦而高挑,她一边无声地哭泣,一边努力安抚另一个已经哭得肝肠寸断的美丽女孩。

"你放开我,天依,你放开我!我不信阿杰死了,我不信!你们干嘛要把白布盖到他脸上?你们都给我滚开,谁都不许碰他!"美丽女孩的酒红色卷发随着身体过大幅度的摆动而倾泻满肩,有些发丝还被泪水沾在脸上,显得楚楚可怜,见者伤心。

女孩挣脱开天依双手的牵制,继而上前推开站在病床前的护士,坚持将白布从病榻上的人的脸上褪下,泪水忍不住再次从那双美丽的大眼睛中夺眶而出。"你们看,他还有呼吸的,对不对?他还在笑呢,一个死人怎么可能笑呢?他还没有死,天依,你告诉他们啊,阿杰没有死!他没有死!"

"嘉惠……"天依张了张口想说什么,却只觉得好似有一块铅卡在喉咙,令她完全无法继续说下去,于是只能双手直直地拉住嘉惠的胳膊,不知道要如何安慰。

几个护士将嘉惠推出了急救室,天依从后面抱住她,两人眼睁睁看着急救室的门从里面关上,白布再次将厉杰的面颊覆盖,那病床上的躯体已经完全不具有任何生命的迹象。

嘉惠像疯了一般想努力挣脱天依的怀抱,甚至一口咬在

了天依的胳膊上,疼得天依心里一紧,却仍旧没有丝毫放松。

"嘉惠,让他安静地走吧。"天依轻轻在嘉惠的耳边说道。

而一直处于癫狂状态的嘉惠听到这句话后,仿佛从一个漫长的噩梦中苏醒。她松口后,才发现自己已经在天依的胳膊上留下了渗出血迹的牙印。

"天依,呜呜……"嘉惠转身和天依紧紧地拥抱在一起,她将脸深深地埋在天依的脖颈处大声哭泣起来。

而天依也将脸贴住嘉惠柔软的头发,不住小声地抽泣着。

细毛一直带着几个兄弟站在一旁,却深感无法劝慰这两个伤心欲绝的女孩。在细毛觉得有些手足无措的时候,他突然看到走廊拐角处有一张熟悉的面庞,正准备打招呼,对方却赶紧摆摆手,表示不要惊动其他人。

博雯早就来了,她一直站在角落里没有上前,因为她已经听说了这件事情的始末,也知道整件事情是因为她被人拍下了那些不堪的照片而引起,她觉得自己无颜面对天依和嘉惠,如果不是她被痞子强抓到把柄,天依也不会如此任人宰割,厉杰更不会因此丧命。最令她不能释怀的是天依已经看到了那些不堪入目的照片,她无法想象天依会如何看待自己,至少她想不出自己还有何面目可以面对天依的目光。

所以,她就一直远远地站着,看着两个女孩相互偎着哭泣,自己的心也仿佛在滴血。

厉杰的葬礼,成为长春市所有企图巴结龙帮势力的大小企业献殷勤的最好时机。因为这次葬礼的家属方,是整个天

瑰堂,乃至整个南关区的龙帮。

天依和细毛作为家属代表站在灵堂的一侧,对所有参加葬礼的来宾鞠躬答谢。天依一袭黑色风衣,短发被梳得服帖有型,精炼的打扮更显得她英气逼人。

这时一个身材火辣,五官标致的美丽女孩身穿黑裙,头戴黑纱,手执一枝白玫瑰徐徐走进了灵堂。她从进门起就一直盯着灵堂正中央那张黑白照片,目不斜视。

照片上的厉杰和往常一样剑眉星目,飘逸俊朗,只是表情也和往常一样生硬冷漠。然而令人不解的是灵柩内厉杰的表情却异常舒缓,甚至可以感觉他在微笑,稍微细心的人都会发现这个事实,可是原因只有天依知道。

嘉惠走到灵柩旁跪下,她的上半身整个趴在玻璃棺上,这个美丽的女孩睁大了双眼努力看着里面躺着的人,仿佛一眨眼他就会消失一般。豆大的泪珠滴在玻璃棺上,发出"啪啪"的声响,但是她自己却没有哭出声。凝视了几秒之后,她吸吸鼻子站起身,用手擦了擦眼泪,将白玫瑰轻放在玻璃棺上,然后径直走到天依和细毛跟前。

天依正准备鞠躬还礼,却伴随"啪"的一声脆响,自己的脸上顿时感觉火辣辣的疼痛,她被嘉惠打了一巴掌。

天依没有说话,只是直直地看着嘉惠,整个灵堂比之前更加寂静,甚至可以听到彼此的呼吸。

"天依,你知道我为什么打你吧? 你知道的,对吗?"嘉惠并无半点懊悔之意,而是理直气壮地向天依诘问。

天依想了想,垂下眼帘微微苦笑。

"天依,是你害死了阿杰,如果不是你跟痞子强有仇,他怎么会三番两次找你麻烦?阿杰又怎么会一天到晚都要担心你的安全,甚至搭上自己的性命?阿杰对你那么好,可是你却一直在利用他对你的爱。安天依,你这个只会利用别人感情的大骗子!你知道他已经答应要开始尝试接受我了吗?你知道我是多么不容易才争取到这样一个机会吗?你又知道我有多爱多爱他吗?可是你却亲手毁了这一切!我林嘉惠再也不要见到你,再也不要!"嘉惠说到最后已经变得歇斯底里,她哭着跑出灵堂,留给所有人一个缥渺的背影。

"依哥,你没事吧?"细毛缓过神来之后,关切地问天依。

天依只是轻轻地摇头,脸上却挂着若有似无的微笑。是啊,是自己害死了厉杰。还逃避什么呢?嘉惠已经让自己无处可逃。

四

林嘉惠大闹厉杰的葬礼,所有在场的人都见证了她和安天依的情分可以说到了分裂的边缘。而和天依比较亲近的人也同时知道,许博雯根本没有在这场葬礼中出现,只是派人送了几个很大的花圈。

曾经情比金坚的"铁三角"在这一连串的打击中,被百转千回的情感纠葛困扰得几乎面临分崩离析的局面,三个女孩

没人敢轻举妄动，那曾经晶莹剔透的友情，如今就像一个充满裂痕的花瓶，看似完整无缺，实则一根小指的力量便足以将它彻底摧毁。于是大家只能静静地呆在原地，屏住呼吸，祈祷假以时日也许裂缝会自己慢慢愈合。不管这是不是一个奢望，至少让友谊的花瓶暂时看起来完整，是她们现在唯一能做的事情。

嘉惠是个说话直白，从不掩饰内心的女孩，她曾是那样的骄傲与自信，认为自己足以倾倒这世上所有的男子。她从第一眼看到天依就对她充满了好奇与喜爱，只是她知道自己这种微妙的感情一半是崇拜，另一半是因为得不到而变成的珍惜。她原以为自己再不可能找到具有天依这种特殊魅力的男人，直到厉杰的出现，才仿佛在她空空如也的心灵花园绽开了一朵爱情的玫瑰。女人一旦陷入了爱情，便会丧失一切抵抗能力和思考能力，而嘉惠尤甚。她以前以吸引各种男生拜倒在她的石榴裙下为乐，但是却并不真正享受这种表面的喜悦，只因为那里面不包含爱情。而当她真正爱上了一个人，便会彻底释放自己的光和热，以期望能将那个人融化。

可是当发现落花有意、流水无情之后，原本骄傲的公主又会如何呢？那个自己深爱的男人正热烈地爱着自己最好的朋友，三个人正陷入一个无法解释的怪圈。如果说嘉惠一开始是为了征服，而当她真的义无反顾地爱上这个男人，并以为自己正要跟他开始一段醉生梦死的感情时，这个令自己魂牵梦萦的男人却突然驾鹤西去了，叫她如何能接受这样一个荒诞的事实？

除了歇斯底里,她觉得自己别无他法。

嘉惠在过去的二十年里不计其数的任性,也比不上她这一次的爆发,因为她实在无法冷静地面对间接害死厉杰的"凶手"。她需要任性,需要发泄,因为她的悲伤无以复加。

博雯第一次发现自己喜欢女孩子超过男孩子就是在认识天依之后,在那个大家都情窦初开的年纪,她却不能克制地将自己所有的注意力和目光都投向天依那样一个特别的女孩。尤其是当第一次从电脑上查到天依不光容貌出众,还文武双全。当第一次跟踪天依发现她不但心地善良,还孝顺母亲后,博雯便不可救药地爱上了这个特别的女孩。她知道自己对天依并不是单纯的喜欢,因为别的女孩对心仪的男生会有的脸红心跳和魂不守舍,她都曾经历过。有时天依会亲密地搭着自己的肩膀,说话时气息无意间拂过自己的耳畔,这都曾让博雯心跳加速,浑身酥麻。

但是博雯也很清楚这种感情注定是没有结局的,甚至不能对自己以外的第二个人道出,更别说让天依知道。她就在这个只属于自己的秘密里或是快乐,或是悲伤,姐妹之情是一个最好的伪装,她以为自己可以永远安全。

高二的时候,博雯发现了那个地下酒吧,那个只属于她们这种人的酒吧,第一次去的时候她还觉得有些排斥和拘谨,但是真正了解过一些朋友之后,才发现其实那里也有很多跟她一样表面光鲜,但因受不了现实的压力才去排解苦闷的同类人。毕竟在那里她们是平等的,没有谁会看不起谁,更没有谁

会笑话谁。

　　如果时间可以倒退,她想自己绝对不会在酒后对嘉惠说出那些埋藏了太久的心里话。在这一切被嘉惠曝光之后,她对天依完全没有传说中释然的感觉,只是感觉尴尬,姐妹情的伪装之下是一段世人无法接受的爱恋,天依会如何看待自己?是否会感觉肮脏?博雯无法想象也不敢想象。

　　而如果说天依了解了自己的情感后只是让双方都尴尬,那么自己居然被人下了迷药,还拍下那么多少儿不宜的照片,则是令自己无论如何都不敢面对的事实。这些照片被世界上任何一个人看到,都好过被自己最心爱的人看到,谁可以体会那种近乎绝望的心情?恐怕比死亡更难以承受。

　　所以在平复自己的心情,直到足够平静可以面对天依之前,博雯只能选择暂时消失。

　　天依总觉得自己是个足够坚强的人,她渴望简单但不缺乏激情的生活,她曾经只希望妈妈能身体健康,笑口常开,她曾经对爱情一无所知,并嗤之以鼻,她曾经不相信这个世上有真正纯洁的男女之爱,她曾经认为这个世上最靠不住的就是男人。

　　但是这前后走入他生命的两个男人却让她逐渐改变着自己的想法,牢固锋利的冰墙也开始慢慢融化。

　　厉杰是她儿时的好友,曾经陪伴她度过了孤独无助的童年,不管天依把他当成哥哥还是挚友,厉杰的关爱一直是她最为珍贵的记忆,那是她最早感觉到的安全感。同时厉杰也是把她看得最透的男人,两人的默契,两人的心有灵犀,让天依

甚至觉得厉杰就是另一个自己。如果男人都是不念旧没有责任感的,那厉杰怎么可能在这么多年间从未放弃对自己的关注? 如果男人都是只为自己而活,那厉杰怎么可以义无反顾地用自己的生命换取一个女人的生存机会?

而马如道这个昙花一现的男人,消失和出现同样突兀,但却在天依的心中留下了不可磨灭的印记。和他相处的日子里那种由衷的喜悦是自己从未体会过的,有点甜蜜,有点紧张,有点渴望,有点思念。也许他只是一个过客,但是天依却无法将他的记忆抹去。如果这世上真的没有爱情,那么令自己心动的感觉又从何而来? 如果思念只是传说,那么越是想忘记却越是会记起的折磨又如何解释?

在天依尚未清醒面对自己内心已经慢慢对男人改观的现实时,嘉惠却因为厉杰跟自己反目,直接飞到美国去散心,博雯又在对自己心存爱恋的感情曝光后不知去向。天依真的不知道应该如何应对这样的局面,她已经找不到任何一个可以诉说的对象,她真的好累好累,这一切对一个只有 21 岁的女孩来说,是否过于沉重了呢?

五

不管姐妹花的"铁三角"是否面临分裂的危险,长春市黑道上大家知道的消息只是龙帮内部发生械斗,龙帮老大的亲

信厉杰命丧黄泉,朝阳区上任并不久的痞子强被聂风下了追杀令。理论上来说,这正是龙帮内部人员大调整的时期,很有可能会招收一些新晋力量,那么这个时期自然成为了长春市黑道上希望加入龙帮的混混们的大好时机,尤其是那些希望加入一枝独秀于龙帮的天瑰堂的混混们。

没人能阻止天依势力的不断壮大,在天依所有的感情生活一片混乱的时候,她的事业却如日中天,这绝大部分的功劳都要归功于细毛这个精明能干的手下。

天依势力的膨胀全部被看在聂风眼里,他之前虽然有借痞子强除掉天依的想法,却深知两虎相争必有一伤,如果真的让痞子强把天依杀了,那么剩下的这只虎只会比安天依更加难以驯服。只有鹬蚌同时存在,同时竞争,才能确保他这个真正的老大能够坐收渔翁之利。因此聂风是绝不会眼睁睁看着痞子强真的将天依杀害的,毕竟他作为龙帮的龙头老大,不可能公开支持一方杀害另一方,这必将被不齿于天下,更何况天依日后会比痞子强更有利用价值。不过在建设大厦一战中,痞子强也并不是一无是处,他无意杀掉了厉杰,也让厉杰掌握的聂风的罪证消失得无声无息。

聂风发现天依新的价值是在调查出马忍的儿子马世豪还曾经同安天依有过情感纠葛之后。据可靠消息称,马世豪偷偷从加拿大返回长春,并四下收买笼络黑白两道的党羽,为的就是能联合起来所有曾跟龙帮有过节的力量,最终给聂风致命一击,好为马芸芸报仇。而马世豪居然曾经化名马如道在桥斯顿上学,还曾经追求过天依,两人暧昧不清。原本聂风以

为天依能牵制住厉杰,还能为自己掌控住桃园路就已经超乎想象了,可是没想到连马忍的儿子也跟她有说不清道不明的关系!利用别人的感情来为自己服务,是聂风最擅长的、也是最为无耻的一种手段,他在天依的身上屡试不爽,然而他万万没有想过这个表面冷酷执着,义字当头的女孩也会有反抗的一天。

在一辆银灰色宾利雅致的车厢内,坐着一个一脸严肃但仍掩饰不住美丽的清瘦女孩,她的旁边坐着一个戴着金丝边眼镜,看上去颇有气质风度的中年男子。

"风哥,我想退出龙帮,天瑰堂我也会交给细毛,我不想再理江湖上的事,请你答应我。"

"天依,这是怎么了?跟风哥说到底怎么回事,如果是痞子强的事情,我不是已经解决了吗?我已经找到了那些照片和录像的源文件并全部销毁了,还抓到了痞子强,而且是当着你的面把他处决的,怎么还有什么事情让你不满吗?"

"风哥,你为什么要割了痞子强的舌头?难道他之前在建设大厦说的话都是真的?"

"天依,你这是在怀疑我了?我割他的舌头是因为他那个人一直在我面前对你和厉杰出言不逊,你也知道他那张嘴什么话都说得出来,我实在气不过才让人把他舌头给割了的。我做这一切还不都是为了你嘛,天依?痞子强他好歹也是我朝阳区的扛把子,你当真觉得能在龙帮培养起来一个领导者是那么容易的事情吗?要不是我太看重你,一直把你当成自己妹妹一样培养,你觉得我会……唉,算了,多说无益,如果你

要误解我,那我说什么都是没用的。"

"风哥,我不是这个意思……"

"这样吧,天依,风哥也不是不通情达理的人,我现在手上有一件非常棘手的事情,一定要交给我信任的人去办,而现在我聂风能信任的人就只有你了。你帮风哥办好了这件事后,我会在龙帮内部召开大会,宣布你可以彻底退出,以后江湖上的一切事情都与你不再有任何瓜葛。你看怎么样?"

天依咬着嘴唇沉思了片刻,继而抬头直视聂风热切的目光,点了点头。

"天依,风哥知道你不会让我失望的。这件事呢,也说来话长。我妻子马芸芸的父亲,也就是我的岳父马忍在得知了芸芸被烧死在仓库里之后,虽然他人还在加拿大,却已经在长春放出话来,一定要找我报仇。本来当初我和芸芸的结合他就十分不满意,现在又正好有一个理由可以让他对我动手。我是真的不愿意跟岳父搞得这么僵,我相信芸芸在天之灵也不会答应。可是天依,这件事情是你亲自动手去做的,我也知道你不是故意的,你并不知道仓库的暗门里有人,难道这样的意外就无法被原谅吗?我的岳父马忍听说因为悲伤过度在加拿大病倒了,他委派他的儿子马世豪偷偷回来,代替他集结长春一切跟龙帮有过节的对抗力量,借以跟我们龙帮抗衡。这件事情已经到了迫在眉睫的时刻,所以我想让你去帮我抓住马世豪,哦不,应该说把我的小舅子请来,我想当面跟他谈谈。如果你能办好这件事情,那将阻止长春有史以来最大的一次恶战,而我也会代表龙帮的兄弟们向你郑重道谢,天依。"

天依听聂风又提起了自己失手烧死马芸芸的事实,心里禁不住打了个寒颤,这个事件犹如梦魇般,时不时困扰着善良而单纯的天依,她知道自己将为此赎罪。"风哥,你不要这么说,这是我应该做的。那么我的任务就是去找到马世豪?"

"对,你要找到马世豪,并将他暂时软禁起来,剩下的事情就交给我来办吧。"

"我明白了,风哥,那我先走了。"

看着天依下车后的背影,聂风刚才温暖的表情慢慢变得生硬,他拨通了一个电话冷冷地说道,"立即把天瑰堂的细毛叫来见我。"

第十九章

马忍归来

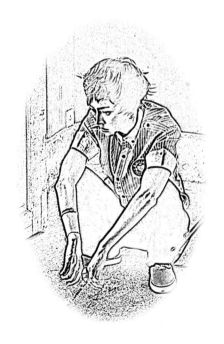

一

厉杰死后,天依感觉一切都变了,她再次回到了孤立无助的状态。天妈已经去了另一个世界,嘉惠在葬礼上跟她翻脸,博雯又仿佛人间蒸发,细毛被风哥派到广东去收一笔据说是很棘手的账……

这就是自己的宿命吗?天依不禁想起小时候给自己算命的婆婆说她命犯天煞孤星,虽然能成为人中龙凤,但是注定孤独一生。她小时候并不明白这含义,长大一点了觉得那是迷信,而现在她却觉得似乎自己周围发生的一切都在印证这个定论。

现在天依唯一的想法就是赶紧抓住马世豪,然后离开龙帮,离开这个所谓的江湖,完成四虎哥未完成的事情,按照妈妈的遗愿去过自己想过的生活,不再参与任何纷争,因为她已经心如止水。

真的心如止水了吗?那为什么当她看到马世豪的资料时,心里还是禁不住狠狠一颤呢?那张妖冶魅惑的脸曾经多少次出现在她的梦里?在她自我催眠认为已经忘记了这个人后,如今看到照片的一刹,她还是忍不住浑身颤抖。

她不可能会认错,马世豪就是马如逍,马如逍就是马世豪。

千万种可能在安天依的脑中排列组合,他是有目的接近我的吗?他一开始就知道我是龙帮的吗?他希望从我这里得到些什么呢?事实上自己跟他在一起时,从未透露过关于龙帮事务的分毫,他也从未表示过兴趣,那么他究竟为什么要接近自己,又为什么会凭空消失了呢?

聂风没怎么费力便抓到了四处逃窜的痞子强,然后用对待小地主同样的毒刑伺候了痞子强。痞子强从来都不是一个硬骨头,皮开肉绽的他颤抖地交出了之前聂风吩咐他对天依所做的一切恶行和聂风的一些犯罪证据。在确认了确实从他身上再也挖不到什么有价值的信息之后,聂风便叫人割掉了他的舌头,然后五花大绑着派人送去给天依问罪,最后当着天依的面一枪结果了他。痞子强曾经幻想着在安天依脑门上开的血洞,最终落在了自己额上。

天依按照聂风的信息,在马世豪为掩人耳目即将驱车前往沈阳机场的路上被天依抓获,但是天依并没有马上把他交给聂风,因为自己还有很多疑问需要他解答。

一间破旧的空屋子里,一个头上套着黑布袋的人被绑在一张折叠椅上。这时屋内进来了一帮人,走在最后的是一个身材高挑、五官俊美、外型帅气的女子,其他人高马大的男人都对她毕恭毕敬。女子对身边的人吩咐了几句,于是那些手下全部退出屋外,并从外面将门带上。

套在头上的布袋被女子一下子拿掉,突然的光亮使得被绑住的男人十分不能适应,只能偏着头眯着眼睛努力眨眼几次才勉强看清了自己面前站着的人。

"马如道,哦不对,应该叫你马世豪,还记得我吗?"天依双手插在黑色风衣的口袋里,淡淡地问道。

"呵呵,我怎么会忘了你呢,你是我深爱的女人啊……"马世豪脸上有几块被打伤的淤青,可是那丝毫不会影响他的油嘴滑舌。

"马世豪,你给我说话小心点!别跟我油腔滑调!我问你,你当初接近我是不是为了盗取龙帮的机密,让我陷风哥于不义?"天依眉头微皱,声音不大,但是却铿锵有力,充分让人感觉到她极力控制住的愤怒。

"天依,这么久不见你还是这么冷酷,我以为我已经让你变得温柔一点了呢,呵呵……"马世豪看样子依旧不打算正经回答天依的问题。

"我不想再问第二遍,你是在测试我的极限吗?"天依深吸口气,继续问道。

"没错,我追你之前就知道你是龙帮南关区的扛把子,还是天瑰堂的大当家,但是我从没想过要从你身上套出点什么机密,我对那个也完全没兴趣。我这次回国只是帮我父亲办理他吩咐的事情,根本没必要节外生枝。"

天依歪着头上下打量马世豪,眼睛里充满了疑惑与不信任,她明显对这个回答不甚满意。

"呵呵,至于我为什么要追你……那只是我跟我朋友的一个赌局,他跟我打赌,看我能不能在三个月内追到你,如果追到了,他给我一百万,追不到我就倒给他……"

马世豪话未说完就听"啪"的一声脆响,天依走上前给了

他一记响亮的耳光。他的嘴角被打出了血，但是他只是斜着嘴角不屑地笑笑，仿佛挨打的人不是自己。

"你们进来吧，把这个人带到风哥那里。"天依已经跟眼前这个人无话可说，或者说再多说一秒，就会让她多承受一秒的耻辱。

马世豪追求自己仅仅是为了一个龌龊的赌约？可笑的是在他否定了是为打探龙帮机密而追自己之后，自己竟还存有一丝幻想——也许他是因为真的喜欢自己才那般努力追求。如果可以选择，天依宁愿他是为了第一个原因，毕竟那比赌约这种理由让她觉得更有尊严。

只是天依瞬间爆发的愤怒让她遗漏了很多细节，至少她没有看到马世豪在她转身之后，脸上留下的那一抹悲伤与落寞。

二

由于痞子强的叛变，聂风差点就要失去天依的信任，但幸亏聂风很早之前决定让天依去烧死马芸芸的"妙棋"在今时今日发挥了最关键的作用，聂风利用天依对失手烧死马芸芸的愧疚，以及对聂风表面上为她掩盖真相的感激，成功地以"退帮前最后一件事"为由，让天依心甘情愿地去帮他将马世豪在即将登机前截住，并成为了现在聂风跟马忍对抗中手里最重

要的一步棋。

聂风让天依亲自带着马世豪到他的住所，并当着天依的面给马世豪松绑，视同上宾。

"世豪，真是委屈你了，原谅姐夫。姐夫只是想请你来好好谈谈，没想到我的手下出手这么重，我这就找个医生给你看看……"聂风作势就要去打电话。

"不用了，你手下用了迷药、没有动粗，这伤都是我自己挣扎时候撞的，就算被打也是我心甘情愿的。"马世豪边说边向一旁的天依瞟了一眼，似笑非笑。

聂风也看了看面无表情的天依，笑着说道，"世豪，你先坐一下，就当这里是自己家啊，我送天依出去，一会就回来。"说罢，便示意天依随他出去。

马世豪活动了下被绑得麻木的手腕，四处观望了一阵，发现每个出口都有两个身材魁梧的男人把守，不用想也知道，他们肯定都有枪。看来想逃是不可能了，只能以不变应万变，搞清楚聂风究竟想怎样再作打算。

聂风将天依送到门口，掏出一张支票递给她，并意味深长地说道，"天依，你这次任务完成得很好，至于宣布你退帮的仪式在我处理完马忍的事之后就立即为你举行，这两天你先好好休息一下，你之前不是一直想把你妈妈的骨灰送回乡下去吗？趁这个时间去吧，这点钱是风哥的心意，记得帮你妈妈在乡下找一块风水宝地。今后你手上的事情我会慢慢分出来给其他区的分部执行，你就好好享受这段过渡的假期吧。"

天依接过支票，心里很感激聂风居然想得这么周到，她点

点头说,"谢谢风哥。"本来已经打算就此离开的天依走出两步后,又回头问道,"风哥,你会怎么处置马世豪?"

"怎么能说是处置呢?世豪好歹也是我的小舅子,现在我只是想找他好好谈谈,了解一些马忍——也就是我岳父的情况和想法而已。一家人嘛,好说好商量。天依,你放心,我不会对他怎么样的。"

"他的死活跟我没关系,我只是随便问问。风哥,那我先走了。"天依头一低,快步走出了聂家大宅。

聂风推了推金丝边眼镜,看着天依消失在了大门的另一头,才转身回到了屋内。

"世豪,咱们真是好久不见,没想到你都长这么高了,而且越长越像芸芸。"聂风继续对马世豪打着亲情牌,犹如春风化雨般的温柔。

"你这个啮齿类动物少在我面前提姐姐,如果不是你,姐姐怎么会死?"马世豪见天依走后,便也不再隐藏自己的愤怒,而之前他并不想让天依卷进自己复杂的家事中。

"世豪,你这么说是什么意思?你应该知道你姐姐的死是个意外啊!而且是你姐姐私通小地主在先,是她先对不起我的,后来估计是跟小地主闹翻才被他绑在了仓库里,我可以保证天依去放火烧仓库的时候,也完全不知道芸芸会在那里啊。"

"天依?你胡说什么呢,关天依什么事?"马世豪紧皱眉头问道。

"哦,世豪,原来你还不知道啊!那个时候天依刚入龙帮,

按照帮规为了服众,她必须去为帮里完成一件任务。我本来只是想让她去烧了叛徒小地主的仓库,可谁知道芸芸会被绑在暗门里呢?为了这件事天依也懊恼了很久,世豪,你千万不要责怪她啊。"聂风惺惺作态地为天依解释道。

"聂风,你这个人渣!你居然利用天依……"马世豪一双魅惑的双眼顿时变得血红恐怖,他腾地从沙发上跳了起来一把抓住聂风的衣领,直抓得他一个趔趄。

外面的保镖一看这个架势,都准备掏枪冲进来,可是聂风挥挥手示意他们不要轻举妄动。

"世豪,你别激动。所谓知人知面不知心,如果不是有充分的证据,我也不会认为芸芸居然瞒着我跟小地主好上了,至于小地主究竟背着我做了些什么吃里爬外的勾当,我想你父亲应该比我更清楚……"

"证据?哼,你别以为我不知道,当年你还没什么势力的时候曾经欠下一大笔赌债,是姐姐为了保护你而被一帮畜生强奸了!从那以后你就一直耿耿于怀,你就嫌弃她,一直想方设法地除掉她,是不是?"马世豪情绪激动,双手越抓越紧,直抓得聂风有点喘不过气来。

外面的保镖终于冲了进来,几把枪抵住了马世豪的脑袋,两个大汉将他重新按坐在了沙发上。

聂风完全不理会马世豪的追问,只是自顾自地整理了一下衣衫,脸上的微笑始终未曾改变,凝固得犹如蜡像一般失真。他语气冰冷地对几个手下说道,"搜他的手机,笔记本邮箱,找到马忍的联系方式,我要跟他通话,现在叙旧该结束了。"

三

　　与世无争的日子一直是天依向往的,回到妈妈出生的小镇,走一走老旧却有着历史底蕴的石板路,抚摸下老墙根鲜嫩翠绿的青苔,对坐在街边晒太阳的老人颔首微笑,加入孩子们最简单却也最快乐的游戏……

　　可是,真的解脱了吗?真的轻松了吗?真的都过去了吗?

　　不知不觉间,天依已经在这个小镇度过了半个月,她感受着妈妈年轻时感受过的一切,仿佛妈妈从来不曾离开。然而,天依并不是不思念,而是没有勇气思念。

　　这天,天依跟往常一样从旅社走出来准备去散步,突然她听到途经的一个巷子里面传来小孩子的哭声,于是循声去探究竟。谁知她刚蹲下准备问那个哭泣的小孩子发生了什么,就被人一记闷棍击中后脑勺,当即晕了过去。

　　天依醒来的时候,她正坐在一辆疾驰的小轿车内,嘴巴上贴着胶布,双手被紧紧绑在身后。她左右各坐了一个穿黑色西服,戴黑色墨镜的男人,将刚想努力挣扎的她牢牢按坐在座位上。

　　这时坐在副驾驶位上穿着灰色西服的男子扭头对天依说道,"美女,你就省省力气吧,还有一会就到地方了。想不到聂风还真会享受啊,连手下也找女人,还是这么漂亮的女人。哈

哈……"

天依身旁的两个男人也跟着笑了起来，那下流的奸笑令天依汗毛倒竖，真恨不得给他们每人一飞腿。

过了大概一个多小时之后，车终于停下了，天依闭着眼睛也能闻出这熟悉的空气来自哪里。没错，她又回到了长春，只是这里是长春的郊区。

她被黑衣男人押到一个破旧的仓库里监禁起来，二十四小时看守，只有吃饭时才会撕下她嘴上的胶布，而她手上的绳子从来都不曾被解开。在可以说话的时间里，任凭天依如何追问，也没有一个人回答她提出的任何问题，所有人似乎都在焦急地等待某一个时刻的到来。

大概在天依被监禁的第三天清晨，那个穿灰西装的男人走进仓库，他不怀好意地笑笑，说道，"安天依，这几天委屈你了，如果顺利的话，今天之后你就自由了。现在起来跟我们走一趟吧。"

仍旧是几个黑衣男子将精神不济的天依从地上架起来，半扶半抬地弄上了一辆黑色轿车。

车并没有往市区的方向开，而是开到了一个更加偏僻的废旧工厂。天依下车的时候，发现工厂的空地上已经聚集了一帮人。这帮人天依全都没有见过，为首的是个两鬓略微斑白的老者，虽然看样子已经年近花甲，但是他浑身上下散发出来的震慑力足以让人胆寒。

老者偏头看向天依的方向，目光十分探究地对她上下打量，然后老者转头朝另一个方向说道，"你的人我带来了，我儿

子呢?"

天依循声望去,只见聂风和一些龙帮的兄弟正站在几十米外的空地上。她用尽剩下的力气开始拼命挣扎,可惜嘴巴被胶布封住,她只能发出呜呜的声响。

"天依,你别着急,我们这就用马世豪换你回来。"聂风对焦急的天依说道,随后他往身后一招手,两个手下便将一个年轻男子押到了他的身边。

"马忍,你儿子我可是悉心款待了的,你怎么可以对我龙帮的人这么粗鲁呢? 那可是个女孩子!"

"呵呵,我知道她是女的,我以为有胆烧死我马忍的女儿,还能让龙帮赫赫有名的厉杰甘心为之挡枪的人有多与众不同呢,看看其实也并没有三头六臂嘛。"老者几声冷笑加嘲讽,将天依心底最不愿承认的两个事实再次翻开呈现在了她的眼前。

原来这个人就是马忍,他怎么从加拿大回来了? 还有风哥不是说只是跟马世豪谈谈吗? 怎么会变成交换人质? 一连串的问号在天依脑中盘旋,她此刻已经完全理不清思路了,于是只得眉头深锁,有些痛苦地在心底深深叹了口气,继续观察事态将如何发展。

"闲话少说,那我们开始吧。"聂风说着示意手下将马世豪的绳子解开,然后一把将他往马忍的方向推去。

马忍这边也将天依的绳子解开,胶布撕掉,推搡着让她朝聂风的方向行走。

天依和马世豪就这样面对面地走着,偌大的工厂仿佛只

能听到他们俩的脚步声。天依揉着自己被麻绳磨得皮开肉绽的手腕，只觉得对面那个男人的表情已经越来越清晰。

四

　　天依和马世豪面对面一步步地走着，这几十米的距离仿佛比几个月的光阴还要漫长。曾几何时，他们还坐在同一家咖啡馆里喝咖啡，在同一家健身中心练跆拳道，在图书馆的同一扇窗边讨论彼此喜欢的文章。可是今天，他们走在同一段生死未卜的路上，却方向相反。

　　马世豪，对面那个形容憔悴的英俊男子，他还会记得这些吗？天依有些痴痴地看着他，感觉恍如隔世。

　　在马世豪和天依擦肩而过的瞬间，天依看到对面的聂风做了一个习惯性的手势。也许那个手势在别人眼里只不过是看似随意地抬了两下他的金丝边眼镜，但是天依却再清楚不过，那是聂风要手下动手开枪的暗示。

　　在哪？在哪里？天依快速地朝聂风周围扫视了一遍，明明没有看到任何人举起枪，天依又回头看了看马忍一伙人，也完全没有要动手的意思。但是不会错，聂风一定是在这工厂某个地方安排了持枪的手下，可他究竟是要对付马世豪还是马忍？

　　终于，天依在离聂风等人不远处的一个废旧机器旁边看

到了聂风安排在暗处的狙击手,而他的枪口正指向离天依几步之遥的马世豪。

"小心!"天依几乎是在狙击手扣动扳机的一刹,将马世豪推到了一旁,而那枚子弹则直直地穿过了她的肩膀。天依低头看了看自己肩膀上正不断往外冒血的血洞,忽然感觉有些头晕目眩,腿一软便向后倒下。只是在她快落地时,马世豪飞身接住了她。

狙击手见自己没有打中马世豪,便立即将目标锁定了马忍,可惜这时马忍已经发现了聂风的险恶居心,开始由手下掩护着一边向聂风的方向开枪,一边撤退到安全地带。

聂风伏击不成、阴谋败露,只能硬着头皮开始跟马忍进行火拼,但是他也知道大势已去,想在这里将马忍置于死地已经基本不可能了。

就在双方进行激烈枪战的时刻,马世豪将负伤的天依半扶半扛地拖到一个相对安全的角落,然后为她紧急止血。天依原本白皙的脸庞此时显得更加惨白羸弱。

"你这个傻瓜,谁叫你自作聪明为我挡枪的?"马世豪从自己的衣服上撕下布条,绑在天依的肩膀上。

"你不要自作多情,不管是谁,在这种情况下我都会去救的,我不能容忍这种放黑枪的事情在我眼皮底下发生。"倔强的天依此刻仍旧不愿原谅马世豪,更不想让他觉得自己对他余情未了。

"呵呵,你也觉得你的老大聂风放黑枪是不对的啦?你不是很崇拜他吗?"

天依张了张口，却不知道如何回答，只能有些赌气地别过头去。

马世豪猫着腰躲在一个铁栅栏后面偷偷观察外面的情况，他有些无奈地摇了摇头，然后偏头朝身后说道，"看来他们一时半会是顾不上咱们俩了，只能我带你去找医生了。"

片刻之后，他却没有听到身后有任何反应，于是转身一看，发现天依已经靠在墙上晕了过去。

天依醒来的时候，她正躺在一张极为柔软的席梦思床上，身上盖着细腻温暖的蚕丝被。她刚想起身，右肩处却传来一阵剧痛，她下意识地伸手去摸，发现伤口已经被处理过，缠满了绷带。而正是此时她才发现自己原来只穿着内衣裤躺在这张陌生的床上。

"呦，你总算醒了。"马世豪边说边从门口走了进来。

"这是哪里？我怎么会在这里？还有我的衣服……"天依紧张地整个人蜷缩在床角，虽然说平时的天依绝对不会畏惧任何一个男人的拳脚挑衅，但是在她衣冠不整的时候，却只能像一只惊慌失措的小猫不知道如何是好，毕竟从来没有男人接触过，甚至看过她的身体。

"看不出你身材还不错。呵呵！"马世豪不怀好意地坏笑着。

"你……"安天依马上咬着嘴唇，瞪着眼睛看着马世豪。

"别紧张别紧张，你眼睛瞪那么大干什么？别把我给吃了，你衣服不脱怎么给你取子弹啊？再说衣服也不是我给你

脱的,是晓岚帮你脱的,是她告诉我你是个完美的女人。"马世豪正说着,从门口又进来一个娇小可爱的女孩子,她端着一碗刚煮好,冒着热气的粥送到了天依的床边。

"是的,天依姐,你的衣服我都已经洗好了,你随时可以穿上。现在先把这粥喝了吧,你都昏迷两天了。"晓岚笑容甜美大方,让天依情不自禁稍稍放松了紧张。

"你父亲他……"

"不用担心我爸,他身边有很多高手,聂风伤不到他分毫,而且一切都在他的计划之中!"

"哦!"看着马世豪为了救自己而撇下父亲,她心里有点自责。

"你先放心在我这里养伤吧,这里很偏僻,连我爸都不知道这里,放心,不会有人找到我们的。还有晓岚曾经当过护士,她伺候人可是一流的哦。"马世豪说着便在晓岚粉嫩的脸上亲了一口。

天依假装没有看见,专心致志地喝着晓岚煮的粥。也许她是真的饿了,晓岚的粥竟然让她想起了妈妈的味道。

五

在马世豪的别墅养伤的日子里,天依享受到了以前从未想象过的宁静。她不能跟外界联系,因为此时聂风和马忍一

定都在到处寻找他们。她并不是彻底放下了这一切，而是她真的有些身心疲惫。

聂风，这个天依眼中具有完美形象的大哥，一直都以平易近人，义薄云天的特质令她十分敬仰，而放黑枪，出尔反尔这种令自己最不齿的事情，她是连做梦都没有想到居然会是聂风亲自指使的。更重要的是，聂风敢这么做，那摆明了是把她的生死置之度外，看来自己终究是逃不过成为一颗弃子的命运。纵观如今这一切事实，天依已经完全有理由相信之前厉杰告诉她的猜测——马芸芸和小地主都是被聂风有预谋地杀害，而自己只是他借刀杀人的工具而已。其实天依并不介意自己将如何死去，她介意的是她是否是为一个值得的人或者一件有意义的事死去。与其这样让她看到了现实的残酷后被乱枪打死，不如让她为那个曾经拨动自己心弦的男人挡上一枪。

尽管天依是个表面上一贯坚强的女孩，可是她的内心比任何人都柔软，比任何人更容易受伤，她十分看重亲人和朋友，她也无时无刻不思念着他们。嘉惠是不是仍旧为厉杰的死终日沉浸在悲痛中？博雯是不是仍旧在努力摆脱痞子强诡计的阴影？细毛是不是仍旧冲动好强没少惹事？而妈妈是不是在遥远的天国为她的幸福焦虑不安？

可是她现在什么都不能做啊，只能以外界表象的平静来催眠自己也平静下来。这一连串的事情都发展得太快，快得她还来不及一一消化，而疗伤的这段时间正是她可以好好理清自己思路的时机。

　　天依喜欢坐在别墅二楼的露天阳台上晒太阳,眺望远方。这栋别墅依山傍水,鸟语花香,真的令天依十分喜爱。她常常趴在栏杆上,呆呆地看着旖旎的风光,一看就是一整个下午。

　　"天依姐,我猜你就在这里呢,我把午饭给你端上来了哦。"温柔可爱的晓岚端着一个托盘放到了阳台的玻璃桌上。

　　"麻烦你了,晓岚,要你照顾我这么多天真是辛苦你了。来,你陪我坐会儿说说话。"天依走到桌边坐下,淡淡地笑着。不知道为什么,她从见第一面就对这个小女孩感到十分亲切。

　　"天依姐,别这么说,世豪哥的朋友就是我的朋友,他常在我面前夸你呢,呵呵……"

　　"他会夸我?"天依为了掩饰表情的不自然赶紧低头吃饭,但是心里很希望晓岚继续说下去。

　　"是呀,他经常说你漂亮,还有这么好的身手、这么高的地位十分了不起,而且为人仗义又孝顺,跟那些拜金女一点都不一样。"

　　"哦。"天依低头喝了一口汤,心里虽然十分开心,但表面上不知道该如何回应,只好岔开话题,"晓岚,你做饭的技术越来越好了,你这么小就……你在这里住了多久了?"到这时为止,天依还一直以为晓岚只不过是马世豪众多后宫嫔妃中的一员。

　　"还不到一年呢,要不是世豪哥,我做梦都想不到自己可以住进这么大的房子里,他真的是我的大恩人。我从那时起就对自己说,我愿意为他做任何事情。"晓岚由衷地崇拜着马世豪,脸上洋溢着幸福的微笑,露出两个甜甜的酒窝。

天依略显尴尬地笑笑,而晓岚也发现自己的话语一定让天依产生了误会,连忙解释道,"天依姐,我可能让你误会了,不是你想的那样子哦。我家是四川农村的,家里很穷很穷,爸妈在我很小的时候就去世了,家里只有奶奶和一个弟弟。所以我十四岁就出来打工,一个亲戚带我学了护理,辗转来到了长春。我一直在亲戚开的小诊所里当护士,后来由于诊所不景气倒闭了,我家亲戚又欠了很多债,就背着我家人把我卖给了一个常来诊所看病的老头……那个老头很有钱,本身有老婆,外面还有很多情人,我充其量也就是他养的一只宠物而已。我逃跑了很多次,也被抓回去很多次,直到那次我逃跑时碰巧遇到了世豪哥,是他开车救了我,后来还给了那老头一笔钱为我赎身,所以你今天才能在这里看到我。世豪哥说自己不能在国内久留,他也不知道如何安置我,于是买了这栋别墅,让我帮他照看着,也许哪天还能派上用场。看来果真被他说中了哦,不然我也不会认识天依姐,我很喜欢天依姐呢。"

"你不想家吗?"

"世豪哥让我每个月都给家里汇一定的生活费,每年过年都会放假让我回家看奶奶和弟弟。现在弟弟上学了,他们生活得很好。这都得感谢世豪哥这个大好人,谁要嫁他一定能幸福一辈子。"晓岚说着又露出一个甜甜的微笑,她是那般积极地对抗着这个社会的不公,灰色的过去似乎从未影响过她内心的阳光。

天依放下餐具,握了握晓岚柔软的小手,她不知道对面那

具小小的躯体里跳动着怎样一颗坚强的心脏;而她亦不知道,
表面玩世不恭的马世豪究竟还有多少她不知道的秘密?

六

　　夏日清晨的阳光缓缓晒进窗棂,正酣然入梦的马世豪被
一阵急切的电话铃声吵醒。他眼都不睁,只是熟练地将电话
听筒拿起又放下,可是电话似乎也十分熟练地再次响起。如
此反复三次后,马世豪终于忍不住接起了电话大声说道,"晓
岚,你当心我揍你哦!"

　　谁知晓岚却推着餐车打开卧室的门,直接笑嘻嘻地走了
进来。

　　"世豪哥,明明是你昨天吩咐我今天一定要早点叫你起床
的,怎么又要揍人家? 你可真难伺候啊!"

　　"哦,对,我都忘了!"马世豪似乎想起了什么,一个鲤鱼打
挺坐了起来。

　　"别急别急,赶紧去洗漱一下来吃早饭吧! 今天的早饭可
是很特殊的哦。"晓岚故作神秘地说道。

　　"特殊? 我瞧瞧!"马世豪翻下床走到餐车边一看,可乐鸡
翅配冬菇,红烧排骨炖豆角,荠菜粉,萝卜粉丝汤。马世豪看
着这些他从小到大从未见过的菜看傻了眼。

　　"晓岚,这些菜我从来都没见过? 都是什么? 大早上弄这

么多肉菜太夸张了吧?"

　　"所以说特殊嘛! 你赶紧去洗漱吧,一定要全部吃完哦,不要辜负了天依姐的一片心意。"

　　"什么,这是她做的?"马世豪简直无法相信自己的耳朵,他从来没把安天依跟厨房联系在一起过。

　　"是啊,天依姐的厨艺可好呢,这些都是她从小到大最喜欢吃的菜,她说在床上躺太久了,也该起来活动活动了。我刚才已经尝过啦,这份都是你的,嘿嘿。"

　　这一顿丰盛的早餐真的让马世豪感慨万千,他以前只知道天依是一个要强独立的女子,从未想过她居然还会做饭,而且是他从未品尝过的特别的饭。但是谁说黑社会老大就不能会做饭呢? 马世豪不禁为自己过于夸张的吃惊感到好笑,而自己印象中天依那一直倔强挺立的背影,也似乎变得柔和起来。

　　这夜,长春月明星稀。天依躺在阳台的躺椅上,闭上眼睛静静聆听着风轻虫鸣。她感觉到有人从楼梯走了上来,听脚步声不是晓岚。她知道是谁,但是她没有睁开眼睛,仍旧一动不动地躺着。

　　那个人脚步很轻,似乎是怕吵醒她。脚步声一直蔓延到她的躺椅旁,然后停下。天依尽量不动声色,但是她似乎可以听到自己的心跳声在这静谧的夜空回荡。身旁的人将原本搭在她膝盖处的毛毯轻轻往上提到她脖子下面,以便让毛毯将她的整个身体盖住,然后天依还感觉到一双手细心地在她身

体两侧掖了几下毛毯的边缘。终于,脚步声再次响起,声音越来越远。

"有事吗?"天依睁开眼睛,坐直了身体,朝着那个背影说道。

"呵呵,还是把你吵醒了吗?"背影转过身,一张连女人都嫉妒的完美面庞呈现在了天依面前。

天依也许永远也无法忘记这张脸了,也永远无法忘记那个名字——马世豪。

"也没什么事情,就是想告诉你我去市内帮你买了你最喜欢的那家酒吧调制的湖蓝金汤力,要是你现在想喝我就叫晓岚拿上来,另外我还派人去买了合你身的跆拳道服来,你要是嫌闷或者无聊了,就跟我对战一场吧。上次我赢了你,也给你个机会赢我一次吧,别再一天到晚紧绷着个脸,好像谁欠你钱似的!不过说好了不准再打脸了啊,上次你打我那巴掌到现在还疼呢!"马世豪装模作样地捂着自己的腮帮子。

天依忍不住扑哧笑了一声,说道,"谢谢你,马世豪。"

"My god!让天瑰堂的大姐头跟我道谢,我可真是受宠若惊啊!我也要谢谢你咯,你做的早餐真的很好吃。说实话,我从来没想到你会做饭,而且厨艺还这么棒!"

"我们穷人家的孩子会做饭有什么稀奇的?你以为天下人都跟你一样有个那么有钱的老爸吗?"

"呵呵……"马世豪走到天依对面,一纵身跳坐在阳台的护栏上,仰头看了看被月亮银辉照耀着的苍穹,意味深长地说道,"有钱就可以买到跟家人一起赏月的机会吗?有钱就可以

让我独自一人远在加拿大不承受孤独吗？有钱就可以换回我姐姐吗?"

天依目不转睛地看着马世豪,连毛毯滑落了都不曾察觉,她觉得此刻的马世豪跟以往任何时候都不相同,因为这一刻他是真实的。

七

马世豪坐在阳台的护栏上,第一次对别人袒露自己内心最真实的想法,只是因为这个正聆听他故事的人是那个叫安天依的女子。"其实我小时候,家里条件并不是太好,而且我和姐姐都没有感受过多少母爱,因为妈妈在我三岁的时候就跟一个有钱的黑社会小头目私奔了。爸爸那时很生气也很绝望,有段时间里他整日借酒消愁,喝醉了之后我们少不了挨打。姐姐总是因为护着我,而被爸爸打得遍体鳞伤。爸爸酒醒之后,看到蜷缩在一起的我们,也总是很后悔,然后我们三个人就抱在一起哭。我知道爸爸很爱妈妈,她是个美丽得足以令任何男人为她疯狂的女人,但是我一点也不爱她,我恨她,如果不是她抛弃了这个家庭,我们又怎么会承受如此之多的痛苦?而她之所以抛弃我们,只是因为那个男人比爸爸有钱,呵呵,只是为了更好的物质生活,她就毅然决然地抛弃了她的丈夫和孩子……所以你还指望我如何看待女人呢?爸爸

从那时起就暗下决心一定要变得有钱,并且因为妈妈的事情
而十分厌恶黑社会。后来爸爸确实做到了,他成为了长春数
一数二的大富商,可是我姐姐马芸芸却重蹈母亲的覆辙爱上
了黑社会混混聂风。那时的聂风不过是一个刚入黑道没多久
的小流氓,可是却让我姐姐爱得死去活来,爸爸为了拆散他们
几乎要跟姐姐断绝父女关系,因为他实在难以相信这个一无
是处的小混混可以带给姐姐幸福。可是倔强的姐姐居然真的
跑出去跟聂风同居,还为了帮聂风脱身,被追他赌债的人渣强
奸了!"说到此处,马世豪禁不住一拳重重地打在了阳台的护
栏上。

"你知道吗?我爸爸在这个世上最疼爱的就是我和姐姐,
他不忍看到姐姐痛苦,并且当时聂风也信誓旦旦地保证一定
会给姐姐幸福,爸爸只得暂且相信了他们的爱情。为了让姐
姐真的能过得幸福,爸爸用他的金钱和权力为聂风开辟了一
条平步青云的道路,加上聂风自己十分聪明,他很快便当上了
龙帮的龙头老大。看着姐姐的生活逐渐稳定,爸爸才将自己
关注的重心逐渐转移到了事业上,他将公司业务扩展到加拿
大,并在那里设立了总部,自己也彻底退出了长春。但是由于
不放心姐姐,他便委托曾经跟过自己的小地主一定要暗中保
护姐姐,并且将聂风的一举一动随时报告给自己。这也就是
聂风为什么一定要杀掉小地主的原因,他其实一早就知道小
地主是爸爸的内应,只是以前羽翼尚未丰满,他不敢轻举妄动
罢了。"

"那他为什么一定要杀掉你姐姐呢?难道他们之间一点

感情都不存在吗?"天依听到马世豪口中的事实,虽然已经有了心理准备,可是仍然感到震惊。

"呵呵,聂风到底一开始对我姐姐是不是有感情,我不敢确定,但是我可以肯定的是他绝对是一个特别擅长利用别人感情的混蛋。其实自从我姐姐发生那件事之后,聂风就很少碰她了,嘴上说不在乎,可是心里一直嫌弃我姐姐,甚至后来还去找了一个刚毕业的女大学生当情妇。姐姐有时候忍不住了也会跟我抱怨,可是她从未放弃过他们之间的爱情,甚至努力为聂风怀上了一个孩子,希望以此唤回聂风的心。可是你知道吗? 聂风根本没有心……不然他也不会对自己的妻子和孩子下如此的毒手了!"

"对不起,是我……"天依一想到这个惨剧是自己动手完成的,就心痛得无以复加。

"天依,你不要自责,你表面上看起来很有主见、很坚强,实际上你单纯得跟一杯清水一样,你是被聂风利用了。"马世豪扭头看着天依,脸上带着疼惜的表情。

"可是我仍旧不能原谅自己! 当我知道我烧死了你姐姐之后,我真的很害怕也很难过,我不知道要怎么办,我唯一的选择就是逃避! 而聂风刚好给了我这样一个避风港,我想我真的是个很坏的女人……"不知道为什么经常以男人性格自居的她在面对马世豪的时候,竟然第一次脱口说出女人这两个字来形容自己。

天依不敢正视马世豪的目光,马世豪却紧紧盯住天依美丽的脸庞,继续说道,"天依,你怎么可以这样说自己呢? 你知

道吗？由于家庭环境的影响和过早的独立，我比同龄孩子都
早熟，加上我突出的长相，家里又有钱，因此在我生活于加拿
大的日子里，有数不清的各色美女都对我投怀送抱，这更加让
我看清了女人都是极度虚荣与拜金的现实主义群体。我只需
要用一点点手段、用一点点钱，就可以让女人们对我爱得死去
活来，无论一个看似再高不可攀的女人，只要你用对了方法，
下了足够让她迷失的赌注，终有一天她会对你束手就擒。在
我眼里，她们都像垃圾一样一文不值。可是你，安天依，你真
的让我颠覆了这个想法……"

"呵……"天依有些自嘲地笑笑，她从躺椅上站起来，走到
马世豪身旁，靠在护栏上，说道，"如果我说是由于小时候爸爸
抛弃了我和妈妈，所以我才这样讨厌男人，你会不会觉得生活
就像电影一样滑稽可笑？我跟你一样在缺失的家庭中成长，
并憎恨那个不负责任的家长，我们都只感受到了别人家庭中
一半的爱，可是尽管只是一半，也足以支撑起我们整片的天
空。妈妈的笑容就是我生命中最明亮的启明星，妈妈瘦弱却
坚强的脊背就是我最温暖的天堂，妈妈以前总是一边带着幼
小的我打零工，一边哼唱那首她最喜欢的《夜来香》，'那南风
吹来清凉，那夜莺啼声细唱，月下的花儿都入梦，只有那夜来
香吐露着芬芳……'"不知道为什么，天依竟情不自禁地唱起
了妈妈最爱的歌。也许是因为他们彼此相同的经历，也许是
因为他们都第一次对别人吐露心声，卸下彼此的心墙。

天依动情的歌声真的宛如"夜莺啼声细唱"，在这静谧的
夜空中久久回荡，以前妈妈总是夸她声音好听，她却从未在

意,只是她没想到自己的歌声这一次竟把身旁的那个人听得痴了。

马世豪犹如在观赏一件稀世珍宝般,小心翼翼地看着正忘我歌唱的天依。夜风时不时撩起她那蓬松的短发,那绝美的五官在月光的照耀下显得犹如圣女般高贵纯洁。天依唱歌时陶醉地闭起了眼睛,长长的睫毛不时随着眼皮轻轻抖动。

马世豪觉得自己呼吸越来越急促,心跳越来越猛烈,他真的不能再忍受了,于是他伸手一把将天依的脖颈搂住,将一个深情的吻狠狠地盖上了天依的唇,如洪水泻闸般猛烈,如流水飞花般多情。

正陶醉于自己歌声中的天依先是一惊,挣扎了两下后却被那山洪般的热血冲得浑身发软,然后却只是在这微醺的夜色里再次慢慢地闭上了眼睛。

第二十章
聂 风 之 死

一

　　龙华国际大酒店地下议事厅里的椭圆形长桌周围坐满了龙帮的大小头目，而在他们身后密密匝匝地站满了他们的手下。

　　坐在长桌主席台位置的是一个年近四十的中年人，他戴着金丝边眼镜，头发梳得光滑有型，看上去十分儒雅，风度翩翩。

　　没错，这就是长春市第一大帮派龙帮的绝对领导人——聂风。

　　聂风习惯性地推了推他的金丝边眼镜，用一贯不温不火的腔调对众人说道，"今天把大家召集来开这个会，主要有两件事情宣布。第一，相信很多人都已经知道了——马忍这个老狐狸从加拿大回来了。这不仅仅是因为我抓了他儿子，而是他一直视我为敌，这次刚好利用芸芸的死来对我兴师问罪进行报复，我只能说一句'欲加之罪何患无辞'了。据我所知他这次带回来的可流动资金就有十个亿左右，而且他现在在省政府部门里的活动已经相当活跃，据说他还找了一个中央级别的靠山。马忍是回来颠覆我龙帮的，他向来看黑社会不顺眼，这是众人皆知的事情。而上次在废工厂里没能直接把他儿子和他干掉，是我们的失误，现在简直是后患无穷。为了

不至于过于被动,我希望你们尽快去打探马忍近期的行动计划,最好是查出他的资金流动走向,以便我们可以先下手为强。至于第二件事,就是这次伏击马忍和马世豪失败的原因是我们龙帮南关区的扛把子安天依在关键时刻帮马世豪挡了一枪,这已经是对我们龙帮赤裸裸的背叛,我现在对安天依下格杀令,希望兄弟们可以积极帮助龙帮铲除祸患……"

聂风话音未落,长桌旁的大小头目们就开始交头接耳、议论纷纷,毕竟安天依在龙帮的这段时间也积累下了不少好人缘,她的行侠仗义也是很多帮内人士十分敬仰的。帮内谁都知道聂风对她宠爱有加,可如今聂风却如此毅然决然对天依下了格杀令,不得不令众人感觉突然。

聂风见大家的反应过于激烈了,于是敲了敲桌子,提高嗓音问道,"还有人有什么异议吗?"众人见聂风这个决定应该是板上钉钉,不会轻易更改的了,也都只好停止议论表示默认。

"既然大家都没意见,那就散会。"聂风大手一挥,黑压压的人群于是开始有条不紊地从议事厅撤离。

走出了龙华的大门,绿园区老大祥子跟开发区老大大刚说"喝一杯啊?"

"好啊!坐我的车吧!"摆弄了一下自己的西服坐上车说道。

"好!"这时祥子吩咐手下小弟开车在后面跟着,自己上了大刚的车。

"你说聂老大杀个马忍至于那么费事吗?"上了大刚的车,祥子开始不解地说道。

"这你还不明白嘛！聂老大最终要的是那十个亿。以聂老大的黑手来说,想杀马老头是随时的事,他这么周旋只是想摸老马的底,一切只不过是场秀。"大刚是一个很少说话、极度聪明的人,本来如果聂风没有马忍的扶持,龙帮老大的位置他也有机会做,只可惜他少了一个有财力的坚硬后台。

"哎！还是老弟你是明眼人啊！要说那老马也算对聂风够意思了,再说大嫂她……"

"嗨！老哥哥,人家的家务事最好不要评判,再说那老马摆明了这次是要置聂风于死地才回来的,老家伙的后台可是能要人命的,我们这些当小的就该干嘛干嘛,静观其变吧！"

"好,不说了,喝酒去,今天你可不能再早走了啊?"说着一队黑色的车队向市中心灯火最辉煌的地方开去。

会议室里死一般的寂静,聂风坐在椅子上想着如何对付即将到来的战争对策。这时走廊里响起了脚步声,一个手下走了进来。"风哥查到了。"

进来的是现在聂风身边唯一可以算得上亲信的人小亦,以前是负责监视厉杰的,厉杰死后就一直贴身跟着聂风。

"在哪?"

"民生银行！不过这只是其中的一半,还有一部分很奇怪地在一个分部小支行里,也正因为这笔资金的存入,一个新从国外留学回来的小科员平步青云地当上了行长。"

"哦?那么大一笔资金存在一个小支行里?"

"是啊,此人叫殷雨天！"

"好怪的名字!"

"是啊! 更奇怪的是在查他的时候发现只能查到大学留学的资料,剩下什么也查不到。他今年才从美国留学回来,是牛津大学的特招生并以优异的成绩提前一年毕业,回来就在民生银行高新开发区分部,接的第一个单子就是马忍的个人资金理财。"

聂风轻轻摸了两下下巴,眯缝着眼睛说道,"嗯,这个人没那么简单,也许就是马忍的人,关系开始走动没?"

"开始了,但是这个新来的行长很难搞,一个行长每天还骑着自行车上下班,从不参加宴请,送礼也不收,一副两袖清风的样子。"

"一个人是否会背叛就是看他的筹码够不够,你找个机会,我要跟他见一面。"

"是!"说完小亦退去,只剩下聂风一个人在这黑暗空旷的会议室里。

某个看似跟往常一样普通的傍晚,殷雨天又是最后一个从办公室出来,他跟锁门的保安打了个招呼,然后准备去搭公车回家,他的自行车昨天居然被盗了,他真不明白那么破的自行车小偷偷来有什么用? 所以今天他只能步行到最近的公车站去乘公车。

当他走到街道拐角处的时候,两个黑衣大汉拦住了他的去路,殷雨天被突如其来的两个人吓了一跳,忙后退了几步,问道,"你们想干吗?"

这时小亦由后面走上来答道,"我们风哥想请你进车里去谈一谈。"说着他指了指路边停着的一辆奔驰 600 轿车。

"风哥？ 我不认识,你们找错人了？"殷雨天怯懦地看了看路边的奔驰说道。

"你去了就知道了。"说着小亦冲两个人摆了一下手,两个人不由分说强行把殷雨天架走。

"你们,你们这是绑架,你们是什么人？"两个胳膊被人架着,脚下悬空的殷雨天不停地蹬踹着来到了车边。

这时车门打开了,一个带着金丝边眼镜,西服笔挺的中年男人映入了殷雨天的眼帘。中年男人礼貌地往旁边挪了一下,腾出座位向他做了一个请的手势。"殷行长,请车上谈！"

"你谁？ 你们这是要干吗？"

"我想你最好配合一点,毕竟这里离你们单位很近,要是闹出事来对你影响不好。"

殷雨天看着一脸斯文又阴险的聂风犹豫了一下,然后坐上了车。

车子开到了一处僻静之地停了下来,聂风微笑地看着殷雨天说道"殷行长真是年轻有为啊！ 这么年轻就这么幸运地当上了行长,我想不需多时,长春市民生银行一把手非你莫属。"

"我是认认真真工作,踏踏实实做人,什么一把不一把我从来没想过,你今天找我难道就是为了奉承我？"听着聂风慢条斯理的话,殷雨天有点不耐烦。

"哈哈！ 当然不是,我是有件事想请你帮忙,我自我介绍

一下,我是龙帮的聂风,龙帮想必您一定知道吧?"

"黑社会?"殷雨天听到这几个字后沉默了半天,然后就像想大便大不出来一样,把脸憋红了半天又冒出几个字:"黑社会很可怕!"

聂风看这个行长不觉得好气又好笑,也不知道他是怕了黑社会还是装傻充愣。"殷行长你开……"

聂风没等说完,殷雨天接着又说:"黑社会要干什么?我是老实人!"殷雨天在聂风的面前充分表现出无知和愚懦。

"哈哈!殷行长真是高人,连回答都是这么睿智。那我就开门见山地说了,马忍的资金是你在帮他打理吧?我想知道确切的……"聂风知道他面前这个人在跟他打太极,在龙帮老大的面前还能这样自如地玩弄语言游戏,此人绝非等闲。他没有生气,因为他知道自己今天来的目的。

"聂先生,对不起。我不能回答你这个问题,我们有责任对客户的资料进行保密。"没等聂风说完殷雨天就打断了他。

"呵呵,殷行长,我真没看错你,你确实是个恪尽职守、尽职尽责的人民好公仆。不过,这个忙你还真是非帮不可。当然,我不会让你白做,我可以给你五百万。"聂风边说边打开了身旁的黑色手提箱,顿时一沓沓令人爱不释手的人民币便呈现在了殷雨天的面前。"这里只是二百万,事成之后,我会再给你三百万。怎么样,我聂风是个爽快人吧,而且以后我还可以协助你坐上长春民生银行第一把交椅,你说你这个忙是不是要帮呢?"

殷雨天的嘴角露出一丝苦笑,他直视着聂风的目光,坚定

地摇了摇头,"聂先生,对不起,我有我的做事原则,这件事请您再找别人帮忙吧,我只想平平安安地生活,江湖上的事我不想沾边,请您原谅。"殷雨天说完独自下车走了,小亦叫人刚想拦,却被聂风摆手制止了。

"等等! 这是我的电话,如果你想通了随时打给我。"小亦接过聂风手里的名片,然后走到殷雨天的面前,帮他揣到了他的衣服外兜里,又轻轻地帮他拍了拍,笑了一下说:"这可是财神爷专线哦! 拿好了!"殷雨天看了小亦一眼,头也没回地就走了。

望着殷雨天那知识份子的穷酸背影走远,聂风的嘴角斜了一下。

"呵呵,你在河边走哪有不湿鞋的? 如果不湿那还是江湖吗?"聂风自言自语地合上了手提箱,并吩咐司机开车离开了。

二

长春的夏日闷热少雨,距离跟聂风见面已经三天,殷雨天仍旧继续着自己朝九晚五的生活。

只要没有其他重要的事情耽误,殷雨天每个周六都会回父母家吃顿饭。"爸妈,我来了。"殷雨天跟以往一样进屋后跟父母打着招呼。按理说母亲会连忙迎上来嘘寒问暖,父亲的大嗓门也会在里屋响起,可是这次却没有任何人出来迎接他,

整个屋子静得出奇。

殷雨天感到事情不对劲，连忙跑进里屋一看，只见老两口正坐在床头美滋滋地数着一沓沓钞票，根本没空理他。

"爸妈，你们干嘛呢？哪里来这么多钱？"

"这是你一个姓聂的客户送来的酬劳，他说感谢你曾经帮的忙，还希望以后继续跟你合作。好像你因为什么原因不愿意再跟他合作了，所以他希望我们俩能劝劝你，要你周一之前给他答复，事成之后还会再给你这么多钱的酬劳。人家一看就是大老板啊，身边还跟着两个人高马大的助理，说起话来也是文质彬彬的，我说你干嘛不跟人家合作了啊？不会是干什么违法的勾当吧？"殷父嘴上在担心，可手上一直没有停下数钞票。

"不可能！爸，你别瞎想了。"殷雨天走上前数了数袋子里面的钱，大概只有五十万左右，他想了想便从房间退了出来，"那爸妈你们忙着，我想起来公司还有点事，晚上不在家吃饭了啊。"

从父母家出来，殷雨天忧心忡忡，那个所谓的客户肯定是聂风，而这次去找自己父母，还找了这样一个借口，无非是想告诉他两点：第一，如果你这次再不答应，那么下次可能连五十万都不会给你了；第二，他已经找到了你父母住的地方，如果要对他们下手，那简直是易如反掌。总之，逼他作决定，下周一之前他是必须给出答案了。

殷雨天站在楼下抽完了第三支烟后，抬头看了看那个熟悉的窗口倒映出爸爸妈妈忙碌着的剪影，他微微叹了口气，然

后掏出手机给一个人发送短信。

"风哥,前几天是小弟脑子太直,没转过弯来,不知道明天请您吃个饭,可否赏脸?"

龙华国际大酒店的门口悬挂着"长春银行支行总部及住宅区以及周边五公里城区改造工程"招标的横幅,经过一段时间的评估筛选,这天将在龙华国际大酒店最大、最豪华的会议厅宣布招标结果。

当招标会主席宣布此项工程由聂风领导的龙华集团承接时,聂风很满意地看到了马忍脸上那交织着错愕与震惊的扭曲表情。

"爸爸,您真是太客气了,我知道您很想接下这个工程,可是怎么这么不小心呢? 还白白送了我 1 个亿! 哈哈哈哈!"散会后,聂风拦住了正准备离开的马忍。

"你别叫得这么亲热,我从来都没有承认过你这个女婿,现在我女儿被你害死了,儿子也失踪了,你少在我面前惺惺作态。不过这钱你是一分也休想拿到,赶紧滚开!"马忍显然已经怒不可遏。

"爸爸,芸芸的死我也很难过,可是谁都知道那是个意外啊! 您这无凭无据的,不能就这样诽谤我啊?"

马忍不想再跟他继续纠缠下去,自顾自地一侧身走了出去。

聂风看着马忍怒气冲冲的样子,越发觉得自己的这次胜利势必昭示着今后更辉煌的成就。

这天晚上聂风在龙华酒店的餐厅摆了一桌丰盛的宴席，却只请了一个人——殷雨天。

"风哥，我们现在见面是不是不太合适？下午竞标结果刚出来，晚上我就进龙华……"殷雨天刚进包间就显得有些惴惴不安。

"呵呵。我果然没看错你，你真的是个很细心、足够深谋远虑的人。没有关系了，最危险的地方才是最安全的，我这龙华酒店每天接待成百上千的顾客，就不允许你这个行长来见见朋友了？哈哈……"

"呵呵，风哥说得是，是我自己多虑了。"

"来来来，咱们先干了这一杯，庆祝第一次合作成功啊！哈哈！现在的马忍一定是血压升高、气急败坏啊！他没得到工程，还趴了1个亿在我的账上任由我支配，哈哈，想必他的滋味一定不好受。"

"风哥，但这次他由主权变股东，也不能掉以轻心啊？"

"放心，这1个亿到我手我就没打算让他拿回去。再说随着工程进度的推进，我想他拿回来的那十个亿也快变成我碗里的一杯羹了！啊！哈哈哈！"通过这次的成功，聂风已经完全相信殷雨天了，因为自从第一次见面聂风就喜欢这个年轻人，他觉得他们很像，都是那么的表里不一，都是那么的唯利是图、阴险狡诈。在失掉自己的左膀右臂以后，他可以信赖的人已经没有了，殷雨天的到来不能不说是一个很好的时机。

"风哥你不觉得这次的成功太牵强了吗？似乎有点太顺

利了?"

"哈哈!这也多亏了你啊,给我那么有利的信息。那个王老头到底还是怕死之人,在投标前我早把他的家人全部软禁起来,他怎么可能不中我的标呢?"

"啊!风哥还是高啊!以后有什么需要小弟帮忙的尽管吩咐!小弟在所不辞!"

"哈哈!好!老弟,哪天来家里,让你嫂子给你做点拿手好菜,好好招待招待你!以后我们就亲如兄弟!哈哈!"

"谢风哥!"殷雨天跟聂风碰了杯一饮而尽,酒进嘴里的那一刹那他目光斜瞟着毫无防备、正开怀大笑的聂风,自己嘴角边也露出了一个无人察觉到的微笑。

三

长春市一家顶级豪华夜总会的舞池里,扭动着无数表情沉醉的红男绿女,其中有一对情侣跳得格外投入,女子鼻上架着一个银色边框的面具,红唇饱满欲滴,身材也极尽火辣。她不断将自己的身体扭动成各种 S 形,仿佛美女蛇一样缠绕在男子的身上。

男子长得很帅,双眼的欲火已经呼之欲出,他的双手不断地在女子的后背和臀部之间滑动,暧昧至极。不管从哪个角度来看,这都是一对十分般配,处于干柴烈火阶段的年轻小

情侣。

也许是舞池的灯光过度昏暗,也许是两人跳得过度投入,总之他们都没察觉到坐在舞池旁边的一个人已经观察了他们良久。见时机差不多成熟了,此人将桌上的残酒饮尽,然后走下舞池,径直来到正如胶似漆扭动着的两人身旁,对男子说道"小亦哥,好兴致啊?"

女子看到殷雨天后只觉浑身一颤,原本软弱无骨的身体一下子变得僵直起来,而男子则很大方地看着殷雨天说:"怎么殷行长也来这种地方啊?"

"啊!白天工作太过沉重,晚上来放松放松。"说着话既而看向小亦身边戴面具的女子,"这位美女怎么这么眼熟呢?如果没认错的话,你是梅姐吧?"

女子听到此话马上感觉有些惊慌失措,忙说"你认错人了?"

"哦?不会吧?你这副身材堪比龙帮帮主聂风刚上任的风嫂啊?能否请你把面具拿下来让我见一见庐山真面目呢?"

"你……"女子气得刚想说什么,马上被小亦的话给打断了。

"殷行长你这是什么意思?"

"没什么意思,呵呵!开个玩笑,打扰了,那我先走啦!小亦哥你慢慢享受。"说着殷雨天又不怀好意地看了一眼女子,转头走掉了。

看着殷雨天的背影走远,女子拿下了面具说道:"怎么办?他一定是知道我是谁了,如果让聂风知道了,我们两个都活

不成。"

"我会想办法,怎么你怕了? 后悔了?"小亦看着叶梅,用
手捏着她的下巴,含情脉脉。

"只要你爱我,我什么都不怕。"叶梅一下抱住小亦,看着
小亦多情而帅气的脸再次沉醉。

两人由后门走出,小亦亲了叶梅额头一下,两人分开找自
己的车。叶梅和小亦的车离得比较远,大概有十多米,当叶梅
走近自己的车回头看向情人的时候,看到一辆丰田黑色面包
车飞驰而来,停在了小亦的面前,两个黑衣人迅速地抓住小亦
套上麻袋就是一棒子,然后将昏厥的小亦带上面包车后绝尘
而去。

当惊呆的叶梅刚缓过劲来哇哇大叫小亦名字的时候,面
包车早已不见踪影,漆黑的夜晚停车场里只留一脸冰冷落寞
的叶梅。

"梅姐啊! 你终于把面具摘下来啦?"这时一个男人的声
音由叶梅旁边的车窗传出来。

当叶梅听到这个熟悉的声音后马上恢复了冷静,她没有
回头,冷冷道:"殷雨天,你想干什么?"

"呵呵,嫂子,你也别生气。我只是请他帮个忙。"

"少跟老娘鬼扯! 你港台电影看多了是不? 给我玩绑架
这套……说吧,你到底想怎么样?"

"哈哈! 不愧是龙帮的大嫂,经历过大风大浪的人。我

想……"殷雨天看着风骚的叶梅越走越近。

"怎么想占老娘便宜？别以为你现在是聂风跟前的红人他就能相信你说的，如果你去告状，那我告诉你，我叶梅可不怕你！聂风爱我的程度绝对超过你的想象，他绝对不会相信你的鬼话的，说不定我还可以反告你轻薄我不成，才倒打一耙、贼喊捉贼，你就等着看到时候谁死得比较惨吧！"叶梅这时从包里拿出了烟盒，点燃了一支烟，在氤氲的夜色里转头挑衅地看着殷雨天。

"哦，是吗？那小亦的安危你能不管吗？"

"小亦是聂风手下，你动他聂风会放过你吗？再说我是不会因为一个小男人傻到丢了我的龙帮大嫂的位置的。"

"真是可怜，小亦可怜，聂风可怜，你更可怜！"

"可怜什么？我告诉你如果你不放了小亦，明天我让聂风废了你，我就说你勾引我！"

"哈哈！好啊！那我就把你刚才说的话再放一遍给他听！"殷雨天从口袋里掏出一支录音笔，朝叶梅晃了晃。

"你！！！"叶梅一见殷雨天居然把自己说的话录了下来，气得把烟头狠狠地摔到了地上，"真是知人知面不知心，看你年纪轻轻、斯斯文文的，没想到你这么阴险？你到底想怎么样？"

"呵呵，我想先问你一个问题，梅姐，你真的爱聂风吗？"

叶梅显然没料到殷雨天会问这种问题，她先是一愣，然后叹了一口气继而答道，"也许吧，可是这年头现实中还有那么容易找到完美的真爱吗？尤其是对我这种出生贫寒，没钱没背景的女人，虽然有个大学文凭，可是想在这个社会上完全靠

自己生存下去实在太难,即便我再有能力,别人最先注意到的还是我的容貌和身体,那些传说中的'潜规则'其实无处不在。既然如此,我还不如直接找一个真心对我好的男人嫁了,事实上又有哪个女人不愿意过着衣来伸手、饭来张口、舒服、被人养着的生活呢? 聂风除了有时候喝醉了喜欢打人,还喜欢玩我最难以忍受的 SM 以外,其实平时确实对我很好。我从不奢求他能永远只爱我一个,而对于现在这种状态我也已经很满足了。"

"既然聂风对你这么好,那你为什么还要红杏出墙呢?"

"小亦给了我快乐,给了我活力,但给不了我优质的生活,聂风能给我一切,唯独除了爱情。"

"呵呵,所以你是在用聂风的钱养小白脸咯。"

叶梅不置可否,又点了一支烟,继续低头抽烟。

"梅姐,你想离开聂风吗?"

"我疯了啊,我有那么傻吗? 爱情这东西顶多是作为茶余饭后的调味剂,并不能成为生活的必需品。所以,雨天,我恳请你不要告诉聂风这件事情好吗? 我不想让他难过,毕竟他是真的爱我,对我也真的很好。"嘴上说不怕聂风知道,其实叶梅心里很清楚,如果聂风知道了,那她会死得比马芸芸还惨,她太了解聂风了。但事实是聂风也真的很疼叶梅。

"梅姐,你是不是觉得风哥真的爱你爱得死去活来啊?"

"难道不是吗? 他为了我,杀掉了自己的前妻,还专门为我开了一个账户,每逢节日或者我的生日就往里面存钱,还把他毕生心血的一半财产划到了我的账户里。平日里我想要什

么,不论多贵他都会不假思索地买给我……"

"哈哈……"夏雨听着叶梅的叙述忍不住笑出声来。

"怎么我说得不对吗?你笑什么?"

"我笑你还真是单纯呢,梅姐。聂风杀掉马芸芸是因为他跟马忍的宿怨,他从没爱过马芸芸,那个女人不过是他发展事业的一颗棋子,等到没有利用价值了自然会变成废棋。平日里他给你买这买那,说实话你眼中的昂贵不过是他眼中的九牛一毛,你真的知道他的实际身家有多少钱吗?他跟你透露过吗?最好笑的就是你说的那个账户,根本就是一个空头支票。没错,户名确实是你,但是这些钱大部分是挂在龙华集团资金链上的,简而言之,能够流动的那小部分已经完全足够你平日的开销,而如果你想提取所有的存款出来是不可能的,因为需要得到聂风的亲笔签字。他不过是给了你一个印着庞大存储数字的银行卡,这样已经足够让你安心了。"

叶梅惊讶得连烟快燃到尽头了都不知道,她喃喃的答道,"不可能,这不可能,你怎么会知道这些?"

"你先看看这些吧!"说着殷雨天拿出几张数据单递给叶梅。

"不可能,绝对不可能,我的钱……"看着这些确切的数据单她无论如何都无法相信自己的眼睛。

"有些事情恐怕这个世上也只有梅姐你蒙在鼓里了而已,至于聂风在你那个户头上耍的小把戏,我这种专业人士自然是一眼就能够看穿的。我只是不忍心看你继续这么幼稚下去,梅姐,我知道你作为聂风的妻子,一定也受了不少苦……"

　　殷雨天这番话直接将叶梅的眼泪说得扑簌簌往下掉，她完全无法想象自己多年来竟然一直生活在一层又一层的谎言之中。她忍受聂风的坏脾气，忍受聂风忽冷忽热的态度，忍受聂风在外面拈花惹草，忍受聂风玩 SM 时在自己身上留下的皮鞭印和蜡烛油……她唯一指望的不就是自己靠忍耐所换来的那点钱吗？即使有朝一日聂风真的不要自己了，那么她至少还有积蓄足以维持以后的生活。可如今连这唯一的希望也成了泡影，叫她如何能不悲伤绝望？

　　"梅姐，我希望你能帮我做一件事情，事成之后我可以给你五百万，到时候你想去哪里都可以。这些钱足够你和你的小情人远走高飞，吃喝玩乐一辈子了。"殷雨天的眼神里透出让人难以抗拒的诚恳和诱惑。

　　叶梅的眼泪模糊了她精致的妆容，黑色的睫毛膏混着银色的眼线将她那双原本美丽的大眼睛弄得滑稽可笑。她紧咬着下嘴唇，迎着殷雨天的目光，重重地低下了头。

四

　　在仲夏的夜晚，坐在聂家大宅的天台，一边饮红酒一边赏月，享受最自然的徐徐夜风，是叶梅和聂风最喜欢做的事情。

　　这天叶梅跟往常一样端着一瓶红酒以及两个高脚杯走到了正坐在天台闭目养神的聂风身边，她将托盘轻轻放在桌上，

然后用开瓶器打开瓶盖给两个杯子斟了适量的酒。

"风哥,酒来了,现在喝吗?已经倒好了。"叶梅在聂风面前永远是一副温柔娇媚的模样。

"好!出差这几天没看到你,还真挺想你的。"聂风说着便伸手去拉叶梅的手,轻轻揉搓。

叶梅似乎被聂风的这一举动吓到,她微微一怔,但很快就作为回应地将另一只手覆盖在聂风的手背上来回摩挲。"我也想你,风哥。"

"来吧,咱们先干杯!"聂风举起酒杯跟叶梅碰杯,随后便将酒杯送至嘴边,准备品尝美酒。

"等一下!"叶梅忽然有些惊慌失措,她按住了聂风的手说道,"风哥,你别着急嘛,长夜漫漫,咱们先聊聊天吧。"

"你想聊什么?"

"风哥,咱们去环球旅行吧。结婚这么久,咱们还没去度过像样的蜜月呢!"

"你们女人整天想的就是花前月下,难道你看不到我最近的工作有多忙吗?特别是马忍回来了,我更不能掉以轻心,否则很可能会吃大亏,搞不好命都会丢了,可你呢?不能为我分忧也就罢了,张口闭口就知道旅行、旅行!"

"那我把你给我存的那些钱都取出来,叫我爸妈陪我一起去行吗?他们一直在乡下连远门都没出过,这次刚好出去开开眼界。"

"你为什么要把钱都取出来呢?VISA卡到哪里都可以刷的,钱难道还不够你花吗?"

"可是……"叶梅还想争辩,可这时聂风的手机突然响了起来。

聂风匆匆看了一眼便按掉,可是不一会手机又响了起来,聂风只好一边按下了接听,一边起身说话,显然是不想当着叶梅的面接电话。

叶梅想也不想便知道这肯定是聂风的哪个情人打来的电话,如果放在以往她并不会过度在意这些潜在的威胁,毕竟她是聂风的正牌妻子。可是自从听了殷雨天的话,她便茅塞顿开般处处觉得难以忍受。

虽然聂风已经走远,但还是能依稀听见他的谈话。"嗯!最新款红色法拉利!"

聂风摸她手时的温柔,让她原本下定的决心差点全部瓦解,可是经过刚才的对话,以及现在聂风还当着她的面跟别的女人打电话调情,不得不让她的心又再度坚硬起来,那三百多万的车她叶梅都不曾拥有过。

聂风打完电话回来,叶梅笑靥如花地举起酒杯对他说道,"风哥,cheers,咱们喝酒吧!"

卧室内灯火摇曳,香薰蜡烛的味道弥漫在空气里,让人感觉如梦如幻。一张大床上纠结着两个几乎赤身裸体的男女。绳索,皮鞭,蜡烛,匕首,散放在床边,显得诡异而令人兴奋。

女子转身骑在男子的身上坐立,如瀑的秀发倾泻在男人的脸上,令他忍不住将发丝含在嘴里吮吸。

"风哥,这次我先来哦。"叶梅边说边摸索着绳索将聂风的

双手捆绑在了床头。

"好的,宝贝,你今天格外主动呢,平时你都……"聂风并不挣扎,绳索将他的手脚绑得越紧他越觉得兴奋。

"人家好久没见你了嘛……"叶梅用唇堵住了聂风的嘴,舌头宛如温润灵动的小蛇将聂风纠缠得毫无招架之力。

"我们很少用刀玩,怎么样,要不要试试?"叶梅似乎并不打算等到聂风的肯定回答,便自顾自地拿起了匕首。

她举起匕首在聂风的胸前轻轻划了一刀,虽然不深,但也渗出了血珠。然后她俯下身用舌头轻舔着伤口,唾液对伤口的刺激直弄得聂风忍不住打了一个激灵。

"舒服吗?那再来一刀吧。"叶梅的第二刀却明显比第一刀用力很多,几乎可以听到刀刃切进肌肉里面的声音,原本正闭着眼睛享受的聂风这下子被疼得睁大了双眼,他想捏住叶梅的手,可是却发现双手双脚早已被绑得结结实实。

"叶梅,你疯了吗?你难道想杀了我吗?"

"没错,我就是想杀了你。"叶梅的嘴角还残留一点血迹,在烛火的照耀下,她原本妖媚的面庞多出了几分狰狞。还未等聂风缓过神来,叶梅就双手高高地举起了匕首。

"我叫你骗我,我叫你打我,我叫你找野女人,我叫你给我开空头支票……"叶梅每说一句就用匕首在聂风的胸前刺上一刀,她越刺越使劲,越刺越忘我,直把聂风的胸前刺得血肉模糊,而她自己也浑身是血。

"叶梅,我爱你。"聂风一句有气无力的呻吟终于让忘乎所以的叶梅停下了动作。

"包……包里……"聂风将头偏向床头的一个黑色手提包，叶梅放下刀，狐疑地将包打开。

她在里面发现了两张下个月5日飞往希腊的机票，然后愕然地看向奄奄一息的聂风。

"下个月5日是你的生日，我想带你去希腊看爱琴海，那是我们环球旅行的第一站，这是我想给你的生日惊喜，还有我为你定了一款你最喜欢的红色法拉利……"聂风的嘴角满是血沫，他做梦也想不到他深爱的女人怎么会突然想要杀死自己，难道这一切真的是报应吗？

"什么？那辆红色法拉利是我的生日礼物？"

叶梅用沾满鲜血的双手捂住自己的嘴，她似乎突然明白自己是中了殷雨天的圈套，她被后悔和悲痛折磨得语无伦次。"风，对不起对不起，是殷雨天，他骗我。他说你根本不爱我，他说你杀马芸芸是因为跟马忍有仇并不是想娶我，他说你给我的账户里面根本没有一分钱，只是你用来诱惑我的谎言……风，我对不起你，我这就去打电话叫救护车！"

"省省吧，看他这么痛苦，不如我送他上路好了。"突然间一个男子推开阳台的玻璃门走了进来，手上戴着白色的手套。

"殷雨天，你这个骗子，我要杀了你！"叶梅捡起地上的匕首朝殷雨天冲了过去。

可是她哪里是殷雨天的对手，他只轻轻一挡，叶梅便后倒跌坐在了一旁，匕首也被他夺去。

"聂风还认识我吧？"说着殷雨天恶狠狠地走到了聂风的跟前。

"殷雨天,你……"聂风看着面前这个前几天还推杯换盏的人,感到无比的陌生。

"哈哈!我自我介绍一下,我叫夏雨,以前是痞子强的小弟,你和痞子强先后强奸致使怀孕的女人,红的弟弟。如果不是马忍可能我早就死了,如果不是你和痞子强我姐也不会被你们利用后又死得那么惨,我很感谢你曾经那么相信我,让我有机可乘。梅姐,我更得感谢你,谢谢你做得这么到位。给聂风的酒下了毒,还不忘把阳台的玻璃门打开让我进来,还有刚才你的表演也着实很精彩呢。只是他早晚也是个死,不是被毒死就是被捅死,不如就让我来帮他最后一把吧。"还未等聂风表现出足够的惊讶,夏雨便驾轻就熟地用匕首在他脖颈处的大动脉轻轻一划,喷射出的鲜血顿时染红了雪白的蜡烛和雪白的墙壁。

"不!!!"叶梅声嘶力竭地大叫,她连滚带爬地挪到聂风身边,伏在他的身上大哭起来。

"梅姐,你这么大声可把人家都吵醒了,那我就不打扰你们夫妻叙旧了,先走一步。"夏雨说完便从阳台翻了出去,很快便消失在茫茫夜色中。

卧室门外传来激烈的敲门声,应该是聂风的保镖们听到响动想进来看看是怎么回事。但是叶梅仿佛什么都没听到一般,只是默默将捆绑聂风手的绳索松开,然后紧握着他的手,定定地看着他表情渐渐僵硬的脸。

叶梅无法想象聂风的表情里夹杂着多少不甘与悔恨,她只知道那里面一定包含着他对自己尚未完成的爱。叶梅缓缓

举起了那把带血的匕首,深深地插进了自己的心脏。她的表情柔和而温暖,因为她知道自己是带着爱离开的。

夏雨偷偷地走出聂家大宅的时候,一辆黑色丰田面包车停到了夏雨的面前。

"雨哥!她怎么样?"小亦打开了车门,夏雨上了车。

"瘦皮猴,忘记她吧!你不会再看见她了。"夏雨坐在小亦的旁边拍了拍小亦的肩膀。

"是!如果不是依哥,多年前那场大火早把我烧死了。痞子强为了向聂风交差,摆平媒体和公安,所以找个垫背的,说我和芸姐为情杀人焚尸,然后放火自焚,把我点上火扔到了烧毁的仓库里。多亏依哥手下细毛发现把我救下,还把我送去韩国整了容,给了我又一次新的生活。"虽然瘦皮猴是有计划地接近叶梅,但是毕竟人非草木。

"知道就好!如果不是依哥,我也不会有机会逃亡北京、认识马忍,又留学美国回来当上行长,我们欠依哥的恩情是一定要还的,而聂风欠我们的债也是一定要讨回的!"

"嗯!"小亦望着车外,摸着兜里那只叶梅曾经掉落在他家里的圆形耳环。

"马叔的计划真高,聂风靠女人起家,最后又死在女人手上。"夏雨摘掉了眼镜,又揉了揉梳理得扁平的头发,使其蓬松了很多。

"依哥现在生死未卜,我们要怎么办?"

"当务之急你要先找到依哥,要不龙帮势必大乱!我得回去跟马叔交差了!"

五

　　爱情来临的时候总是让人们不知所措,在尚未捅破那层纸时的暧昧不清就像罂粟花,美丽神秘又让人欲仙欲死、欲罢不能。而一旦爱情汹涌而至了,人们便像被洗脑了般智商降低、敏感多疑,但却不愿清醒。

　　安天依和马世豪的爱情并不比别人的更轰轰烈烈,但是却仿佛穿越了千年只为这一次的相见;也并不比别人的更海枯石烂,但是却比谁都来得认真和坚决。从一个玩笑的赌约到一场生死的纠葛,从彼此陌生到亲密无间,他们经历了比常人更惨烈的挫折,他们都承受着被兄弟、朋友驱逐的危险。但是在热恋中的两个人又何尝畏惧过这些呢? 他们只是坚信有了爱情,就可以克服苦难并创造一切。

　　在马世豪的别墅中养伤的几个月里,也许是天依长这么大以来笑容最多的时光。她不知道原来爱情如此美妙,跟所爱之人在一起竟可以这般甜蜜。他们仿佛生活在一个世外桃源,与世无争,每天一起做饭,聊天,爬山,赏月。他们的生活里没有世仇家恨,没有背叛离弃,没有流血牺牲,没有械斗火拼,他们有的只是彼此。

　　天依常常对自己说,如果这只是个梦,那就让我永远不要醒来吧。

　　可惜这并不是个梦,她和马世豪终究还是要面对外面的一切,即便他们不去自寻烦恼,龙帮和马忍的手下迟早也会找到他们。而也许最令天意想不到的是,最痛苦的事情竟然跟最开心的事情一样,只是发生在朝夕之间。

　　在一个看似普通的清晨,天依跟往常一样早起去别墅后面的小山晨跑,待她跑到山顶的小亭时,发现那里坐着一个两鬓斑白的老者,正悠然地喝着茶,身边还站了两个表情严肃的手下。

　　老者看到正疑惑地看向自己的天依,放下手中的茶杯,缓缓说道,"安天依,这不是咱们第一次见面了,不需要我自我介绍了吧。我看你也跑累了,不如过来喝杯茶吧。"

　　天依知道自己害怕的那一天终是到来了,无论她再怎么逃避,也无法逃开终究要面对马世豪的父亲——马忍的那一天,即使不是为了马芸芸的死,也要为了马世豪的爱。

　　"马先生,我……"天依有些拘束地走到马忍身边坐了下来。

　　"你的伤养得怎么样了?"马忍不理会天依的尴尬,只是边给她倒茶,边若无其事地问道。

　　"嗯,好得差不多了,谢谢您的关心。"天依有些受宠若惊。

　　"毕竟你是救了我儿子的恩人,知恩图报这点道理我还是懂的。"马忍一招手,旁边的男子便拿出了一个黑色手提箱,放到石桌上打开。

　　"这里是一千万,作为你救我儿子的报答,但同时我也希望你拿到这一千万以后就立即离开我儿子。"马忍说得气定神

闲,似乎觉得自己这番话是理所应当。

"马先生,请收回你的钱,我跟世豪……我们是真心相爱的。"天依终于决定鼓起勇气面对马忍。

"真心相爱?哈哈,你们黑道上的人果真有什么所谓的真心吗?我真是想不到啊,我上辈子到底作了什么孽,让我这辈子跟你们黑社会纠缠不清,从我的妻子,到我的女儿,再到我的儿子……难道真的要让我不得善终吗?"

"马先生,我从世豪那里听说了马太太的事情,我知道您这么多年来一直很不好受,但是请您相信我,黑道里绝对有比其他环境更加正直的道义存在……"

"你给我闭嘴!你烧死了我的女儿,还有什么脸在这里跟我讲道义?对,你可以说你是被聂风指使的,但是人做错了事情就可以用一句'我是不知情的'或者'我是被逼无奈'的来掩盖一切吗?我实话告诉你,我是绝对不可能接受你的!"

天依的心被马忍一下一下地敲碎,原来面对自己犯下的错误是如此难熬的过程,我应该放弃吗?不,我不能就这样放弃!天依咬紧下嘴唇,继续说道,"马先生,请您给我一个赎罪的机会,我一定会给世豪幸福……"

"想赎罪?可以啊,带上我给你的钱,离开世豪,就是你唯一的机会!"马忍不等天依说完就抢白道,"世豪那个混小子还真的以为躲在这栋别墅里我就找不到你们啦?他的钱流动到哪些账户去了,我可是一清二楚。但是同时我也清楚那个孩子的倔脾气,跟他姐姐一模一样,所以如果我直接强迫你们分开,他肯定是不会妥协的……"马忍说着意味深长地看了天依

一眼。

"所以您希望我主动离开他?"

"是的,虽然我并不想这么做,但是我还是不得不告诉你,如果你不离开世豪,我将会收购林家的恒基财团和许博雯的电脑公司,让他们全部身败名裂。我还会送你那帮从桃园路出来的小兄弟统统进监狱,因为我已经掌握了他们这些年来所有的犯罪证据……"马忍顿了顿继续说道,"我想你应该清楚我并不是在开玩笑。"

天依腾地从石凳上站了起来,紧紧攥着双拳,眉头深锁地看着眼前这个继续泰然自若喝茶的老者,他的平静似乎暗示着他已经对天依的决定了然于心。

"请让我考虑一下。"天依的声音微弱而颤抖。

"好吧,我给你三天……还是一个星期吧。"马忍给了天依最后的宽容,继而对她挥了挥手,示意她可以离开了。

第二十一章

天依的决定

长春市第一大帮派龙帮最近一段时间遭受接二连三的打击和重创,先是朝阳区大哥痞子强被处死,接着聂风的死敌马忍归来,然后南关区扛把子——龙帮最炙手可热的安天依被下了格杀令,没多久龙帮的龙头老大聂风也命丧黄泉……这一连串的事件将龙帮内部搅和得翻天覆地,大家都惶惶不可终日,而各区域的大哥们也都心怀鬼胎,一直垂涎于朝阳区和南关区的大哥位置,甚至是觊觎聂风位置已久的人们都开始蠢蠢欲动。

俗话说乱世出英雄,而对于一个大帮派来说,越乱就越需要赶紧选出合适的领导人来领导大家解决内忧外患。这天龙帮内部大小领导人汇聚一堂,共同决策龙帮的发展方向和接下来的具体行动。

"现在风哥死了,咱们当务之急当然是选出一个老大,不然都各说各话,谁也不服谁,到时候岂不是让马忍趁虚而入,还让那些小帮派看了笑话!"绿园区的大哥祥子一边极不文雅地挖着鼻孔,一边胜券在握似的对其他几个老大说道,他的年纪比聂风还大,龙帮所有人都知道他盯着那个位置很久了,可谓司马昭之心路人皆知。

"我说祥哥,风哥尸骨未寒,难道你就这么着急上位吗?

不会风哥的死跟你也有关吧?"开发区的大哥大刚这时打破以往的少言寡语,开始针对起祥子。

"放你妈的屁,这话能随便乱说吗? 我祥子是那种人吗? 大刚亏我一直当你是好兄弟,平时没事就找你喝酒谈心,感情这酒都喝到狗肚子里去了,关键时刻你竟然落井下石。"祥子气得拍案而起,指着大刚就破口大骂。

"你看你激动啥? 我只是假设一下。"大刚非常了解祥子,他确实是没有这个胆去杀聂风的。但是老大的位子也是他大刚向往已久的,为了达到目的他知道只有把这滩水搅和得越浑越好。

"操! 证据呢? 今天你要是不拿出证据来,就别想走出这个门口!"

"好了好了,咱们今天是来解决问题的,你们别在这里制造矛盾了行不行? 就我来看,马忍这次回国唯一的目的就是除掉风哥,他曾经让他儿子马世豪放话——长春市无论谁能够除掉风哥,他都会拿马氏集团 10% 的股份来作为奖励。可是现在风哥已经不在了,我想他也没有理由继续跟龙帮作对。不过,这也只是我的猜测,马忍那个老狐狸究竟想怎么样谁也不敢保证,现在这种情况下,我们确实需要一个领导人,但是选谁都不能服众。不如这样,我们作一个约定,谁能帮风哥报仇,那么这个龙帮龙头老大的位置就给谁坐,其他人都不得有异议,怎么样?"宽城区的大哥德顺一向是帮里的和事佬,就凭着他好的人缘,一般人也都会给他几分面子。

"报仇? 风哥不是他女人杀的吗? 那女的也自杀了,我们

还要找谁报仇去?"祥子顺着德顺搭的台阶下来了,连忙转换话题。

"这事有蹊跷,风哥的保镖说后来发现叶梅用血在墙上写了个'天'字!"朝阳区大哥小亦这时开了腔,从痞子强死后他一直暂代这个位置。

"'天'字?"德顺听到这满脸疑问。

"还用问,明显是安天依嘛!"祥子不假思索地马上联想起安天依来。

"嗯! 有可能,毕竟聂风的死对她安天依来说是最有利的。"大刚马上迎合祥子的说法。

"不能,以天依的为人,她对风哥那么忠心,她怎么可能杀害风哥!"净月区老大孔雀一向对安天依的为人赞许有加。

"这还不明摆着嘛! 安天依一直是龙帮里一人之下万人之上的老大,其实我看她心里早就不满,聂风一死她就是自然而然的老大了,以她的势力我们几人能敌?"祥子也早就对安天依不满,一个女人凭什么风头都让她占了,现在有机会扳倒安天依,预防后患,他再高兴不过了。

"也许不是,那晚保镖还看到有个人从风哥卧室的阳台逃跑,看背影很像殷雨天。"小亦一直在帮里说话很小心,毕竟他是个代理老大。

"殷雨天?"祥子不解地想怎么又冒出一个人来。

"是的,保镖说殷雨天是风哥的堂客,是个什么银行的行长,年纪轻轻但最近帮了风哥很大一个忙。"

"能确定吗? 那怎么不动手去抓他?"大刚也对这个半路

杀出的程咬金感到奇怪，毕竟聂风的一些商业上的事他们也不是全都了解。

"自从风哥死后，殷雨天就消失不见了。他的家人也不见了了，我们正在派人四处搜寻。"

"非常可疑，但叶梅明明死前在墙上写一个'天'字，所以这整件事不可能与安天依完全脱离干系。"大刚滴溜着小眼睛说道。

"那个人我们经过调查，原名夏雨，后改名殷雨天，民生银行行长，马忍的财务也是他管理的。他曾经是桥斯顿的学生，以前还当过痞子强的小弟，他姐姐是前段时间痞子强打死的马子红。而且这个红也曾经是风哥有一次喝醉跟痞子强先后强奸致使怀孕的女人，这不能不说可能是夏雨回来替姐姐报仇。"小亦辩解道。

"更可能是马忍设计的阴谋！"德顺一边听一边发表自己的想法。

"夏雨？这个名字听着这么耳熟呢？好像是多年前痞子强想上首富女儿没上成，就是这小子带着安天依去给搅和了的。当时风哥不让动安天依，痞子强气不过就叫我帮忙收拾了这小子，给他打个半死，最后给撵出了长春市。没错，那小子就叫夏雨。"这时祥子回忆道。

"原来他们早就认识，看来这一切都是安天依早有预谋的。而且这个人很可能就是马忍的人，安天依就是摆明着跟马忍内外勾结。"大刚看事情渐渐尘埃落定，马上又添油加醋道。

"嗯！原来风哥对安天依下格杀令我还有点疑虑,现在看来不无道理,风哥早就怀疑天依势必要造反,但是他老人家还是棋差一招啊!"德顺现在也觉得一切有点合乎情理了。

"那还讨论个啥？咱们就直接把风哥的命令执行到底就完了呗！看谁先把安天依收拾了,那谁就来当咱们龙帮的龙头老大,没问题吧?"祥子晃着二郎腿,边说边用眼神将在座的另几个老大扫视了一圈。见大家都不说话,表示默认,他便兴奋地站起身,向门外走去,"那就这样吧,我召集弟兄们去了,这个龙头老大的位置我可当定了,哈哈哈哈……"

"看来他真想坐这个位置了。"

"他想坐就让他坐,呵呵!"

"我看这位置不好坐,他坐不上!"

……

祥子走后,孔雀和德顺还有大刚也都陆续离开了,小亦为了表示尊敬总是最后一个才离开。当会议室里只剩下小亦和他的手下时,他拿出手机发了一条短信:龙帮认为安天依是杀害风哥的幕后黑手,已经开会决定谁杀了安天依谁就可以坐聂风的位置,近期就会动手,一切请小心。

二

经过上次同马忍在山上凉亭里的谈话,天依回到别墅后

就一直魂不守舍,但还必须尽量不让马世豪看出破绽。她了解世豪的脾气,如果他知道自己的父亲曾经找过天依进行这样的谈判,那他势必会跟父亲闹到鱼死网破的,而这是天依最不愿意看到的。

天依如何能舍下马世豪呢?在她与世隔绝、遭到背弃误解、最孤独无助的时候,是马世豪一直陪伴在她的身边;在她对未来落寞无望的时候,是马世豪为她点亮黑夜中的一盏明灯。她对他的爱已经超过了自己的想象,她真的不知道原来自己的爱也可以如此盛放。

可是嘉惠怎么办,博雯怎么办,天瑰堂的兄弟们又怎么办?她不能这样自私,为了自己的幸福,就牺牲朋友兄弟,那绝不是她安天依能容忍的事情。

整日纠结于矛盾之中的天依,发呆的时间越来越多,她经常一个人站在天台眺望远方,眼神空洞。

天依变得很没有安全感,睡觉时总是将自己蜷缩成一团,世豪从后面抱住她时,可以感觉到她一直在瑟瑟发抖。天依还经常从梦中惊醒,醒的时候枕头通常都湿了大半。

马世豪觉得不能再放任天依这样下去,他多次询问天依如此焦虑的原因,天依则叫他不要多想,说自己只是担心天瑰堂的兄弟们现在群龙无首,不知道会不会被龙帮其他人排挤。马世豪提出让天依退出江湖,跟他一起去加拿大开始新的生活,至少那样父亲也才会更容易接受天依。

听到世豪提起马忍,天依的心禁不住一颤,她看着眼前这个自己深爱的男人,一想到几天后就要同他分开,便痛彻

心扉。

是的,天依其实早已做出了选择,她觉得自己欠朋友和兄弟太多,唯有奉献出自己的幸福,才足以补偿那些过往。

然而天依又要如何去伤害眼前那个美如妖魅,简单如孩童的男人呢?看着世豪自顾自地幻想着他们去加拿大以后的新生活,听着世豪细数他要带着天依去游览的种种名胜,感受着世豪温暖细腻的深刻爱恋,天依的心也不知不觉快乐起来。

她无法在此时此刻去摧毁世豪的梦想,与其说是为了让世豪保留这种幻想,不如说是她试图留给自己一个完整而美好的梦。

他们约定下个月的 6 日,也就是 7 月 6 日,天依的二十一岁生日这天,两人一起离开长春,去往他们心中的乌托邦,去实现他们共同的梦想。

这段日子里,天依一再地想起儿时那个满脸褶皱的婆婆给自己算出的命格——命犯天煞孤星,注定独自终老。是不是自己会连累所有身边的亲人和朋友,是不是老天爷一定要安天依彻底孤独才会罢手?四虎走了,妈妈也走了,为什么自己除了眼睁睁看着这一切发生就别无他法了呢?不,只要我离开了世豪,那他也许就真的能够幸福吧。

天依靠坐在床上,看着身边已经酣然入梦的马世豪,皎洁的月光打在他俊美的脸庞上,投下或长或短的阴影,美得就似一幅人间少有的图画。天依想伸手去抚摸世豪的脸,可是又怕吵醒他,于是只是顺着他脸的轮廓做了做动作,并没有触碰他的肌肤。天依在心底默默说道,别了,世豪,请你一定要为

我幸福。

凌晨5点，天开始蒙蒙亮，天依此时已经走到桃园路的巷口，她看到冷饮店挂着"停业整顿"的牌子，心里禁不住一阵辛酸，往日的记忆一幕幕在脑海中闪现。

天依走在清晨的桃园路，仿佛走在自己过去十几年的光阴上，每一砖、每一瓦，每一张笑脸、每一声招呼，都让她无比亲切，感慨万千。

终于，她到家了。她多么想跟往常一样一推开门就大叫"妈，我回来啦！"，只可惜她知道以后再也不会有人回应她了。

天依仔仔细细地观察着这间破旧的小出租屋，生怕遗漏了一点自己和天妈的记忆。她终于知道为什么她给妈妈买的新房子妈妈总不肯去住，给妈妈买的新衣服妈妈总不肯去穿，给妈妈的钱她也总不肯去用的原因了。因为那一切都不真正属于她，也不真正属于自己。只有在这里才是她们最快乐真实的时光！

自从天妈生病住院，自己的事情也很多，便慢慢将这间小屋闲置了，灰尘和蜘蛛网似乎在向天依抱怨为什么这么久才想到要回家看看。天依苦笑，其实她也不清楚自己下次回来将会是什么时候了，抑或说她也不知道自己是不是还有命可以回来了。

天依收拾了几件自己的衣物，还有一些具有纪念意义的物品，将它们统统放进一个手提包。最后她再次环视了这间小屋和院落几遍，才恋恋不舍地从外面锁上了门。

就在天依刚走出桃园路，经过她曾经和马世豪并肩作战

的巷口时,没想到她再次被伏击了。

"安天依,站住!"从两辆奔驰车里面钻出来几个戴着墨镜的男人,他们所有人都拿着枪。

"你们不是祥子的人吗? 想干什么?"天依认出这几个人是龙帮绿园区老大祥子的手下。

"也没什么,就是受了老大之命来取你的小命!"为首的男人边说边打开了手枪的保险栓。

天依还没来得及反应,只听得"砰砰砰"几声枪响,祥子的手下顿时倒下了两个,其他人还不知道是从哪里冒出来的黑枪,只得赶紧躲进车里四处张望。

这时一辆黑色悍马飞驰到天依身边打开车门,"依哥,赶紧上车!"

天依把包往车里一丢,自己也十分敏捷地钻进了车厢。

悍马一路狂飙,直到确定后面没有人追来了,开车的人这才对后座的天依说道,"依哥,你没事吧?"

"我没事,你来得真及时! 可是细毛你怎么知道他们要杀我的?"天依一边揉着刚才上车时被车门撞到的胳膊,一边问道。

三

"依哥,这都多亏了小亦给我的短信。"细毛一边开车一边

答道,"你受伤又被聂风下了格杀令我都知道,但那时我在广东的事情还没处理完,听小亦说你被马世豪救起,我想你一定不会有事。聂风那老狐狸调虎离山,摆明了是要下你的课。昨天接到小亦的信息,我赶紧安排好一切赶了回来,幸好你没出事,他妈的祥子哪个混蛋我一定不会放过他!"

"这到底是怎么回事? 祥子为什么要杀我? 还有你说的是哪个小亦? 接替痞子强位置那个吗?"天依一脸的疑惑。

"是的,对不起依哥,有件事我一直没有告诉你,他就是以前跟着痞子强的瘦皮猴。多年前仓库火烧马芸芸一案,痞子强为完成聂风的任务,黑心得居然把自己的小弟瘦皮猴拉去顶罪,满身浇上汽油扔到了仓库废墟里,说是徇情自杀。被我赶到救下,但是他已经全身大面积烧伤、面目全非,后来我把他偷偷送到韩国整了容,想着留着他以后必定会有用。他从韩国回来后又经我介绍进了龙帮,后来得到风哥赏识,痞子强死后就让他暂代了朝阳区的老大。我去广东前专门吩咐他一定要帮我照应你,如果你有什么情况他也一定要及时通知我,这次要不是他给我发了短信,恐怕依哥你还真要出事。"

"原来是这样! 你做得很好!"对于细毛的做事方法天依从不怀疑。

"龙帮那帮老家伙前两天开会讨论谁来接风哥班的问题,讨论结果是让你来背这个黑锅——谁能杀了你,众人就扶他当老大。祥子不是早就对风哥的位置虎视眈眈么,那他自然是最积极来杀你的一个。"细毛将车开出了市区,他早就在一个比较隐蔽的位置安排好了住所。

"你说什么？接风哥的班？为什么要接风哥的班，风哥人呢？"天依生活在别墅里太久，明显跟这个社会脱节了。

"依哥，你还不知道呢？风哥让人杀死在家里了。好像当时还在跟叶梅那个小妖精翻云覆雨，不知道怎么就被她刺了几刀，不过后来叶梅也自杀了，死无对证……虽然经鉴定匕首上只有叶梅的指纹，但是风哥的保镖后来发现叶梅用血在墙上写了个'天'字，而且那晚他们还看到有人从风哥卧室的阳台翻出去，是一个叫殷雨天的银行行长。"

"一个银行行长怎么会杀风哥？"

"小亦说经人查出殷雨天就是夏雨！"

"夏雨？夏雨回来了？"

"嗯！这是小亦在风哥死后跟我说的，夏雨现在是马忍的人，这次回来是替姐姐报仇，也是帮马忍做事，更是还依哥当初帮忙逃亡的恩情。"

"恩情？现在他人呢？"

"不知道，现在帮里没人注意他，苗头全部对准了你。"

"看来他是早就回来了，那为什么小亦一直都没跟你说？等到风哥死后才告诉你？"

"依哥你也要理解夏雨，是马忍策划了整个复仇计划，每个环节都很重要，为了不节外生枝，这是有必要的。"

"嗯"这时天依完全明白整件事的发展了。

"而你之前又跟夏雨交情不错，曾一起从痞子强手上救出过嘉惠小姐，再加上之前风哥以你救了马世豪，是龙帮的叛徒为由，对你下了格杀令，所以他们自然而然就把一切都怪罪到

你的头上啦。其实谁不知道他们都是心怀鬼胎,哪个人是真的想帮风哥报仇呢? 无非是找个幌子了事。"

天依靠坐在位置上有些恍惚,原来在她跟马世豪享受神仙眷侣般生活的时候,外面已经发生了这么多事情。

"呵呵,夏雨的幕后老板有点智商的人都能想到吧。他们真想为风哥报仇的话,怎么不直接去找源头呢? 真是可笑!"天依不禁感叹风光了半世的聂风,其实到头来也避免不了落得个悲凉的下场。

"是啊,这个世上最恨风哥的人除了马忍没有第二人了! 他们自知连风哥都斗不过马忍,更别说他们这些乌合之众了。同时,他们也清楚马忍不是个喜欢牵连无辜的人,既然风哥已死,龙帮的危险也就暂时解除了。这帮老不死的只是借给风哥报仇的名义来除掉天瑰堂,并重新划分自己的势力范围而已。"细毛看样子已经充分分析过了目前的局势,说起来头头是道。

天依倒吸一口凉气,看来自己非但未能走出这个圈子,反而越陷越深了。同时天依也明白了马忍可以如此光明正大地寻找马世豪,是因为他已经除掉了聂风,而不必担心聂风会先于他找到世豪了。

"依哥,你放心,我绝对不会让龙帮那些老不死的动你一根汗毛。我细毛虽说没什么本事,但是在江湖上混还是有两把刷子的。当初风哥把我派到那么远的地方去收烂账,无非是为了削弱你身边的势力,也挫挫我的锐气,可惜他不知道连老天爷都帮我啊! 哈哈,以前从我们桃园路出去的我的一

个生死兄弟,正是我要收账的那个老板的手下。他帮我跟那个老板接洽,还帮我说了很多好话,后来我直接帮他们办了一个人,那个老板于是十分赏识我,还跟我拜了把子,现在我细毛在广东也算是小有名气了。最近帮我这个老大哥抢到了一块跟另一帮派争夺已久的地盘,还出主意让他的正道和黑道生意都做得红红火火,他真的很赏识我,也非常支持我这次回来帮你重振声威。依哥,怎么样,如今我细毛也可以反过来保护你啦!哈哈!"

细毛叽叽歪歪讲了一大堆,完全是本色再现。不过也难怪,他确实很久没有看到天依,更别说跟她聊天了。可是等了半晌,细毛也没有等到自己意料之中的天依的赞赏。他扭头一看,天依正神色凝重地看着车窗外发呆。细毛于是大叫了两声"依哥",天依这才回过神来。

正当天依准备回应细毛的时候,她身边的包裹里突然有手机的响声。她的手机在被绑架的时候早被马忍手下搜走了,跟马世毫在一起的时候为了不让两帮人发现,故没有再佩带手机。天依在包里摸了很久,找出了一个白色的精致手机,这是妈妈的手机,是她过生日时博雯送给妈妈的礼物。今天她收拾东西时带上了,还冲了电为了能打开手机看里面妈妈曾经和她拍下的照片。天依看来电的显示居然是博雯?可是令天依纳闷的是自从博雯对自己的感情曝光后,博雯再也没有主动联系过她,妈妈早就去世了,而今天她怎么会打妈妈的手机呢?

天依犹豫了一下,还是按下了接听键,"喂!博雯,好久

不见。"

电话那头没有人回应,却是传来一阵低声抽泣。

"喂,博雯,是你吗?你怎么了?说话啊!"天依感到了事态的严重。

"天依……天依,我该怎么办!奶奶被他们抓走了!呜呜……"博雯嘶哑的嗓音带着明显的哭腔,仿佛已经到了崩溃的边缘。

"什么?这帮人渣……我操你妈!"天依一拳重重地打到了前坐靠背上,她没想到祥子为了老大的位置居然做到如此决绝的地步,自己真的小看了他,"博雯,别哭,他们到底想怎么样?"

"他们……他们给了我一把枪,要我杀了你,才会放我奶奶。"

天依闭着眼睛深深吸了一口气,然后继续说道,"博雯,晚上7点,我在建设大厦天台等你。"

四

长春的夜晚总是不会萧瑟寂寞的。晚上7点,公路上车水马龙,街道两旁灯火流转。稍微有些情调的各式餐厅里都坐满了幸福的情侣,甚至是一家三口,也有不少红男绿女步履匆匆,但脸上都洋溢着幸福的微笑,也许是正在奔向某处温暖

的小巢。

从建设大厦的天台可以俯瞰整个长春的全景,然而花花世界里浪漫热闹的情绪却丝毫不能影响位于这全市最高处的凛冽——那来自两个已经相互对峙了良久的女孩之间的凛冽。

建设大厦的毫无生气让这栋大楼在整个长春市的喧嚣里显得那么格格不入,而此时能和它抗衡的恐怕也只有来自于这两个女孩各自内心无以复加的悲伤和哀愁而已。

一个女孩英气逼人,身材高挑,黑衣裹身。

一个女孩娇小秀气,即使透过那副大大的黑框眼镜也能清晰看到她正满含热泪的双眸。

周围喧闹的一切似乎都被挡在了这两个女孩的视线之外,此刻她们的眼中看到的只有彼此,她们的心里正一幕幕回放着过往的片段。

“博雯,还记得当年我们三个在这结拜的情景吗?”黑衣女孩天依终于开口,面带微笑,打破了两人之间的宁静。

“当……当然,不求同年同月生,但求同年同月死。”博雯紧咬下嘴唇,颤抖着回答道。

“呵呵,是啊,但求同年同月死……我有时真想先走一步,这样也许我身边的人都会幸福得多。”说到此处,黑衣女子的声音透出一股淡然。

“天依……”博雯终于没能忍住夺眶而出的泪水。

“从小就有个算卦的老婆婆说我命犯天煞孤星,以后会孤独终老,小时候我当她是放屁,现在想想不无道理,我身边的

朋友亲人都一个个不是离我而去就是命丧黄泉!"

博雯看着天依的背不知道该说些什么。

"博雯,你看啊,长春的夜是多么美丽,每个人都会跟所爱的人在一起吧。嘉惠这时候应该跟从国外回来的爸妈在一起又或者跟四虎哥在一起,你应该跟你奶奶在一起,而我应该跟我妈妈在一起……可是,可是我却毁了这一切。"天依走到天台的护栏边,先是有些呆呆地望着远方,随后又用拳头狠狠地砸向石头护栏的边缘,那白皙的手背顿时被鲜血所染。

博雯见状急忙想上前查看天依的伤势,却被她制止。

"博雯,你别过来,你就站在那里,用祥子给你的枪杀了我,我不怪你,真的。我已经做了太多的错事,如果我的死可以换来其他人的生,那么我好歹也算死得有点价值。"天依边说边爬上了半人高的护栏,夜风吹起她的黑色风衣和凌乱的短发,却丝毫没有吹乱她嘴角的微笑。

"天依,你下来,你下来,你没有错,你根本没有一点错,什么命犯天煞孤星,你别这么迷信好么,她们的死都与你无关,你不要什么事都往自己身上揽!"博雯着急地想上前去拉天依下来。

"博雯,你站住,不许过来! 你不想救你奶奶了吗? 你不想了吗?!"天依厉声呵斥道,博雯听后愣在了原地,不知该如何是好。

"听我的,拿出枪,记得我教过你怎么上膛吧,就当这是个游戏,好吗? 我转过身,你瞄准之后可以闭上眼睛,为了奶奶,

记住,这是为了你唯一的亲人。"天依边说,边仍旧微笑着转过身、昂起头、举起了双臂,仿佛是要和这传递浪漫的夜风拥抱,只是有一颗泪顺着她清秀的面庞滑下,幸好这世上已经没人会看到。

"天依,认识你我从不后悔!"她身后的博雯擦了擦脸上纵横交错的泪水,痴痴地盯着她的背影看了几秒,随后缓缓地举起了手枪,但那枪口对准的却是自己的脑袋。

"博雯小姐,住手!"就在许博雯即将扣下扳机的一刹,细毛大叫一声出现在了两人的身后。

"你怎么能傻到自杀呢! 你的奶奶已经被我们救出来了!"细毛边说边一把抢过博雯手中的枪。

"我不能那样做,不能!"在博雯的心里天依几乎占据了她全部的位置,她怎么能对她最爱的人开枪呢?

"你个傻子,就算自杀也是逃避我的一个方式对吗?"

"依哥,都办好了!"细毛看着站在天台边上的天依,还真是捏了把冷汗。

"天依,原来你已经都安排好了? 那你为什么还让我开枪打你!"博雯也是第一次在天依面前表现得如此懦弱、哭得如此失意,听到细毛的话忙擦着脸上的泪问道。

"如果我不这样,你还要逃避我到什么时候,与其我最好的朋友都离开了我,我还不如死掉算了呢!"说着天依走了下来,一把将手臂环在了博雯的脖子上,冲博雯送去了一个甜甜的微笑。

"天依！你变了！"看着天依的微笑，让博雯心里的尴尬全部消失，仿佛又回到了学生时代。

"是吗？哪变了？"

"变坏了，变得玩世不恭了，变得可爱了，变得更加开朗了！"说到这博雯看着那张刚柔并济、无比帅气的脸，不禁再次陶醉。

"怎么？我又让你心动了？"现在的天依已经充分地整理好思绪，知道用一种怎样的心态去对待博雯了，那种友情来得那么自然。

"你坏蛋……"

"依哥，你和博雯小姐叙旧的事情暂且放一放吧，老太太现在正在楼下的车子里，我们先送她们祖孙两人离开长春才是第一要事。"细毛一边不住地朝楼下张望，一边对天依说道。

天依轻轻拍了拍博雯的背以示安慰，说道："博雯，细毛说得有道理，你赶紧跟奶奶离开这个是非之地，我保证你们不会再因为我受到一丁点伤害！"

天依给了细毛一个眼神，多年来的默契让细毛很容易就接收到天依无声的命令，"依哥，你放心吧，我一定把博雯小姐和老太太毫发无损地送离长春。"

博雯依依不舍地拉着天依的手，直到最后一点接触也从指间滑落，她才咬着嘴唇转头离开。

天依站在天台上，冷眼俯瞰着长春这璀璨的夜晚，她知道不久之后在这座妩媚喧嚣的城市将掀起一场血雨腥风。

五

"依哥,我回来了。"细毛推开宾馆的房门,径直走到一位面朝落地窗,将自己窝在单人沙发里的绝美女子身旁坐下。

"事情都搞定了?"女子朱唇轻启,目光却一直注视着远方,没有收回的意思。

"嗯,我办事您就放心吧!我叫了我最可靠的四个兄弟送老太太和博雯小姐去沈阳,而且这段时间他们会直接留在那边保证她们的安全,没有得到我的命令是不会回来的。"

"嗯,那就好!细毛,你辛苦了……"天依微微松了一口气,并闭上了双眼,似乎心上的一块石头终于落了地。

"依哥,看样子你累了,那你休息吧,我出去了。"细毛知道这些天来天依是真的身心疲惫了。

"细毛!"就在细毛快走到门口的时候,天依突然睁开了眼睛叫道,"你先别走,我有事要跟你商量。"

"依哥,什么事?看你累的,要不明天再说。"细毛想了想,还是再次走到天依对面坐下。

"细毛,我想统一龙帮,统一整个长春的黑道。"天依坐直了身子,目光里透出坚定。

"哈哈,依哥,这不就是我,哦不,是我们天瑰堂一直以来的愿望吗?只是我觉得你一直似乎不太愿意与人争斗,也从

没听过你有统一长春黑道的想法？"

"以前我妈妈一直希望我做一个最平凡的女孩子，跟别人一样读书，工作，结婚，生子，循规蹈矩地生活，而我也一直朝着这个方向努力着。可是有一点我总也想不通，为什么这种在别人眼中看起来如此普通的事情，我做起来却这么吃力呢？是我实在没有这种资质吗？直到后来我才明白，这是因为那种普通的生活根本不适合我。这个世界并不是你按照自己的想法去生活，就可以得到相应的回报的。而适合我安天依的生活也许恰恰是这种争斗的生活，只有在这种生活里我才会获得宁静，才能体会到满足。以前我一直拒绝承认这些想法，因为这跟妈妈对我的期望相去甚远。而最近我常常在回想过去的点滴，从跟你认识到开创天瑰堂，从跟痞子强结下梁子到我成为龙帮南关区的扛把子……也许在黑道中力争上游，才是我安天依的生存之道吧，何况龙帮那帮人已经是摆明了把刀架到我们的脖子上了。"

"依哥，你说得太好了！不枉我细毛跟了你一场，我们天瑰堂终于也有成为长春第一帮派的明天了！哈哈！说实话，我早就看聂风不爽了，他之前摆明了是怕你功高震主，处处压制你，还把我派去那么远的地方，就是为了分散你的势力。最他妈不义气的就是上次跟马忍交换人质，还差点连你的命也搭上，我们兄弟早盼着你揭竿而起啦，只是都知道你是一个把'义'字看得比什么都重的人，所以不敢轻易开口。如今依哥你能自己想明白，我们兄弟们绝对一万个支持你！"

"聂风的情，我该还的都已经还了。我并不是蠢得什么都

看不出来,我知道我一直只是一颗棋子,可是为了我妈妈,我甘心当这样一颗棋子。聂风是第一个让我真正看到自己价值的人,如果不是被利用,我又怎么会看清自己的实力呢?龙帮是一个自身有太多蚁穴的大坝,是时候让天瑰堂这股大水来清理长春了。"

"依哥,你说得我都摩拳擦掌了,哈哈,你直接吩咐吧,我们应该如何做?"细毛被天依的一番说辞弄得十分兴奋,激动得来回在客厅里踱步。

"我要召开龙帮大会,大张旗鼓地吞并龙帮!对于龙帮那帮吃软怕硬的墙头草,直接用武力镇压是最快速和有效的方式。是时候反击了,我相信我们天瑰堂的时代马上就要到来!"天依的表情坚定而冷静,仿佛有着儿时打掉小胖子门牙时那一拳的坚定。

第二十二章

生 日 之 约

一

　　龙华国际大酒店的地下会议室里，坐着长春市第一大帮龙帮五个区的老大以及他们的手下。每个人脸上都带着不同程度的紧张，因为他们从走进这个会议室起就一直被一帮身穿黑西装的人用枪指着。大家都死死盯住谈判桌的中央位置，那以前是聂风的专属座位，而现在安天依正泰然自若地坐在那里。

　　"安天依，你他妈是什么意思？作为一个龙帮的叛徒居然还敢如此趾高气扬地走进龙帮总部，居然还坐在龙帮龙头老大的位置上，居然还拿枪指着你的前辈？"不识时务的祥子总是喜欢做第一个出头的人，他回头望了一眼正拿黑洞洞的枪口对着自己的黑衣人，十分气愤。

　　"祥子，你派手下伏击我，还抓走博雯的奶奶威胁她杀了我，这两件事情我稍后再同你计较，现在你最好给我闭嘴！"天依冷冷地说道。

　　"什么伏击你？什么奶奶？你鬼扯什么呢？我可一点都听不懂！"祥子装傻的功夫可是一流。

　　天依横了祥子一眼，他便立马由理直气壮的叫嚷变成了低眉顺眼的小声嘟囔，尽管祥子的年纪可以做天依的父亲了，但是天依与生俱来的霸气令他也不得不敬畏三分，还有那大

家都不得不承认的势力。

"今天我召集各位前来,是有一件事情宣布。在宣布这件事情之前,我想向大家询问一件事情。我听说各位长老曾开会商讨究竟谁才是杀死风哥的罪魁祸首,而讨论的结果就是我和夏雨联手。不知哪位有确凿的人证或者物证能够证明这个结论?不妨拿出来让我见识一下,也好让我这个黑锅背得心服口服。"天依边说边环视了一周,几个分区的老大不是故作沉思,就是东张西望,半个小时过去了却没有一个人开口的。

"既然大家都没有确凿的证据,那么我就来提供一点事实吧。夏雨在美国留学期间的学费一直是被同一个人赞助的,虽然这个人没有以个人名义或者是他公司的名义赞助,但是细毛还是调查出这个人正是马忍,而夏雨毕业后被直接安排在民生银行一家分行里当行长也是马忍在背后操纵的。所以风哥自以为是地收买了夏雨,而实际上夏雨不过是作为一个双重间谍而已,为了报恩,他自然会站在马忍这一方。最后不知他又用什么方法拉拢了叶梅,才导致风哥的惨死。"天依镇定地讲解道。

"这些都是你自己想出来的吧?也并没有什么十分确凿的证据么。"大刚小声反驳道。

"呵,"天依冷笑一声,继续说道,"是的,我没有确凿证据,即便我有,我也不想呈现在你们面前,因为我只是告诉你们这个事实,不管你们是否相信都必须得接受。"

"是啊,你安天依多牛逼啊!不光能让风哥的心腹厉杰为

你挡枪,还能勾搭上马忍的二公子,试问天下哪个女人能有你这个能耐啊!"祥子一向口无遮拦,他想尽了一切尖酸刻薄的言语来攻击天依。

"你他妈给我嘴巴放干净点,敢对我们依哥不敬,你是嫌命长了吧?"站在天依身旁的细毛只比划了一个手势,祥子身后的黑衣男子便大步走上前直接用枪抵住了他的后脑勺。一时间整个会议室的气氛顿时由凝重变得人心惶惶。

"安天依,你手下怎么这么没教养啊?在前辈面前还要什么横?你今天想来说明什么?说明风哥的死跟你没关系咯!那马忍呢,你这么有本事肯定已经把他抓住了吧,他人呢?直接带上来让兄弟们大卸八块不就行了。"孔雀这次破天荒地站在了祥子的一边,毕竟他们都是龙帮的元老,不能被一个入帮没多久的黄毛丫头从气势上给压下去。

"行了行了,天依,叫你的手下把枪都收起来吧,别让人家外人笑话我们龙帮就会窝里斗,还是说正经事要紧!"德顺又开始做他最擅长的和事佬。

天依给了细毛一个眼神,细毛才吩咐手下都先退回到原来的位置,但是并没有将枪收起来。

"马忍我没有抓,我认为也没有必要去抓。因为马忍杀聂风天经地义,因为他杀死了马忍的女儿和未出世的孙子。他聂风是咎由自取。"天依端起面前的热茶小啜一口,冷静地说道。

"什么?编故事是吧?哈哈······我看你是没有这个本事去抓吧!我们几个上次开会可都已经商量好了,谁能帮风哥报仇,谁才能坐风哥的位置,你不要以为拿几把破枪在这里唬

人我们就怕了你了?"祥子一副大义凛然的样子。

二

　　"唉唉,我说祥子,你激动个啥,安天依没杀马忍说明你还有机会杀嘛!要是你杀了马忍,这龙帮龙头老大的位置不就是你的啦?"大刚一双贼溜溜的眼睛透出狡黠的光,他绝对不是个愿意伤财劳命去给聂风报仇的人,他只要守住自己的一亩三分地是最好的现状。而如果祥子真的杀了马忍,凭他的能力就算坐上聂风的位置也不会长久;又如果马忍把他杀了,那自己自然又少了一个竞争对手。万一到时候必要,即使向马忍倒戈,他也会毫不犹豫的。

　　"嗯,这倒是,这倒是,哈哈……"祥子有些心虚地笑道,即使他为人再狂妄,也知道以自己现在的实力想杀马忍,那无异于天方夜谭。

　　"你们用不着想什么谁给聂风报仇,谁就可以坐他的位置这件事了。那只是你们之间的协议,我可从来没有承认过。何况你们别以为我不知道你们那些花花肠子,你们再傻也能想到夏雨是被谁指使,而这个幕后黑手唯一的目的就是除掉聂风报杀女之仇,他准备向龙帮挑战的可能性是微乎其微的。你们一个个冠冕堂皇地说是为了给聂风报仇,那怎么不直接去找马忍而要赖在我头上? 唯一的理由恐怕就是想借机铲除

我天瑰堂,并重新划分你们的势力,还可以让某些人借机上位吧。"天依的语气逐渐加重,说到最后,在场的几位老大都不敢轻易接话了。

"所以,下面就是我今天召集你们来要宣布的事情:从今天起,龙帮就将被天瑰堂吞并,而坐这个龙头老大位置的人就是我安天依。"天依冷冷地环顾众人,神情严肃地说道。

"哈哈,我没听错吧? 她是说她要吞并龙帮当老大吗? 哈哈哈哈,这真是我听过最好笑的笑话,哈哈哈……"祥子真的像疯了一样,拍着桌子大声狂笑。

大刚,孔雀,德顺以及一直十分低调的小亦这时都没有说话,他们只是定定地看着天依,因为他们不像祥子那样少根筋,谁都知道安天依不是个乱开玩笑的人,而这也一定如她所说,是她召集龙帮众长老开会的最终目的。她既然敢这么说,那么说明她一定早就做好了相应的准备。

"怎么你们都不笑啊? 这难道不好笑吗? 她,安天依,一个还没断奶的毛丫头,居然说想吞并我们龙帮,还要当龙头老大,你们觉得这可能吗? 可能吗?"祥子这次真的像疯了一样,也不顾身后还有几把枪指着自己的脑袋,就直接站起身,走到天依身旁,用手指着她的鼻子十分不屑地说道。

天依冷冷地看了祥子几秒不说话,然后以闪电般的速度起身,顺势将他那根手指捏住,用力往后一撇,再将他整条胳膊往背后一扳,众人只听得"咔咔"两声闷响,随后便看到祥子拖着一条软绵绵的胳膊躺在地上使劲哀嚎。

所有人都被天依出其不意的攻击吓傻了,顿时慌了神,当

他们纷纷准备掏枪的时候，却早已经被细毛的兄弟们用枪抵住了脑袋。

"安……安天依，你个小婊子想干吗？有本事你杀了我啊，杀了我啊！"祥子已经疼得脸色惨白、浑身虚汗，可是嘴上还不忘逞强。

"我想我已经警告过你了，伏击我和绑架博雯奶奶的事情我还没有同你计较呢！可是你那张嘴实在是太令人讨厌了。"天依用一种怜悯的眼神看着祥子说道。

"祥子你就先少说两句吧！天依，咱们有话好好说，你怎么能跟兄弟们动手呢？凡事好商量嘛。"德顺又拿出他那老好人的姿态两边安抚。

"这事没什么好商量的，我安天依说一不二。论能力，势力，实力，你们谁比我强，那大可以站出来跟我比较一下。光凭我天瑰堂的弟兄就足以把你们剩下四个区的全给扫了。不用说我下面还有南关区其他龙帮的弟兄，以及细毛在广东的势力。今天我是尊敬几位前辈，才开了这个碰头会，知会大家一声。希望你们不要给脸不要脸，到时候弄得面子上过不去，可别怪我安天依翻脸不认人——反正你们在自己现在的位置上也呆得够久了吧。"天依说完右手一挥，便只见众人身后那帮训练有素的黑衣人，都走上前一步，将枪的保险栓打开，抵在了另外四个老大和他们手下的身上。

"呵呵，依哥，其实我早就看出来你潜力无限了！功夫好，人缘好，又有领导能力，人还长得帅气漂亮，能被你领导真是我大刚莫大的荣幸。我一万个支持你当龙头老大，以后我开

发区的兄弟们就跟着依哥混了！"大刚意料之中地第一个倒戈于天依，那副谄媚的表情转换之快让其他人望尘莫及。

"很好，其他人呢？"天依看了看孔雀和小亦。

"我本来就只是一个运气比别人好点的小混混而已，承蒙依哥不弃，能让我继续留在天瑰堂效力，我小亦赴汤蹈火、万死不辞。"小亦其实早就暗中和天依、细毛站在了同一战线上，他说这番话的目的不过是为了掩人耳目，毕竟在最终格局尚未形成之前，过早暴露这层关系并不是好事。

"依哥！宽城区听候你的命令！"德顺并没有多余的话，但天依知道德顺不是一个有野心的人，是一个很好的属下。

天依点点头，又看向了孔雀。可能这众多的扛把子里面，也只有他是真的一直在为龙帮的前途考虑。只见他眉头深锁地沉思了半晌，继而抬头说道："也许真的是到了长江后浪推前浪、改朝换代的时候了。天依，哦不，依哥，我们净月区也听凭你的调遣。"

天依知道孔雀是个真正忠义的人，她拍了拍孔雀的肩膀，然后走到正疼得满地打滚的祥子身边说道："你还有什么异议吗？如果有，尽早提出来，我也好给你个痛快。"

祥子此时已经几乎无法说话，他只是极不情愿地"哼！"了一声，然后表示默认地把头偏向了一边。

天依的嘴角微微上扬，她叫细毛帮祥子将脱臼的胳膊接上，然后自己绕回会议厅的正中央，朗声说道，"既然大家都没有意见，那么我正式宣布，'龙帮'从现在起叫'天瑰堂'，我安天依是天瑰堂总堂主，大刚，祥子，孔雀，德顺仍旧是各区的分

堂堂主,细毛任南关区分堂堂主,小亦不再是代理,而正式任朝阳区分堂堂主。从今天起长春市不再存在'龙帮',而只有'天瑰堂'!"

三

  2008 年 7 月 6 日清晨,长春市最奢华的学校桥斯顿的图书馆前站着一个十分夺人眼球的男子,他浅栗色的头发柔软而卷曲,狭长的眼睛上长着连女生也嫉妒的长睫毛,深褐色的瞳孔显得忧郁迷人。他微微抿着棱角分明的嘴唇,略显焦急地左顾右盼,似乎在等着什么人,而他左耳上的十字架耳钉随着折射光线的角度变换而发出灼人双眼的光芒。

  路上的学生渐渐多了起来,几乎所有人都忍不住多看这个宛如妖魅的男子两眼,可是男子的目光未曾为任何人停留,只是不住地在人群里来回搜索那个令他望眼欲穿的身影。

  太阳将男子的身影缩短又拉长,可是男子只是站在图书馆前一动不动,丝毫没有要离开的意思。没人知道他在等谁,也没人知道这是一个怎样的约定,更没人知道这天是一个对他至关重要的人的生日。

  傍晚时分,一个两鬓斑白的老者缓缓走到男子身后,用一种笃定的语气说道,"她不会来了。"

  男子瘦高的身影似乎在傍晚的凉风中微微一抖,但是他

却坚持着没有转身，只是暗自做了一次深呼吸，然后再次昂起了头，坚定地看向前方。

"怎么，你不相信我？我说了，安天依她不会来了。"老者略微放了声音，又重复了一遍刚才所说的话。

"我就知道是你！一定是你去找了天依，让她离开我的是不是？"男子终于忍耐不住，转过身来对老者吼道。

"世豪，你还当我是你的父亲吗？你怎么能用这种语气跟我说话？"老者皱起眉头，略显不悦。

"如果你还当我是你的儿子，你就不应该插手我感情的事！"

"呵，你说我插手了，有什么证据吗？安天依自己决定离开你，难道没有给你任何理由吗？"

"她那天给我留了一封信，说帮里有很紧急的事情需要她回去……但是我们说好了的，在她生日的这天，在我们第一次见面的地方碰头，然后一起去加拿大开始新的生活，我们说好了的……你怎么知道她不会来了？是不是你派人把她抓起来了？"

"哼，我才没那么无聊，我只是想告诉你，看来在安天依眼里，你远比不上她的兄弟和帮派的利益重要。约定？也就只有你这个傻瓜还跟黑社会讲约定。"

"爸爸，我知道你有多痛恨黑社会，但是你不能因为一两件事就对黑社会全盘否定啊！黑社会里也有很多好人，就像不加入黑社会的人里也存在很多败类一样！"

"一两件事？单凭你妈妈跑了，你姐姐死了这两件事还不

足以说明问题吗？非要等你也出事了，才能让你看清现实吗？像安天依那样出身卑贱，还动不动就喊打喊杀的女孩子究竟有什么好？你说你们的爱如何纯洁，如何坚固，那你怎么解释她一声不吭丢下你，这段时间又对你不闻不问呢？我即便有再大的本事，也没办法阻止你那个天瑰堂堂主去见你一面吧，当然这是在她自身有这样意愿的情况下。实话告诉你吧，你们这个所谓约定的时间和地点都是她告诉我的，她要我来帮你看清现实，她选择了自己的黑道之路，而放弃了你。世豪，你清醒一点吧！"

"我十分清醒，天依她这样对我一定有她自己的苦衷，即使她今天不出现，我也会一直等下去！"

"世豪，你别傻了，你自己一个人在这里为了那个抛弃了你的女人，那个烧死你姐姐的女人跟你的亲生父亲争吵，值得吗？你这个倔脾气跟你姐姐简直如出一辙，她那么爱聂风，无论我多么苦口婆心地劝诫，她都一定要嫁给那个居心叵测的男人，结果呢？连自己的性命都搭上了！你不用再说了，不要再为一个根本不爱你的女人跟我争论，何况她还是杀害芸芸的凶手，无论如何我都绝对不会答应的，以后你就会知道我这是为你好！"

"她当然爱我，这一点我从来没有怀疑过！至于姐姐的死，爸爸，你也知道那不过是因为天依中了聂风的局！你难道不记得当初你抓她作为人质跟聂风交换我时的情景了吗？她那时尚可以不顾性命地为我挡一枪，那现在更不会因为不爱我而离开，我知道她只是因为不希望我为难，那个傻丫头一直

迷信说自己'命犯天煞孤星',凡是跟她过于亲近的人都不会有好下场,她是为了保护我而离开我,那恰恰是因为太爱我!"

"哈哈哈……太爱你,你知道吗?你连这句台词都跟你姐姐说的一模一样,你这样的年纪真的懂得什么是'爱'吗?你太天真了,不要被一点假象就迷惑得团团转。"

"爸爸,你不要白费口舌了,我是绝对不会跟你回……"男子本还自顾自地说着,却突然感觉后脑勺被人重重一击,最后眼前一黑便直接倒了下去。

"把他给我抬到车上去,你们两个一定要给我好好看住他,直到后天把他押去机场,送上飞机为止。如果这过程里出了一点纰漏,你们自己知道后果的。"马忍对刚才打晕了马世豪,现在正将他扶起的两个男子说道。

看着手下将马世豪塞进了车里,马忍禁不住叹气道,"世豪,相信爸爸,这都是为了你好……"

四

马忍真的很恨安天依吗?其实他也曾经问过自己这个问题,对于一个年近花甲的男人来说,看惯了这世上的风起云涌,尔虞我诈,已经没有什么事情是绝对包容不了的,只是他还过不去自己心里的那道坎而已。年轻时候不学无术、家徒四壁,导致妻子为了追寻更好的生活而抛弃了自己和儿女,他

把这一切错误都归咎于妻子和那个黑道男人，却并不承认自己当时的无能。后来女儿马芸芸爱上聂风，他被逼无奈勉强接受了这一段婚姻，结果女儿怀着他尚未出生的外孙凄惨死去，除了深切的悲痛之外，他竟然还体会到一种自己的预言最终实现的成就感——黑社会是肮脏的，不可理喻的，没有丝毫道义可言的，所有轻信和迷恋黑社会的人都是愚蠢的。所以当年妻子的离开是因为她自己看不清事实，受了蛊惑，而与她老实忠厚的丈夫是没有丝毫关系的。

马忍越发坚信自己多年以来的观念，也就更不可能允许儿子马世豪和黑道玫瑰安天依在一起。而同时他也从马芸芸的前车之鉴看出，除非安天依主动退出，否则以马世豪跟他姐姐如出一辙的倔脾气来看，他自己是绝对不可能妥协的。所以马忍觉得自己威胁安天依的这步棋走得很对，而日后马世豪也会因此而感激自己。他会明白什么爱情、什么伤痛，到头来都会在时间的洪流中被湮灭，这是亘古不变的真理。

然而在马忍逐步开始自己一系列自以为是的行动后，发生在马世豪和安天依身上的又一件事，让他真的不得不重新审视这个与众不同的坚韧女孩。

龙华国际大酒店对面的树丛后面站着一个帅气得令人炫目的男子，他左耳上若隐若现的十字形耳钉在阳光的照耀下反射出点点闪耀的光芒。路边来来往往的行人都忍不住对这个仿佛不属于人间的精灵侧目，可是男子却一直目不转睛地

盯住对面龙华国际大酒店的出口,生怕错过一个细节。

　　马世豪是倔强的,除非他亲口听到天依对他说不,否则绝不会向父亲低头。

　　马世豪是坚强的,但是在自己最心爱的女人面前,他只能表现得无比脆弱。

　　如果他只是安天依生命中路过的流星,那么他也要作最大最亮的那一颗。

　　原本马忍给马世豪定了那天晚上 7 点的飞机,可谁知世豪在候机大厅以上厕所为由,进去乔装打扮一番之后堂而皇之地从门口两个保镖的眼皮底下溜走了。他心底有一个声音在对自己说,如果这次见不到天依,那么以后可能就再也没有机会了。不管天依是因为什么原因离开自己,他都需要听到她亲口说出来,那样才是他唯一能接受的结局。

　　终于,在保镖的簇拥下,天依从酒店大门出来了。她似乎更瘦了,黑色的短发挡去了她大半的脸颊。她仍旧未施粉黛,但却依旧楚楚动人。那种完美结合阳刚与阴柔的绝美恐怕也只有在天依身上才能够看到,马世豪不知不觉看得痴了,他的身体不由自主地朝着天依的方向走动,他的眼睛始终注视着天依,仿佛此刻所有其他人都只是他和她的背景而已。

　　就在距离天依几米之遥的地方,一个保镖上前用手抵住了想继续前进的马世豪。"你想干什么?不许再靠近了!"

　　"没关系的,让我跟他说两句,我一会就来。"天依用略显疲惫的声音对保镖们说道。

五

　　天依将马世豪拉到龙华大酒店旁没什么人经过的墙角，而马世豪就像失去了灵魂一样，整个人任由天依拉扯着，跌跌撞撞地跟在她后面走到了一片阴影之中。

　　"世豪，你怎么来了？你不是应该……"天依的语气透出责备，可是眼睛里却满是温柔与不舍。

　　马世豪并不答话，只是紧紧盯住天依的脸庞，突然他二话不说一把将天依霸道地拥入怀中，死死抱紧，生怕一松手她就又要消失一般。

　　"安天依、安天依、安天依，你这个不负责任的女人，你就那么留下一张纸条给我，然后消失不见，你不知道我会担心的吗？你心里到底有没有爱过我？你在我爱你爱得死去活来的时候，突然跟我说不能跟我在一起了，那是对我以前骗过你的惩罚吗？那么好吧，恭喜你达到目的了，你不在的这段日子里我就跟疯了一样不吃不喝不睡到处找你。还有我们的约定，关于你生日之期的约定，你也是骗我的吗？我们不是说好了，到时候我带你离开长春，找一个没人认识我们的地方重新开始生活。你不做天瑰堂的堂主，我也不做马家二少爷，咱们就做最普通的安天依和马世豪，过最普通的生活……这些难道你都忘了吗？你知道那天我等了你多久吗？你这个骗子！骗

子!"马世豪将脸深深埋进天依的发间,急促的鼻息不断触碰着天依的耳朵和脖颈,他虽然口中不断责怪着天依,可是每说一句就将她更加抱紧一点。

"世豪,我……"天依的身体开始还有些僵直,可是听完了马世豪的这番话后,她不由自主地也迎合着对方的拥抱,不争气的泪水流了满脸。是啊,最普通的生活,这是天依一直追求,却从未得到的生活。我是安天依,你是马世豪,我们干干净净、纯纯粹粹,不带有任何身份,不再参与任何纷争,这样多好? 可是这终究只是梦,梦很美,可是那终究只是梦,我们始终要醒来。

天依很想解释,可是她知道自己不能解释,因为不管马忍手上是否有威胁她的把柄,她眼下都不能扔下天瑰堂的兄弟们不管。而如此的自己别说马忍了,就是世豪也是不能接受的。既然注定是痛苦,那不如就全部由她自己来承担吧。

就在天依和马世豪忘情拥抱的时候,一场不可预知的危险正悄悄临近了。

当时天依的脸是朝向墙侧的,只有马世豪能够看到街道上所发生的一切。他听到一辆摩托车的轰鸣由远及近朝他们袭来,而待他抬起头的时候,发现摩托车上的男子已经朝着他们的方向掏出了枪。

马世豪的身体几乎和大脑在同一时间条件反射出一个结果——天依有危险! 天依只感觉马世豪抱住自己的力气突然加大,然后他抱着自己转了一个圈,随即便是一声凄厉的枪响,马世豪压着天依倒在了地上。

"依哥,依哥,你没事吧!"保镖们此刻都已经从车上下来,一边拼命朝摩托车离开的方向频频开枪,一边将天依和马世豪护送到车上。可惜凶手已经扬长而去,被打中的可能微乎其微。这时只见一辆黑色悍马突然从路口冲出,挡住了摩托车前进的方向。眼看就要撞上悍马,凶手躲闪不及,只得急速拐弯,而因为车速过快,于是凶手连人带车摔倒,擦着地面滑行了好远,火星四溅。凶手由于惯性被甩了出去,接连在地上滚了好几圈,最后终于晕倒在马路上一动不动。

"你们他妈的站那边干看着干吗? 过来抓人啊!"细毛从悍马上下来,对一帮站在原地看傻眼了的保镖们大吼道。

在众人正手忙脚乱捕捉妄图刺杀天依的凶手时,天依已经吓得脸色惨白,只能惊慌失措地摇晃着马世豪的肩膀大叫,"世豪,世豪,你说话啊!"她之所以要离开马世豪就是希望他平安啊,可是事情怎么会变成这样? 在经历了同母亲和厉杰的死别后,她绝对不能忍受世豪再离开自己了,连这种可能她都不想听到。

"天依,这一枪我总算是还给你了。"马世豪微微睁开那双摄人心魄的眼睛,坏笑着对天依说完便立马晕了过去,不省人事。

第二十三章
我爱"黑社会"

得知儿子为救安天依中枪的消息后,马忍真的几乎要气得发疯了。他不明白自己怎么就总也逃不出安天依的魔掌?明明晚上马世豪就可以坐飞机离开长春,就在这最后的几小时里也能出这么大的状况,他再次肯定了自己的想法——绝对不能让世豪跟安天依在一起。

医生说马世豪很幸运,如果子弹再打偏一点点,那也许就回天乏术了。手术做得很顺利,下面要做的就是等待他醒来。马忍站在玻璃窗前看着戴着巨大呼吸面罩,睡得一脸安详的马世豪,不由得叹了口气。

"忍叔,安天依还站在门口。我们怎么赶都赶不走。"一个保镖走到马忍身边躬身说道。

"她一个人?"

"是的,她把她手下都打发走了,只有她一个人在外面站着。"

马忍听后皱了皱眉头,是安天依打电话通知他说世豪出事了,待马忍怒气冲冲地赶到医院后,便将安天依和她的手下全部哄了出去。如果不是因为在医院,说不定他们早开始一场械斗了,可安天依为什么还一个人留在这里呢?难道是为了博取我的同情?想到这里,马忍不禁觉得好笑,他大手一

挥,说道,"把她赶走,无论用什么方法。哦,但是别用枪,这里是医院。"

大概半个小时之后,那个手下再次回到马忍身边报告道,"忍叔,她还是不肯走啊,我们实在没办法了!"

"这是什么话?你们这么多人还赶不走一个女人?不是看她长得漂亮你们就手下留情吧?"

"不是啊,忍叔,我们打了她半个多小时了,可是她不哭不叫也不还手,就是抱着一棵树不肯撒手。我们……我们实在打不下去了,不然一会真出人命就麻烦了。"

马忍不满地"哼"了一声,起身跟那个手下一起走向门口,他倒要看看这个女人究竟有多难缠?

而当看到安天依的一刹,连马忍的心也忍不住颤抖了一下,那是一幅令人震惊的画面。是的,只能用震惊来形容,如果用同情或者可怜,那只会玷污了天依一直在作的努力。

天依的头发凌乱不堪,被血和冷汗的混合物极不规则地贴在那张俊美的脸上。她的衣服沾满了灰尘和污血,看样子她已经憔悴不堪,连续被十几个男人踢打了半个多小时可能连肋骨也断了几根,可是她就是那样安静地用双手紧紧抱住树干,指甲深深嵌进树皮,想借此来用力以便支撑身体站起来。可是尽管如此努力了几次,仍旧没有很明显的效果。她就那样安静地抱住树干,重复一个没有效果的机械运动,眼神里透出平静,没有丝毫的慌乱和不安。她究竟拥有怎样的执着才能做到如此平静?她究竟秉持怎样的信念才能无论被如何毒打都不离开?

马忍走到天依的身边,用好奇而掺杂些许异样的语气问道,"安天依,你违背了你的誓言,你知道吗?"

"世豪,世豪……"这是天依这么久以来开口说的第一个词,而伴随这个词脱口而出的,还有胸腔里涌出的鲜血。也许她并没有听清马忍的问话,只是下意识地喊出自己担心的那个人的名字。

"安天依,你究竟想干什么?"马忍有些惊讶地看着神智似乎已经不太清醒的安天依,再次问道。

"世豪,世豪……"天依不理会马忍的提问,只是反复叫着这个名字,仿佛她的世界里只有这个名字才存在意义。

"世豪他没事,虽然现在还没醒,但是已经度过危险期,医生说只要静养一段时间就可以康复。"这是马忍头一次用如此温柔的语气跟安天依说话,看着眼前这个执着的女孩,马忍的心终于禁不住为她而柔软。

天依听到这番话后,仿佛是听到了世上最美妙的天籁,她一直紧绷着的那根弦终于松了,而她也终于允许自己昏过去了。

"忍叔,她晕了,咱们把她带回公司吧。这可是天瑰堂的总堂主啊,抓住她我们不就随时可以接下他们的地盘,进而称霸长春啦?刚好这个傻女人又把自己的手下都轰走了,真是天赐良机。"一个手下对马忍建议道。

马忍眯着眼睛看了看躺在地上已经毫无防备能力的安天依,微微叹了口气,继而对手下说道,"哼,黑社会,我是永远不会当黑社会头子的。谁都不许碰她,我马忍可不想欠别人的

情,上次她救过我儿子,这次就当我还她的情,跟她两清了。你们把她抬到外面,叫天瑰堂的人来接她。"

看着众人将昏迷的安天依抬了出去,马忍喃喃自语,"安天依,我希望你不要让我失望。"

二

当细毛拎着一大堆的水果和补品走进病房的时候,发现天依已经收拾好行李,坐在床边整装待发了。

"依哥,你这是干吗?你别这么着急出院啊,伤筋动骨一百天,你这才躺了一个星期怎么就呆不住了?不行不行,你快歇着,外面的事情有我呢,你不用操心。"细毛边说边把水果和补品放下,想让天依打消出院的念头。

"需要一百天的那是普通人,我安天依是普通人吗?你看!"天依说着便做了几个拳击和踢腿的动作,刚劲有力,虎虎生风。"怎么样?没事了吧?"

"可是,依哥……"细毛虽然早就知道天依的特殊体质,但毕竟她这次被伤得很重,细毛认为还是安全为上,多休息一下毕竟没有坏处。

"好了,细毛,不要再啰嗦了。那个飞车男招供了没有?"天依拎起行李袋就往外走,完全不顾细毛的阻拦。

"招了,是祥子指使的。"细毛无奈,只得跟着天依出了

病房。

"祥子？哼，那个滚刀肉怕是又被别人教唆了，他看上去老奸巨猾，实际上脑子里只有一根筋。上次的事情我还没有跟他清算，这次居然又敢来偷袭我，看来我不动点真格、杀鸡儆猴是不行了。"

"不管他是否被人教唆了，至少可以说明以前龙帮那些分区老大对我们并不全是心悦诚服的……依哥，你说怎么办吧。"

"德顺和孔雀这两个老家伙还算是忠义之人，他们既然上次说愿意归顺那么就应该不会轻易反悔。而且以他们马上快退休的年龄也没那么多想法了。至于小亦……"天依看了看细毛。

"小亦早就是咱们的人，绝对没问题。"细毛把胸脯拍得啪啪响。

"嗯，那就只有大刚了。这个人别看表面上是倒戈最快的，其实一肚子花花肠子。但是他又是个很怕吃亏的人，肯定不愿意亲自动手，所以他去教唆祥子当枪用是最有可能的。"

"那我们现在去找祥子还是大刚？"

"当然去找祥子，刚才说的都只是猜测，飞车男供出来的也只有祥子，我们只有杀鸡儆猴，给其他人一个下马威了。你马上安排人去抓祥子，事情败露他肯定会潜逃，另外通知大刚，孔雀，德顺和小亦开会，我这次要当着他们的面处置祥子。"

"放心吧,依哥,我早就派兄弟去盯着祥子了,就等你一声令下,马上抓人!那大刚呢?要不要我多安排点人在会议厅等着,到时候干脆连他一起办了得了!"

天依摇摇头说道,"大刚的开发区虽然人不多,地方也不如朝阳和南关繁华,但是那里其实很难管理,有不少像桃园路那里一样的混子。大刚带那个区已经很久了,非常熟悉,我们现在任凭派谁去接管都很麻烦,很难上手。再说大刚是个识时务的人,如果我这次保下了他,那他至少在一段时间内都会老老实实的了。"

细毛崇拜地看了看天依,"依哥,你真是越来越厉害啦!不过这也说明我当年挖掘你来混黑社会是个多么明智的选择啊,哈哈!"

天依被细毛夸张的表情逗得不禁莞尔,这么多年了,细毛从来没有让她失望过,而自己跟他的感情早就从最初的兄弟之情变成了一种亲情。可是一想到自己身边最亲的人就只剩下细毛了,天依便忍不住有些黯然。

和马世豪,博雯,嘉惠生离,同四虎哥和天妈死别,天依的人生已经跌宕起伏地令常人难以忍受。她就在这不断的分离中悲伤,直至沉潜;在这持续的思念中铭记,直至升华。软弱和悲伤都只是一时的发泄,安天依并不是一个只会终日沉迷其中,只会用酒精麻醉自己的普通女子,她特有的本领就是将悲伤和愤恨化成血肉和动力,然后不断挑战自己的极限。抑或说,她本是个没有极限的王者,她现在所做的一切不过是在完成自己天生的使命而已。

三

同样的地点，同样的面孔，不同的是这次祥子没有坐在真皮椅里嚣张地将脚放在会议桌上，而是被绑得像条死鱼一般丢在地上。

天依扫视了另外三个分堂堂主一眼，发现德顺和孔雀的表情都略显惊讶而好奇，只有大刚仿佛做了什么见不得人的事情，东张西望，坐立不安。

"躺在地上这个人大家都认识吧，一个星期前他派人在公司门口开枪想杀我，幸亏我命大躲过一劫，今天我要当着大家的面用家法处置他，相信大家都没有什么意见吧。"天依的声音透出不可抗拒的威严。

"是大刚教唆我的，依哥，是大刚挑拨离间，说我把你杀了，他就支持我做龙头老大的位置，要处置也应该先处置他啊！"躺在地上的祥子声嘶力竭地为自己辩解道。

"祥子你他妈别血口喷人，你都死到临头了还想拖老子垫背呢？依哥，你千万别信这个烂人的话，他完全是信口雌黄，我对你的忠心那可是日月可鉴啊！"大刚努力让自己表现得震惊和愤怒，其实额头上早已满是冷汗。

"那个想杀我的人只供出了祥子，我自然不会不分青红皂白随意处置人。不管是不是别人教唆的，总之刚才祥子你是

承认了那个人就是你派的,对吧?"天依有些好笑地看了看惊慌失措的大刚,转头继续审问祥子。

"我……我不……"祥子没想到搬起石头砸了自己的脚,只能躺在地上喘着粗气不知道如何回应。

"那不用废话了,下面我们执行家法——妄图篡位,暗杀大哥者,杀无赦。"天依手一挥,几个手下便把哀嚎阵阵的祥子拖到了另外一个房间。

众人只听得几声枪响,祥子便不再发出刺耳的嚎叫。德顺和孔雀互相看了看、摇摇头,大刚掏出纸巾哆哆嗦嗦擦着自己脸上的汗。

"我希望这种事情是第一次也是最后一次,如果你们谁想再次挑战我的忍耐力的话,我随时奉陪。"天依冷笑着看了看反应不一的三个当家,她知道至少在很长一段时间内这种事情是肯定不会再发生了。

四

跑道,滑行,升空,失重,轻微耳鸣。

马世豪闭上双眼,一滴泪滑落在腮边。

他不敢去看窗外,因为窗外有他最依恋的风景;他不想去擦掉眼泪,因为流泪是他现在唯一可以做的事情。

转瞬,长春就要被遗落在地平线上。

千年,他和她的爱情将只能被铭刻在彼此心间。

还是要离开,终是要离开,那一颗射穿胸膛的子弹并不能改变什么,自己仍旧要去加拿大完成学业,只是这次离开前父亲竟同意了让他和天依在医院见上一面。他意料之中地没能说服天依跟他一起离开,因为了解天依的人都清楚,一旦是她自己决定的事情,没有任何人可以改变。但是天依并没有反驳马世豪的两年之约,她临走前在世豪的额上轻轻一吻,算是对过去的总结,也算是将希望寄予未来。

可是马世豪怎么会想到,其实穿过他身体的那一颗子弹才是让父亲和天依看清某些事实的关键呢?

他永远不知道在自己的病房外,天依忍受了多么巨大的生理和心理的创伤,那树皮上留下了多少天依努力过的痕迹,他更不知道自己的父亲对天依的看法在当时进行了多么复杂的扭转。

在天依被打得遍体鳞伤,几乎要失去意识的时刻,她满脑子想的居然还都是马世豪。她不在乎自己受多少伤,也不在乎会不会被马忍活捉,乃至遭受更大的伤害。她唯一的想法就是,她一定要听到马世豪平安的消息,这比其他任何一切都来得重要。

马忍确实被这个女子感动了,或者说是震撼了,他无法想象在那柔弱的身体里究竟包含着多么强大的力量,能够让她不顾自己的生死安危咬牙坚持,又能够让她只因为马世豪平安的一句话而彻底放松晕倒。简而言之,这种力量就叫做爱吧。

安天依用自己的行动向马忍证明了她对马世豪跨越立场,跨越仇恨,跨越一切阻碍的爱情,最关键的是她并不求回报,她所要求的只是马世豪能够一切安好。

马忍将天瑰堂细毛等人的犯罪记录都偷偷寄给了天依,天依不禁感叹马忍对自己的信任,同时也明白马忍的弦外之音是自己如果不能彻底跟黑道撇清关系,那么就不要去牵连世豪。

"你到底是不是我马忍的儿子,怎么还在这里哭哭啼啼没完没了? 我是让你去读书,不是送你去死,有点出息好不好?"马忍看了看一直默默流泪的马世豪,嗔怪道。

"爸爸,不管你相不相信,我一直坚信天依是爱我的,从头到尾都未改变过。"马世豪并不回头,只是靠在椅背上闭着眼睛说道。

马忍并没有回答,但是却以马世豪无法察觉的程度轻轻地点了点头。

随着长春黑道势力的重新整合,22 岁的安天依,在命运的安排下,在生活的推动下,在自己的努力下,终于统一了长春市的黑道,坐上了长春市黑帮的第一把交椅,也成为长春市黑道历史上第一位女当家。

自从医院一别,安天依再也没有过马世豪的消息。他又跟当初突然出现在她的周围一样,最终以突然消失在空气里为结束。也许这种"突然"已经让安天依熟悉得近乎感到安全,至少她知道他正在某个地方平安地生活着,也许有了新的

女友,也许已经将自己忘记,但是那都已经无关紧要。因为那段只属于她和他的记忆已经深深烙在了她的心里,谁也无法夺走,谁也无法抹去。

　　每到清明,天依都会捧着白菊去祭祀那些离她而去,远在天国的亲人。她会认真地擦拭每一张照片,直到一尘不染,她会跟每个人说上一天的话,就如他们从不曾离开。

　　天依跟天妈说得最多的就是她现在生活得很好,很开心,因为她已经完成了自己最喜欢做的事情,她也找到了属于自己的世界,她是那座梦之城堡的公主,她是那个原本由男人统治的世界里的王者,而她的下一个目标就是帮天妈完成她生前未达成的心愿。

　　每次看着天妈慈祥的笑脸,天依都会为她唱一首《夜来香》。

　　　　我爱这夜色茫茫,

　　　　也爱这夜莺歌唱,

　　　　更爱那花一般的梦,

　　　　拥抱着夜来香,

　　　　闻这夜来香。

　　　　……

　　是啊,我爱这永远充满激情的生活,也爱那为了兄弟和忠义而奋斗不息的信念,更爱那永不止步让我找到生存意义的黑社会,因为年轻的心从来不会退却,每一滴血泪都足以铭刻我们的成功。

尾　声

2010 年元旦,红遍全国大江南北的实力派加偶像派歌手白依小姐将在她出生及成长的城市长春举办首场个人演唱会,这一消息让长春市的少男少女们都欢呼沸腾,雀跃不已。白依 2009 年发行的首张个人专辑《依依不舍》一上市就好评如潮,各大音像店纷纷卖到断货。她那完美融合了男子俊逸和女子妩媚的中性美,以及让人欲罢不能的磁性嗓音,使得她迅速跻身全中国最受欢迎的女歌手行列。

　　然而白依从来不在公开场合露面,也不接受任何媒体采访,一时间所有娱乐报刊、杂志都以能采访到白依,甚至是偷拍到白依的生活照、工作照、为自己吸引读者眼球的制胜法宝。

　　这个还未满 24 岁的神秘女子究竟有何背景,又到底为什么可以一炮而红、一夜成名呢?也许一切将在她于长春举办的首场个人演唱会上揭晓。

　　后台化妆间是一个难得安静的个人空间,可以将所有的忙乱,喧嚣以及狗仔队统统关在那扇门的后面。化妆师正在专心地帮白依弄发型,而白依冷眼看着镜中那个媚眼如丝的

女子,不觉有些好笑,要知道她平时是绝对不会把自己打扮成这副模样的。

这时桌上的手机响起,白依看了一眼来电显示,很自然地按下了接听键,"喂,细毛,都搞定了吗?"

"放心吧,依哥,哦不,白依小姐,哈哈哈……这么叫你还真不习惯啊! 兄弟们都已经分散到下面的歌迷当中,到时候舞台周围我也会安排最专业的保镖护驾,还有那些狗仔队基本上都被我们的人控制着,靠近不了舞台的。依哥,你就放心吧!"

"我说的不是这个,广东帮那边不是因为进货渠道的事情跟我们的人发生冲突了吗? 这事你可以搞定吧,我毕竟已经不在台面上处理这些事了,不到万不得已,我还是不太方便亲自出面去谈判。还有,你给我记住可千万别像上次一样,让白虎堂这种级别的小帮派搞得我们鸡飞狗跳,最后还要我亲自出马!"

"哎呀,依哥,上次是意外,意外啊! 这次绝对不劳您老人家费心,我昨天刚从广东回来,全部摆平了啦,随便给他们点好处,再分析下利害关系,以后这条线还是我们来做。您就放心吧,好好开你的演唱会啊,嘿嘿。"

白依笑着合上手机。是啊,自己也许真的想太多了,细毛跟着她这么久,几乎从来没有办砸过什么事情,不知道是不是因为第一次开演唱会过度紧张,搞得自己神经绷太紧了呢? 白依暗自深呼吸了两次,希望能尽量保持平静。

谁知还没等她第二口气呼出来,化妆间的门就被人"砰"

地撞开,只见一个人抱着一束大得连自己的脸都遮没了的白玫瑰,踉踉跄跄地走了进来。

要知道白依最讨厌这个时间被人打扰,何况还是被这么没礼貌地打扰,即便是她的经纪人也不行。只见她皱着眉头正欲发作,却听见她的经纪人气喘吁吁地说道,"小依,你看……你看谁来啦?"

白依朝那人身后一瞟,马上惊叫着站了起来。"博雯!!! 嘉惠!!! 你们怎么来啦!"只见她大步走上前用胳膊将眼前的两个女子一左一右紧紧环在胸前。

"哎呀,天依,你可真漂亮! 怎么样,想我们了没有? 嘿嘿,你开演唱会我们能不来吗?"嘉惠仍旧一副娇滴滴的大小姐样,时间的沙漏仿佛将她和天依之间的不快全部掩埋,留下的仅是两个女孩最原始、最纯真的友谊。之前嘉惠因为厉杰的事情跟天依翻脸,其实她也知道自己有些无理取闹,经过出国散心修整,当一切暴戾的情绪云开雾散,她体会到的竟还有天依一贯坚毅的眼神中透出的落寞与悲伤。博雯告诉了她关于天依为他们所有人作出的牺牲,当然天依是被蒙在鼓里的,细毛不忍老大被最好的朋友误会,就将内情告诉了博雯。嘉惠内心的伤痛已慢慢结痂,友情之光返璞归真。

"呵呵,嘉惠这个丫头一下飞机就拉着我来看你的演唱会。这么多年了,疯疯癫癫的脾性真是一点没变。"博雯抿嘴笑道,她虽然依旧内敛,但明显变得成熟了,以前的大黑框眼镜变成了现在秀气而妩媚的红色边框镜,以前的齐刘海妹妹头变成了现在的亚麻色大波浪。她的笑容温柔恬静,她的眼

神镇定而坦然,天依知道她已经找到一种和自己相处的最好的方式,这种方式不远不近,若即若离,程度刚好,而且只与友情有关。

"你们能来我真是太开心了!你们最近都还好吗?听说嘉惠找了个美国帅哥当男朋友,博雯的生意也越做越大了,是吗?"

"哎哟,我那点事就不用再提了,只是那个男人在追我,答不答应还不一定呢!我可要找一个跟天依一样的人呢,嘿嘿……"嘉惠甜蜜地抱住天依的胳膊撒娇道。

"嘉惠你咋还是那么没正形儿?呵呵,除了软件公司我又在沈阳开了一个粮油储备公司,现在东北三省的市场基本被我垄断,我打算今年过完年就回长春发展,到时候依哥你可要罩着我哦。"博雯跟以前一样习惯性地推了推眼镜,说道。

"你这丫头也会贫嘴了,我……"白依话还没说完,就听经纪人催促道,"小依,你们待会再唠嗑行不,赶紧准备一下,马上就要上场了!"

"天依,我们去外面等你,加油哦!"博雯和嘉惠最后又分别给了白依一个拥抱,两人这才恋恋不舍地出了化妆间。

白依看着博雯和嘉惠离去的背影,心中感到温暖和释然,看来她们又都回到了最适合的位置,或者说她们又都找到一种更好升华友谊的方式。她们都对自己说,曾经的"铁三角"如今再次聚首,并且不会再分开。

炫目的灯光,旋转的舞台,激昂的乐队,雀跃的人群。

一束追光的空间,照耀着如月光女神般迷离的白依从天而降,顿时整个现场被激情点燃。

不论是热辣劲爆的热舞也好,还是婉转抒情的情歌也罢,白依总是有魔力可以吸引所有人的目光,调动所有人的情绪。她投入的表演让在场的每一个人为之疯狂,荧光棒、巨幅海报以及尖叫声随着人潮澎湃起伏,她的热情感染着现场的每一寸空气。

"下面,是我演唱的最后一首歌,这首歌我要献给我在天国的妈妈,因为这是她最喜欢的歌,而我能成为一名歌者也是受了她的影响。同时,我还想把这首歌献给我最爱的一个人,因为是他让我懂得了这个世界上原来真的存在真爱,也许他现在正跟我天南海北,也许他今生也无法听到这首歌,但是我还是要唱给他听,还是要说一句'谢谢,你让我爱上你'。"天依深情地吐露着自己的心声,仿佛一个魔咒顿时让刚才沸腾的人群马上冷静了下来,所有人都准备好静静聆听她接下来的歌声。

没有伴奏,没有和声,在这个偌大的空间里只有白依那澄澈的声音在回响,回响着那一首摄人心魄的《夜来香》。

白依从话筒架上取下了麦克风,一边唱一边走下台阶,走到了舞台的边缘。

　　　　那南风吹来清凉,
　　　　那夜莺啼声细唱,
　　　　月下的花儿都入梦,

只有那夜来香，

吐露着芬芳。

我爱这夜色茫茫，

也爱这夜莺歌唱，

更爱那花一般的梦，

拥抱着夜来香，

闻这夜来香。

夜来香，我为你歌唱，

夜来香，我为……

当白依唱到这里突然顿住，现场不禁一片哗然。经纪人以为白依发生了什么突发状况，使劲在耳麦里询问她具体情况，可是没有得到任何回应。

白依怎么了？她究竟看到了什么，居然令她不顾现场的表演而中邪了一般呆站在原地？

一大束白玫瑰，是的，一大束白玫瑰！白依直到走到舞台边缘时才发现了它，抑或说她唱最后一首歌时是极度放松的状态，才能看到它。不管怎么说，白依发现了人群之中的一大束白玫瑰，那不是博雯也不是嘉惠，绝对不是。当追光在人群之中旋转，照亮那束白玫瑰时，白依感到自己几乎要窒息了。

突然地消失，正如突然出现般令人匪夷所思。

突然地出现，正如突然消失般让人心旌摇曳。

是他，那个让思念把我折磨得遍体鳞伤的恶魔！

是他,那个用微笑填补我人生空白的天使!

一滴泪越过眼眶,在厚厚的油彩之下没人能看到它。

一滴泪渗透心脏,穿过皮肤骨骼,只有两个人感觉到了它。

白依在停顿了大概三分钟之后,重新清了清嗓子,用略微沙哑的声音继续唱道,

夜来香,我为你歌唱,

夜来香,我为你思量,

啊啊,我为你歌唱,

我为你思量。

夜来香,夜来香,夜来香,

我为你歌唱,

我为你思量,

夜来香,夜来香,夜来香……

随着最后一个尾音的完美结束,白依将麦克风扔掉,将耳麦摘掉,然后冲进了如海潮一般汹涌澎湃的人群,消失不见了。

据当时去听了这场演唱会的人说,那夜有很多很多的白玫瑰从天而降,然后白依就从舞台上消失了,似乎是跟一个十分英俊的男人手拉手奔向了夜色的最深处。

图书在版编目(CIP)数据

天瑰堂/龙思雨著. —上海：上海三联书店，2016.
ISBN 978 - 7 - 5426 - 5521 - 9

Ⅰ.① 天… Ⅱ.①龙… Ⅲ.①长篇小说—中国—当代
Ⅳ.①I 247.5

中国版本图书馆 CIP 数据核字(2016)第 043194 号

天瑰堂

著　　者　龙思雨

责任编辑　钱震华
装帧设计　曹　艳

出版发行　上海三联书店
　　　　　(201199)中国上海市都市路 4855 号
　　　　　http://www.sjpc1932.com
　　　　　E-mail:shsanlian@yahoo.com.cn
印　　刷　上海昌鑫龙印务有限公司

版　　次　2016 年 4 月第 1 版
印　　次　2016 年 4 月第 1 次印刷
开　　本　640×960　1/16
字　　数　312 千字
印　　张　31.25
书　　号　ISBN 978 - 7 - 5426 - 5521 - 9/I·1118
定　　价　58.00 元